MINERVA 歴史・文化ライブラリー 30

旅にとり憑かれたイギリス人

トラヴェルライティングを読む

窪田憲子
木下　卓 編著
久守和子

ミネルヴァ書房

旅にとり憑かれたイギリス人——トラヴェルライティングを読む

目次

目　次

第Ⅲ部　異文化との遭遇

序章　冒険・蒐集・帝国
――英国トラヴェルライティングの諸相――

窪田憲子

イギリス人と旅――旅は拷問だった？

旅の形態はさまざまあるが、現代では「旅」というと、愉悦を味わう贅沢な経験という形で受け止める人々が多いのではないだろうか。人は多忙な日常を離れ、旅において自己を解放し、自分を取り戻す。だが、このように喜びと結びついた旅が昔から行われていた訳ではない。そのことは英語において〈旅〉と〈労働〉とが同じ語源から来ていることに如実に示されている。『旅人の物語』の編者ジョージ・ロバートソンらも指摘しているが（Robertson et. al. [1] 5）、「旅（travel）」と「労働（travail）」は、'tripalium'（後期ラテン語では'trepalium'）というラテン語を語源としている。語源辞典によれば、それは三本杭の拷問道具を表す言葉だったというのである。昔のイギリスにあっては、労働は無論のこと、旅も拷問のような責め苦を味わう辛い経験であったということであろう。

中世に生き、遠くエルサレムまで聖地巡礼を果たしたイギリス女性マージェリー・ケンプは、たえず追い剝ぎやその他数多くの命にかかわる危険に直面しながら旅をした。これほど苦労しながらなぜ旅をするのかと思ってしまうほどのケンプの旅は、中世の旅が、まさに、'trepalium（拷問）'と同じ根をもつことを示す例であろう。近世に入り、ヨーロッパが大航海時代に突入し、世界の海に乗り出していくと、海での危険が旅に加わる。海上ではつねに海賊や嵐に襲われる危険があり、さらには何日もつづく凪のため洋上で漂流することも覚悟しなければならなかった。そのうえ劣悪な食糧事情による壊血病などの病いに侵されることも多く、幾多の困難に遭遇しながらそれを乗り越えてゆく航海の旅は、中世の三本杭による拷問に等しい辛さがあったことだろう。一六〇〇年に日本に初めて来たイギリス人、ウィリアム・アダムズ（後の三浦按針）は、当初、五艘の船団を組んだオランダ船の航海士として出航するが、マゼラン海峡を抜け、太平洋を横断して一年八カ月後に日本に着いたときは、船団はたった一隻になっており、一一〇名いた船乗りは、わずか二四名になっていた。このうち、自力で歩ける者はわずか九名だったという。

イギリスで旅が楽しみ／喜び／悦楽の対象となるのは、レジャーという概念が生じてきた一八世紀後半以降のことである。ジェイン・オースティン『高慢と偏見』（一八一三年）の中で、主人公のエリザベスと叔母夫婦とがイギリス北部の湖水地方に旅する計画が示されているが、これなどもレジャーとしての旅が定着しつつあることを示すものである。交通機関が発達し、各階層の人々の生活に時間的・経済的余裕が生まれた一九世紀半ばには、トマス・クック社が団体旅行を企画し、楽しみとしての旅がさらに盛んになっていく。

旅とトラヴェルライティング――どんなジャンルか

そのような、さまざまな旅事情の中で、人々は旅をテーマに文章を遺してきた。日本においては、旅の文学といえば、誰しもすぐに思い起こす『土佐日記』『奥の細道』などがあるし、さらに古いものとしては、九世紀の最後の遣唐使であった僧侶の円仁が、唐への旅を『入唐求法巡礼行記』と題して書き表した七万字もの膨大な旅行記がある。イギリスにおいても、きわめてユニークなトラヴェルライティングが続々と出されてきた。

ジョン・マンデヴィル『東方旅行記』（一三六二年頃）は、荒唐無稽な内容から、架空の旅行記とみなされることもあるが、(1) 往時は、コロンブスに大きな刺激を与えたといわれる著作であり、著者は長らく「英語の散文の父」（Pollard [2] vi）としての地位を保っていた。前述の一四世紀に生まれたマージェリー・ケンプは、困難な状況で続けた聖地への巡礼を自伝という形で克明に記している。第9章で扱う『マージェリー・ケンプの書』は英語で書かれた初めての自伝――口述筆記によるものである――と言われているが、それは同時にイギリスのもっとも初期のトラヴェルライティングのひとつでもあるのだ。

しかし、翻って考えてみると、「トラヴェルライティング（travel writing）」とは一体どういうジャンルのテクストなのだろうか。この日本語によるカタカナ表記、最近目にすることが多くなったとはいえ、なぜ旅行記とか紀行文とかと言わずに、あえて長いカタカナを使うのだろうか。

「旅行記」「紀行文」というと、「旅をテーマとしたノンフィクションのエッセイ」というのが、一般的に思い浮かぶイメージであるだろう。だが、エッセイという言葉からは、日記、航海日誌や手紙などは含まれないように思われる。また、旅行記のノンフィクション性――つまり、架空の事柄ではなく、実際に経験した旅を記したもの――は、旅行記として当然の要件のように思われるが、実はノンフィクションのはずの旅行記の中に、フィクションが混じりこむことは日本を黄金の国としたマルコ・ポーロの例を見ても、大いにあり得ることである。

このことは英語においても同じ問題を提起してきた。英語では、旅のテクストを表す言葉として、

「旅文学（travel literature）」「トラヴェローグ（travelogue）」「トラヴェルブック（travel book）」「トラヴェルライティング（travel writing）」、その他諸々の用語があるが、[2] ジャンルとしては、二〇世紀以前は'travel book' と言わずに 'travels and voyages'（旅行記、探検記という意味をもつ）という言葉が使われていたという（Thompson [3] 19）。[3] 英語において 'travel writing' という言葉は、二〇世紀の後半になってから――一九八〇年代あたりからだろうか――、頻繁に使われるようになったが、未だにこの言葉をどういう意味で使用するのか、という議論が続いている。『オックスフォード文学事典』では第七版（二〇〇九年）に、新たに「トラヴェルライティング」という項目が設けられたが、そこでの説明の第一声は、「多くの批評家や研究者がこの用語の定義は難しいと認めている」ということであった。[4] このように、この言葉はなかなか定義しにくい用語なのである。

旅を記すというこのジャンルに早い時期から注目し、正統的な文学分野という見方を打ち立てようとしたのがポール・ファッセルであり、彼は著書『外国へ――戦間期イギリスの文学の旅』（一九八〇年）において、このジャンルの定義づけを試みる。ファッセルは、それを「トラヴェルブック」という用語で呼び、自伝的回想録の一部であって、「小説やロマンスと異なり、終始現実に依拠することにより、信憑性を主張する」ものであると述べる（Fussel [4] 203）。ファッセルはこのジャンルをフィクションと区別して、事実であることや、自伝のように第一人称で書かれたものであることを重視する。そのため、彼の定義では、書き手の存在を感じさせない旅のガイドブックなどは当然除外される。

ジャン・ボームはファッセルの「トラヴェルブック」の定義を引き継ぎながらも、さらに包括的な定義づけを試みる。ボームは「トラヴェルブック」と「トラヴェルライティング」を区別する。ボームは、「トラヴェルライティング」という言葉を「旅を主なテーマとしたフィクションおよびノンフィクションのさまざまなテクストを包括して示す用語」と規定する（Borm [5] 13）。

カール・トンプソンはボームに沿った形で「トラヴェルライティング」を考え、ボームが述べる「第一人称で書かれた、一見ノンフィクションの旅のナラティヴ」というトラヴェルブックの概念を中心に据えながらも、その周りには、さらに広範なテクストがあると指摘する。「それらは、トラヴェルライティングの分岐領域ともサブジャンルとも解釈され得る可能性をもつものであり、またもしくは、トラヴェルライティングに非常に近い根をもつ異なるジャンルであるが、ときとしてトラヴェルライティングに交ざる可能性をもつテクストである。ガイドブック、旅程、明白な旅のテーマをもつ小説、回想録、場所の記述、自然界の描写、地図、旅映画、他の多くのものなどが該当する」（Thompson [3] 26）と述べる。いわば〈正統的な〉旅のナラティヴの周りに存在する、旅の小説、ガイドブックもトラヴェルライティングであり、さらには、地図、映画など、〈書くこと〉とは異なる領域のテクストもトラヴェルライティングに含まれるというのである。

これはあまりに範囲を広げた見方だと思われるかもしれないが、しかし、トンプソンが例に挙げているように、アフリカを舞台にしたコンラッドの小説『闇の奥』をトラヴェルライティングとみなせば、それを基にしたコッポラの映画『地獄の黙示録』も立派なトラヴェルライティングといえるのであろう（Thompson [3] 25）。南極点到達一番乗りの熾烈な争いに敗れ、極点からの帰途、一〇〇〇キロを越える距離をソリを引いて戻るものの最後に力つきて遭難したスコット隊の行跡を示す地図は、地図といえども、それだけで雄弁なトラヴェルライティングと呼びたくなる。

二〇世紀後半から英語圏で頻繁に使われるようになったこの「トラヴェルライティング」という用語の意味として、トンプソン流の見方しかないという訳ではないが、トンプソンが述べるように、フィクションかノンフィクションかという境はあまり問題にならず、また、語る媒体が文字なのか、映画なのか、図なのかと異なっていても、そこにおいて旅が語られることが重要であるという考え方は、近年の「トラヴェルライティング」を論じるときの土台になっているように思われる。

'travel writing' がそのようなコンテクストの中で使われてきたことを考えると、旅のテクストをより包括的にとらえる場合は、日本語においても、やはり旅行記、紀行文という用語ではなく、「トラヴェルライティング」と使う呼称の方がより相応しいのではないだろうか。近年日本語でもこのカタカナ書きが目につくようになったのは、そのような経緯からであろう。本書においても、旅のテクストの包括的な概念としては、「トラヴェルライティング」という用語を――もちろん「旅行記」「紀行文」という呼称も使うけれども――基本的に使用することとする。

大航海時代とトラヴェルライティング

一六世紀の大航海時代に入ると、世界の海に乗り出したイギリス船の航海から、船長・航海士たちの貴重な航海日誌・航海記や、探検家の探検記が出されるようになる。エリザベス一世の寵臣でアメリカに最初に植民を企てたウォルター・ローリーや、私掠船船長（海賊）にして後に世界一周航海を果たし、一五八八年のスペインの無敵艦隊との戦いでは副司令官としてイギリス軍の指揮をとったフランシス・ドレイクは、イギリス史上あまりに有名な〈探検家〉、〈航海者〉であるが、同時に、彼ら自らが旅の記録を著した〈トラヴェルライター〉であることは興味深い。優れた文人であったローリーの場合はさておき、生涯、海に生きたドレイクが自身で航海記を記していることが注目される。それらはローリーの『ギアナの発見』（一五九六年）およびドレイクの『蘇るサー・フランシス・ドレイク』（一六二六年）と

して出版されている。(5)

イギリスのトラヴェルライティングは、このようにイギリスが植民地経営に乗り出していった近世の大航海時代から多く書かれるようになった。さらにこの時期のイギリスのトラヴェルライティングの特徴として、自らは旅をしないのに、旅行記を〈書く〉人もいたことが挙げられよう。リチャード・ハクルートは牧師であったが、ローリーに依頼され、『西方植民論』（一五八四年）を著し、スペインの脅威からイギリスを守るために、西方航路の開拓と新大陸の植民の重要性を説くことを目的とした旅行記を記す。『イギリス国民の主要航海』（一五八九年）は世界各地へのさまざまな航海を三巻に分けて編纂した大部の航海記となっている。同様に牧師であったサミュエル・パーチャスは一六一三年に旅行記を編纂した『パーチャス巡国記』を出版し、好評のうちに版を重ねていく。さらにハクルートの出版を引き継ぐ形で、旅行記を刊行する。自分で旅行をせずにもっぱら旅行記を読んで旅を楽しむ人のことを俗に「アームチェア・トラヴェラー」というが、自ら旅をせずに、旅行記を書き、編纂した彼らはさしずめ「アームチェア・トラヴェルライター」といえるのではないだろうか。もっとも、この二人のアームチェア・トラヴェルライターは、決して安逸に書斎にいることを好んだ訳ではなく、イギリスが〈新世界〉に足場を築いていくために、少しでも多くの記録を残し、存在証明をしたいという、植民地経営に活路を見いだすイギリスのためのある意味切迫した企図があってのことだっただろう。彼らの行為の背景にはこのようなイギリスがコロニアリズムに向かう流れがあり、国家が帝国建設に邁進していく動きがあることが見いだされる。だがその一方で、早い時代に旅の貴重な記録を世に出した功績はきわめて大きい。前述のウィリアム・アダムズが日本から故国に送った手紙が、この時代パーチャスによって出版されたのはその一例である（Purchas [6]）。さらに詩人コールリッジが元の世祖フビライ＝ハンを唄ったあの幻想的な作品「クブラ・カーン」の着想を得たのが、パーチャスの『巡国記』だったことも思い起こされる。

広がるトラヴェルライティング

一八世紀にイギリス小説が誕生したとき、その基礎を築いたとされている小説、ダニエル・デフォーの『ロビンソン・クルーソー』とジョナサン・スウィフトの『ガリヴァー旅行記』が二つとも、〈旅〉をモチーフにしていることは単なる偶然とはいえないものがある。これらは、一六世紀以降の航海記をはじめ、諸外国への旅の記録にヒントを得た破天荒な旅のフィクション（小説）である。新しい事柄の発見、人との新たな出会い、苦難とその克服または悲劇の結末、等々の要素に満ちた〈旅〉は、小説にうってつけの舞台を提供してくれる。一八世紀のイギリス小説の胚胎に、トラヴェルライティングが魅惑の舞台として、少なからず手を貸したことは充分考えられることである。

イギリス小説において〈旅〉はその後も重要な小説の要素として存在していく。一八世紀の代表的作家のヘンリー・フィールディングの『トム・ジョウンズ』は今日ピカレスク・ノヴェル（悪漢小説）の代表作と見られているが、ピカレスク・ノヴェルでは、旅する主人公が定番である。同じく一八世紀の作家トバイアス・スモレットは、晩年にフランスとイタリアを旅し、それを『フランス・イタリア紀行』と題した旅行記にしている。ロレンス・スターンに『フランス、イタリアへのセンチメンタル・ジャーニー』という作品があるが、それは彼自身のフランス、イタリアへの旅[6]を基にし、スモレットの旅行記に対抗して著した、小説の形をとったトラヴェルライティングである。

続くゴシック・フィクションでは、『ユドルフォ城の謎』のように、見知らぬ遠い場所、遥かな昔が舞台になっていることが多い。読者にとって時間の旅、空間の旅は、ゴシック・フィクションの必須アイテムともいえる。一方で、ゴシック・フィクションに批判的であったとされるジェイン・オースティンは、「田舎の小さな村の二、三の家族があれば小説として充分」と述べ、地域共同体を基盤とした小説を書いたが、オースティンの静謐な小説世界にも、必ず旅と移動が存在していることは興味深い(7)。トラヴェルライティングが増殖してイギリス小説を生み出したともいえるかのように、〈旅〉を重要なファクターとしてイギリス小説は発展していったのである。

時代とともに旅の様式が変化し拡大していき、それにつれて、トラヴェルライティングにおいても、多彩な著作が生み出されていく。イギリスの貴族や富裕なジェントリ階層の子弟たちが見聞を広め、教養を深めようと大陸、とくにイタリア各地を廻り、自分たちの文化的ルーツをイタリアルネッサンスに探る大掛かりな旅行（グランドツアー）が一七世紀後半から行われるようになった。グランドツアーにおいては、家庭教師が同行することが多く、ときには従者も連れ、ローマを最終目的地とし、長いときには五年もかけて旅をしたという。彼らは直接訪れることにより外国の社会制度や文化を実地に学び、またそこで多くの美術品を購入し、イギリスの自宅に送ったのである。イギリスでは現在でもカントリーハウスと呼ばれる壮麗な館が多く遺されており、美術館かと思うほどの秀逸な美術品を所蔵している家があるが、その中にはこのようにグランドツアーの副産物だった蒐集品も多い。一八世紀はグランドツアーの最盛期であり、それに伴い、第***6***章で扱うウォルポールやトマス・グレイなどをはじめ多くの人々がグランドツアーの旅行記を書くことになる。

グランドツアーにおいては、イギリスからフランスに渡るのが大陸旅行の一般的ルートであったのだが、時代がフランス革命に向かって動き始めた頃から、旅の安全を考慮して、大陸に行くのをあきらめる人たちも出始め、代わりにイギリス国内に目を向ける旅も多くなってきた。なかでもスコットランドに関心をもち、かの地を訪れる人も増えてきた。ロンドンをまず離れることがなかったジョンソン博士（サミュエル・ジョンソン）の生涯唯一の大旅行は、スコットランドへの旅であり、それは『スコットランド西方諸島の旅』としてまとめられ、随行した弟子のジェイムズ・ボズウェルは『ヘブリディーズ諸島旅行記』として著した。さらにレジャーという概念が芽生え、一般庶民が旅行を楽しむようになり、また一八世紀後半にウィリアム・ギルピンが提唱し、トマス・グレイも実践した〈ピクチャレスク〉という美の在りようをイギリス国内の風景に求める旅、いわゆるピクチャレスク・トラヴェルといえる旅の形も起こってきた。このようにして一八世紀は、一方では人々が国外に出向き、一方では国内の旅が盛んになり、旅の形態が拡大していき、それに伴い、トラヴェルライティングがさまざまに広がりを見せていくのである。

一八世紀のトラヴェルライティングに関して、さらに注目したいこととして、女性のトラヴェルライティングが書かれるようになったことが挙げられる。一九世紀後半になって多くの女性たちが、自分たちを「レディ・トラヴェラー」として意識しながら旅をするようになったので、女性トラヴェラーの出現はその頃からと思われがちであるが、実はそれ以前から、女性たちは旅をしており、興味深いトラヴェルライティングが生み出されていたのである。[8] 女性の書いたトラヴェルライティングの図書目録として貴重な『足の向くまま旅した女性たち』からは、一八世紀においてもすでに、多くの女性たちが旅をし、トラヴェルライティングを書き、出版していることがわかる。この中にはアフリカの喜望峰、シエラレオネなどの西アフリカ、カリブ海に旅した女性たちの著作も採り上げられている。[9] 第10章ではそのような女性トラヴェラーの一人、メアリ・モンタギュをとり上げる。彼女はイギリスに種痘を導入したことでも名高いが、一八世紀にトルコに滞在し、トルコの後宮について報告した興味深い滞在記を著しているのである。

魅了するトラヴェルライティング

イギリスには実に多彩で魅惑的または衝撃的なトラヴェルライティングが多い。航海記の分野では、さきほど見たように、大航海時代のローリー、ドレイクの航海記その他多くの興味深い記録があり、一八世紀になると、北のニューファンドランド島を探検調査に行ったかと思えば、幻の南方大陸を〈発見〉する任務を帯びて南半球を二回航海したジェイムズ・クックの航海記が世に出ることになる。第*1*章において、当時の世界の動きの中でのこの航海記の意義が論じられる。一九世紀全般から二〇世紀初頭にかけての帝国の拡大とナショナリズムの発揚の社会にあって、ヨーロッパからアジアへの最短距離で物資を運搬するために北アメリカ大陸の北方を通って太平洋に出るいわゆる「北西航路」の開拓にしのぎを削り、その後、南極点への到達をめぐって決死の探検が行われる。それらの探検隊の中には、北西航路開拓に向かった船の乗組員一二八名全員が死亡したと推測されるフランクリン隊、アムンセンと競った南極点踏査隊五名が全滅したスコット隊など衝撃の結末を迎えた旅があった。その一方、南極で氷に囲まれた船から脱出し、少数の分遣隊が決死の覚悟のもと救命ボートに乗り、一〇〇〇キロ以上離れた島まで助けを求めに漕ぎ出て、数か月後に援軍と共に帰還し二八名の乗組員全員の命が救われたシャクルトン隊の奇跡もあった。フランクリンの最後の航海については記録はないが（書かなかったのか発見されなかったのか）、初期の航海に関しての航海記は出版されている。スコットはディスカヴァリ号による最初の南極探検記を著し、極点踏査の際は、極点に達した後、絶命の直前まで日記や手紙を残している。シャクルトンの壮絶な旅は、『南へ』（一九一九年）において克明に記されている。これらの極地探検については、第7章において、メアリ・シェリーの『フランケンシュタイン』と共に扱われる。

探検といえばリヴィングストンを真っ先に思い出す読者も多いのではないだろうか。リヴィングストンは、一九世紀中葉に彼自身の人道主義的な動機により医療伝道者としてアフリカに渡ったのであるが、二年半かけてのアフリカ大陸の横断を果たしたことにより、また行方不明とされた後のスタンリーとの劇的な邂逅により、人々に鮮烈な印象を与えた探検家として知られている。イギリスが帝国主義政策を推進しアフリカ分割に向けて突っ走っていった時代にあって彼がどう行動したのか、現代のわれわれはリヴィングストンをどう読むのか、第8章で論じられる。

一九世紀にはリヴィングストンのようにアフリカに旅し滞在する人も多かったが、東インド会社が設立されていたインドにも多くのイギリス人が渡っている。当時、インドは、中産階級上層の次男、三男の就職先として、根強い人気があったのだ。一九世紀にイギリスのインド支配が強まっていき、ついには七七年にヴィクトリア女王がインド皇帝を兼ねるようになるのであるが、その間に〈インド大反乱〉が生じ、インドは激動の時代を経験する。その〈インド大反乱〉に遭遇したイギリス女性ルース・クープランドの手記は、歴史を見るイギリス人一般女性の貴重な記録であり、本書第3章ではクープランドのトラヴェルライティングを読みといていく。

インドからさらに遠く中国まで足を延ばし、しかも中国人に扮装し、当時法律で認められていない奥地まで踏み込んでチャノキをインドに運ぶことに成功したプラントハンターがいる。第2章では彼フォーチュンのスリリングな旅を記したトラヴェルライティングの刊行の経緯と評価について考察される。

チャノキのフォーチュンもそうであるが、リヴィングストン、マンゴ・パークなど、イギリスの代表的な旅人は、スコットランド出身の人が多い。旅という営為はスコットランド人の国民性と何か繫がりがあるのだろうか。第4章では、スコットランドという土地の文化とトラヴェルライティングについて論じていく。

日本に関する言及は、一六世紀の後半のトマス・ハリオット『ヴァージニア報告』にも散見され（Hariot [7] 'Conclusion'）、日本という存在が当時のイギリスの人々に意識されていたことがわかる。ただ、その後の日本の鎖国政策により、イギリス人が多く日本に来るようになったのは、一八五四年に日本とイギリスとの間に和親条約が結ばれてからのことである。明治初期のイギリス人の訪日記録は、日本の近代化の渦中を描いたものとしても興味が尽きない。本書では第11章、第12章で、明治期に日本にやってきた、アルフレッド・イーストとイザベラ・バードの日本滞在記を紹介する。

異郷を見る目——帝国のまなざし、ポストコロニアルの視点

旅をする者たちが異国や異文化圏を訪れるとき、旅人はメアリ・L・プラットの言う「コンタクト・ゾーン（接触領域）」に入ってゆくことになる。もはやトラヴェルライティング論の古典ともなっている彼女の『帝国のまなざし——トラヴェルライティングと文化変容』（Mary Louise Pratt. *Imperial Eyes: Travel Writing and Transculturation*, 1992）の中で、プラットはこの概念を規定している。コンタクト・ゾーンとは「異なる文化同士が出会い、衝突し、互いに格闘し合う社会空間であり、植民地主義や奴隷制あるいは今日地球上に残っている植民地主義や奴隷制の余波として、しばしば支配と従属のきわめて

非対称の関係を呈するものである」(Pratt [8] 7) とプラットは説明する。

非ヨーロッパ世界と接触するようになって以来、イギリスはプラットのいう「きわめて非対称の関係」において、「帝国のまなざし」で接触した世界を見てきており、個々のトラヴェルライティングは、その土壌の中で生まれてきたものである。と同時に、プラットが指摘するもうひとつの重要な視点である〈文化変容〉の可能性についてもトラヴェルライティングは多くのものを提供している。本書で扱うルース・クープランド、メアリ・モンタギュ、イザベラ・バード、アルフレッド・イーストのトラヴェルライティングにその一端を見ることができるのではないだろうか。

二〇世紀後半に入ると、それまで「他者」として表象されてきた植民地出身者の子や孫の世代の作家たちはかつての「主体」であった宗主国イギリスを相対化し、批判的な視点を確立してゆく。また、それにつれてポストコロニアル・トラヴェルライティングというジャンルが生まれ、発展してゆくのである。西インド諸島トリニダード島生まれのインド系作家V・S・ナイポールは、小説と共に多くの旅行記を著したポストコロニアル・トラヴェルライターである。本書第5章ではナイポールのトリニダード再訪やインド、イスラムを旅した経験から書かれた、示唆に富むポストコロニアル・トラヴェルライティングを扱う。

トラヴェルライティングを読むと、トラヴェラーの視点で見られた時代や社会が突如眼前に出現するかのような臨場感を味わうことが多い。トラヴェルライティングは時空を超えた世界をもたらしてくれる。一方、トラヴェルライティングという旅のテクストには、テクストの背後に、旅した地域の歴史や文化が存在し、同時に旅を書き留める旅人の生《なま》の人生が付着している(著者に関する情報がまったくないこともあるが……）ので、トラヴェルライティングを論じることは、それらすべてを抱え込むことになる。それは思いのほか困難な作業でもあったが、同時に測り知れない愉悦の経験でもあった。このようなトラヴェルライティングというジャンルに取り組もうとする企画に賛同され、進んで執筆してくださった方々に御礼申し上げたい。また最後になってしまったが、この企画の出版を快く引き受けてくださったミネルヴァ書房社長の杉田啓三氏と長きにわたってわれわれにつき合ってくださった編集部の河野菜穂さんに御礼申し上げる次第である。

二〇一六年八月

窪田憲子

注

（1）一般には、実際に旅して自分で書いたのではなく、それ以前の著作を編纂したのではないかと言われている（Pollard [2] vii）。

（2）ボームは、'travel story,' 'travel memoir,' 'journeywork,' 'traveler's tale,' 'metatravelogue' など、さらに多くの言葉を挙げている（Borm [5] 13）。

（3）トンプソンはこの言葉の使用を二〇世紀前と限定しているが、『タイムズ文芸付録』の広告欄などには、旅行記のカテゴリーを示すのに、二〇世紀後半でもこの言葉が使われている。

（4）*The Oxford Companion to English Literature*, 7th ed. 2009. 一般にはこの用語を項目に入れている文学事典はまだ少ない。他にこのジャンルを記している事典として、*The Continuum Encyclopedia of British Literature* (2003) がある。この事典では、'travel writing' という項目は設けていないが、'Travel and Literature' という項目があり、その中では 'travel writing' という言葉を使ってこのジャンルを説明している。

（5）　ドレイクのこの著書は、ドレイクの死後、フィリップ・ニコルズが編纂したのであるが、一五九二年にドレイクがエリザベス女王にこの本の元になった手稿を献呈していることから、原稿に彼自身が目を通していることは確かであろう（*Drake Collection* [9]）。またこの著作の日本語訳につけた解題で、越智は「ドレイク自身大幅に訂正したとあるから、全体としては、まず本人の作に近いものとみてよかろう。そして、これは明らかにドレイク自筆のものと思われる一五九二年のエリザベス女王宛ての献辞があるところから判断して、成稿年代もほぼ察しがつく」と述べている（越智［10］三五〇）。

（6）　スターンは一七六五年に二回目の大陸旅行に出かけ、このときは、フランスおよびイタリアを旅した。しかし、『センチメンタル・ジャーニー』は表題とは異なり、主人公はイタリアには達せず、フランスのサヴォイの宿で滞在したまま、小説は未完で終わっている。

（7）　オースティンの小説を旅という視点で見れば、初期に書かれた『ノーサンガー・アビー』は典型的な旅小説ともいえるし、最後の小説『説得』においても、主人公はライムやバースに旅をする漂泊の人生を送らざるを得ない女性である。唯一旅をしない主人公は、『エマ』のエマ・ウッドハウスであるが、そこでも、小説の舞台である村の共同体には、しょっちゅう新しい人物がやってきて移動が繰り返される。

（8）　女性のトラヴェルライティングについては、明らかなジェンダー格差があることがしばしば指摘されている。スーザン・バスネットは「トラヴェルライティングとジェンダー」において、一九七〇年までには（つまり第二波のフェミニズム以前には）女性のトラヴェルライティングは絶版になってしまっていたと指摘する。人々がトラヴェルライティングに関心を寄せるようになった二〇世紀後半においても、まだまだ女性のトラヴェルライティングは注目されなかったのである。ポール・ファッセルは女性のトラヴェルライティングをまったく念頭に置かずにこの分野を論じたとして、批判されることが多い（Basnett [11] 226, Thompson [3] 22）。

（9）　それぞれ一八世紀のアン・バーナード（喜望峰）、A・M・ファルコンブリッジ（女性で初めての西アフリカの旅行記を著した）、ジャネット・ショー（カリブ海）である（Robinson [12] 202–203, 211–212, 222–223）。『足の向くまま旅した女性たち』では、実に多くの一九世紀以降の女性トラヴェルライターを扱っているが、このように、それ以前にも多くの女性たちが旅し、トラヴェルライティングを書いていることを示している。

引証資料

[1] Robertson, George et al. eds. *Traveller's Tales: Narratives of Home and Displacement*. Routledge, 1994.

[2] Pollard, A. W. "Bibliographical Note," John Mandeville, *The Travels of Sir John Mandeville*. Macmillan, 1900.

[3] Thompson, Carl. *Travel Writing*. Routledge, 2011.

[4] Fussel, Paul. *Abroad: British Literary Traveling between the Wars*. Oxford UP, 1980.

[5] Borm, Jan. "Defining Travel: on the Travel Book, Travel Writing and Terminology," Glenn Hooper and Tim Youngs eds. *Perspectives on Travel Writing*. Ashgate, 2004, 13-26.

[6] Purchas, Samuel. 1625. *Purchas His Pilgrimes in Japan. Extracted from Hakluytus Posthumus or Purchas His Pilgrimes*. Ed. Cyril Wild. Kobe, J. L. Thompson and London, Kegan Paul, 1938.

[7] Hariot, Thomas. 1588. *A Briefe and True Report of the New Found Land of Virginia*. Ed. Paul Royster. U of Nebraska-Lincoln (web pages)〔トマス・ハリオット『ヴァージニア報告』平野敬一訳、越智武臣他編『イギリスの航海と植民』二、『大航海時代叢書』第二期、岩波書店、三〇三―三七一頁〕.

[8] Pratt, Mary Louise. *Imperial Eyes: Travel Writing and Transculturation*. Routledge, 1992.

[9] Drake, Francis. *The Sir Francis Drake Collection: Drake Timeline*. https://memory.loc.gov/intldl/drake-html/rbdktime.html

[10] 越智武臣「サ・フランシス・ドレイク——再評価」解題、『イギリスの航海と植民』一、『大航海時代叢書』第二期、岩波書店、三四七―三五一頁。

[11] Basnett, Susan. 'Travel Writing and Gender,' Peter Hulme and Tim Youngs eds. *Cambridge Companion to Travel Writing*. Cambridge UP, 2001, 225-241.

[12]　Robinson, Jane. *Wayward Women: A Guide to Women Travellers*. Oxford UP, 1990.

その他の参考文献

カプラン、カレン『移動の時代――旅からディアスポラへ』村山淳彦訳、未來社、二〇〇三年。

宮崎揚弘編『ヨーロッパ世界と旅』法政大学出版局、一九九七年。

宮崎揚弘編『続・ヨーロッパ世界と旅』法政大学出版局、二〇〇一年。

リード、エリック『旅の思想史――ギルガメシュ叙事詩から世界観光旅行へ』伊藤誓訳、法政大学出版局、一九九三年。

Blunt, Alison. *Travel, Gender, and Imperialism: Mary Kingsley and West Africa*. The Gilford P, 1994.

Bohls, Elizabeth and Ian Duncan, eds. *Travel Writing 1700–1830: An Anthology*. Oxford World Classics, 2008.

Cabanas, Miguel A., et al. *Politics, Identity, and Mobility in Travel Writing*. Routledge, 2015.

Clark, Stephen, ed. *Travel Writing and Empire: Postcolonial Theory in Transit*. Zed Books, 1999.

Edwards, Jane. *Travel Writing in Fiction and Fact*. Blue Heron Publishing, 1999.

Kuehn, Julia and Paul Smethurst, eds. *Travel Writing, Form, and Empire: The Poetics and Politics of Mobility*. Routledge, 2008.

Lawrence, Karen. *Penelope Voyages: Women and Travel in the British Literary Tradition*. Cornell UP, 1994.

Leask, Nigel. *Curiosity and the Aesthetics of Travel Writing 1770–1840*. Oxford UP, 2002.

Mills, Sara. *Discourses of Difference: An Analysis of Women's Travel Writing and Colonialism*. Routledge, 1993.

Siegel, Kristi. *Issues in Travel Writing: Empire, Spectacle, and Displacement*. Peter Lang, 2002.

Spurr, David. *The Rhetoric of Empire: Colonial Discourse in Journalism, Travel Writing, and Imperial Administration*. Duke UP, 1993.

第Ⅰ部

拡張／反転する世界

J. E. ミレイ作「ローリーの少年時代」(1869-70)。アメリカへの植民を最初に企てたウォルター・ローリーは，少年の頃船乗りの冒険譚を聞き，未知の世界に対する好奇心を掻き立てられたという。(出典：Debra N. Mancoff ed. *John Everett Millais: Beyond the Pre-Raphaelite Brotherhood*, Yale UP, 2001.)

第*1*章　あれは幻の南方大陸か？
――ジェイムズ・クックの航海日誌――

大田信良

1　拡張するヨーロッパ世界と航海家クック

第二回航海日誌

キャプテン・クックとして知られる英国の航海家ジェイムズ・クック（James Cook, 1728-79）は一八世紀後半の一七六八年から七九年にかけて、三度、太平洋の探検航海を行ったが、その第二回目の航海の一七七五年二月二一日の日誌は、南方大陸について、以下のように記している。

今や私は、南方の高緯度海域を一周し、極地近くのとても船が近寄れないような場所は別として、もはやこれ以上大陸が見つかる可能性はないと言い切れるようなやり方で、この南の海を横断した。また、太平洋の熱帯の海域を二度訪れたことで、これまでになされた発見のいくつかについてその位置を確定することができただけでなく、多くの陸地を新たに発見することもできた。この海域でやり残した仕事はもうほとんどないのではないかと思う。したがって私は、この航海の目的は、あらゆる点で達成されたと自負している。今や南半球は十分に踏査され、南方大陸探検には終止符が

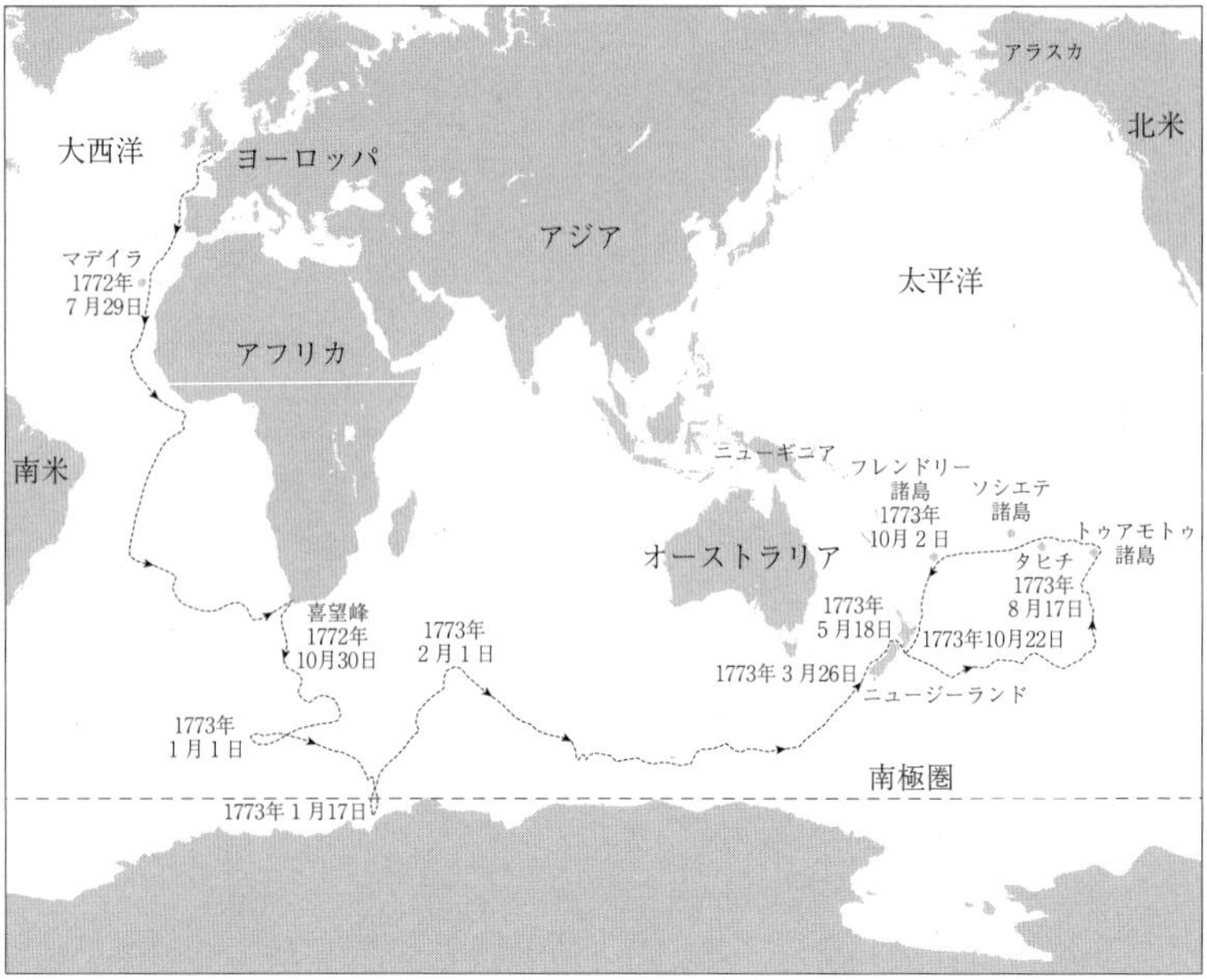

図1-1　科学的調査による卓越した探検であっただけでなく，豊かな文学的想像力の契機ともなった，第二回航海地図1（1772年7月-1773年10月）

打たれたのである（Cook［1］414)。第一回航海にでたエンデヴァー号の表向きの目的は、キング・ジョージ島とも呼ばれたタヒチにおける金星の蝕の観測であったが、クックに渡された秘密の訓令によれば、「ひとつの大陸あるいは大きな陸地」を探索することが指令され、またもしそれが発見できなかった場合には、（オランダ人アベル・タスマンがオーストラリア大陸と誤認した）ニュージーランドにいたってその島の調査を行う」ように命じられていた。クックは、訓令にしたがい、ソシエテ諸島を出発した後、南半球を南下し一七六九年九月一日には南緯四〇度一二分に達したが、南方大陸が存在する兆候をみつけることなく、エンデヴァー号は針路を南西に転じて、一月八日にニュージーランド北島に到着した。もちろん、南方大陸の調査はこれで終わったわけではなく、第一回航海の帰途、すでに次の探検のためニュージーランド経由の航路を構想していた。しかしながら、極点近くに大陸というか大きな陸地があるかもしれないということを決して完全に否定するわけではないにしても、『航海日誌』が記しているように、クックは、第二回航海でもまた、幻の南方大陸を発見することができなかった。

幻の南方大陸を欲望する

ここで問題とされている南方大陸とはそもそも何か。南アメリカを回りフィリピンに到達した一六世紀初頭のマゼランの世界周航以来、ヨーロッパとアジアを結ぶ航路はアフリカの喜望峰を回る南東の航路と南アメリカのマゼラン海峡を回る南西航路の二つがあったのだが、これら喜望峰とマゼラン海峡の間のどこかにあると考えられた巨大な南の陸地すなわち「幻の南方大陸なるもの（*Terra Australis Incognita*）」こそが、太平洋探検を動機づけていたものにほかならなかった。ペルーからソロモン諸島に達したスペイン人アルバロ・デ・メンダーニャ、ニューヘブリディーズ諸島で大陸を発見したと信じたポルトガル生まれのペドロ・フェルナンデス・デ・キロス、そして、オーストラリアと海峡を挟んだニューギニア島を確認したルイス・バエス・デ・トレスなど、さまざまな名目を表に掲げた航海者が生み出され、その後、オランダが、さらに、カリブ海を拠点にした海賊たちがスペインの艦船や港を襲撃しその富の略奪を繰り返し、イギリスもこれらの後に続いた。ながらく神話的な存在にすぎなかった南方大陸は、大航海時代に入って、その一部ではないかと夢見られた陸地が発見された。さらに、一七世紀半ばには、タスマンが発見したニュージーランドが実在の大陸ともみなされるようになり、クックの第一回航海によりこれが結局は島であることが証明された後も、さらに南方の高緯度に幻の大陸は追い

図1-2　幻の南方大陸を発見できずに終わった第二回航海地図2（1773年10月-1775年7月）

求められた。かくして、クックは、イギリス王立協会にその発見を、再度、命じられたのであった。

　クックが行った航海が印づけているのは、「過去二世紀ばかり、いくつかの海事関係の勢力がことさら注意を向け、また地理学者たちが常に関心を示してきた」(Cook [I] 414) 太平洋に対する何世紀にもわたるヨーロッパの国家横断的でグローバルな利害と欲望のひとつの帰結、ということになろう。だが、一八世紀後半、南半球の中高緯度を周遊し南極圏にまで到達したクックの二度目の旅は、巨大な氷山を目にしたものの大陸の発見にはならなかった。ちなみに、南極大陸は、一八二〇年頃に発見されることになるが、南方大陸とは別の存在とみなされた。言い換えれば、数々の航海や発見の企てにあらわな拡張するヨーロッパ世界の欲望の対象が太平洋には不在であることを結論づけたのが、クックの第二回航海日誌ということになる。

少し航海の結末を急ぎすぎたようなので、ここであらためてクックの海の旅の重要な契機を確認しなおしてみよう。そもそも、第二回航海でクックに与えられた海軍本部の訓令には、喜望峰を出発したら、まず「サーカムシジョン岬」を探せ、とあった。フランス人の航海者ブーヴェ・ド・ロジェが一七三九年一月一日、喜望峰の西、東経一一度一〇分、南緯五四度に発見したと称するこの「南方大陸の岬」は、現在ではブーヴェ島として知られるもので大陸などではなかったことがわかっているが、南方大陸の徹底的探索を志していたクックの旅の目標にそれは含まれていた。実際、第二回航海は、最終的に海面が氷に閉ざされ接近不可能な南極圏に幻の陸地をなおも求めていこうとする前に、喜望峰近くを南東に進み、ブーヴェが発見した岬がほんとうに大陸の一部であるのか、あるいは島の一角にすぎないものであるのか、この確認作業を調査の対象に入れていることが、一七七五年二月二一日の日誌をみればわかる。「サーカムシジョン岬」の経度とされるより五度東にある位置に達してどうやらそのような陸地はないと思い始めていたクックは、さらに南寄りに進み続けたのち次のように結論する。「これでわれわれは、ブーヴェが発見したとする陸地と同じ緯度上を、経度にして一三度進み続けてきたことになる。したがって、私は、ブーヴェが陸地と考えたものが、実際には氷島であったと確信した」（Cook［1］413）。

これより前の一七七五年二月六日、クックの日誌は南方大陸調査の実際上の困難を表現している。「ブーヴェも四八度のところで氷を見たと記しているし、もっと低緯度海域で氷に遭遇した者もいる。ただ、この南方大陸（それがあるとしての話だが）の大部分が南極圏内にあることは確かであろう。そこでは海が氷に閉ざされ、陸地があってもとても接近することなど不可能だ」（Cook［1］412）。これまでのさまざまな伝説や神話にもかかわらず、その存在自体は確認されていない幻の大陸が、これまで旅してきたアフリカや太平洋の南にみつけることができないにしても、南極圏にあるかもしれないことを述べながら、結局このあと、クックはさらに南下することなく針路を東に取ることになった。

2　近代国民国家の形成とクックの諸航海

国王陛下の帆船レゾリューション号

一八世紀の末頃を境に、新大陸の発見のために未知の海洋空間を探検する航海から、科学的な調査のための航海へと、大きな変化がみられた、といわれる。イギリスの場合も、近代国民国家としての統合が推進されるなか、旧来のような国王主導のもとではなく、議会が決議し海軍大臣の主導により実行に移される国家的・国民的事業へと、発見の航海が変容していく過程にあったらしい。緯度だけではなく経度も測定するために地球の自転角度を正確に計測できる時計すなわちクロノメーターの発明のためにさまざまな試みがなされ、たとえば、一七六一年に時計職人ジョン・ハリソンが完成させたいわゆる「ハリソン四号機」が出現したり、それを複製したケンダル時計の実験を行うことをクックがイギリス海軍に期待されていたりしたことは、すでによく知られている。実のところ、ケンダル時計を持ち込むことができた二回目より以前の第一回航海では、クック自身も可能なかぎり正確・精密な海図を作成するべく、種々の科学的方法を探っていたのである。

しかし海図全体についていえば、完全な修正を経ていない大部分の海図にくらべれば誤りはすくないことがわかるであろうと、私は信ずる。主な岬、湾などのすべてないしは大部分の緯度、経度は信用してよい。なぜならわれわれは緯度を修正するために毎日観測することをめったに怠らなかったからだ。そして経度決定の観測も同じぐらい数をかさね，太陽や月が利用できるときにはかならずそれを行ったので，観測の合間に行った計算に重要な誤りがしのびこむすきはほとんどなかった（Cook［1］173）。

このような歴史的コンテクストにおいてなされたのが、一八世紀後半の一七六八年から七九年にかけてキャプテン・クックによる太平洋探検の諸航海だった。

その概要を一言で説明するなら以下のようになろうか。クックの三度にわたる航海を通じて，はじめて，オーストラリア東岸，ニュージーランド，北米大陸北西部ならびに南極圏，ハワイ諸島などに関する本格的で高精度の情報が，イギリスをはじめとする西洋にもたらされた。そして，そうした情報は，単純な地理的情報にとどまらず正確な位置関係を計測する科学的技術の確立，長期航海の継続を可能にするための船員の健康維持，非西洋の人びとの生活や社会に関する知識に及ぶものだった。一八世紀の優れた航海者たちは，未知なる海域への尽きせぬ興味や科学者としての判断や並外れた手腕と苦難の航海により，個人的偉業を遂げた伝説的な英雄としてみなされがちだが，実は，彼らも海軍を中心とする国家の政治的・軍事的組織の一員であったことを理解しておくことが，まずは，重要だ。こうした理解や解釈によれば，そうした業績は国家的事業の一環として企図されたものだったということになる。クックの場合もまた，そうした航海者たち同様，海外植民地の獲得競争が熾烈を極めたなか，国家戦略に関わる重要な任務を忠実に履行していた（原田［2］一六〇―一六四）[1]。

つまり，国王陛下の帆船レゾリューション号の船長クックは，かつて『ロビンソン・クルーソー』や『ガリヴァー旅行記』に描かれた貿易による商業的利益を追求する商船ではなく，海軍に所属する船の

図1－3　ジョン・マラの『レゾリューション号の航海日誌』に掲載された作者不明の版画
（出典：Harriet Guest. *Empire, Barbarism, and Civilisation: Captain Cook, William Hodges and the Return to the Pacific.*）

乗組員である、ということだ。利益追求型の商船の場合は、高度の防衛機能を装備していないがため海賊の襲撃に遭遇する危険は多いが、平和時であれば航海のやり方ではかなりの利益を上げることが可能であったらしい。一攫千金という欲望に動機づけられた商船の船乗りは少なからず存在していたのであり、その頂点に立っていたのが東インド会社である。それに対して、海軍の船乗りは、激化する植民地争奪戦のなか、戦闘や武力行使という危険を孕み、また、限りある国家予算のもと設備も悪く低賃金、そのうえ厳しい階級制度のもとで、探検航海を実行しなければならなかった（原田［2］一六四－一六九）。もともと石炭輸送業を営むウォーカー商会の商船で航海術を身につけながらも、商業上の多大な利益や商会内での厚遇を振り捨てた、クックの海軍の船乗りへの転身・変身は、海賊たちの時代から科学と海軍を整備する近代国民国家が形成される時代への歴史的な歩みと軌を一にしている、ということになるだろうか。

だとするなら、第二回航海の準備段階である一七七一年一二月二五日付で、ドレイク号からレゾルーション号へ、ローリー号からアドヴェンチャー号へ、それぞれ、船の名前が変更されたのは、そうした動きを端的にあらわす事件だったということになるのかもしれない。第一回のエンデヴァー号による航海のあとのイギリスによる太平洋航海の性格は、一六世紀のドレイクやキャヴァンディッシュに代表される略奪航海のようなものではもはやなく、観察や調査を目的とするものに転換していった。グローバルな海の空間に活躍する海賊たちの時代から科学と海軍を整備することにより形成される近代国民国家へのヨーロッパ近代の歩みとともに、一八世紀における航海は、発見から開発へ、あるいは、富とカネに対する裸形の欲望から移民と文明化のイデオロギーへ、進化し変容する。クックの諸航海の意味も、このような歴史的進展・進化を反映するものとして、解釈することが可能かもしれない。

イギリス海軍本部の世界戦略

ところでまた、近代国民国家を形成しつつあるイギリスは、オランダに比べればいまだ後進的領土主義国家として、フランスと拡大する海洋空間における利害・権益を争っていた。そして一八世紀にはいると、スペイン王位継承戦争（一七〇一―一三年）、ジェンキンズの耳戦争とそれに続くオーストリア王位継承戦争（一七四〇―四八年）、そして、七年戦争（一七五六―六三年）などの一連の戦争が、それまでカリブ海とインド洋に限定されていたイギリス海軍当局の視野を、太平洋にまで拡げることになった。なかでも、七年戦争におけるフランスとの植民地争奪戦における勝利が、北米大陸ならびにインドにおける支配を、決定的なものとすることになった。このように一八世紀は、植民地獲得をめぐりグローバルというよりはインターナショナルに、国家間の戦争が激化する時代でもあった、といわれる。とするなら、イギリス国家が企てる南太平洋への航海も、このような時代状況に応じて、さまざまな変化や変身の身振りを示していった、と見ることもできる。七年戦争終了直後のイギリスにとっての南方大陸を獲得する意味を、英仏両近代国民国家間の主として商業的な戦いによって解釈する増田義郎によれば、インドと北アメリカにおける支配力をフランスから奪い、さらに太平洋に勢力を拡張する計画を進めていたイギリス政府は、アメリカ植民地とは比較にならない豊かな人口と土地をイギリス国家の主権において支配し交易をすることを目的としていた。とりわけ、海外本部の幹部たちが第二回航海の準備を急いだ理由として注目されているのが、ヨーロッパ各国のなかでも南方大陸の探検に大きな関心をもちそこを占領・植民地を建設しようとしていたフランスの存在だ。

こうした英仏国家間のライバル関係によってクックの航海日誌を読み解くなら、イギリスがいだいた太平洋に対する強烈な欲望は、経済上の世界戦略を指し示していることになる。たしかに、一八世紀前半以来、イギリスはキャラコや茶などのアジア貿易が拡大し、そうした商品を買い付けるための大量の貴金属を必要としていたのであり、オーストラリアや南方大陸には通商の対象となる豊かな物産があるにちがいないと期待されていた。ただし、この南方大陸への進出の企てには、大市場になるはずの中国やインドへの最短距離を狙うルートとして期待されていた北西航路への欲望も付加されていたことにも、注目すべきかもしれない。増田も指摘するように、緯度でいうなら南方大陸とはまったく反対の空間に位置する北太平洋から北米のカナダ北東にあるハドスン湾に抜ける海峡または水路の発見が、重要な目的のひとつとして設定されていたのであり、この北西航路を使用するならば到着するのに十数カ月かかる遠隔の地にも数週間で着くことができると考えられたらしい（増田［3］三七三―三七四）。海軍本部にとって、タヒチにおける金星観測という科学上の測定と知識を表向きの目標として掲げることが南方大陸の探索の恰好の隠れ蓑であったようにあるいはそれ以上に、幻の南方大陸を求める航海自体もまた、中国をはじめとするアジアの市場を独占的に獲得したいという欲望を外国や国内の人びとの目から隠蔽する絶好の口実として機能したのかもしれない。つまり、イギリス国家にとってのクックの太平洋航海の商業的・経済的意味は、結局のところ、以下のようになるだろうか。「海軍本部は、未知の海太平洋の主要部分を海図化し、なおかつ南方大陸を探索したのち、やがてはベーリング海に入って、ハドソン湾に通ずる道があるかどうか探ることを、クックに求めたのである。海軍本部の立場からすると、これこそ探検船太平洋派遣の真の目的であった」（増田［4］三七四）。

実際、北西航路、すなわち、北米大陸の北側にあるカナダ北極諸島の間を抜けて太平洋と大西洋を結ぶ航路の探索が、第三回航海の目標だったのであり、ここにこそイギリス海軍本部の世界戦略の核心があったといえるかもしれない。一七七六年までにアフリカの喜望峰を出帆しタヒチを経由してカリフォルニアに接触し、北アメリカ大陸北西部のハドスン湾またはバフィン湾に抜ける水路を探すことが、クックの航海に課された至上命令であった。グリーンランドの西を北上してアメリカ大陸の北を西進すればアジアに達するルートが見つけられるに違いないという信念あるいはファンタジーは、歴史的には、一六世紀半ばにイギリスの毛織物の輸出が不振に陥ったときに、遡ることができる。当時の毛織物業・羊毛貿易の経済的・商業的拠点であったアントワープの市場が、スペイン帝国から独立をめざしたオランダの政治的・経済的企てに端を発してヨーロッパ大陸を中心としたグローバルな資本主義世界に拡がった三〇年戦争のさまざまな戦いのなかで、陥落あるいは荒廃してしまったことが、イギリスの宮廷ならびにロンドンのシティで活動する商人・市民に新たな海の航路を発見するアドヴェンチャーの旅を計画・設計させた（大谷［5］一五七―二一四）[2]。そして、たとえば、モスクワ会社などは、あらたな市場と販路を求めてノルウェー沿いに北大西洋経由でアジアへのルートを探検したが、北極海をさらに東進して目的地に達することはきわめて困難であると判明したあと、これに代わって一五七〇年代からさかんに探検されたのが北西航路であった。この大西洋とアジアをつなぐルートへの欲望は、一七世紀そして一八世紀のクックの時代のイギリス国家にいたるまで、完全に消尽することなく反復され続けたものであった。

東インド会社の影

しかしながら、近代国民国家の形成という図式で一八世紀後半にイギリスが企てた太平洋航海を最終的に解釈してしまうには、どうしても気になることがある。それは、クックの起用に先行して候補に名前が挙がっていたという、アレグザンダー・ダルリンプル（Alexander Dalrymple, 1737-1806）という人物の存在だ。東インド会社の社員としてアジアに一三年間滞在した経験をもつダルリンプルは、航海の経験はあまりなかったが、太平洋に関する文書や書物の研究を行い、南方大陸の存在を、思弁的・理論的に、強く主張していた。「一七六四年までの南太平洋における諸発見」という論文では、西経九〇度から東経一七〇度まで、および、南緯二八度から南極まで、巨大な陸地があって、タスマンが発見したニュージーランドやメンダーニャが発見したマルケサス諸島はその一部であると論じている。彼は王立協会の会員でもあり、協会の南太平洋計画において観測員として推薦されるのだが、ダルリンプルの派遣船指揮者の地位の要求を、海軍本部は受け入れなかった。それ以前に、民間人に軍艦の指揮を認可して失敗した苦い経験があったからである。つまり、クックは、ダルリンプルに代わるいわば二番手候補だったことになる（増田［3］三八〇）。

ダルリンプルが海洋航海の経験を積んだ東インド会社という、二一世紀の現代資本主義世界において主要プレイヤーとなる多国籍企業のいわば先駆者のような存在が、海軍大臣に主導される南太平洋航海の国家的事業に、そもそもの企画自体において少なからず関与していたことを、いったいわれわれはどのように考えたらよいのだろうか。ひょっとしたら、東インド会社のようなグローバルな私的企業・商会とナショナルな国民国家イギリスあるいは海軍との矛盾を孕んだ関係を、南太平洋のトラヴェルライティングである航海日誌のテクストは、一番手のダルリンプルと二番手のクックの時間的遅延に産み出された差異、第二回航海に出発する直前に勃発した植物学者ジョゼフ・バンクスとクックとの対立、南方大陸の存在をめぐるイギリス王立協会の会員たちの肯定的意見と科学的知見や精密な地図制作に基づくクックの否定的見解との違い、等々の形式において、さまざまに繰り返し表象しているのではないか。

3　オランダ・サイクルからイギリス・サイクルへの移行

クックと七年戦争

南太平洋航海の国家的事業に参加したクックは、実は、イギリス海軍に入隊することで、七年戦争におけるフランスとの戦闘を経験していた。そもそも、スコットランド出身の農夫の父をもち、ヨークシャー北部生まれのクックは、父が働く農場での仕事が性に合わず雑貨店の店働きの職を経て、すでに言及したように、一七四六年一七歳のときに石炭輸送業を営むジョン・ウォーカーに紹介され三年間の年季奉公の契約のもと石炭輸送船フリーラヴ号に乗り込み、数回の航海を経験し航海術を学び始めた。その後、新造船スリー・ブラザーズ号の艤装を手伝い、そのまま乗り込み、年季奉公が終わった後も、一七五〇年までA・B級船員（Able Bodied Seaman）という一般の水夫とは区別される熟練有資格甲板員として働いた。その後、バルト海航路に就航していたメアリ号に乗り込み、さらに二四歳のときにはウォーカー商会の帆船フレンドシップ号のマスターすなわち航海長に任命されその指揮を任されるようになった。こうして私的企業の一員として商船で労働しそのキャリアを積み重ねていくことになったかもしれないクックが、その動機は不明だが、二七歳のときに突如としてイギリス海軍にA・B級船員として志願し入隊を認められたのが一七五五年、そして、七年戦争が始まったのはその翌年であった。

たしかに、その後、カナダでフランス海軍との戦闘を経験したクックは、イギリス海軍のペンブロック号のマスターとして出征したのであり、クックの七年戦争はイギリスの近代国民国家形成という図式による解釈への誘惑を喚起する。その意味では、ケベック攻略作戦においてセント・ロレンス川の測量に関わったことが、彼のキャリアにおいて重要だといえるかもしれない。ケベックまでのセント・ロレンス川は約五〇マイルにわたり島や浅瀬が多く、フランス軍が浮標や標識をすべて撤去していたために、戦闘開始までに、大急ぎで推進測量をして海図を作成する必要があったのだが、この地域の正確な海図を制作することで、この攻略作戦に少なからざる貢献をして認められた。一七六〇年代には、商務省から要請を受けた海軍本部によりあらたに英国領となったカナダ北東部ニュー・ファンドランド島の精密な測量に成功し、後の世界周航につながる船乗りとしてのスキルを培っただけでなく、イギリス本国の海軍本部ならびに王立協会に注目されることになったことは、間違いない（原田［6］二六一―六二）。

七年戦争とオランダ金融資本

だがしかしそれと同時に、資本主義世界のパワーとマネーがグローバルに転回する歴史的過程をたどるジョヴァンニ・アリギが指摘するように、イギリスが七年戦争に勝ったとき、フランスとの世界的優位をめぐる闘争は終わったのだが、それによってイギリスが世界の覇権国になったわけではなかったことも忘れてはならない。近代資本主義の世界システムの中核地域における抗争として一六八九年から一七六三年にわたる英仏両国の間の対立が設定可能なのはそれ以前のオランダのパワーが衰退したからであるが、英仏の戦争・抗争が終わるやいなや、紛争はシステム上の混沌が拡大した第三の局面と呼ばれるものに入った。すなわち、南北アメリカのいたるところでかつまたヨーロッパのほとんどの地域で示された支配者たちに対する植民地入植者、プランテーション奴隷、中心国中間階層からなる社会諸勢力の闘争と反逆がそれである。このシステム状にひろがった反逆の新しい波は、七年戦争終結により英仏の敵対関係が終息した後でも大きな影響を及ぼしていた。たとえば、七年戦争でフランスが敗北した後に、イギリス政府は、英領北米植民地の西部への拡大を抑制し、帝国の費用を全面的に北米植民地に押しつけようとした。その結果、終局的に反体制派の引き金を引き、アメリカの独立という一七七六年の革命を導くことになる（Wallerstein［7］202-203）。このシステムの混沌は、一七世紀の場合と同様、社会的対立が支配者間の権力闘争にいたった結果であったが、一七世紀初期と一八世紀後期との差異は、反逆臣民がはるかに優れて効果的な自律性を示したことであった（Arrighi［8］51-52）。イギリスがパワーとマネーの両方において覇権を握るためには、一七世紀初期のネーデルランド北部七州と同様、このシステムの混沌から新しい世界秩序をまったく新しい種類の世界的覇権であるイギリス自由貿易帝国主義によってつくり出さなければならなかった(3)。

ただし、マネーという観点からは、こうしたパワーのストーリーのもとに、もうひとつ別の地政学的関係と金融資本の歴史物語を重ね読みすることもできる。そもそも、国民国家イギリスを初期近代である一六世紀後半に編制した新しい種類の政府・企業組織の形成つまりイングランドの商人＝銀行家とエリザベス女王の同盟は、ヨーロッパ世界経済の主要な資本蓄積中心地であった都市国家が衰退し可動資本を求める国家間の競争が不断に進行するなかで生まれた、資本主義つまりマネーと領土主義つまりパワーの特異な組み合わせのひとつであった（Arrighi［8］207-208）。こうした解釈の試みにおいて興味深いことに、七年戦争という世界通商の優位をめぐる戦いの時期は、オランダ資本のイングランド証券への投資が最も拡大した時期と重なる。世界権力闘争において後発参加国であった英仏二国間の世界通商の優位をめぐる決定的転換点となったこの戦争に、重要な役割を果たしたのがオランダ資本だ、というのが金融・商業の重要性に目を配りながら英蘭関係を論じたチャールズ・ウィルソンの主張だった（Wilson［9］71）。あるいはむしろ、オランダは英国の勝利が資本主義世界経済の管制高地からの自らの地政学的地位の転落を印しづけるという事実を目の当たりにしながら自分ではどうすることもできなかったという意味で、長い歴史過程の完結に手を貸したというだけであったのかもしれない（Arrighi［8］207）。一七世紀後半、英仏両国の重商主義の成功によりすでに深刻な制約を受け始めていたオランダ商人が、貿易から撤退し高等金融に専念する道を選ぶことを余儀なくされる一方で、資本主義的・領土主義的な国民国家間の紛争の主要なプレイヤーとして擡頭してきたのが英仏両国家であった、ということだ。

イギリス・サイクルへ

七年戦争後のパリ条約でフランス人は、イギリス人に北アメリカとインドから追い出された。その後の北アメリカにおけるイギリス国家内の内紛、すなわちイギリス政府と北アメリカ臣民との間の対立が激化して起こったアメリカ独立戦争をフランス人は失地回復に利用しようとしたのだが、この戦争においてはなんとオランダ人もイギリスを敵にまわし、フランスのほうに味方した。しかしながら、フランスもオランダも、この戦争におけるイギリスの敗北から、何も得ることはなかった。この後イギリスの報復をうけ第四次英蘭戦争（一七八一―八四年）で敗北したオランダは、さらにその後に起こる「バタヴィア」革命やオラニエ家の反革命行為の結果、ナポレオン戦争の期間に完結することになる世界の金融市場の中継点のアムステルダムからロンドンへの移行のスピードを早めることになる（Arrighi［8］141-144）。言い換えれば、オランダ・サイクルからイギリス・サイクルへグローバルに転回する最初の重要な契機としてこそ、七年戦争は捉えられなければならない。

一八世紀のイギリスにおいては非西洋世界との貿易で排他的支配権を獲得しオランダの余剰資本がイギリス企業に流れるなどして、ロンドンがアムステルダムに対抗しうる地歩を固めることとなったが、高等金融におけるオランダ支配の最終的危機の端緒となったのは、逆説的であるが、アメリカ独立戦争において、オランダと組んだフランスの支援を受けた北アメリカにイギリスが敗北したことであった。この敗北を喫した後、オランダ人に対して猛烈な報復に出たイギリスは、海洋国家オランダに大打撃を与えオランダ領有のセイロン島を占領し、マラッカ海峡へのアクセスも獲得した。こうして、オランダの通商帝国が東インド諸島における壊滅的な損失を被った結果、一七六〇年代初頭以来、アムステルダムの金融市場をおそった危機によりオランダ・サイクルは終わりの始まりを迎えることになった。一七八〇―一八三年のオランダ危機ののち抬頭したのは世界金融の新しい支配的中心地ロンドンであったが、この時期は、高等金融におけるオランダの支配が新たに抬頭しつつあるイギリスの支配と不安定に共存する移行期であった（Arrighi［8］159-160）。

クックの第二回航海日誌にも、イギリス・サイクルへ移行する時期にこのように同時多発的に出現した矛盾や敵対を孕んだ英蘭関係が、ずいぶんと転位された形式ではあるものの、刻印されている。クックのレゾリューション号とともに第二回航海の旅に出たアドヴェンチャー号の船員のひとりが、ニュージーランドで船員たちの服をいくつか盗んだことをきっかけに発砲事件に発展し、島の人びとに殺され食われてしまったという話が一七七五年三月一八日の日誌に記されているのだが、帰国途上のクックにこの話をしたイギリス人船員が乗船していたのは、ベンガルからヨーロッパへ戻るオランダ東インド会社の船バンケルケ・ポルデル号であった（Cook［1］417）。この直後にケープタウンに到着したクックは、新しい焼きたてのパンや新鮮な肉、野菜やワインなどを調達し健康回復のために宿を借りたりするだけでなく、船のいたんだ箇所の修復に取りかかり、索具を除くほとんどの部品を新たに取り換えなければならなくなるのだが、この地での購入は法外な値段をふっかけられることになる。「海事用品について、ここのオランダ人はバタヴィアと同じく、困っている外国人に恥も外聞もなくつけ込んで」（原田［6］五〇五）きたからだ。こうしたあきらかに敵意のこもったもてなしあるいは仕打ちは、三日前の一八日に中国から帰るイギリス東インド会社船トゥルー・ブリトン号の船長から受けた好意とは、見事なまでの対照をなしている（Cook［1］418）。

この船は、ブロードリー船長率いるトゥルー・ブリトン号で、中国からの帰りであることがわかった。ブロードリー船長は喜望峰に寄港するつもりではなかったので、私は彼に海軍本部の秘書官に宛てた書簡を託した。……われわれはまたこの船から古新聞の束を受け取ったが、これはこちらにとっては実に新鮮なニュースばかりで、皆、読んで楽しんでいた。もっともこれらは、ブロードリー船長から受けたほんの小さな好意にすぎない。彼も、東インド会社船を率いる船長に特有な気前の良さをもっていて、新鮮な食糧や茶、その他の品々をわれわれに都合してくれた。どれもたいへんありがたいものばかりで、ここに記して公に謝意を表するに値するものであった（Cook［1］418）。

ヨーロッパ外部の政治的ならびに経済的な空間でもある海洋に繰り広げられる、これらのイギリス・サイクルとオランダ・サイクルの間の差異や矛盾は、グローバルな大陸・大洋空間を国家横断的に移動するマネーあるいは金融資本と交換・取り引きされるヒト・モノの配給経路つまりは商品の流通ルートとそれを持続可能なかたちで支えるロジスティックスという観点から、解釈することができるのかもしれない。そしてまさに航海記がこのような差異や矛盾の表象可能性に開かれていることにこそ、クックの航海のもつ特殊性があるのかもしれない。

4　航海日誌、あるいは文化研究の更新？

航海日誌が表象する幻の南方大陸

トラヴェルライティングとしてのクックの航海日誌は、個別の歴史性をになう物質的条件の吟味を基盤とする文化研究によってこそ、解釈されるべきである。幻の南方大陸の表象とそのいまだここに現前しない未知の存在の発見を求め、この世界の内部のどこかにユートピア的外部空間を求めて思考・想像する物語を、近代国民国家の形成といった図式ではなく、資本主義世界のマネーとパワーのグローバルな拡大・転回という歴史的過程において捉えようとした本章は、そうした解釈の企てのひとつである。

図1－4　クック船長以上にセレブな文化人としてもてはやされた植物学者ジョゼフ・バンクス（中央），同じく植物学者ダニエル・ソランダー（右）とロンドンへ連れてこられた太平洋諸島人オマイ（左）

（出典：図1－3と同じ。）

更新される文化研究

このようないわば二重螺旋状の拡張をともなう歴史の移行の物語に刻印された国家の権力とグローバルな金融資本の矛盾を孕んだ関係性に注目する解釈の可能性は、ほかにもあるかもしれない。南方大陸が存在しないことを結局は確認するだけに終わったクックの航海は、短期的にみればその非生産的な徒労と無意味さによって価値評価されることになるのだが、その非生産性にともなう強烈に不気味な快楽をモダニティとその諸価値によって解釈する可能性を示唆したのは、マーガレット・コーエンの研究だった（Cohen [10] 30-37）。グローバルな海の文化によって近代小説の起源およびそれがトランスアトランティックに生成する系譜をたどる試みでもあるこの研究は、また、ヨーロッパ文明とその他者とのポストコロニアルな遭遇から、モダニティに条件づけられた生産体制、テクノロジー、メディアの問題に焦点を移動させることにより、ポストフォーディズム的なフレキシブルな労働という主題を前景化した研究ともなっている。ぜひとも注意すべき論点は、海洋や船上の労働者たちに承認されるそうした労働のスキル・テクニックと自由で流動的な集団性の表象が、単なるネオリベラリズムの市場や福祉国家とは異なる、第三の公共メディア空間のさまざまなフィギュアを再発見・再発明する試みとなっていることだ（Cohen［10］30-37）。こうした文化研究のプロジェクトに、イギリス・サイクルからアメリカ・サイクルへ、そして、さらにそれ以降の、ひょっとしたら現代の支配的な世界とはまったく異質な、二一世紀の現在と未来の社会へといたる歴史物語の可能性が、ひそやかなかたちで、存在しているのかもしれない。

このように更新される文化研究は、いずれにせよ、商品化された崇高のイメージを称揚したり、あるいは逆に、そうした文学的解釈を美学批判の手続きを通じて行うのとは異なるやり方によって、企図されなければならない。クックのテクストが要請するのは、言語の物質性にのみ限定的なやり方で批評の目を向ける研究・解釈といったようなものでは、もはや、ないはずである。別の言い方をするなら、そのトラヴェルライティングは、モダニティの歴史的条件の内部においてのみ、かなたにある未知のものを求める航路やルートをとるのとは別のグローバルな航海の旅への志向と欲望を、われわれの思考と想像力に喚起していたのではないか。

注

（1）三回のなかでも第二回航海は、探検海域の規模、その精度、記録の充実性いずれにおいても他の航海と比べて卓越しているといわれる。だが、本章がこの二回目の旅をとくに取り上げる理由は、その発見の航海の物語が、そのような科学的思考の表現としてだけでなく、文学的想像力の表象ともなっているからだ。換言すれば、本章の主要な関心は、第三節で論じるように、資本主義世界におけるマネーとパワーのグローバルな移行・転回というコンテクストにおけるクックの航海記の歴史的意味である。したがって、たとえば、第三回航海の目的のひとつであったタヒチの住人オマイをイギリスから太平洋に連れ戻すエピソードも、西洋とその他者との異文化遭遇・交流というポストコロニアリズム以降の研究主題ではなく、異なる諸生産様式に規定された複数の社会の歴史的共存・発展という問題やスコットランド啓蒙主義・市民社会の主題によって解釈することを志向することになろう。こうした解釈は、また機会をあらためて、具体的に実践したい。

(2) シェイクスピアの歴史劇をヨーロッパの宮廷文化と地政学との関係において取り上げることにより、ブルゴーニュ公国の歴史的意味を解釈する大谷の研究、とりわけ、第六章「英国史劇の変容と三〇年戦争――移動するユートピア空間としての宮廷」は、「長い一六世紀」(フェルナン・ブローデル) あるいはジェノヴァ・サイクルからオランダ・サイクルへの移行・転回のプロセスをたどるものとみなすことも可能である。

(3) イギリス自由貿易帝国主義は、三つの分析レベルにおいて注目される。まず、資産家たちの国民共同体によって管理された新しいグループの国家が、旧来のウェストファリア体制の君主・寡頭支配制国家に加わったこと。次に、西洋世界の植民地の崩壊を経て非西洋世界に植民地帝国を拡大し、この領土征服において大きな分け前を得たイギリスが帝国支配を再興したこと。最後に、自由貿易の実践とイデオロギーによるイギリスの世界システム統治と世界的規模におけるイギリス自由貿易の支配・蓄積体制の帝国的基盤、そして、ウェストファリア体制の拡張と交替によって生まれた新しい世界統治の手段＝国内と国家間に働く原理は世界市場というより高次の原理にしたがう、という原則を確立したことである (Arrighi [8] 52-55)。

引証資料

[1] Cook, James. *The Journals*. Prepared from the Original Manuscripts by J. C. Beaglehole for the Hakluyt Society, 1955-67, selected and edited by Philip Edwards. (New York) Penguin, 2003.

[2] 原田範行「後編『かなたに何かある』――航海家たちのイギリス一八世紀」石原保徳・原田範行『新しい世界への旅立ち　シリーズ世界周航記別巻』岩波書店、二〇〇六年、一五三―二三八頁。

[3] 増田義郎「解説1　キャプテン・クックまでの太平洋航海」クック『太平洋探検』(一) 第一回航海 (上)

増田義郎訳、岩波書店、二〇〇四年、三二七―三七六頁。

[4] 増田義郎「解説3　エンデヴァ号の航海について」クック『太平洋探検』（二）第一回航海（下）増田義郎訳、岩波書店、二〇〇四年、三六一―三七九頁。

[5] 大谷伴子『マーガレット・オブ・ヨークの「世紀の結婚」――英国史劇とブルゴーニュ公国』春風社、二〇一四年。

[6] クック『南半球周航記』（上・下）原田範行訳、岩波書店、二〇〇六年。

[7] Wallerstein, Immanuel. *The Modern World-System III. The Second Era of Great Expansion of the Capitalist World-Economy, 1730-1840s*. (New York) Academic Press, 1988［イマニュエル・ウォーラーステイン『近代世界システム1730～1840s――大西洋革命の時代』川北稔訳、名古屋大学出版会、一九九七年］.

[8] Arrighi, Giovanni. *The Long Twentieth Century: Money, Power, and the Origins of Our Times*. (London) Verso, 1994［ジョヴァンニ・アリギ『長い二〇世紀――資本、権力そして現代の系譜』土佐弘之監訳、柄谷利恵子・境井孝行・永田尚見訳、作品社、二〇〇九年］.

[9] Wilson, Charles. *Anglo-Dutch Commerce and Finance in the Eighteenth Century*. (Cambridge) Cambridge UP, 1966.

[10] Cohen, Margaret. *The Novel and the Sea*. (Princeton) Princeton UP, 2010.

その他の参考文献

Guest, Harriet. *Empire, Barbarism, and Civilisation: Captain Cook, William Hodges and the Return to the Pacific*. (Cambridge) Cambridge UP, 2008.

第2章　プラントハンターの旅行記
――ロバート・フォーチュン、紅茶の苗を求めて中国を行く――

青木　剛

1　〈未知の地〉へ乗り込むプラントハンター

〈未知の地〉としての東アジア

イギリス人によって書かれた東アジアに関するトラヴェルライティングは、一八四〇年に勃発したアヘン戦争前後から急速に増える。イギリスと中国（当時は清）の間の交易にはすでに長い歴史があったが、中国が外国人に開放していた港は広東に限られ、そこでの行動も厳しく制限されていたため、中国の大部分はいまだに〈未知の地〉にとどまっていた。アヘン戦争は、まずイギリス軍将兵などによる従軍記（これも一種のトラヴェルライティングといえる）をもたらし、一八四二年の南京条約によって中国の門戸が大きく開かれると、さまざまなイギリス人によるトラヴェルライティングが続々と出版され、やがてその波は日本や旧朝鮮にも及んだ。

プラントハンターとして知られるロバート・フォーチュン（Robert Fortune, 1812-80）の旅行記は、アヘン戦争の従軍記に次ぐ、イギリス人によって書かれた本格的な中国旅行記の先駆的なものに数えることができる。出版当時、フォーチュンの旅行記が一般読者にも広く読まれたのは、ひとつにはそれらが〈未知の地〉について書かれたものであり、もうひとつには当時イギリスで人気が高かった外来植物の専門家によって書かれたものであるからだ。

フォーチュンは四冊の旅行記と、そのうち二冊の内容にも手を加えた普及版を残している。まず、これらを順に追いながら、旅行作家としての足跡を簡単にたどってみよう。

フォーチュンが最初の中国旅行をしるした『中国北部地方における三年間の放浪』（*Three Years' Wanderings in the Northern Provinces of China*, 1847）は、南京条約直後の〈未知の地〉での冒険を伝えるとともに、中国の珍しい植物の紹介に多くの紙面を割いている。一般読者だけでなく、チャノキに関係した専門家にも注目されたことは、その背景に、イギリス領インドで栽培が始まっていた茶が中国産の茶に遠く及ばなかった状況を、中国のチャノキを移植することで打開しようとする植民地政策があったことの現れである。実際、同年中に中国の茶に関する記述を大幅に増やした第二版が出版されている。

二作目の『中国茶産地への旅』（*A Journey to the Tea Countries of China*, 1852）は、フォーチュンが中国のチャノキをインドの茶園にひそかに運んだことを軸に展開する。当時のイギリス人の海外の植物に対する関心は、庭園や公園を飾る〈装飾的植物〉だけでなく、チャノキのような〈実用的植物〉にも及んでいた。

これら二作によってフォーチュンのプラントハンターと旅行作家としての名声は確立したといえるが、一八五四年には二作の普及版が出版される。そこでは、植物に関する専門的な箇所が削られ、想定された読者が次第に専門家から一般読者へと傾いていたことをうかがわせる。

これに続く『中国人とともに暮らす』（*A Residence Among the Chinese*, 1857）も中国への新たな旅をしるしたものだが、書名が示すように中国人の生活に焦点が移っている。

『江戸と北京』（一八六三年）ではフォーチュン自身それまで訪れたことがなく、読者にとってもまだ〈未知の地〉として意識されていた日本と中国北部に手を広げていった。前作と同様、ここでも人々の生活に重点が置かれ、植物を取り上げる場合にも、人々と植物の関係や、一般読者にも興味がありそうな〈装飾的植物〉がおもなものである。

このように、フォーチュンは少なくないトラヴェルライティングを残しているが、今日、それらを実際に手に取る読者はそれほど多くはないだろう。〈未知の地〉であるがゆえに書かれ、そして読まれたトラヴェルライティングは、対象が未知のものでなくなるとともに人々の興味は次第に失われていった。現在のところ、日本で出版されたフォーチュンに関する単行本は、最後の旅行記の翻訳『幕末日本探訪記――江戸と北京』、サラ・ローズの『紅茶スパイ――英国人プラントハンター中国をゆく』の翻訳のみである。

本章では『中国北部地方における三年間の放浪』と『中国茶産地への旅』を中心に、フォーチュンのトラヴェルライティングが出版当時どのように受け入れられたかを考察し、最後にフォーチュンの旅行記の今日における意義を論じる。

外来の園芸植物への関心

フォーチュンが庭師を志した一八三〇年代、イギリスでは外来植物に対する関心はブームといえる状態にあった。

王室や有力貴族から始まった庭園への情熱は、一八世紀の風景式庭園の出現に後押しされて次第に地方地主や裕福な中産階級に広がり、一八三五年発表のチャールズ・ディケンズの「ロンドンの楽しみ」（後に『ボズのスケッチ集』に収録）では、ロンドン郊外にある小さなテラスハウスの裏庭で、庭いじりを最大の楽しみとする年金生活の老夫婦が描かれるにいたる。

そうした庭園ブームの中、イギリスにおける海外からの実用的・装飾的植物の導入は早くから行われていた。外来の園芸植物の流通も、すでに一八世紀には商業ベースで成り立っていた（Armytage [1]）。一八〇四年に設立されたロンドン園芸協会（後の王立園芸協会）も外来種の導入に熱心で、すでにアフリカ、南北アメリカ、オーストラリアなどにプラントハンターを派遣していた。一種の鎖国政策によりほとんど〈未知の地〉にとどまっていた中国に、その先兵として送り出されたのがフォーチュンだった。

フォーチュンの父はスコットランドのベリック州の農場で中間管理職的な立場で働く農場労働者だったが、その息子が庭師になることを決意した際、将来、プラントハンターになることを考えていたかどうかは定かではない。しかし、フォーチュンの庭師としての修業時代をたどる時、彼がプラントハンターへの道を着実に歩んでいたことがわかる。

村の教区学校を卒業したフォーチュンは、近隣の領地に庭師として弟子入りする。領主は植物全般に造詣が深く、外来種の導入にも熱心で、フォーチュンはこの頃から外来植物に接していた。

フォーチュンの時代、庭師（gardener）の社会的地位は向上していて、一九世紀中頃には、カントリーハウスにおける庭師頭は、収入では劣るものの執事と同等の地位を獲得するようになっていた（Ikin [2] 27）。さらに、地方地主の領地で庭師として修業を積んだ後、公的な植物園の園芸員（英語ではこれも gardener）となる道も開けていた。

一八三九年、フォーチュンはエディンバラ王立植物園の園芸員の職を得る。ここで実践的な植物栽培の経験だけでなく、プラントハンターに求められる植物に関する、より広範な知識を得る機会を与えられたのである。

さらに一八四二年には、ロンドン園芸協会の温室部門主任に抜擢され、文字通りプラントハンターとしての第一歩を踏み出す。というのは、温室を担当するということは、海外の温帯・熱帯地方からもたらされた外来種を担当するということであったからだ。『ロンドン園芸協会紀要』にフォーチュンの名で発表された二編の論文、「グアテマラからの新種、アキメネス・ロンギフローラに関する覚書」と、フォーチュンが後に植物の輸送に用いることになる〈ウォードの箱〉に関連した「昇汞《ショウコウ》溶液により防腐処理された木材と水銀蒸気の植物に対する影響に関する実験」にも、フォーチュンをプラントハンターとして育てようとする協会側の意図が認められる。こうして、実践的かつ科学的な眼で未知の植物に接することができる一人の青年が誕生したのである。

アヘン戦争とイギリスの中国進出

当時、外来の〈実用的植物〉として関心が高かったのがチャノキであり、その最大・最良の産地が中国であった。イギリスが中国との交易を始めたのは一七世紀に遡るが、その後、茶、磁器、絹などの輸入は増加する一方であったのに対し、輸出は伸びず、莫大な貿易赤字と銀貨の流出をもたらした。それを解消するために東インド会社が行ったのが、イギリス領インドでアヘンを栽培して中国に密輸出し、その利益を茶などの輸入品の代金にあてるという三角貿易だった。しかし、中国政府はアヘンの利用が広まることを恐れ、アヘンの密輸入を全面的に禁止し、そのために勃発したのが、一八四〇年から一八四二年まで続いたアヘン戦争だった。

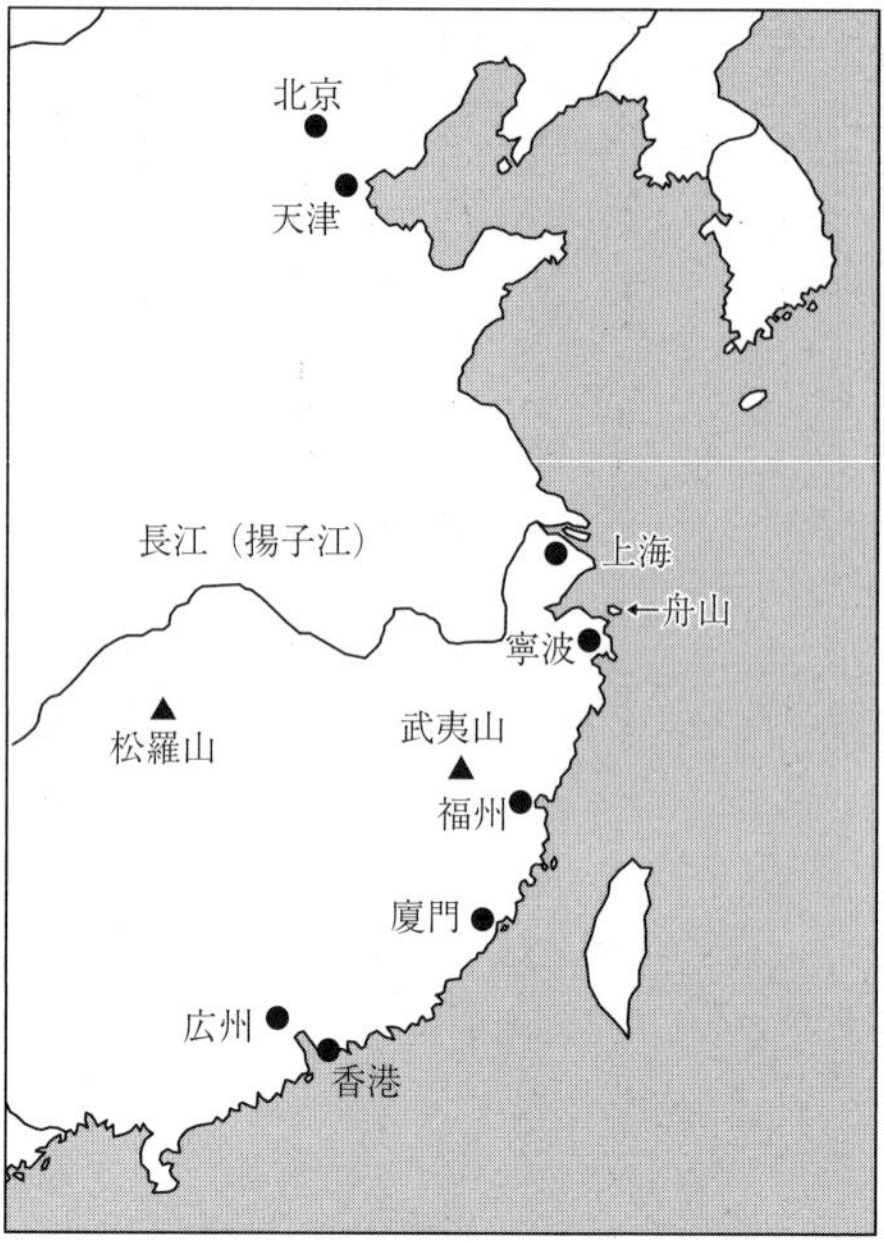

図2-1　フォーチュンの中国

イギリスの勝利によって締結された北京条約は、アヘンの輸出については曖昧だったが、事実上、取締りは行われなくなった。これに加えて、香港の割譲、広州、福州、厦門《アモイ》、寧波《ニンポー》、上海の五港の開港と自由貿易が認められた。それ以前、中国との貿易は〈広東システム〉のもとで行われ、開港されていたのは広東のみで、売買は定められた仲買商（公行）を通して行わなければならず、外国人が中国内陸部に自由に立ち入ることはできなかった。

この意味で南京条約はイギリスにとって大きな前進であったが、五港におけるイギリス人の居住が認められる一方、内地旅行は地方政府が認める範囲に限定されるなど制限も少なくなかった。その五港にしても、中国政府が首都北京に外国人が近づくことを恐れたため、いずれも中国南部にある港であった。フォーチュンが初期のトラヴェルライティングで「中国北部地方」というのは、実際には揚子江以南の現在の中国南部だった。アヘン戦争以前、外国人の立ち入りが許された広東から見ると、南京条約で出入りが許された中国南部は「北部」と意識されたのである。

こうした制約にもかかわらず、イギリス人は官民一体となって中国への進出の基盤を着々と築いていった。フォーチュンは、初めて舟山諸島の主要都市、定海を訪れた時の様子を次のように語る。

私の滞在中、舟山島は、南京条約のもと一八四六年までイギリス人の駐留が許され、われわれが掌握していたといえる。もちろん、定海はイギリス軍の本部であった。また、島の西部と東部にも二カ所の駐屯地があった。私は、司令官のサー・ジェイムズ・シュードル少将宛の紹介状を携えていたので、駐屯地内にあった家の一角を提供していただき、ただちに仕事に取り掛かることができた。そこに駐屯していたマドラス歩兵第二連隊のマクスウェル博士と知り合いだったことも幸いだった。植物学の熱烈な愛好家だったこの紳士は、飽くことなく現地調査を行い、そのために、貴重な情報を私に提供することができたのだ（Fortune［3］63）。

このような有力者との関係や植物学が取りもつ縁のおかげで、フォーチュンは中国でのプラントハンティングを精力的に進めることができたのである。

大英帝国の先兵として

といっても、南京条約は中国茶の輸入の問題を完全に解決するものでもなかった。中国政府が再びアヘンの取締りに転じれば、中国茶の輸入も停止しかねない。そうした恐れのため、イギリス政府はアヘン戦争以前からインドでの茶の栽培を推進していたが、まだ良質の茶を生産できる段階には達していなかった。

このような事情から、フォーチュンは最初の中国旅行から茶の産地に注目することになる。さらに二度目の中国旅行では、インドの茶農園を統括する東インド会社の派遣員として、中国から良質のチャノキを移植し、優れたチャノキの栽培法と茶の製法を身につけた中国人をインドに送り込む任務を負わされたのである。

フォーチュンの初め二回の中国旅行を考える時、それがロンドン園芸協会と東インド会社の派遣員として行われたことは重要である。この時期のプラントハンティングは、たんなる未知の植物に対する知的・美的な興味で行われたわけではない。往復の旅費、中国での生活や移動に必要な費用、採取した植物を送り出す輸送費など、植物に関する経験と知識が豊かとはいえ、一人の青年が捻出するのは不可能だっただろう。中国のプラントハンターの先駆けとなることはフォーチュンにとって胸躍るものがあったに違いないが、それが可能だったのは組織の派遣員となる機会を与えられたからである。

そのために、フォーチュンの中国での行動は制約を受ける。ロンドン園芸協会との契約については資料が残っているが、フォーチュンは出費の詳細な記録と日記を定期的に協会に送ることを求められ（Fan［4］219）、「指示書」には、採取した植物に対して園芸協会が「独占的権利」をもつことが明記されていた（Fan［4］127）。フォーチュンの初期の中国旅行は個人的な興味のおもむくままなされたものではなく、金銭的にも時間的にも組織の監視下で行われたものだった。そして、次節で示すように、それはフォーチュンのトラヴェルライティングにも色濃く反映されている。

派遣員としてのフォーチュンが書いた旅行記は、時代の要請のもとに成り立ったものということができる。イギリスの外来の園芸植物に対する需要と、大英帝国の茶に関する政策が、農場労働者の息子をプラントハンターとして育て、〈未知の地〉中国へと送り出したのである。この意味では、フォーチュンの旅行記は、得られた成果を広くイギリス国民と共有するための重要な媒体でもあった。

2　トラヴェルライティングの実用性

『三年間の放浪』の出版

こうしてフォーチュンは、一八四三年春、ロンドン園芸協会のプラントハンターとして中国という〈未知の地〉への最初の航海に出る。専門家から一般の愛好家にいたる広い読者層をもっていた週刊の『園芸家新聞』は、すでに出発前の三月四日に、園芸協会がフォーチュンを中国に派遣することを伝えていた。一〇月一四日付の同紙には次のような短信が掲載される。

フォーチュン氏――本紙では、われわれのもとに届くフォーチュン氏からの書簡を順次発表する予定だが、七月二七日付の書簡により、氏が無事香港に到着したことを友人諸兄にお知らせする次第である（*The Gardeners' Chronicle* [5] 223）。

『園芸家新聞』にこのような短信が掲載されたことは、幅広い読者がフォーチュンの動向を固唾をのんで見守っていたこと、少なくとも新聞社がそう判断していたことを示している。その後も、上記の短信に書かれたとおり、『園芸家新聞』はフォーチュンの中国から「書簡」が届くたびにその内容を紹介している。

だが、上記の短信が「友人諸兄（friends）」、つまり、フォーチュンと面識のある専門的に園芸にかかわる人々に宛てられていることにも注目しなければならない。すでに述べたように、フォーチュンを最初に中国に派遣したのはロンドン園芸協会だったが、実際、三月四日の短信には、この件に関する協会の連絡先としてジョン・リンドリー（John Lindley, 1799-1865）の名前が掲載されている。リンドリーはユニヴァーシティ・コレッジの植物学の主任教授であり、園芸協会の書記補佐を務め、『園芸家新聞』の創刊メンバーでもあった。フォーチュンの中国旅行が広く園芸愛好家の注目を集めていたとしても、そのコアの部分には、フォーチュンのプラントハンティングをさまざまな形で支えることができる「友人」のサークルが存在したのだ。

フォーチュンが大量の中国の植物とともにイギリスへ帰国した際にも、『園芸家新聞』は一八四六年五月九日付の短信でそのことを報じている。しかし、待ちわびられたはずの最初の中国旅行記が『中国北部地方における三年間の放浪』（以下『三年間の放浪』）として日の目を見るのは一八四七年で、出版までに一年近くが経過している。

出版にいたる経緯は詳らかでないが、リンドリーを中心としたフォーチュンの「友人」のサークルが老舗のジョン・マレー社に働きかけ、フォーチュン、園芸協会関係者、出版社などが一体となり、一枚の地図と一六点の挿絵を含む立派な旅行記を仕上げていったのではないか。『三年間の放浪』は中国でのプラントハンティングについて最初に書かれた歴史的な旅行記であり、出版に携わった人々はそれにふさわしい完成度を求めたのではないか。リンドリーの口利きで、フォーチュンはチェルシー薬草園の園長の職を得るが、それは『三年間の放浪』の執筆中、フォーチュンとその家族を経済的に支えるためだっただろう。

一八四七年四月三日付の『園芸家新聞』に掲載された『三年間の放浪』の長文の書評は、この旅行記のことを広くイギリス社会に知らせたいという「友人」たちの思いとともに、画期的な旅行記が完成したことに対する彼らの喜びが込められているのではないか。

利害関係者への報告書

『三年間の放浪』は一般読者から専門家にいたる幅広い層に受け入れられたが、それが大英帝国の中国進出の一環としての旅行であれば、それがチャノキの利害関係者への報告書の色合いを帯びていることは不思議ではない。

『三年間の放浪』の初版には、中国の園芸植物や茶について相当詳しく書かれているが、茶の問題はイギリスの貿易政策にかかわる現実性があり、さらに詳しい情報を求める利害関係者がいた。第二版はそうした要望に応える形で、中国での茶の生産量と消費量の統計、中国の茶産地と、イギリス領インドで茶の栽培が行われていたヒマラヤ地方との比較などが付け加えられる。細かな異同については省略するが、初版の「中国のチャノキ」の章が、第二版では「中国のチャノキ」と「茶商人」の二章に分割され、後者におよそ八頁の増補が行われている。これは、フォーチュンの「友人諸兄」のうちとくに茶に関心の高い者たちの要請を受け入れたものであろう。

図2－2　緑茶を生産する中国の茶農園
（出典：Robert Fortune. *A Journey to the Tea Countries of China.*）

さらに二作目の『中国茶産地への旅』は、東インド会社の派遣員として中国からインドにチャノキの苗と種子を密輸出した〈紅茶泥棒〉を行った経験を中心につづられたものである。そもそも、東インド会社とフォーチュンの間を取りもったのは、医師として同社の社員となり、

図2-3　茶の揉捻をする中国人

（出典：Robert Fortune. *Three Years' Wanderings in the Northern Provinces of China.*）

茶農場があるヒマラヤ地方の植物に造詣が深く、ロンドンのキングズ・コレッジの教授でもあったジョン・ロイル（John Royle, 1798-1858）であった（*The Gardeners' Chronicle* [6] 488）。『中国茶産地への旅』には『三年間の放浪』で触れられなかった中国の園芸植物や庭園の描写はあるものの、大半は中国のチャノキの栽培と茶の製法に関する記述、そしてインド総督の命により行われたインドの茶農園の視察に関する記録からなっている。その意味で、『中国茶産地への旅』は東インド会社とイギリス政府への報告書としての側面が強く表れているのである。

チャノキは園芸植物でないばかりか、イギリスの気候はその栽培に適さない。園芸愛好家である一般読者にとっても、『中国茶産地への旅』の魅力は『三年間の放浪』には及ばなかったに違いない。

フォーチュンにしても、『中国茶産地への旅』の出版によって、インドへの良質なチャノキの導入と茶の製造の改良というプラントハンターとしての任務は終わり、茶の利害関係者への情報提供の責務も終わったという認識はあっただろう。『中国茶産地への旅』の一年後に、『三年間の放浪』と『中国茶産地への旅』の廉価版として二巻からなる『中国の茶産地とヒマラヤ地方のイギリス人経営の茶農場への二回の滞在旅行』が出版される。マレー社の助言により版を小さくし、挿絵の点数も減らしたものだが、序文には「科学者や専門家には非常に重要だが、一般読者にとってはあまり関心がない」（Fortune［7］iv）箇所を省いたとある。実際、比較してみると、『三年間の放浪』の第二版で付け加えられたチャノキと茶に関する部分などがバッサリと削られている。

実用的ガイドブックとして

『三年間の放浪』と『中国茶産地への旅』のもうひとつの特徴は、大英帝国の中国進出を背景にしているために、実用的ガイドブックの要素を多く取り入れていることである。それは、たとえば戦前の日本において、鉄道院が編纂した『朝鮮満洲支那旅行案内』や『東亜英文旅行案内』のように、観光名所だけでなく、行政機構、産業、地理なども詳述したタイプのガイドブックである。フォーチュンが訪れた頃の中国は、まだ観光というより仕事や事業の対象であった。初期の旅行記には、そうした渡航者のために役立つ実用的な情報を可能な限り網羅的に提供するという意図が明らかに読み取れる。

経済誌『エコノミスト』は、二頁におよぶ書評の中で『三年間の放浪』は大英帝国の経済的な側面からも注目すべきものだと位置づけている。その書評は、中国の五港開港後の情勢に触れながら次のように始まる。

われわれは中国に関する完全な知識を得つつある。中国の不思議については、まもなくアテネやコンスタンティノープルと同様、身近なものになるであろう。中国の探検はやがて全土に及ぶだろうが、中国人が「悪魔の子孫」と呼ぶわれわれが、その力と、彼らとヨーロッパ人の和解をはかろうとしていることばかりでなく、われわれが恩恵をもたらす存在であることを中国の人々が確信する多くの機会を得ることを望まずにはいられない（*The Economist*［8］390）。

『エコノミスト』の書評は、イギリス国内でも批判があったアヘン戦争によって獲得された南京条約が可能にした大英帝国の中国進出を肯定的にとらえ、フォーチュンをその案内人として評価しているのである。

すでに触れた定海のエピソードは、『三年間の放浪』の五章から引用したものだが、この章は、フォーチュンがいかに旅行記と実用的ガイドブックを融合したかをよく示している。まず、最初に訪れた時の印象が述べられる。続いて、地理的な描写がなされ、主要な市街地であった定海が紹介される。イギリス軍の駐屯部隊との出会いが語られるのはこの後である。

それが終わると、「四季折々舟山を訪れる機会が何度もあったため、この島の土壌、産物、植物について完璧な知識を得た」（Fortune [3] 63）と前置きして、実用的・装飾的植物の記述がおよそ六頁にわたり行われる。そして、この章の残りの一二頁では、人々の気質、商業、産業、暮らしぶりが順次紹介されるのである。

一二章では、二年後の舟山への旅行が取り上げられるが、今回は舟山の全般的な紹介は行われず、ただちにフォーチュンが得意とする具体的な出来事の描写が始まる。その冒頭では、『ロビンソン・クルーソー』の難破の場面を彷彿させる、舟山諸島へ小船で向かう際に嵐に襲われた様子が語られる。

> 「怖くない、怖くない」と船長は怪しげな舟山式の英語で答えた。「私、あいつどうにかできるよ」。私は「しかし、危険だと思うが」と答えたが、その瞬間、ものすごい突風が船を襲い、同時に大波が船の側面に打ちつけたので、船はほとんど横倒しになった。またたくまに、船首から船尾にいたる船室のすべてに水が流れ込んだ。「帆をおろせ。帆をおろせ。急ぐんだ、急ぐんだ。さもないと沈んでしまうぞ」と舵手が叫んだ（Fortune [3] 227）。

　このように語り口を変化させることにより、読者は一方ではその場所を訪れる時に役立つ情報とともに、その全体像を描くことができ、もう一方ではトラヴェルライティングとしての臨場感を味わうことができるのである。

　また、初期の旅行記にガイドブック風にまとめられた箇所があるのは、それが手探りで中国各地を回った「放浪」の記録であることにも関係している。放浪であるため、フォーチュンは同じ場所を何度も通過したり、そこに滞在したりするので、それを通常の旅行記のように時系列にしたがって描くとすると繰り返しは避けられない。フォーチュンはこの問題の解決のために、主要な場所については、最初にその場所を取り上げる時にはガイドブック風に詳しく紹介し、二回目以降はそうした全般的な紹介は省き、その時起きた出来事に焦点をあてる。

3　一般読者向けのトラヴェルライティング

語り手としてのフォーチュン

『エコノミスト』の書評は、『三年間の放浪』が一般読者の興味に訴える点のひとつとして「彼自身が経験した冒険と中国人の風俗習慣に関する詳しい記述」を挙げている。同様に、一八六一年刊行の人名事典、『時の人々』には次の一節がある。

　彼の陸と海の冒険はロマンスに溢れていた。官吏たちとの宴会、仏教僧の歓迎、押し寄せる現地人との奮闘、一人で立ち向かった海賊との戦い、中国人に変装して蘇州府に忍び込んだことなど、いずれも彼のエネルギーと聡明さ（sagacity）を示すものと思われる（*Men of the Time* [9] 281）。

たしかに、『三年間の放浪』と『中国茶産地への旅』には海賊との対決や前述の嵐の襲来など厳密な意味での「冒険」も描かれている。しかし実際に多いのは、命の危険をともなわない、中国人による盗みや詐欺行為、犯罪性のない予想外の出来事などとの遭遇である。だが、それらを含めて「冒険」といいたくなるのは、当事者としてのフォーチュンが示す「エネルギーと聡明さ」と、それを巧みに文章化する語り手としての「聡明さ」があるためだ。

たとえば『三年間の放浪』には、上海の郊外をポニーに乗って散策し、腹をすかせたポニーのために餌を手に入れようとしている時、初めての外国人を一目見ようと押し寄せる数千人の中国人に囲まれ困惑する場面がある。群衆の中の一人の少年にポニーの餌が手に入る場所として安料理屋に案内されて、フォーチュンは驚く。中国のポニーは炊いた飯を食べたのである。フォーチュンはすかさず「箸ももってきてもらったほうがいいな」と群衆を笑わせ、「内陸部を旅する時、中国人に冗談を言って助けられたことがしばしばあった」と振り返る（Fortune［3］247）。中国人に対してこうした臨機応変の対応ができる「聡明さ」が発揮される小さな冒険はフォーチュンの旅行記の魅力のひとつであることは確かだ。『中国茶産地への旅』では、その聡明さが自分自身の滑稽さに向けられた箇所がある。しばしば言及される中国人への変装は、茶産地へ向け上海から揚子江を遡る船上で行われるが、弁髪にするため苦力に頭を剃らせる場面はその好例である。

彼は小さな剃刀を取り上げると、私の頭を剃り始めた。私は彼がそうした作業をするのはそれが初めてだったと思う。そしてまた、それが最後であることを願わずにはいられない。それは剃るというより、私の哀れな頭を削るといってよかった。涙が頬をつたい、痛みのあまり私は叫び声をあげた。しかし、彼は「ハイ・ヤー、悪い、悪い」と言うばかりで、作業を続けた。悪いことには、そして私の気にさわったのは、船員たちが船室を覗いて、明らかにこんな面白いことはないと喜んでいたことだ（Fortune［10］24）。

船員たちの笑いは確かにフォーチュンの気にさわっただろうが、そうした状況の滑稽さを冷静にとらえる「聡明さ」と、その雰囲気を文章として再現する「聡明さ」がここには見られる。

『中国茶産地への旅』では、緑茶の名産地として知られた安徽省の松羅山と、最終目的地であるボヘア茶（紅茶）の産地、福建省の武夷山への旅が詳しく絵も描かれが、ここでも命や逮捕の危険にさらされる冒険はほとんど起こらないのに対して、フォーチュンの「聡明さ」が発揮される小さな冒険には無数に遭遇する。

そもそも、いわゆるフォーチュンの紅茶泥棒は、後者の意味での「冒険」のひとつである。泥棒というのは外国人が立ち入りを許されない地域から密かにチャノキの種や苗を持ち出したこと指している。それは、条約上は不法な行為であったが、フォーチュン自身が茶園に忍び込み、種や苗を盗み出したわけではない。フォーチュンが行ったのは、中国人の案内人兼通訳を雇って現地に赴き、代価を払って業者から種や苗を購入し、購入したものを輸送業者に港まで運ばせ、インドやイギリスに送り出すことだけである。もちろん、こうした大胆な条約違反が、多くの小さな冒険に出会う機会を与えたことは確かだが。

異邦人への眼差し

二回の長期旅行により、すでにプラントハンターと旅行作家としての地位を確立したフォーチュンは、その後も仕事の依頼が絶えなかった。一八五二年末、フォーチュンは再び東インド会社から中国で

図2－4　福州の田舎娘

（出典：Robert Fortune. *A Residence Among the Chinese.*）

さらなるチャノキの蒐集を行い、紅茶（black tea）の製法に詳しい中国人をインドに送ることを要請される（二回目の中国旅行でインドに送ったのは緑茶の中国人製造業者だった）。帰国後、以前と同様マレー社から『中国人とともに暮らす』を出版することになるが、序文には何人かの「書評家」の助言にしたがい旅行記の重点を変更したことがしるされている。

　したがって、私は、中国人同様の生活を長期間おくった地域の人々の性格、風俗、習慣をより詳細に描くことに努めた。そして、こうした点について私がいえることは、キャンバスに描かれる人物は中国滞在中に日々出会った人々であり、それをそのまま描いたということだけだ（Fortune［11］vi）。

『中国人とともに暮らす』では、中国の園芸植物や茶に関する専門的にすぎる情報、華々しい冒険談は控えめに抑えられている。カイコの飼育と絹糸の製法、一八五六年に始まったアロー戦争（第二次アヘン戦争）にも多くの頁がさかれているが、それは最初の二冊のトラヴェルライティングで触れた話題を繰り返したくなかったからだろう。

北京についていえば、南京条約で開港された五港はいずれも中国南部にあり、首都北京に近い天津が開港されるのは、アロー戦争で北京が占領され、一八六〇年に北京条約が締結されるのを待たなければならず、フォーチュンはいち早く北京を含む中国北部を訪れたイギリス人の一人だった。

フォーチュンの最後の旅行記となる『江戸と北京』も、旅行作家が新たな題材を求めて行った旅の産物とみることができる。シーボルトの『日本』や『日本植物誌』の英語訳はまだ出版されておらず、イギリス人にとっては、初期の日本探訪記としても注目されたであろう。

フォーチュンは、一八七七年にメルボルンで行われた万国博覧会の準備委員会を結成した後、第一線を退き、故郷のスコットランドで余生を送ることになる。一八八〇年、『園芸家新聞』に掲載された追悼文は次の言葉で結ばれている。

> フォーチュン氏は、園芸家や植物学者が尊敬と称賛と感謝の気持ち無しにその名に触れることができない人物の一人である（*The Gardeners' Chronicle* [12] 489）。

ここに一般読者が含まれていないことは、フォーチュンのトラヴェルライティングに対する需要がすでに衰え始めていたことを示しているのかもしれない。

フォーチュンに対する現在の評価

フォーチュンのプラントハンターとしての業績については現在も高く評価され、それを扱った著作は少なくない。すでに触れたサラ・ローズの『紅茶スパイ』にとどまらず、プラントハンターとしてのフォーチュンの生涯を小説化したサラ・シェリダンの『中国官吏の秘密』のような作品も書かれている。また、アリス・M・コーツの『プラントハンター東洋を駆ける――日本や中国の植物を求めて』など、東洋を訪れたプラントハンターをテーマとする研究書や論文では必ずフォーチュンが取り上げられている。『江戸と北京』の翻訳が日本の読者がプラントハンターとしてのフォーチュンを知るきっかけになっていることも付け加えることができる。

しかし、中国旅行記は、フォーチュン以降、イザベラ・バードの『揚子江とその向こう』（一八九九年）や『中国の写真』（一九〇〇年）を含め続々と出版された。そうした中、旅行作家としてのフォーチュンは次第に忘れられていった感がある。フォーチュンの旅行記の英語版については、長らく図書館の蔵書か個人的に入手した古書を読むしかない状況が続いていた。二〇一二年、ようやく四冊（『三年間の放浪』の第二版と普及版の『二回の滞在旅行』を除く）がファクシミリ版としてケンブリッジ大学出版局から出版された。いずれにしても、フォーチュンのトラヴェルライティングを実際に手に取る読者は、現在、限られているといわざるをえない。

それには、これまで示したように、フォーチュンのプラントハンティングの背後には当時のイギリス社会の要請があり、それが満たされるとともに、外来植物に関する詳細な情報が需要を失ったことがある。当時の一般読者が興味をもち、実際、イギリスの庭園や公園に植えられたフォーチュンがもたらした外来の園芸植物にしても、現在は陳腐化し、ソテツなどその一部はむしろ敬遠されるようになった現状もある。したがって、現在、フォーチュンのトラヴェルライティングを読む者が、中国、インド、日本などの植物や気候に関するあまりに詳しい記述に退屈を覚えたとしても不思議はない。

しかし、古いトラヴェルライティングを読むのは、対象となった国や地域の当時の社会や文化と、そして、それを描く著者自身を知ることに価値があるからだ。その意味で、フォーチュンのトラヴェルライティングは、一九世紀中頃のアジア各地の状況を知る上で重要であり、とくに当時の中国人の園芸植物や茶への接し方を詳細に描いた箇所は類例のないものである。また、イギリスの中国への帝国主義的な進出のありさまを具体的に知ることができる文献としても貴重である。そしてなによりも、〈未知の地〉に乗り込んだ冒険者としてのフォーチュンは、それをいきいきと伝える文章と相まって現在の読者も十分に楽しませてくれるものである。ポリティカル・コレクトネスの問題はあるにせよ、フォーチュンの条約を無視した大胆な振る舞いにある種の痛快さがあることも認めざるをえない。

引証資料

［1］ Armytage, W. H. G. *The Rise of the Technocrats: A Social History*. (London) Routledge, 1965.

［2］ Ikin, Caroline. *The Victorian Gardener*. (Oxford) Shire Publications, 2014.

［3］ Fortune, Robert. *Three Years' Wanderings in the Northern Provinces of China*. 1847. (Cambridge) Cambridge UP, 2012.

［4］ Fan, Fa-ti. *British Naturalists in Qing China: Science, Empire, and Cultural Encounter*. (Cambridge, Massachusetts) Harvard UP, 2004.

［5］ *The Gardeners' Chronicle*, 14 October, 1843.

［6］ *The Gardeners' Chronicle*, 17 April, 1880.

［7］ Fortune, Robert. *Two Visits to the Tea Countries of China and the British Plantations in the Himalaya*. vol. 1, (London) John Murray, 1852.

［8］ *The Economist*, 3 April, 1847.

［9］ *Men of the Time*. (London) W. Kent & Co., 1859.

［10］ Fortune, Robert. *A Journey to the Tea Countries of China*. 1852. (Cambridge) Cambridge UP, 2010.

［11］ Fortune, Robert. *A Residence Among the Chinese*. 1857. (Cambridge) Cambridge UP, 2010.

〔12〕 *The Gardeners' Chronicle*, 17 April, 1880.

その他の参考文献

アリス・M・コーツ『プラントハンター東洋を駆ける――日本や中国の植物を求めて』遠山茂樹訳、八坂書房、二〇〇七年。

サラ・ローズ『紅茶スパイ――英国人プラントハンター中国をゆく』築地誠子訳、原書房、二〇一一年。

ロバート・フォーチュン『幕末日本探訪記――江戸と北京』三宅馨訳、講談社学術文庫、二〇〇七年。

Sheridan, Sara. *The Secret Mandarin.* (New York) Avon, 2009.

第3章　インド大反乱を見たメンサーヒブたち
――ルース・クープランドの滞在記――

大平栄子

1　牧師の妻が遭遇したインドの大反乱

出版の背景

『メンサーヒブと反乱――一八五七年のインド反乱時のグワーリヤルとアーグラーにおけるイギリス婦人の試練』（*The Memsahib and Mutiny*, 1859）はイギリス軍の従軍牧師の妻であるルース・クープランド（Ruth M. Coopland, 生没年不詳）の体験記である。「メンサーヒブ」とは、社会的地位のある白人女性をインドで呼ぶ時の呼称である。クープランドはメンサーヒブとしての安楽な暮らしとは裏腹に、インド到着後間もなくインド人傭兵による「大反乱」(1)に巻き込まれ命の危険にさらされながらも生き延びた、その時の過酷な体験についてつぶさに記している。この書は、ルースが夫とともにカルカッタに一八五六年一一月一七日に到着（グワーリヤルには一八五七年一月八日に到着）し、反乱の地となったグワーリヤルで夫がセポイたちに射殺された後、他の女性たちとともにアーグラーへと避難し、一八五八年四月二六日、イギリスのサザンプトンに到着するまでのインド滞在・旅行記である。

図3-1　インド略図

反乱直後、大量に作られた「サヴァイヴァル冒険談・サーガ」がイギリスで熱狂的に受容されたこと、特に女性の体験談が「大反響」を呼んだことが、インド大反乱についての研究者たちにより指摘されている（Ghose［1］199; Robinson［2］255）。それにもかかわらずクープランドが出版を決意した理由は、反乱を体験した人々の生活と苦悩について知りたいと思う人々がまだ存在しており、また、インドを終の棲家と考える人々もいるためである、と序文で述べている。クープランドの体験記は、著者の弁によると次のような点で差別化できるということである。自分自身の体験に限定した記述内容であること、しかも、それらの多くはこれまで語られてこなかった場面、出来事であるということである。クープランドの滞在記は次のような内容で締めくくられている。これからのインドにおけるイギリス軍の成功を祈り、女王の統治の下で、イギリス帝国の基礎が固まり、キリスト教が広まることを祈念する、と。

滞在記の特徴

この滞在記において、クープランドは反乱の原因についてはいまだ「なぞ」であるとして、その議論に触れることは避けている。注目すべきは、この滞在記にはインド人についての記述の偏り、手厳しい判断、非寛容さがみられることである。このことにクープランド自身が自覚的であり、インド人をよく知る機会が乏しかったためであるとの弁明をしている。

クープランドの著作もイギリス帝国時代のトラヴェルライティングに多くみられるコロニアル・ライティングの常として、本国の秩序、モラル、美的感覚、宗教などを基準として、植民地を劣った非文明国とみる視線に囚われていることは否めない。だが、彼女の体験はヴィクトリア朝時代の家父長社会において女性の理想像とされた「家庭の天使」（家庭において夫に献身的に尽くす貞節で従順な女性）のそれとはほど遠く、この著は彼女が軍人にも劣らぬ不屈の精神で逞しく生き延びたことを物語る。このような勇気、気概、忍耐力が反乱を体験したイギリス女性たちの多くにみられることは、『アルビオンの天使――インド反乱を体験した女性たち』（一九九六年）の著者で歴史学者のジェイン・ロビンソンや、メンサーヒブの旅行記のアンソロジー『海外におけるメンサーヒブ』（一九八八年）の編者であるインディラ・ゴースも注目している。このような女性たちの体験記によって、当時から批判の対象とされ、戯画化された「メンサーヒブ」のステレオタイプ（「傲慢で、無知で、不寛容」で、怠惰［Robinson [2] Intro. xvii. 255]）とは異なる女性たちの日常生活の詳細が明らかになり、かつ、不可視だったそのような彼女たちの存在が可視化されたことは重要である。だが、一方で、彼女たちの気概のある生き方が、イギリス帝国維持のために最大限に利用されてきた現実があることも確認すべきであろう。

2　大反乱についての歴史家たちの見解

インドとイギリスの教科書の記述の比較

女性トラヴェラーのオリエンタリスト的要素についてはよく指摘されることではあるが（Moore-Gilbert [3] 8; Ghose [1] 12）、クープランドの反乱の体験記を通してトラヴェルライティングの功罪について考察するにあたって、まず、一八五七年のインド大反乱の歴史がどのように記述されているか確認しておきたい。インドの歴史研究の第一人者であるビパン・チャンドラは『近代インドの歴史』（インドの高校生の歴史教科書）の中で次のように記述している。一八五七年、東インド会社のインド人傭兵、セポイたちによる反乱は、数百万もの農民・職人・兵士を巻き込み、北インドと中央インド一帯に波及し一年以上にわたり戦闘が続いたことについて、果敢に闘い犠牲となった彼らによって、インドの輝かしい「歴史の一章」がつくられた、と（Chandra [4] 150）。チャンドラの見解はルース自身の体験から導かれた、残忍な反乱者たちを制圧したイギリス帝国の勝利の歴史との認識とは大きく隔たっている。

一方、イギリスの中等教育修了資格試験に備えるための歴史教科書、『イギリスⅣ　その人々の歴史』を著したR・J・クーツは次のように説明している。ダルフージーがインド総督在任期間中（一八四八―五六年）に行った改革、パンジャーブやアワドなどのイギリスへの併合、が引き金となって東インド会社のベンガル軍所属のセポイの反乱が勃発し、その後も暴動が続いた。だが、反乱に加わったセポイは四分の一にすぎず、また反乱は全国的広がりをもたなかった。インド人とイギリス人双方ともに情け容赦ない殺戮と復讐心に駆られた行動がみられ、そのためにインド人とイギリス人の間に生まれた憎悪や不信の念は、「けっして記憶から拭い去ることができないものになった」（Coote [5] 219）、と。クーツは「セポイの反乱」は一般大衆を巻き込んだ反乱ではなく、単にセポイによる軍の反乱とみる点、さらに、その反乱の領域も限定的とみている点で、チャンドラの見解とは異なる。

「インド大反乱」についての研究者である長崎暢子は「大反乱」についての評価の分裂、および、研究の流れの変化について次のように説明している。インドの歴史家V・D・サーヴァルカルは後に禁書になった『インドの独立戦争』（一九〇七年）において、一八五七年の反乱をセポイの反乱ではなく、統一インド主権国家実現のための武力闘争、すなわちとインドの最初の「独立戦争」、民族運動の開始と捉えており、ムガール皇帝やマラータ同盟（インド西部のマハーラシュトラ地方の諸侯による連合）の盟主の末裔たちという伝統的指導者を担ぎながらも、目的は伝統への回帰ではなく、「近代」化を企てたものであると指摘している（長崎 [6] 一九）。ただし、その後研究の流れは、独立運動の開始時期が大反乱ではなく、およそ三〇年後の一八八五年の国民会議派（のちにガンディーやネルーらを指導者として迎えるインドの政党）成立からであるとみる傾向へと変化していると長崎は述べている。また、『インド大反乱、一八五七年』（一九八一年）では、著者の長崎自身は独立闘争であるとの視点を示唆しながらも、インド亜大陸においても、「民族独立闘争」（長崎 [11] 二二〇）といえるかどうかについての議論には決着がついていないと述べている。

ビパン・チャンドラの見解

次に、反乱の原因についてのチャンドラの見解についてみていきたい。すでにみたように、クーツは単なる反乱とみる見解を示していたが、チャンドラは反乱の原因について次のような詳細な分析を示している。単なるセポイの不満の産物ではなく、外国支配に対する嫌悪、各層の民衆の間に蓄積された東インド会社行政への不満という植民地支配の結果であり、イギリスによる国土の経済的搾取と伝統的経済構造の完璧な破壊による大衆の貧窮化、地租徴収の政策の諸問題を原因としてあげている。土地持ち農民から法外な地租が徴収されるため、農民は土地を手放さざるをえなくなる一方で、新興地主は法外な小作料を要求し、支払えない小作は土地から追い立てられる。このような事態による農民層の経済的没落は一七七〇年から一八五七年まで起きた一二の大飢饉に示唆されているという。

チャンドラはセポイの不満と不安を誘発した背景について、セポイはアワド出身が多くイギリスによるアワド王国の併合は、インド人としての自覚のない兵士でも地域的愛国心を刺激されたと指摘しているが、この見解は多くの研究者が共有しているものである。キリスト教宣教師たちが警察の保護を盾にして強引な宣教を試み、インドの慣習を侮蔑・弾劾したこと、改宗者が土地相続できるという法律の制定（一八五〇年）や免税であった寺院などへの課税や、セポイの宗教感情を逆なでする禁止事項など、イギリス政府の政策がインド人の宗教を奪うものとの疑惑が蔓延したことも原因とされている。『インド史』（二〇〇二年）の著者であるピーター・ロブも、反乱はイギリス支配とキリスト教化への対抗の側面があると指摘している。セポイがイギリス人将校からの差別的扱いを受けていることへの不満も蓄積されていたという。

チャンドラはイギリス支配開始から数百の武装蜂起と四〇以上の大規模な反乱（一七六三―一八五六年）があったが、反乱者側が記録を残しておらず、歴史資料はイギリス側のもののみであり、反乱者側に立つ見解を抑圧してきたことの問題を指摘している。一八五七年五月一〇日、メーラトで蜂起したセポイはデリーへ向かい、インドの政治的統一を象徴するムガール王朝のシャー二世をインド皇帝と宣言することで、反乱から革命的戦争へと変容したとチャンドラは捉えており、反乱は挫折したが、インド人としての自覚を生むきっかけとなったことを評価している。

暴動を起こしたセポイたちの残虐性がイギリス人の体験記から印象づけられるが、一方、イギリス側にも残忍な復讐行為がみられたことは英印双方の歴史家たちが認めているところである。上述したイギリスの歴史教科書においてクーッは双方に「不名誉」な復讐行為があったことを記している。チャンドラもイギリス側は、鎮圧のため、村々を焼き尽くしたり、村・都市の住民を虐殺したり、公開処刑、裁判なしの処刑を行ったことを記しており、他の歴史学者も反乱鎮圧の残忍さがみられたことを記している（Robb［7］146; Kaye and Malleson［8］269-270）。佐藤・中里・水島は、デリー落城後イギリス兵が「略奪と報復の限りを尽く」（佐藤・中里・水島［18］三九七）し、アワドとビハールで残党を掃討する際、農民の抵抗にあったため村を丸ごと焼き払う「焦土作戦」（佐藤・中里・水島［18］三九九）を決行するなど、両軍ともに残忍な報復行為に走ったことを記している。

3　クープランドの滞在記

反乱の勃発

クープランドの滞在記について具体的にみていきたい。従軍牧師の夫とともにカルカッタ（インド北東部、イギリス東インド会社によって植民地化されている間の首都）に一八五六年一一月一七日に到着する。北部のベナレス、アラハバード、カーンプル、アーグラーを経てグワーリヤル（アーグラーの南、デリーの南三一九キロ）には一八五七年一月八日に到着する。グワーリヤルはマラータ同盟に属する州で、東インド会社に属する軍隊の駐屯地であるが、その軍事費はマハーラジャが支払う契約になっていた。クープランド夫妻は駐屯地のこぢんまりした家に落ち着き、日常生活が始まる。多くの家族は子どもの人数分の子守りを含む二〇―三〇人の使用人を抱え、現地の生活になじみ始めるはずであった。

だが、それもつかの間、反乱の予兆が始まる。「その来るべき事件の前兆に私たちは陰鬱な気分になり、ダムダムとバーラクプル（カルカッタ郊外、インド最大の基地のひとつ）において騒乱が起きたことや、エンフィールド銃の火薬を包んだ薬包（ヒンドゥー教徒とイスラム教徒にとってタブー視される牛脂や豚脂の塗られた薬包）についての情報に気持ちがかき乱された」（Coopland［9］57）と、五月一〇日のメーラトの反乱勃発へと続く不穏な状況が語られている。メーラトでの反乱にいたるまでに数々の蜂起があり、彼らに届けられた情報は限られていたが、エンフィールド銃の薬包をめぐって生じた騒動の首謀者であるマンガル・パンディが絞首刑になったこと、さらにアンバーラ（デリー北部）でも騒動があったことなどの情報を彼女たちは得ていた。

「運命の日」五月一〇日のメーラトでの反乱のニュースは一三日には電信で全インドに配信された。この後の状況については夫妻の本国への手紙（五月一六日から六月一一日の日付の手紙）によって伝えられる。グワーリヤルの駐屯地の構成は五〇〇〇人のセポイに対してイギリス将校は二〇名のみであり、彼らの生死の運命はセポイが握っているといえる。二人の手紙にはセポイの裏切りへの疑惑、突如態度が豹変し、なにかと逆らいがちになった使用人たちへの不信感、マハーラジャの離反への懸念、デリーでの反乱によってすべてのヨーロッパ人が殺害されたのではないかとの恐怖の念、情報が入らないことへの苛立ちが繰り返し語られ、「私たちは切り刻まれてしまう。ここで喉をかき切られるくらいなら、もっと早くアーグラーかボンベイに避難すべきだった」（Coopland［9］67）との無念の気持ちがつづられている。

ルースの五月二三日の手紙には、「私たちの運命はデリーでの勝敗にかかっている」（Coopland［9］71）とあるように、頼みの綱のイギリス制圧軍がデリーに到着したこと、だが、一方で、アリーガリでも反乱が起きたとの知らせがあったことが記されている。夫妻は、デリーが奪還できない場合、反乱者たちがグワーリヤルになだれ込むのではないかとの不安の中で、彼らの運命を左右する避難先としてアーグラーに期待を寄せる。六月二日の夫の手紙には、グワーリヤルから七〇―八〇マイル先、アーグラーとカーンプルの間の駐屯地でも反乱が起き、「反乱はインド中に拡がり、反乱者たちは好き放題略奪をし、殺害をしている」（Coopland［9］73）と記されている。

グワーリヤルからの逃避行

ついに、グワーリヤルの全軍が同時蜂起するとの知らせが入る。旅団副官から女性たち皆に、七―八マイル先の総督代理邸に避難するようにとの指示が伝えられる（Coopland［9］74）。夫妻はいつもの夕方のドライブを装って脱出を試みる。着のみ着のままの避難の始まりである。夫妻と一三名の将校、および四人の曹長の妻たちとその子どもたちは避難先での不安な夜を過ごす。幸い予想された反乱は起きなかったが、マハーラジャ軍による護衛の都合で、彼らはマハーラジャの宮殿のひとつに移動するよう促される。六月一一日の夫の手紙には、デリーの指揮官がコレラで死亡したこと、ラクナウやパンジャーブ全域で反乱が起き、町が焼き払われたこと、さらに彼らの避難先の近郊でも全軍が蜂起したこと、自分たちの生死の運命を決する「彼ら（グワーリヤルのセポイたち）が……私たちの狼狽ぶりや、束縛感や不安を嘲笑い、楽しんでいる」（Coopland［9］79）とその傍若無人な態度が語られている。

図3－2　ジャングルの中の逃避行，イギリス軍の将校とその家族たち

（出典：Jane Robinson. *Angels of Albion: Women of the Indian Mutiny.*）

ついに、現実にグワーリヤルでもセポイが蜂起する。メイドと従僕の「お逃げください！」（Coopland［9］89）との緊迫した知らせで、夫妻は庭から脱出し、避難先のブレーク大佐の家で他の女性たちと合流する。これ以降、ブレーク夫人の使用人であるミューザの誘導に皆の運命が委ねられることになる。彼らはミューザの知り合いの従僕の家へ避難する。そこへ、怒りわめきながらセポイが追いかけてくる。彼らが泥の小屋の屋根をはずし、銃撃し始めた時、籠城していたルースたちは一斉に小屋から脱出するが、セポイたちに取り囲まれる。「メンサーヒブは殺さない、サーヒブだけだ」（Coopland［9］94）と言い放つセポイにその場で彼女の夫は射殺される。さらに、アーグラーへの避難を考えていた彼女たちに、「ああ、アーグラーは焼けの原だし、ヨーロッパ人は皆殺害された」（Coopland［9］96）と述べる。だが、セポイは彼女たちに、一台の馬車を提供し解放する。行く先のあてもないまま、そこに将校や曹長の妻たちと子どもたち、子守など十数人が乗り込む。ルシュクールのマハーラジャの温情にすがろうとするも拒否された一行は、その地の住人に殺害される恐れを抱きながら、酷暑の地で、飲まず食わず、休息もとらず、村人やセポイに金目のものを差し出すことで命をつなぐ放浪の旅を続ける。途中、卒中で亡くなったクイック夫人を除き、なんとか彼女たち皆はアーグラーに到着し、一〇日後に城砦へと避難することができた。だが、その城塞は多くの避難民で過密になり、劣悪な居住スペースでの「惨めな籠城」（Coopland［9］174）生活が始まる。水や食料不足の中、彼女たちは井戸に毒を混入される恐れを抱きながら、戦況に一喜一憂しつつ、グワーリヤルの反乱兵が押し掛けてくる恐怖の中での不自由な立てこもり生活を送る。ついに、イギリス軍がデリーを出発し、アーグラーで彼女たちを連れて、カルカッタへ進軍するとの情報が一二月上旬もたらされ、彼女たちは六カ月間の籠城生活からの解放の期待を抱く。後に、この計画は頓挫し、結局、彼女は叔母のいるシムラへ避難することになり、避難民がそれぞれの行き先へとアーグラーを発ったのは一二月一二日であった。

イギリス兵に守られ、安全なルートを模索しながら、アリーガリ、メーラト、デリーを経て、一八五八年一月上旬、シムラの叔母の家にたどり着く。一月一九日、シムラを出発した彼女たちはカラチ経由で三月九日ボンベイへたどり着き、四月二六日、サザンプトンに到着し、彼女の苦難のインド滞在記・旅行記は締めくくられる。彼女のサヴァイヴァルの体験記は同様の体験をした他の多くの女性たちに共通にみられる不屈の精神と気概を物語るものである。

インド人への不信の念

ルース・クープランドはセポイの裏切り、その残忍な行為に対する敵意を示しているが、その外に、村人への不信の念についても繰り返し言及している。グワーリヤルから避難する際に、ある村にたどり着いた彼女たちは村人のぶしつけかつ無礼で好奇に満ちた目にさらされた。著者は反逆者がセポイに限られているといわれることがあることに反論をし、反乱後、村人が常に軍の駐屯地に群がり殺戮と略奪をしたと証言している（Coopland［9］103）。クープランドの滞在記はイギリスの教科書にみられる、単に軍に限られた反乱という視点を脱構築する示唆がみられ、興味深い。

不信の念はセポイや村人だけでなく、著者自身と他の女性たちの使用人たちにも向けられる。彼らが反乱勃発後態度を豹変させたことは、他の旅行記にもよくみられることであるが、ルースは使用人たちの不遜な態度やサボタージュに悩まされただけでなく、家の中の金目のものを物色する欲望の視線、態度について繰り返し言及している。さらに、避難先のアーグラーの要塞では、多くの避難者と密集して同居せざるを得ない状況で、仕切りの向こうでグワーリヤルから来た使用人が他の仲間に「サーヒブ」たちが殺害された様子とその殺害された人数について残忍な笑い声を立てながら語っているのを耳にする。著者は彼らの話すヒンディー語がある程度理解できたため、彼らが彼女の夫のことを繰り返し話題にしていることがわかり悲惨な思いにかられたという。

クープランドの滞在記では、他の女性たちの苦難については何度も繰り返し語られるが、自身の夫の殺害についての嘆きや憤りに言及することは少ない。だが、反乱鎮圧後、デリーの最後のムガール皇帝の家を訪問した際、血なまぐさい行為の共犯者である王妃から嘲るような目つきで「サーヒブ」（著者の夫）はどうなったかと問われた時、さすがに彼女も王妃の「非情な侮蔑」に怒りを覚え、無言のまま部屋を出たと語っている（Coopland［9］195）。

このようにルースのインド人への不信の念、憤りが、時には優越感と偏見の念を伴い繰り返し語られるが、最後まで命がけで彼女たちを無事避難させるために尽力してくれた忠実なインド人がいなかったわけではない。「わたしたちの忠実なミューザ」（Coopland［9］92）であるが、彼がどのような境遇にあるのかほとんど記されていない。著者がインドを終の棲家とするイギリス人に向けても発信しているのであれば、一行なりとも彼との交流の物語がほしいところであるが、彼の境遇への関心はきわめて乏しい。

クープランドの滞在記のコロニアル的視点

すでに述べたように、クープランドの滞在記にはインド人への偏見、非寛容、手厳しい判断がみられることについては、著者自身が序文で弁明している。具体的にみてみよう。著者はインド人のある民族が凶暴で、戦闘的な人間であることに繰り返し言及している。彼女はドルポールの町（ラージャスタン州東端の町）を通った時に、その住人が一般のイギリス人がインド人に抱くステレオタイプや「ばかげた考え」（Coopland［9］35）――インド人は皆白い服をまとった「温厚なヒンドゥー教徒」――とはまったく異なり、ヨーロッパ人よりも筋骨隆々とした体格の厳めしい戦闘向きのインド人であると述べている。さらに続けて、「臆病なほど非好戦的」（Coopland［9］80）なベナレスのヒンドゥー教徒や温厚なベンガルの人々と異なり、マラータ（マハーラシュトラ地方の民族的統一をもつ人々・カースト）などは風貌、服装、態度ともにヒンドゥー教徒とは異なり、頑強で、凶暴な軍人向きの民族であり、「残忍で血なまぐさい」性格で、「邪悪な宗教に殉教」しかねない民族であり、「われわれのすぐれた力」（Coopland［9］35）だけが、それを阻止することができると述べている。また、反乱の鎮圧にはパンジャーブ州のシク教徒が貢献したといわれているが、そのシク教徒については「野蛮な風貌で、ひどくみすぼらしく汚いためジプシーを思い起こさせる」（Coopland［9］165）と述べている。インドに到着したばかりのころに、著者は「文明的生活から離れた」（Coopland［9］34）生活における楽しみが読書であると語っていたが、著者の観察の仕方にはキリスト教のモラルにもとづく文明国であるイギリス人としての優越感がうかがえる。

また、当然のことながら反乱に加わったセポイや反乱の指導者の裏切りと残忍な行為への敵意がみられるが、同時に、彼ら背信者たちに対するイギリス側の報復行為を当然視する語りが顕著である。前者についての例からみていくと、カーンプル反乱の指導者であるナーナー・サーヒブ（マラータ同盟の宰相バージ・ラーオ二世の養子）の裏切りについては、次のような激烈な表現になっている。「冷血な怪物であるナーナー・サーヒブの下劣で残忍な殺生！　友情の仮面の下に悪魔のような策略をめぐらしていたとは」（Coopland［9］138）。また、前述した歴史家たちが述べている残忍なイギリス軍の復讐行為への言及については、反乱に加わった村人たちやセポイへの処刑について語る中に、それはみられる。たとえば、「絞首刑に動じないセポイに対して大砲でバラバラにする処刑方法がとられた」（Coopland［9］166）といったように、淡々とした客観的記述にみせかけてはいるが、当然の報いであるとの気持ちが透けてみえる。

また、クープランドの滞在記には「混血」（ハーフ・カースト）への一般的差別についての言及が繰り返しなされている。メンサーヒブへの一般的非難として、インド人との交流を避け、イギリス人の白人コミュニティに閉じこもる生活態度に対するものがある。ただ、白人社会を維持することはイギリス帝国維持のために不可欠な政策であり、したがって、帝国維持の道具として位置づけられその共犯関係を保つことが期待されている妻たち・女性たち個人の責任とはいえない。だが、ハーフ・カーストについてのクープランドの語り口は、帝国の政策に無意識に加担する構図を構成している。

4　ファニー・ドゥーベリーの体験記

インド人側の視点をもつ体験記

インド大反乱についての多くの著作の中で、クープランドにはない視点がみられるという点で注目されるのは、「クリミア戦争のヒロイン」（クリミア戦争に従軍したイギリス軍将校の夫に同行した唯一の女性で、その体験談を出版し反響を巻き起こした）こと、ファニー・ドゥーベリー（Fanny Duberly, 1829-1903）の滞在記、『インド日記――インド反乱の目撃者の報告』（*Indian Journal*, 1859）である。これは第八王立アイルランド騎兵連隊所属の将校である夫とともに反乱制圧部隊と行動をともにした時の記録であり、イギリス側の狼藉についての言及もなされている。さらに、ドゥーベリーはインド人にとってのヒーロー、ヒロインの気概やリーダーシップ、反乱軍の指揮官の潔さ（生き恥をさらすよりは死を選ぶ）への共感の念を示しており、「この戦争についてインド人側の視点を示唆する数少ない女性ライターの一人」（Ghose [1] 200）といえる。ドゥーベリーは反乱鎮圧を口実に無実の市民に対して行ったイギリス軍の暴虐や、反乱時、協力する以外の選択肢をもたなかったインド市民に対しても裁判なしに絞首刑や銃殺をするというインド人への無差別の復讐行為、いわゆる「悪魔の風」に対して、正当化できない行為であると指摘しており（Duberly [10] 22-23）、ドゥーベリーのトラヴェルライティングは比較的公平な視点から語られていることがうかがえる。

怪物、ナーナー・サーヒブとその家族の歴史について関心をしめすドゥーベリーは、彼が強い復讐心を抱くような性格とともに、紳士的態度と能力の高さをもつとして、その二面性を捉えながら、彼の残

図３－３　ジャンシーの王妃，ラクシュミー・バーイ

（出典：Jane Robinson. *Angels of Albion: Women of the Indian Mutiny.*）

忍な行為を誘発した背景――ダルハウジー卿との契約文書はイギリス側が有利になるような読解ができる仕掛けになっていた――についての推測を展開している（Duberly［10］176）が、後世の歴史家たちの検証に通じるものがある。長崎はカーンプルでセポイの反乱を指導したナーナー・サーヒブに降伏したイギリス軍がガンジス河に沿って脱出する際、サーヒブが安全を保障しておきながら船に放火し、発砲し、「カーンプルの虐殺」を起こしたとされたことについて、評価が分かれる（セポイを制止したとの見解と、彼の当初の計略であるとの見解）ことを指摘している（長崎［11］一八二）。ラクナウでの幽閉生活を送った六名のイギリス女性の日記を検討しているアリソン・ブラントは、カーンプルで二〇〇名もの女性と子どもたちが虐殺されたが、彼女らの死がイギリス側の極端な報復を正当化するために使われたことを指摘している（Blunt［12］229）。

マラータ族の王女たちの存在感

ドゥーベリーはジャンシー（インド中部マラータ同盟の王国）の王妃で反乱を指導したラクシュ

ミー・バーイについても関心を示し、彼女の死について流布している多様な物語の中から、白いターバンと真紅の着衣とズボンという男装だったために、騎兵は彼の剣が女性の胸を突き刺したことがわからなかったといった話を含むいくつかを紹介した上で、「その激しく決死の勇気」(Duberly [10] 115) を示した驚異的な女性の話であると語っている。王妃の死は、反乱を治めようと努めてきた人々には朗報となり、彼女の勇猛果敢さと「不断に活動する興味深い精神」(Duberly [10] 115) に敬意を示していた人々には惜しむべきこととして、語る彼女の語りには、著者の彼女への少なからぬ敬意が示唆されている。

ドゥーベリーはまた、グワーリヤルのマハーラニ（マラータ族の王女）から会見したいとの招待を受けた時の様子を記しているが、その簡素な衣装と大いなる威厳と冷静沈着さをたたえたマハーラニの様子に彼女は強烈で深い印象を受けたという。「大いなる偉業」(Duberly [10] 122) を成し遂げたこの女性は、寡婦となった後、権力欲の強い養子であるマハーラジャとの闘争を続け、七〇歳を超えてなおエネルギッシュな輝きを放っている。彼女のその輝きを、ドゥーベリーは「光にかざしたポルトワインを通す光」(Duberly [10] 122) との比喩で飾っている。このように、クープランドの滞在記にはみられない、大いなる存在感を示すインド人への関心がドゥーベリーの旅行記にはみられる。

5　トラウマと神話創設

歴史的転換点としてのインド大反乱

このインド大反乱は大英帝国にとって抹殺したい記憶、挫折の歴史であると同時に、その制圧後一〇〇年近くインド支配を継続させる契機となった勝利の記憶でもある。この二律背反的な危うい記憶の均衡を維持するために「神話」が創造・再創造されてきたが、それに反乱を体験した女性たちの輝かしい犠牲が繰り返しその素材となってきた。

もう一度、インド大反乱とはどのような意味を纏わされ、両国の歴史にとってどのような転換点になったかをみておきたい。インド大反乱は、それまでの東インド会社による統治からイギリス本国の直接統治へと大きな制度的変更や、政策の変更をもたらした。だが、それだけではなく、イギリスにとっては現地のイギリス人の威信と自信に打撃を与え、トラウマを残すことになった。一八世紀におけるカルカッタのイギリス人捕虜の監獄、「暗黒の穴」が植民地時代の恐怖を表す比喩・神話になって生き続ける（Teltscher［13］30）ように、一八五七年の大反乱の犠牲者たちの物語も帝国維持のために機能する。一七五六年六月一六日、ベンガルの太守（インドのイスラム貴族）がカルカッタのイギリス町を襲撃し勝利する。その際捕虜となって、要塞の処罰用監獄に投獄された時の経験（六月二〇日夜）を記したJ・Z・ハウエル（知事代理）の本（一七五八年出版）は、自己正当化のための虚偽を含むもの（Teltscher［13］31）でありながら、これによって帝国の神話創設が次のようなからくりによってなされていくことになったという点で見過ごせない書である。帝国の始まりであるプラッシーの戦いと「暗黒の穴」を関連づけ、イギリス軍介入とその後の植民地支配の正当化の論理をつくりあげ、さらに、「暗黒の穴」は十字軍以来のイスラム的残忍さをもつナワブによる最悪の犯罪と、輝かしい帝国の基礎を築いたイギリス兵・殉死者たちを表象するものとしての位置づけがなされる。「暗黒の穴」がイギリス帝国にとって原型的恐怖の風景となったように、一八五七年の大反乱での死者は殉教者とみなされ、後世にまで記憶されるべきインド人の野蛮さを表す記念碑として機能し、大反乱の恐怖の物語はこのような歴史的背景をもって大きな影響力（Teltscher［13］48）を与え続けてきた。

帝国支配の正当化と女性の天使化

また、インド大反乱がもうひとつの神話を創設したことはジェンダー研究の視点からもよく指摘されることである。アリソン・セインツベリーはインド大反乱以降出現し、一八八〇―一九二〇年代に人気を博したアングロ・インディアン家庭小説において、インド人男性によるイギリス女性のレイプ場面の出現（Saintsbury［14］163-167）が顕著になったことを指摘している。また、他の研究者もあまりに強烈な恐怖の記憶となっているインド大反乱が、イギリス女性のレイプへの潜在的恐怖が焦点化する地点になっていること、神話として流通していること（Colwell［15］216; Ghose［1］6）を指摘している。インド反乱後行われた公的調査では、レイプの実態はなかったとの指摘もある（Robert［16］85）。一九二四年に出版されたE・M・フォースターの『インドへの道』（インドの大学のほとんどの英文学科の教科書として使用され続けてきたテクスト）においても、インド人医師アジズにイギリス女性アデラへの暴行容疑がかけられるという事件が扱われている（Forster［17］）。イギリス人コミュニティの中に、過去のインド大反乱への恐怖の念が生まれ、野蛮なレイピストとしてのインド人男性のイメージを強化するための犠牲者としてのイギリス女性という構図が構成されている。ただし、フォースターの常套手段として、その構図はずらされ、さらに複雑な要素の追加によって反転させられてはいるが。J・ロビンソンはイギリス女性が反乱時、イギリス帝国の純潔の象徴であり、ブリタニアの処女、「アルビオンの天使」が反乱者たちに穢されることとは、帝国が侵されることのメタファーとして機能させられていたと指摘している（Robinson［2］xvii）。イギリス女性を「天使」化する記述が出現したのは、インドから本国に次々ともたらされる情報が感傷的プロパガンダ的論調に変わった一八五七年八月頃であるという(Robinson［2］92)。

このようなイギリス女性を天使として神話化することに加え、反乱後は、イギリス人によるインド人蔑視(「劣等人種」、「自己統治能力」欠如)が固定化し、帝国支配を正当化する理論として利用されてきた(佐藤・中里・水島［18］四〇五)。

クープランド自身は意図的にこのような帝国の共犯者になるような記述をしているわけではない。むしろ、その冷静すぎるくらいの抑制された筆致は、目の前で殺害された夫への惜別の念や、残された幼子への思いにも顕著である。ルースの記述は、子どもたちを抱えて避難生活を耐える他の女性たちの現実と、勇敢に戦い倒れていった兵士たちへの惜別の念についてのそれに徹しているために客観性を印象づける記述になっている。だが、抑制された筆致を通して、反乱者への著者自身の復讐の念が見え隠れすることも事実であり、インド人とその文化、習慣への偏見の視線も反復されている。

可視化されたインドにおけるイギリス女性たち

だが、すでに述べたように、クープランドの体験はヴィクトリア朝のイギリス社会が女性に期待した「家庭の天使」のそれとはほど遠く、この著は彼女が軍人にも劣らぬ不屈の精神で逞しく生き延びたことを物語る。また、著者はインドにおける優雅で怠惰な生活を送る傲慢で無知で不寛容な「メンサーヒブ」というステレオタイプに反論を加え、慣れない異国で家事と育児に奔走している現地駐在員の妻たちの現実を伝えている。彼女たちの著作によって、当時から批判の対象とされ、戯画化された「メンサーヒブ」とは異なる女性たちの日常生活の詳細が明らかになり、かつ、不可視だった彼女たちのそのような存在が可視化されているといえる。そこから、イギリス帝国維持のために利用されながら、そこに止まらない彼女たちイギリス女性たちの存在感が伝えられるという意味で、ルース・クープランドの滞在記は重要な意味をもつといえる。

注

（1）イギリスの植民地下のインドにおいて一八五七年に起きた反乱で、「セポイ（東インド会社のインド人傭兵）の反乱」とも呼ばれてきたが、ここでの呼称については「インド大反乱」に統一した。

引証資料

［1］Ghose, Indira, ed. *Memsahibs Abroad: Writings by Women Travellers in Nineteen Century India.* (New Delhi) Oxford UP, 1998.
［2］Robinson, Jane. *Angels of Albion: Women of the Indian Mutiny.* (London) Viking, 1996.
［3］Moore-Gilbert. *Bart.* (Manchester) Manchester UP, 1996.
［4］Chandra, Bipan. *Modern India: A History Textbook for Class XII.* 1971. (New Delhi) National Council of Educational Research and Training, 1990［ビパン・チャンドラ『近代インドの歴史』栗屋利江訳、山川出版社、二〇〇四年］.
［5］Cootes, R. J. *Britain Since 1700.* (London) Longman, 1968［『世界の歴史教科書シリーズ4　イギリスⅣ　その人々の歴史』今井宏・河村貞枝訳、帝国書院、一九八一年］.
［6］長崎暢子「南アジアにおける国家と国民の形成」『現代南アジア3　民主主義へのとりくみ』堀本武功・広瀬崇子編、東京大学出版会、二〇〇二年。
［7］Robb, Peter. *A History of India.* (New York) Palgrave, 2002.

［8］ Kaye, John and Gearge Bruce Malleson. *Kaye's and Malleson's History of the Indian Mutiny of 1857–8*. 1897. (Cambridge) Cambridge UP, 2010.
［9］ Coopland, Ruth M. *The Memsahib & the Mutiny: An English Lady's Ordeals in Gwalior and Agra During the Mutinies of 1857*. 1859. Leonaur, 2009.
［10］ Duberly, Fanny. *Indian Journal: An Eye-Witness Account of the Indian Mutiny*. 1859. The Long Rider's Guild P, 2006.
［11］ 長崎暢子『インド大反乱、一八五七年』中公新書、一九八一年。
［12］ Blunt, Alison. "Spatial Stories under Siege: British Women Writing from Lucknow in 1857." *Gender, Place and Culture* 7.3 (2000): 229–246.
［13］ Teltscher, Kate. "The Fearful Name of the Black Hole: Fashioning an Imperial Myth." *Writing India 1757–1990*. Ed. Bart Moore-Gilbert. (Manchester) Manchester UP, 1996.
［14］ Saintsbury, Alison. "Married to the Empire: the Anglo-Indian Domestic Novel." Ed. Bart Moore-Gilbert. (Manchester) Manchester UP, 1996.
［15］ Colwell, Danny. "'I am your Mother and your Father': Paul Scott's *Raj Quartet* and the Dissolution of Imperial Identity." *Writing India 1757–1990*. Ed. Bart Moore-Gilbert. (Manchester) Manchester UP, 1996.
［16］ Robert, P. E. *History of British India*. 3rd Edition. 1921. (London) Oxford UP, 1970.
［17］ Forster, E. M. *A Passage to India*. 1924. (London) Hodder & Stoughton, 1978［E・M・フォースター『インドへの道』小野寺健訳、みすず書房、一九九五年］.
［18］ 佐藤正哲・中里成章・水島司『ムガル帝国から英領インドへ』中央公論社、一九九八年。

第4章　異郷に故郷を重ねて
――スコットランドと旅のレトリック――

松井優子

1　スコットランド発トラヴェルライティング

旅は故郷を連れて

一八世紀半ば、スコットランド啓蒙期に活躍した作家トバイアス・スモレット（Tobias Smollett, 1721–71）の代表作、『ロデリック・ランダムの冒険』（一七四八年）の「著者序文」の末尾に次のような一節がある。

最後に本編の主人公を北部ブリテン人にした理由を述べておくと、主として以下のようになる。つまり、そこでなら、彼の品位ある生まれと性格にふさわしいと私が考えるような教育をごく少額で授けられるからである。本書の構想上許されるわずかな費用では、イングランドではそうした教育は受けようにも受けられないだろう。次に、首都の近くよりも遠く離れた地方のほうが、素朴な習俗をより適切に描けるからである。最後に、スコットランド人にはもともと強い旅行癖があるので、冒険好きの主人公をこの国の出身にしたのももっともだと思ってもらえるからである（Smollett

[1] xxxv)。

この作品では、新しく連合した王国の北部で生まれた、孤児も同然の主人公ロデリックが伯父の助けで大学に進学後、まずはロンドンに赴き、ついで西インド諸島にヨーロッパ大陸、さらにはアフリカや南米と世界を股にかけて、軍医助手にフランス軍兵士、奴隷船乗務といった経歴を重ねていく。右で引いたのは、著者も述べているように、その彼をスコットランド出身に設定した理由を説明した箇所である。最初の二つ、この国独自の民主的な教育制度や首都近辺の習俗との比較は、いずれもいわゆるスコティッシュネスについて議論される際に必ずといっていいほど言及される特徴である。では、最後の「旅行癖」についてはどうだろうか。むろん、スモレット自身、軍医助手の経験に加え、『フランス・イタリア紀行』（一七六六年）といった著作もあり、そうした旅行癖の持ち主のひとりといえるかもしれないが、ことは彼の自伝的背景のみにとどまらないようである。たとえば、その名も『スコティッシュ・ディアスポラ』と題された最近の研究書も、冒頭に一九世紀半ばの雑誌記事からの引用を掲げ、「スコットランド人はその階級を問わず、一旗揚げようと世界を歩き回る傾向がある」という世間の評判に言及する。続いて、一八二五年から一九三八年にかけて推定二三三万人のスコットランド人が大西洋を渡ったり、地球の反対側をめざしたりしたという数字を示しつつ、やはり「スコットランド人の放浪癖」（Bueltmann et al. [2] 1）を特筆すべき特徴に挙げている。スコットランドで国歌に準ずる曲として演奏されることも多い「勇者スコットランド」の最後で、「ぎらぎらと輝く熱帯の空の下、心は甘くせつなく夢を見る／いつかふたたび故郷に帰る日を」と歌われるのも、こうした評判や歴史的背景と関連しているだろう。

さらには、スコットランド人のうみだしたじつに多くのトラヴェルライティングの存在も、彼らの

「旅行癖」とその多種多様な旅のありようを物語っている。一九世紀に出版された、メアリ・シーコール（Mary Seacole, 1805-81）の自伝兼旅行記『ミセス・シーコールの冒険』（*Wonderful Adventures of Mrs Seacole in Many Lands*, 1857）も、そのひとつに数えられるだろう（図4-1）。当地で将校向けの宿を経営するクレオールの母とスコットランド兵の父のもとに、ジャマイカのキングストンで生まれたシーコールは、各地で看護の経験を積み、やがてクリミア戦争（一八五四—五六年）が勃発すると、まずはロンドンへ、ついでクリミア半島へと向かい、「シーコール母さん」と慕われつつ前線で兵士たちの看護にあたった。各地を移動しながらのその精力的な活動を、「スコットランドの血筋に帰する」(Seacole [3] 11) 人々も多かったという。周囲のこうした反応はもちろんのこと、セヴァストーポリ攻囲戦の戦闘のひとつで命を落としたサー・ジョン・キャンベル少将をめぐる、以下の一節も興味深い。

図4-1　1856年版に添えられた口絵「クリミア半島のミセス・シーコールの宿」
（出典：Mary Seacole. *Wonderful Adventures of Mrs Seacole in Many Lands.*）

> レディ・C［＝キャンベルのこと］の夫君がジャマイカに駐留していた当時、彼女がうちに滞在したことがあった。やがて帰国命令が出たときには、大半の女性なら少しでも動くことなど尻込みしただろうに、レ

ディ・Cは、自分は軍人の妻であり、夫に同行するつもりだときっぱりと口にした。運よく、「ブレニム」号の到着がレディ・Cの出発予定よりも数日遅れ、私は、ジャマイカの緑の丘が見えるところで生まれたスコットランド人の坊やを父親に抱かせてあげられたのだった（Seacole［3］137-138. 以下［　］は引用者による）。

それにもかかわらず、とシーコールは少将の死を悼むのだが、ここには、各地を転戦する高地連隊軍人、それに同行する家族、旅先で生まれた子ども、そしてそれらを記述する書き手もまた旅の申し子にして旅の途上という、スコットランド人の旅の一典型がみられる。

本章ではこうした旅をふくめ、一八世紀半ばから一九世紀を中心に、まずは探検や植民地統治など、スコットランド人の旅をめぐる状況やその代表的な著作を概観する。ついで、旅の起点だけでなく目的地となることも多かった高地地方の旅行記を参照し、そこに潜む内と外のダイナミズムについて考察したい。さらに、こうした旅や国外のようすを伝える重要な媒体のひとつとして、エディンバラを拠点とする出版社ブラックウッド社と『ブラックウッズ』誌の役割について検討し、「スコットランド人の旅行癖」とともに存在した多様なトラヴェルライティングのありようの一端を探ってみたいと思う。

探検・統治・移民

スコットランド人の旅行癖は、むろん生来の資質のみならず、彼らをとりまく歴史的・社会的環境の産物でもある。この地の人々が国外に活躍の場を求める傾向は中世にまでさかのぼり、当時は、傭兵や商人としてヨーロッパ大陸に渡ることが多かった（Devine［4］6）。その後、宗教改革や名誉革命、さらにジャコバイト蜂起後には、宗教的・政治的理由から国をあとにする人々も現れ（Bueltmann et al.［2］

7-8)、一方、一七〇七年のイングランドとの連合以後は、官僚や軍人、貿易商に宣教師として、植民地に赴く機会も増えていた。一八世紀後半の西インドでは白人人口の三分の一を、また、一七五二年までにはブリテン軍将校の四分の一をスコットランド人が占め（Leask［5］155-156)、かたわら、一七九〇年にはスコットランドの選挙区の四分の一強が東インド会社関連の議員で占められていたという（Mackillop［6］80)。加えて、一八世紀半ばからは、人口増加と産業・社会構造の変化から、とくに高地地方を中心に、自発的、あるいは強制的な移民も数を増していく。さらには、スコットランド啓蒙期の学問的関心や科学的探究と連動した旅行家や探検家の姿も目立つようになった。

図４－２　トマス・プリングルの『アフリカ素描』の口絵「ベチュアナ人の少年」
（出典：Thomas Pringle. *African Sketches.*）

こうした状況を反映して、そのトラヴェルライティングの対象地域や著述形態もきわめて多岐にわたる。たとえば、アフリカへの旅では、探検家ジェイムズ・ブルースの『ナイル河水源発見記』（一七九〇年）やマンゴ・パークの『アフリカ奥地の旅』（一七九九年）、冒険家R・ゴードン＝カミングの『南アフリカ狩猟記』（一八五〇年）、宣教師デイヴィッド・リヴィングストンの『南アフリカにおける伝道の旅と踏査』（一八五七年）等のベストセラーのほか、移民団の長として南アフリカに赴いたトマス・プリングルによる『アフリカ素描』（一八三四年）（図４－２）は、ときに故郷ボーダーズ地方への望郷の念

図4-3　ステッドマンの原画に基づいたウィリアム・ブレイクの版画挿絵「アフリカとアメリカに支えられたヨーロッパ」
（出典：John Stedman. *Narrative of a Five Years' Expedition, against the Revolted Negros of Surinam.*）

を交えつつ現地の風景を歌った詩と、現地の習俗や入植地近隣への小旅行を記した散文とで構成されている。『ブラックウッズ』誌の前誌で編集者を務めていたプリングルは現地で新聞や雑誌を創刊し、これが原因で帰国を余儀なくされる。が、戻っては反奴隷制協会の幹事を務め、こちらも旅行記的要素をもつ、元奴隷メアリ・プリンスの自伝（一八三一年）の編集を手がけた。

一方、一〇代の頃に読んだ多くの小説の登場人物のなかで「ロデリック・ランダムが一番のお気に入り」（Price and Price [7] xvi）だったというJ・G・ステッドマン（J. G. Stedman, 1744-97）の場合は、一七七二年、南米スリナムでの逃亡奴隷の反乱を鎮圧するための軍に志願、大尉として従軍した記録を『五年間の遠征記』（*Narrative of a Five Years' Expedition*, 1796）として出版した(1)。ステッドマンは、オランダ人の母とオランダ軍のスコットランド旅団将校だった父とのあいだに生まれ、自身も同旅団の将校だったが、その記述は戦略や軍隊生活にとどまらず、現地の動植物や農園のようすを地図や一覧表、会話や挿絵等を用いつつ詳細かつ豊富に伝え、巻末には索引も添えられて、実用性も備える。

最終章を飾る、「アフリカとアメリカに支えられたヨーロッパ」と題された挿絵（Stedman [8] 394、図4-3）はとくに有名だが、鎮圧軍所属とはいえ、奴隷、あるいは黒人をみる視線は必ずしもそれに規定されず、彼らの苦難に共感する姿勢もみられる。また、黒人音楽をめぐる記述では楽譜を交えて紹介し、アメリカの詩人フィリス・ホイートリーの「想像力をめぐって」の一部を引用、「これぞ美にして崇高」とこれを讃えたあと、黒人作曲家イグネイシウス・サンチョにも言及する（Stedman［8］259-260）。なかでも、現地で「妻」としたムラート女性の奴隷、ジョアンナとのロマンスをめぐる部分は注目を集め、匿名の編者によって関連箇所のみ抜粋されて出版されたものが、さらに合衆国の奴隷制反対論者のリディア・マリア・チャイルドによって再刊されたという（Aljoe［9］366）。この合衆国版（一八三八年）には、先述のプリングルの『アフリカ素描』から採られた奴隷制の悲惨を伝える詩も添えられている。個々の旅行記が、別の書き手によって編集され、あるいは今一度海を渡り、特定の受容を強めていった例といえるかもしれない。

家族や同郷人とともに

一方、海外に赴任中の家族を訪問したり、彼らに同行した女性たちが、軍人や官僚とは異なる立場から現地の生活を記している例も多い。たとえば、ジャネット・ショウ（Janet Schaw, c. 1737-1801）の場合、弟の赴任にともなって一七七四年末には西インドを訪れ、一七七五年春にはそこからさらにアメリカ植民地に足をのばし、その道中を書簡に綴っている。ブリテンでの教育を終えた親戚の子ども三人をノースカロライナの両親のもとに送りがてら、その近隣に入植していた兄に会うことも目的のひとつだった。が、その彼女が真っ先に経験することになった「異文化」は、じつは行きの「ジャマイカ・パケット」号の船上での出来事だった。というのも、船の乗客は自分たち一行（ショウ姉弟や子どもたちに加え、ショウ家のメイドやインド人の召使ら）だけだと思っていたところ、昨晩ベッドで寝ていると、（私たちのいる特等室と板数枚で隔てられた船尾部分から）ひどいうめき声が聞こえ、しばらくして、「どうしたんだ、おい」と呼ぶ声がしたの。これに答えて、うめき声の主（だと思ったのだけれど）は、「ああ！　ああ！　齢六〇を越えた身にはこの枕は硬すぎる」。私のこの話を聞くと、弟は笑いながら私の手をとり、もう片手はファニー［ショウの親戚の子どものひとり］のほうに伸ばして、来てごらん、うめいていたお隣さんが見つかるかもしれないよ、と言いました。甲板につながる階段を上ったとき、私がどんなに驚いたかわかってもらえるかしら、なんとそこは、三歳から六〇歳まで、ありとあらゆる年齢の男性、女性、幼児に乳児で埋めつくされていたのです。……あんなにもみじめで、あんなにも嫌悪感を催す光景をこれまで目にしたことはありません。まるで、［ジョナサン・］スウィフトの［『ガリヴァー旅行記』に出てくる］ヤフーを新しくつかまえて積み荷にしたようでした（Schaw［10］27-28）。

彼らは土地を追われた移民の集団で、船主が密かに乗船させ、海上に出るまで船倉に隠されていたのだった。このように、旅に出た経緯もその装備も大きく異なる道連れに最初に接したときの衝撃こそ大きかったものの、ショウは残りの航海のあいだに移民たちの事情を理解し、その人間性にも触れることになった。

一行はスコットランドの東海岸に位置するファイフを一〇月下旬に出発しており、やがて一二月初め、アンティグアに到着する。ショウはこのとき、再び陸地を目にした喜びに続いて、アンティグアの「これまで見たこともない」ような地形や植生を描写したあと、「そのあとでこんなことを付けくわえるとあなたは笑うかしらね。つまり、私にとってその一番の美点は、スコットランドに似ていること、そう、スコットランドに、それもスコットランド全体にではなくて、とくに高地地方にね。ここの散歩道のひとつは故郷のダンケルドみたいですし、故郷のカバノキもここのギンバイカに美しさでは負けていないと思います」（Schaw［10］74-75）と書き送る。はたして、ここでの滞在のようすも、故郷で知り合いだった医師と再会したり、ギャロウェイ出身の砂糖農園主の家に招かれたりと、現地の緊密なスコットランド人共同体の存在を伝える。かたわら、アンティグアからセント・キッツへと場所を移しつつ、現地の気候や食事、農法等に加え、奴隷を使役する側の視点から奴隷労働や奴隷市のようすが描かれてもいる。

そのショウが、「昨日は羊を屠って、大西洋の真ん中、熱帯の空の下で、スコットランド風のディナーをとっています。ハギスに羊頭、ウィスキーにブラッド・ソーセージをいただいて。船長も航海士もスコットランド人で、長いこと家には帰っていないけれど、故郷を出て以来こんな素晴らしい食事を見たことはない、と請け合いました」（Schaw［10］139）と書き記したのは、今度はセント・キッツから北米に向かう「レベッカ」号の船上だった。

歴史の証人として

ショウはその北米のノースカロライナでも、兄の入植地ショウフィールドやスコットランド移民の多い近隣の町で歓迎を受けるものの、時あたかもアメリカ植民地の独立前夜のことで、植民地内部で対立も生じていた。このため、たとえば、兄の知り合いの馬丁がタールと羽毛の刑を受けて追放されるのを目にしたり、あるいは、以下のように、やはり知り合いの町の名士たち数名が拘束されているところに遭遇する。

どうかなさったのですか、と私がたずねると、男はたたんで持っていた紙を差し出しました。これに署名するようあなたが彼らを説得すれば、彼らは自由の身だ、だが、それまではこうして見張っておく、自業自得というやつだ、と言いました。「どんなことにも耐えてやるぞ」と、なかの一人が口を開き、「国王や祖国や自分たちの主義を捨てたりなどけっしてするものか」。その人は、「ご婦人がた、これは」と、私（私のそばにはすでに何人かの女性が集まってきていました）のほうを向きながら、「彼らが言う『試験』とやらなんだが、いったい何の権限があってこの人が私たちにこれを強要しているのか、教えてほしいものだ」。これに対し先の男は「あれがその権限ってやつさ」と、尊大このうえない態度で兵士たちを指さしながら、「抵抗できるなら、やってみるがいい」との答え。ああ、ブリタニアよ、いったい何をなさっておいでなのですか。あなたの真に従順な息子たちが無法者の同胞にこのような無礼なふるまいを受けているというのに（Schaw［10］192）。

知り合いの者たちが右で署名を迫られていたのは、一七七四年の大陸会議で採択された経済戦術、「大陸不買同盟」への同意文書だった。その後ほどなくして、ショウらはこの「不幸な地」（Schaw［10］211）をかろうじて逃れ、リスボンへと向かうことになる。こうした当時の状況を国王派、ブリテン側の視点から記したこの日誌は二〇世紀になって発見され、一九二三年、当時のようすを伝える有益な資料として、アメリカ史研究者によって詳細な註を付されて出版された。

一八一五年六月一〇日、兄妹とともにブリュッセルに向けて旅立ったシャーロット・ウォルディ（Charlotte Waldie, 1788-1859）の『ベルギー滞在記』（*Narrative of a Residence in Belgium during the Campaign of 1815*, 1817）も、同月一八日のワーテルローの戦いをはさみ、「歴史の証人」としての性格を帯びることになった。現地で高地連隊の兵士たちから勝利の報を耳にしたときには誇りや歓喜とともにその活躍を伝え、彼らと同郷のよしみを語りあうウォルディだが、その後、「しばしば私は、兵士たちの葬列が頻繁に通りすぎていくのをじっと見つめながら、ここでこそ誰の目も涙で濡れてはいなくても、私の故郷のどこかへんぴな小屋やつつましい住処では、こうして異国の墓に人知れず埋葬されている夫や子を失った妻や母親の胸が絶望に打ちひしがれていることだろう、と考えずにはいられなかった」（Waldie［11］244-245）と記す。さらに、ブリュッセルからワーテルローに向かう道のりでは、戦後の惨状が以下のように記録される。

ソアニエの森からの道中にはずっと、最近ここで起こった恐ろしい出来事の痕跡が残っていた。埋められていない骨や壊れた馬車や馬具が、あちこちに散乱していた。一歩進むごとに、かつては軍服だった、ずたずたの衣服の切れ端を目にした。靴やベルト、刀剣の鞘、つぶれてばらばらになった歩兵帽、折れた羽飾りや泥にまみれた高地兵のふちなし帽が沿道に散らばったり、木にぶら下がったりしていた。これらの悲しい遺品は、瀕死の戦場から這い出そうと試みた負傷兵や、それ以上の行軍に耐えられず、倒れて息をひきとり、今やそこを墓としている兵たちのものだった――仮に、ほとんど土もかけられていない道端の穴を墓と呼べるとするならば（Waldie［11］255-256）。

ヨーロッパ大陸はいわゆる「グランドツアー」の目的地でもあり、こうした旅では、先述のスモレットの友人で彼の伝記を著したジョン・ムーア（John Moore, 1729-1802）の大陸旅行記（一七七九、一七八一年）のように、好評を博した旅行記も書かれている。かたわら、このナポレオン戦争の時期には、大陸への旅行が困難になったことから国内の旅行地に目が向けられ、ウォルディがその姿を見届けた高地兵たちの故郷、高地地方が、いわば「国内のなかの国外」として、いちだんと注目を集めていた。そこで、次節ではこの地方への旅行記をみてみよう。

2　高地旅行記の内と外

高地地方への旅

スコットランド高地地方についてはすでに一八世紀末の時点で、エドワード・バート（一七五四年）、トマス・ペナント（一七七一、一七七四―七六年）、ジョンソン博士（一七七五年）とジェイムズ・ボズウェル（一七八五年）、それにウィリアム・ギルピン（一七八九年）によるものなど、段階的発達史観に基づいた社会観察や改良、博物学、ピクチャレスク美学といった多様な関心をもった代表的な旅行記が著され、この地方を見る一定の視線の構築に大きく関与していた。その影響下にある旅行者も多く、そのひとり、医師で化学者のトマス・ガーネットはペナントの旅行記を片手に、かつその記述を補うべく、農業改良者サー・ジョン・シンクレア主導による統計調査やエラズマス・ダーウィンの博物学への言及を交えた旅行記（一八〇〇年）を出版している。

これら旅行記での高地地方は旅行者自身の関心や欲望を映し出すと同時に、その旅の記録は、この地方をブリテンや帝国の現状のなかにどう位置づけ、いかに管理するべきかを探る資料にもなっていた。北米への植民で批判の的にもなった第五代セルカーク伯（Thomas Douglas, Fifth Earl of Selkirk, 1771-1820）の場合、昔ながらの風習や生活様式が残っているという評判に惹かれて一七九二年に高地旅行に出かけ、この際、この地方の経済や農業の実態を目にして海外への移民は不可避だと感じたらしい（Earl of Selkirk［12］1-2）。その目的地として、競合する諸外国のかわりにブリテンの植民地を確保すべく、カナダのプリンス・エドワード島に高地人を大規模移住させ、のちに弁明がてら、その趣旨や経緯

について高地旅行当時の見聞を交えて出版（一八〇五年）している。(2)

同時に、とくに高地地方は、地形や言語、文化の違い等から一般にはアクセスが難しい地域だったため、これらの旅行記を年代順にたどることは、高地地方やブリテン全体の旅行の物理的な側面の改善や旅行産業の拡大を知る重要な手がかりでもある。たとえば、一七七〇年から一八三〇年までのそれぞれ異なる時期に五人の女性によって書かれた各旅行記を比較、検討したハグルンドは、この間、道路や交通手段といった社会資本の整備や宿泊施設の充実、観光産業の興隆にともない、スコットランドが少数の旅行者の個別の目的地から、娯楽のための「本格的な観光地」へと変化したことがうかがわれると論じている（Hagglund［13］142）。

これら一九世紀半ばにかけて出版された女性たちの高地旅行記には、親しい人物に宛てた書簡体形式など共通する特徴をもつものも多い。なかでも有名なのが、アン・グラントの『山からの便り』（一八〇六年）で、父の赴任にともない家族でフォート・オーガスタスに出発した一七七三年から、結婚によって夫の教区ラガンに移り、一八〇三年にここを離れるまでの三〇年間に友人たちに宛てた書簡が主に収められている。とくに前半の書簡にはゲール語の口承の伝統に基づいたジェイムズ・マクファースンのオシアン詩への言及が多く、自身、子どもたちをゲール語話者として育てた。こうした興味は、ゲール語詩の翻訳や高地文化に関する学術的、民族誌的な著作にもつながっていった。さらに、高地人と北米先住民とを比較し、両者をいわば「高貴な未開人」ととらえる視点には、スコットランド啓蒙期の段階的発達史観に加え、幼少期を過ごした合衆国でモホーク族の居住地に旅した際の経験が相互に関係しているという見方もある（Hagglund［13］96）。

内的差異と外とのつながりと

少し時代がくだって、前出のサー・ジョンの娘で、父の秘書を長年務めていた作家のキャサリン・シンクレア（*Catherine Sinclair*, 1800–64）による『シェットランド』（*Shetland and the Shetlanders*, 1840）も、いとこに宛てられた書簡形式をとる。高地地方一帯を巡った旅だが、各訪問地の性格の違いにしたがい、異なる言説が立ちあがっていく。たとえば、サー・ジョンが羊の新品種の導入や漁港の整備などの改革を推進したケイスネス一円のシンクレア一族の領地やサーソー、ウィックといった地域では、その追跡調査報告といった趣を呈し、続くシェットランドへの旅は「女王陛下の最果ての領土への発見航海」（Sinclair［14］72）になぞらえられ、危険な渡航のようすを強調しつつ当地の動植物や習俗などが詳細に書きとめられて、「探検記」的言説が意識されている。こうした高地地方内部の地域的差異が、領地視察者、「極地」探検家、貴族の地所巡りの客としてのシンクレアを順に記していくようすは、この地方にたいする、改良、「発見」、観光という外部の視線の変遷を要約しているかのようでもある。また、この時代の多くの旅行記での定番といってもいい先述のオシアン詩やウォルター・スコット（Walter Scott, 1771–1832）の作品への言及がここでも散見され、高地地方が特定の文学的表象によって代表されつつあることもうかがわれる。

一方、全編にわたって、鉄道や道路をはじめこの時代の技術改良への関心がみられるほか、オーストラリアやニュージーランド、東西インド、中国、エジプトへの言及やこれらの地域との比較にあふれる点は、当時のグローバルなネットワークや文化的布置の一部としての高地地方を強く印象づける。たとえば、中国との交易で富を得た地元民が長年の夢だった地所を買い取り、自ら輸入した珍種の植物を植えれば、その邸宅は「イングランドの快適さとアジアの装飾とでしつらえられ」、所蔵の珊瑚のコレクションが賞賛される（Sinclair［14］199）。あるいは、以下の、不気味な風景のなかで出くわす世界を股にかけた歴戦の兵士、というエピソードも、一見閉鎖的なイメージをもつ高地地方の、外との現実的なつながりを実感させる。

今日、私たちはシーフィールド伯爵所有のあの奇妙な古いお屋敷、グラント城をじっくり見ようと二〇マイルほど寄り道をしました。変わった、クランの長っぽい感じのお城で、気味悪い感じの山々と気味悪い感じのモミの木に囲まれ、気味悪い感じのご先祖たちでいっぱいの場所よ。ジョージ・クラッブの詩さながらの「陰気な谷を臨む暗い建物」で、大盗賊か何かの砦のような趣だから、暗くなってから近寄るのはちょっと恐いと感じるかもしれないわね。ミセス・ラドクリフの恐ろしい小説にならぴったりの場所でしょうし、私だってその場でメロドラマのひとつも書けそうな気がするわ。［中略］

この古い化石みたいなお城を見ようと本街道を急いでいると、卑しからぬ雰囲気の老人が私たちを呼び止めて、兵士らしいしぐさでふちなし帽に触れ、A［同行していた、シンクレアの兄弟］に向かって、じつにうやうやしく「ちょっとお声をかけてもかまいませんでしょうか」と話しかけてきました。

私たち二人とももちろんどうぞといったようすだったから、その老人はさらに熱心な声でこう続けたの。「手前どもは世界中でお務めを果たしてきたのでございますよ。セントヘレナ、南米のサンティアゴ、スペインのラコルニャ、それに西インドでも！」（Sinclair［14］213-214）。

この言葉に、さては物乞いか、と早合点しかけたシンクレアだったが、じつはこの兵士はいわゆる「ハイランド・ホスピタリティ」の精神を発揮して、二人を自宅に招こうとしていたのだった。その後の彼の歓待ぶりはもちろん、このほかにも、バッキンガム宮殿の動向やロンドンでの流行が住民の関心を集め、ほとんど時差なしで伝わったり、最後の、ブレア・アソルなど、知人貴族たちの地所を次々と訪れる場面では高地地方の観光資源のひとつ、狩猟のようすが描かれたりと、シンクレアのこの著作は、次のヴィクトリア女王（Queen Victoria, 1819-1901）の日誌の内容を予感させる旅行記でもある。

巡幸という旅

先述のグラントの『山からの便り』は、高地地方への旅行記として始まりつつ、やがて滞在記となり、旅行者から転じて「移住者」として当地の習俗や自然を描写していくのだが、これは、形式や書き手の地位は大いに異なるものの、ヴィクトリア女王の『高地日誌』（*Leaves from the Journal of Our Life in the Highlands from 1848 to 1861*, 1868. 以下、『日誌』）と『続高地日誌』（*More Leaves from the Journal of A Life in the Highlands from 1862 to 1882*, 1884. 以下、『続篇』）での展開を思わせる。あわせて、この女王の日誌は、私的経験と公的領域との接続やライフライティングとしての特徴など、右でみてきた女性たちの旅行記が示唆している問題をより明確に提起しているようである。

女王のこの二冊は、一八四八年からほぼ毎年のように夏の休暇中に高地地方に滞在したときの日誌からの抜粋で、最初の一巻には夫アルバート公が死去した六一年までが収められている。編者による「序」では、政治にかかわる出来事は割愛されているとあるものの、居城バルモラルの建設、家族での遠足や公の鹿狩りへの同行、娘の婚約といった家庭的な出来事の記録は、むしろ女王の「私生活」を扱うがゆえに、逆に家庭重視のイデオロギーを女王一家自らが演じ、役割モデルとして提示するのに一役買ったと思われる（図4-4）。一方、『日誌』全体の構成は、この家庭の母親像の、より概念的な「国民の母」(Queen [15] vii)(3) への接続を支持している。冒頭には一八四二年からの三度にわたるスコットランド旅行記が置かれ、巻末にはイングランドやアイルランド、チャネル諸島への以前の巡幸の記録が付されて、ブリテン諸島の女王の領土を包摂する構造になっているからである。

この点で、『日誌』のちょうど中盤に配され、「セヴァストーポリ陥落の知らせ」と題された、以下の一八五五年九月一〇日の記述も注目される。

図4-4　エドウィン・ランシーア画「ロッホ・ラガンのヴィクトリア女王」(1847)

(出典：Edwin Landseer. Queen Victoria at Loch Laggan (1847) (Royal Collection Trust))

この新居はほんとに縁起がいいようだ。というのも、私たちが到着するやいなや吉報を受け取ったのだから。数分後、アルバートとありとあらゆる服装をした紳士の面々が石塚の頂上に向けて出発し、それに使用人全員、さらには村人全員——森番や狩猟案内人や職人たち——が三々五々続いた。待っていると、篝火に火がともされ、同時に万歳と叫ぶ声が聞こえた。……四五分ほどするとアルバートが戻ってきて、あちらは大変な興奮でとんでもない騒ぎだったと言った。皆は健康を祈ってウィスキーで乾杯し、大喜びのようすだった。家じゅうが素晴らしい興奮状態にあるようだった。男の子たちを起こすのには苦労したが、ついに目を覚ますと、子どもたちは、お願いだから石塚の頂上まで行かせてと懇願した。

私たちは一一時四五分に自室に引きとったが、ちょうど私が服を脱いでいると、窓の下に皆がやってきてバグパイプを演奏し、歌を歌い、祝砲を撃ち、万歳を叫んだ――まず私に、次にアルバートに、フランス皇帝に、そしてセヴァストーポリの陥落に（Queen［15］152-53）。

右では、高地地方で休暇中の記述ならでは可能となった、女王とその家庭という親密で私的な領域に、ナショナルかつインペリアルな歴史的時間が重ねられている。高地地方をめぐる言説と帝国との関係について検討したマクニールは、この一節も参照しつつ、『日誌』と『続篇』における高地地方が「女王による帝国統治のヴィジョンの象徴的な『中心』」（McNeil［16］167, 177）の役割を果たしていると論じている。さらにここに、もうひとりの「母」の旅行記、本章の冒頭近くで参照したシーコールの『冒険』での記述を並べてみよう。するとそれが、ここを起点とする多岐にわたる帝国的移動を統合しつつ、はるか最先端での活動によって構築、維持される動的な中心でもあることがより鮮明に伝わってくるのではないだろうか。君主という求心的な力をもった存在が書き手となることで、女王の滞在記は、高地地方と旅とのあいだに存在する帝国的な力学をより顕在化させる役割も果たしているようである。

書き、書かれる女王

『日誌』の成功をうけて出され、一八六二年から八二年までの日誌から抜粋された『続篇』では、生身の書き手に生じた変化や書き手としての女王の意識の高まりとともに、いわば高地地方の君主を記した前作に、ひとりの書き手が高地地方や高地人と自身との関係を記すという新たな力点が加わっている。それにともない、女王が、民族誌や自然描写など、高地地方をめぐる既存の言説に即して書かれていく状況も生じている。「私たちの生活（Our Life）」から、たんなる「生活（a Life）」へという題名の変化も示すように、「国民の母」、女王の「家庭」生活の記録や呈示じたいに意味があった前作とは違い、今回は編者も存在しない。かわりに、女王自身が序文を付し、前作とは「一変した生活を描いていながらも、悲しみと苦悩に満ちたこの心が美しい高地地方の清浄な空気と静謐さのなかで、ここに記されている小旅行や出来事、それに忍従と信念という多くの徳を教えてくれた山地の素朴な人々によって慰められ、元気づけられるようすは、前作と同様共感を呼ぶのではないか」（Queen［17］v）と述べる。続く献辞では、「このスコットランドでの未亡人の生活の記録」が高地人や今は亡き従僕のジョン・ブラウン（図4-5）の思い出に捧げられ、目次に続いて掲げられた詩の引用ではカレドニアの自然や忍耐や勤勉などの徳をうたった詩行が選ばれて、『続篇』での枠組みのひとつが、こうした既存の高地言説に沿っていることを示唆している。

図4-5　バルモラル城でのヴィクトリア女王とジョン・ブラウン（1863年）

（出典：George Washington Wilson. Queen Victoria on 'Fyvie' with John Brown at Balmoral 1863（National Galleries of Scotland））

本文でも、主語に「私」（"I"）を用いる場面が格段に増えて、個人的な感情表現や一人称による内省的な記述もみられるようになり、そうした傾向は『続篇』の終わりかたにもあらわれている。日誌の最後の書き込み（一八八二年九月一三日）では、エジプトのテル・エル・ケビールの戦いの勝利が盛大に祝われ、前作での「セヴァストーポリの陥落」にも言及、このときの祝賀のようすが回想される。が、『日誌』とはだいぶ異なり、「次から次へと届く電報！　なんという感謝と喜びの一日だろう。ただ、そこには同時に、死を悼んでいる多くの者や、負傷して瀕死の床にある者たちへの悲しみや心配も交じっていた」（Queen［17］402）と、最後にはむしろ追悼や憂慮の念が優勢を占める。[4]加えて、最後を締めくくるのは「結び」と題された文章であり、その末尾は、この年の三月に、従僕にして良き理解者だったジョン・ブラウン（John Brown, 1826-83）を亡くしたことに触れつつ、以下のように記される。

　彼を失ったことから、私（当時、怪我をしていたせいで彼の助けになれなかった）はとうてい回復しえない。というのも、そうあって当然ながら、彼は私の信頼をすっかり勝ち得ていたし、つねに私のことを気遣い、心配りをしてくれ、献身的に尽くしてくれたことで生涯にわたる感謝の気持ちを彼に抱いていた私にとって、たとえ毎日、いや毎時間、彼のいない寂しさを感じていると言ったところで、とても真実を表しきれるものではないからである（Queen［17］403-404）。

そして、「それほど真実で、高貴で、信頼ができ／それほど忠実で、愛情あふれる心を／抱いていた人間はいない」というバイロンからの引用で、この『続篇』は結ばれる。

　右では、かけがえのない人物を失った深い喪失感を通して、ひとりの人間としての女王の姿が前景化されている。と同時に、その女王がときに註を付しながらゲール語や高地地方の習俗について記していくようすは、民族誌的な高地地方の記述に接近しつつ、こうしたひとりの書き手と特定の土地との関係の深まりを示してもいる。そうした関心や関係の深まりは、たとえば、一八七五年九月二五日付の日誌に、クロフターたちの生活の記述をふくむ、第八代アーガイル公爵による高地地方の土地制度の歴史的説明が引用されるという、前作とは異なる政治性を招きいれることにつながっている。あわせて、一八五七年から女王のチャプレンを務め、一八七二年に亡くなったノーマン・マクラウドを偲んだ、それまでの日誌の書き込みからのキャラクター・スケッチ的な長文の抜粋（一八七三年三月付）は、以下にみる『ブラックウッズ』誌が得意とした一ジャンルを想起させるように思われる。

3　『ブラックウッズ』誌と旅の物語

フィクションとの境界

一八世紀後半から一九世紀にかけて、スコットランド人によって、あるいはスコットランドについてこのように多くの旅行記が著されていることを考えると、この国の詩や小説に国境を越える旅が繰り返し登場するのもごく自然なことだろう。なかでも、スモレットの『ハンフリー・クリンカーの旅』（一七七一年）、エリザベス・ハミルトンの『英訳版ヒンドゥーのラージャの便り』（一七九六年）、J・G・ロックハートの『ピーターの親族への便り』（一八一九年）などは、架空の人物による書簡体の旅行記のかたちで当時のブリテンの政治や文化が批評され、書簡集形式の旅行記との境界をも越えてしまいそうな作品である。

このロックハートが編集にかかわり、出版に先んじて『ピーター』の一部が掲載されていたのが、出版者ウィリアム・ブラックウッドによって一八一七年一〇月に新創刊された雑誌『ブラックウッズ・エディンバラ・マガジン』だった。(5) 小説も掲載する保守派の月刊誌で、その後一九世紀を代表する雑誌としての地位を確立していったが、その基盤のひとつは、「インド官僚や、植民地で専門職や貿易に携わる国外居住者へのアピール力」にあり、一時は植民地版も出されたようである（Milne［18］30）。いかにもスコットランドに拠点を置く雑誌ならではの試みだったといえるだろうが、故郷に残ったその家族や友人にとっても、毎号掲載される各国の政治動向や文化に関する記事は魅力的だったはずである。加えて、ブラックウッドは伝統的に単行本としての旅行記にも力を入れており、一八五二年から七九年にかけては、リチャード・バートンによるインドや東アフリカ探検記をはじめ、ときに特定の編集の手を経ながらも、数多くの著作が雑誌記事や単行本として出版されたという（Finkelstein［19］11）。

「雑誌」という多種多様な記事が混在する媒体としての性格もあって、『ブラックウッズ』誌にはもともと事実とフィクションやフィクションどうしの相互還流を得意とする傾向があるうえ、連載され出版された小説に実在のモデルが存在することも多い。そうした小説の著者で、この時期のブラックウッドによる出版を代表する作家のひとりが、開拓会社の書記としてカナダのゲルフで都市建設に携わったこともあるジョン・ゴールト（John Galt, 1779-1839）である。インドの親戚の遺産相続の手続きのためロンドンへ赴いた架空の一家の書簡体の旅行記を中心に展開する小説『エアシャーの遺産相続人』（一八二〇年）や、自身や知人の経験をモデルに北米での移民生活を描いた小説のほか、西部スコットランドを舞台に、牧師や市長のフィクショナルな自伝の形式をとった作品でも知られる。後者はスコットランドの歴史や文化、伝統的な制度とその考察に力点を置いており、こうしたスコットランド的視点の重視は『ブラックウッズ』誌のもうひとつの重要な特徴だった。

帝国とスコティッシュネス

この『ブラックウッズ』の地方主義はライヴァル誌『エディンバラ・レヴュー』の抽象的なリベラリズムに対抗してのものだったが、ジャレルズは、先のロックハートの『ピーター』をナショナルな文化の意義をめぐる重要なロマン主義的小説と位置づけるイアン・ダンカンの論考を参照しつつ、この地域的視点が帝国や植民地をめぐる議論に接続する可能性について検討している。その過程で彼が取り上げるのが、カナダやインドで勤務し、旅行記も著していたジョン・ハウイソンによる『植民地の物語』（一八三〇年）と、一八二一年九月号の『ブラックウッズ』誌に掲載された、その原型としての「北西領での冒険」である。それぞれ西インドとアッパーカナダを舞台とした「地方物語と恐怖物語との独特な混合」（Jarells［20］274）で、白人の語り手が、具体的な地理や風習が描かれた異境の勤務地で恐怖の体験をするなかで、一時的に現地のアイデンティティをまとう。ジャレルズは、『ブラックウッズ』に掲載されたインドをめぐる記事にも言及しつつ、これらの記事や物語が「国内外の双方において、地域や愛着、領土の重要性を理解できなかったリベラリズムの限界を際立たせる」（Jarells［20］276）ことに寄与したとしている。

つまり、スコットランド人にとってのトラヴェルライティングとは、こうした啓蒙思想の普遍的な視点とロマン主義的な地域重視とが、葛藤を抱えつつ交渉を重ねる場でもあったことになる。統治や植民のために故郷を出たスコットランド人が現地の習俗を記録することは、あるいは故郷に残った者がそれを読むことは、自由や進歩という理念とその土地固有の伝統や風習との折り合いをどうつけるのか、現地や自分の故郷が、そして、何よりも自分自身が直面している問題に向きあうことでもあった。それは、本章冒頭のロデリック・ランダムの出身設定をめぐる「著者序文」の一節での、独自の教育制度、首都の習俗との比較、旅行癖という組み合わせにもすでに胚胎していた問題であり、この先もさまざまな形で問われ続けていくことになるだろう。右の「北西領での冒険」が掲載された号にも、ほかにアフリカでのマンゴ・パークをめぐる記事や、海軍の航海日誌の形式をとった冒険小説の第一回、それに蒸気船での船旅に乗客たちの語る話を織り込みつつ語られるゴールト（彼はハウイソンの旅行記の書評者でもあった）の小説『蒸気船』の連載第七回（この回は首都ロンドン見聞記）等が掲載されている。これらさまざまな旅の物語が相互に響きあい、帝国やアイデンティティの問題を提起しあう場がさらなる新たな物語を呼び込んでいったのだろうか、一八九九年二月には、「『ブラックウッズ』のもうひとつの植民地物語」（Jarells［20］275）、ジョウゼフ・コンラッドの『闇の奥』の連載が開始されている。

とはいえ、それはまだ少し先のことになる。先のヴィクトリア女王が『続篇』を記していた頃には、高地地方の名門貴族出身で各地の総督らに知り合いも多かったレディ・トラヴェラー、C・F・ゴードン＝カミングが、インド、ハワイ、中国、日本、アメリカ西海岸、エジプトと、まさに世界中に散らばった縁者や友人を歴訪する旅を満喫していた。その旅行記の多くはブラックウッド社から出版され、『ブラックウッズ』誌にも、北京から日本への旅のスケッチ（一八八二年五月号）など多くの記事が掲載されている。くだって一八九四年、かつてその彼女も訪れたサモアの地で、温暖な気候を求めて旅に生き、『旅はロバを連れて』（一八七九年）や『アマチュア移民』（一八九五年）など多くの印象的な旅行記を残したR・L・スティーヴンソンは、故郷を舞台にした小説の執筆半ばにして、その漂泊の生涯を終える。彼の代表作『バラントレイの若殿』（一八八九年）はスコットランドを起点としつつ、右でみてきた多様な旅の縮図にして批評のような作品であり、サモアで著された中・短篇集『島の夜の愉しみ』（一八九三年）や滞在記『南洋にて』（一八九六年）は、この地の白人による貿易や支配のありようの闇を問いかけていた。その程度まで、スコットランド人の旅行癖とともにあったトラヴェルライティングは複雑にして多様だったといえそうである。

注

（1）ステッドマンのこの『遠征記』には、出版に際し全編にわたって編者の手が入っていたため、一九八八年、ステッドマンの草稿を基にした版が出版された。

（2）合意には至らなかったものの、このときのカナダでの交渉相手のひとりが、カナダの河川での探検や毛皮貿易の歴史をつづった『モントリオールからの船旅』（一八〇二年）で知られるアレグザンダー・マッケンジー（Alexander Mackenzie, 1764-1820）だった。

（3）この呼称は、編者による「序」の中で用いられている。

（4）ここでは、女王は「セヴァストーポリ陥落」の知らせが届いた二六年前の夜のことを思い出しながら、同じように篝火を焚くことを望み、その篝火とともに、この夜を末息子のレオポルド夫妻や末娘のベアトリスらと過ごしている。また、四男アーサーはこのエジプトでの戦いに少将として従軍していた。

（5）一八一七年四月に『エディンバラ・マンスリー・マガジン』として創刊、半年後に改称して再出発した。

引証資料

［1］Smollett, Tobias. *The Adventures of Roderick Random*. 1748. (Oxford) Oxford UP, 1981［トバイアス・スモレット『ロデリック・ランダムの冒険』伊藤弘之他訳、荒竹出版、一九九九年］.

［2］Bueltmann, Tanja, Andrew Hinston and Graeme Morton eds. *The Scottish Diaspora*. (Edinburgh) Edinburgh UP, 2013.

［3］Seacole, Mary. *Wonderful Adventures of Mrs Seacole in Many Lands*. 1857. Ed. Sara Salih. (London) Penguin Classics, 2005.

［4］Devine, T. M. *Scotland's Empire: 1660–1815*. (London) Allen Lane, 2003.

［5］Leask, Nigel. "Scotland's Literature of Empire and Emigration, 1707–1918." Ed. Susan Manning. *The Edinburgh History of Scottish Literature Vol. 2: Enlightenment, Britain and Empire (1707–1918)*. (Edinburgh)

Edinburgh UP, 2007.

[6] Mackillop, Andrew. "Locality, Nation, and Empire: Scots and the Empire in Asia, c. 1695–c. 1813." Ed. John M. Mackenzie and T. M. Devine. *Scotland and the British Empire*. (Oxford) Oxford UP, 2011.

[7] Price, Richard and Sarah Price eds. *Stedman's Surinam: Life in an Eighteenth-Century Slave Society. An Abridged, Modernized Edition of Narrative of a Five Years' Expedition, against the Revolted Negros of Surinam* by John Gabriel Stedman. (Baltimore and London) Johns Hopkins UP, 1992.

[8] Stedman, John. *Narrative of a Five Years' Expedition, against the Revolted Negros of Surinam*. (London) J. Johnson and J. Edwards, 1796.

[9] Aljoe, Nicole, N. "Caribbean Slave Narratives." Ed. John Ernest. *The Oxford Handbook of the African American Slave Narrative*. (Oxford) Oxford UP, 2014.

[10] Schaw, Janet. *Journal of a Lady of Quality, Being the Narrative of a Journey from Scotland to the West Indies, North Carolina, and Portugal, in the years 1774 to 1776*. Ed. Evangeline Walker Andrews and Charles McLean Andrews. (Lincoln and London) U of Nebraska P, 2005.

[11] Waldie, Charlotte. *Narrative of a Residence in Belgium during the Campaign of 1815; and of a Visit to the Field of Waterloo*. (London) John Murray, 1817.

[12] Earl of Selkirk. *Observations on the Present State of the Highlands, with a View of the Causes and Probable Consequences of the Emigration*. (London) Longman, Hurst, Rees, Orme, and Brown; (Edinburgh) A Constable, 1805.

[13] Hagglund, Betty. *Tourists and Travellers: Women's Non-fictional Writing about Scotland, 1770–1830*. (Bristol) Channel View, 2013.

[14] Sinclair, Catherine. *Shetland and the Shetlanders, or the Northern Circuit*. (Edinburgh) William Whyte and Co., 1840.

[15] Queen Victoria. *Leaves from the Journal of Our Life in the Highlands from 1848 to 1861*. Ed. Arthur Helps. (London) Smith, Elder and Co., 1868.

[16] McNeil, Kenneth. *Scotland, Britain, Empire: Writing the Highlands, 1760–1860*. (Columbus) Ohio State UP, 2007.

[17] Queen Victoria. *More Leaves from the Journal of A Life in the Highlands from 1862 to 1882*. (London) Smith, Elder and Co., 1884.

[18] Milne, Morris. "The Management of a Nineteenth Century Magazine: William Blackwood and Sons, 1827–1847." *Journal of Newspaper and Periodical History*, 1 (1985).

[19] Finkelstein, David. *The House of Blackwood: Author-Publisher Relations in the Victorian Era*. U Park, (Pennsylvania) The Pennsylvania State UP, 2002.

[20] Jarrells, Anthony. "Tales of the Colonies: *Blackwood's*, Provincialism and British Interests Abroad." Ed. Robert Morrison and Daniel S. Roberts. *Romanticism and Blackwood's: Magazine: 'An Unprecedented Phenomenon.'* (Basingstoke) Palgrave Macmillan, 2013.

その他の参考文献

Devine, T. M. *To the Ends of the Earth: Scotland's Global Diaspora 1750–2010*. (London) Allen Lane, 2011.

Finkelstein, David, ed. *Print Culture and the Blackwood Tradition, 1805–1930*. (Toronto) U of Toronto P, 2006.

Grenier, Katherine Haldane. *Tourism and Identity in Scotland, 1770–1914, Creating Caledonia*. (Aldershot) Ashgate, 2005.

Jones, Catherine. "Travel Writing, 1707–1918." Ed. Susan Manning. *The Edinburgh History of Scottish Literature Vol. 2: Enlightenment, Britain and Empire (1707–1918)*. (Edinburgh) Edinburgh UP, 2007.

McMillan, Dorothy, ed. *The Scotswoman at Home and Abroad: Non-Fictional Writing 1700–1900*. (Glasgow) As-

sociation for Scottish Literary Studies, 1999.
Pringle, Thomas. *African Sketches*. (London) Edward Moxon, 1834.

第5章　インドへの愛憎と帝国主義批判
——V・S・ナイポールのトラヴェルライティング——

木下　卓

1　カリブ海への旅

奴隷制と劣等感

トリニダード出身の作家V・S・ナイポール（Vidiadhar Surajprasad Naipaul, 1932-）は、一九六一年に彼の故国の歴史学者で初代首相でもあったエリック・ウィリアムズに招かれてトリニダードを訪問した際に、カリブ海の歴史を書くよう求められた。それが『中間航路』（*The Middle Passage: Impressions of Five Societies—British, French and Dutch in the West Indies and South America,* 1962）として結実し、彼にとって初のトラヴェルライティングとなった。トリニダード政府から奨学金を受けたこの旅で、ナイポールはトリニダード、英領ギアナ（一九六六年の独立後はガイアナ共和国）、スリナム、マルティニーク、ジャマイカ等を回り、奴隷制度がカリブ海域に残した深い傷痕とスペイン、イギリス、オランダ、フランスなど旧宗主国による政治的・文化的・経済的支配が独立前後の（旧）植民地に残した影響をつぶさに見ながら、抱いた印象を旅行者としての立場から語ってゆく。

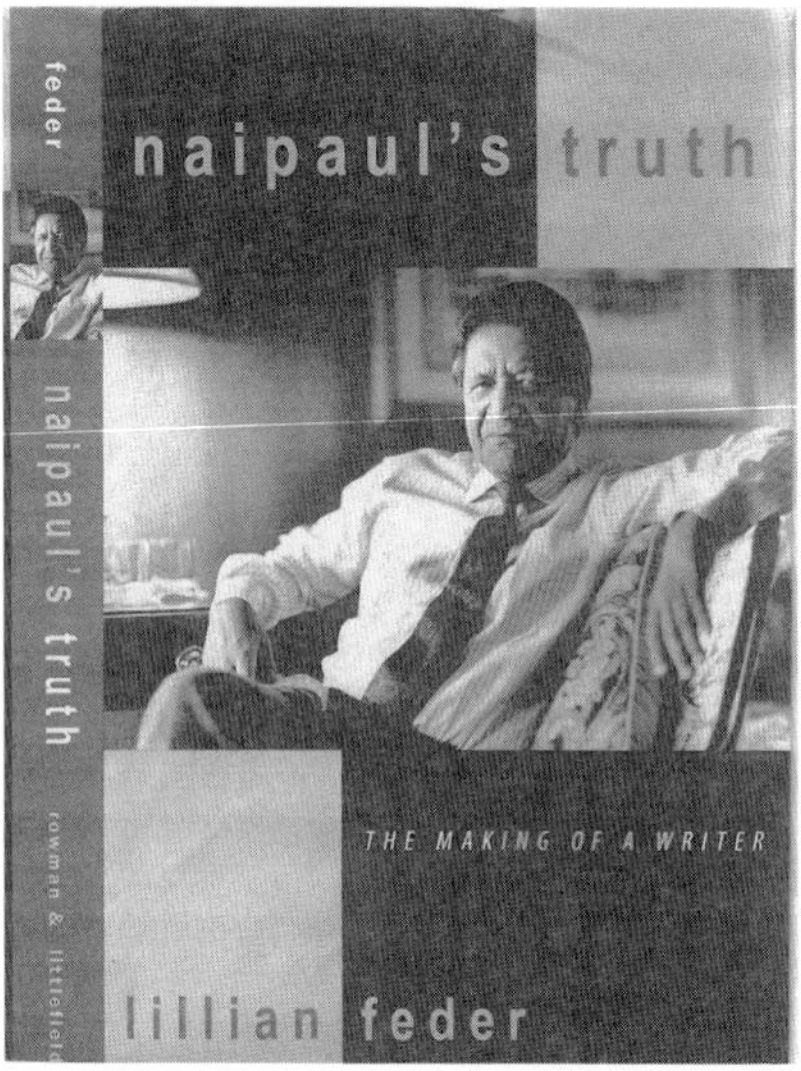

図5－1　V. S. ナイポール
（出典：Lillian Feder. *Naipaul's Truth: The Making of a Writer.*）

ウィリアムズが彼に執筆を依頼した理由は、カリブ海の島々の住民の大多数がアフリカから連行されてきた黒人奴隷の末裔のため、奴隷制度が廃止される以前のこの海域の奴隷たちの歴史はもちろん空白であり、廃止後も黒人を主体とした歴史は書かれていなかったことがあげられよう。そして何より、奴隷という被害者の末裔からの視点よりもインドからの移民の三世であるナイポールの視点から書かれるほうが、歴史としてよりふさわしいものになると考えたからであろう。この頃にはすでに、ナイポールは『神秘な指圧師』（*The Mystic Masseur*, 1957）、『エルヴィラの選挙』（*The Suffrage of Elvira*, 1958）、『ミゲル・ストリート』（*Miguel Street*, 1959）などを発表しており、トリニダード出身の小説家として名を馳せていた。そして、『自由の国で』（*In a Free State*, 1971）でブッカー賞を受賞し、押しも押されぬ作家としての地位を確立することになる。それから三〇年後の二〇〇一年には、知覚的な文体と永続的な調査によって仕上げられた作品によって、抑圧的な歴史の存在を直視させたという理由からノーベル文学賞を授与された。

周知のように、西インド諸島（カリブ海の島々）の住民の多くは奴隷貿易によって西アフリカから連行されてきた奴隷の末裔である。西インド諸島の島々や南アメリカ大陸の一部は、自分たち以外の者が

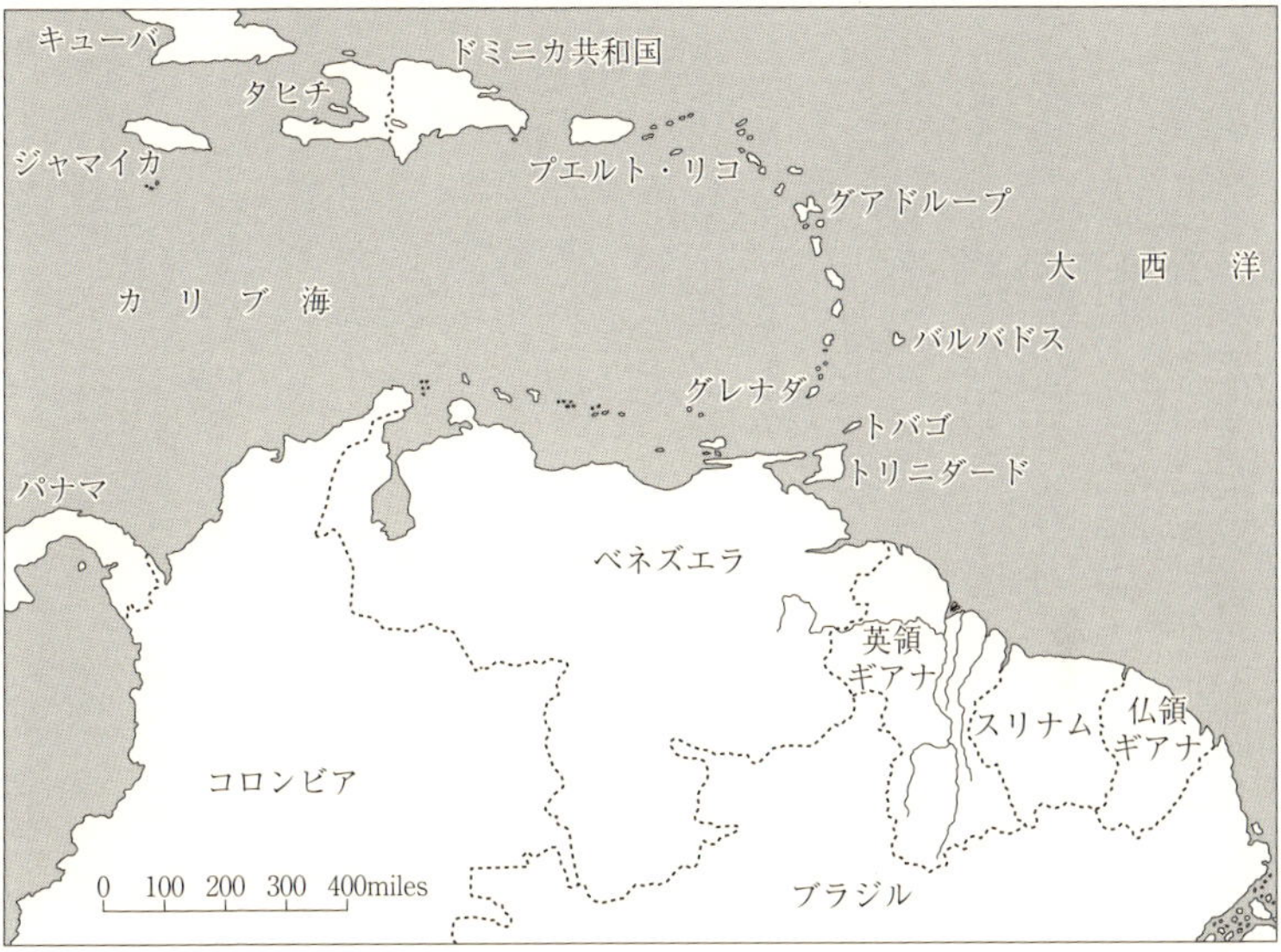

図5-2　西インド諸島と南米北岸

消費する商品（主に砂糖やタバコなど）の生産のため強制的に連行され、重労働を強いられた奴隷のためにヨーロッパの列強国によって植民地化された地であった。ナイポールは、ジェイムズ・フルード、アンソニー・トロロープ、チャールズ・キングズリなどの著作に依拠しながら、「歴史とは達成と創造をめぐって築き上げられるものであって、西インド諸島で創り出されたものは何もなかった」（Naipaul［1］20）とか、「借り物の文化の中で暮らしているので、西インド諸島人には自分たちが何者で、どこにいるのかを教えてくれる作家たちが何よりも必要なのだ」（Naipaul［1］64）と述べて、この島々に歴史が存在しないのは奴隷制が最大の要因なのだと結論づける。約二〇〇〇万人ものアフリカ系の人々が中間航路（大西洋）を渡って強制的に連行されてきたが、この新世界の土地にアフリカの名前がつけられていないことが示しているように、奴隷が歴史の形成に関わることはまったくなかった。また、奴隷の所有者たちは、奴隷やその末裔に西洋文明と白人の優越性を信じこませ、彼らが黒い肌に投げかけてきた偏見と蔑視は奴隷と末裔に「自己蔑視」（劣等感）という感覚を植えつけてきたのである。そのため、奴隷たちはみずからのアイデンティティを確立できず、抑圧されてきた人々のあいだでほかの多くの人たちに対する反感や対抗心を抱くようになった（Naipaul［1］62）。それゆえに、奴隷の末裔は自分たち以外の者（植民地支配者や奴隷所有者）によって貼りつけられた劣等性のラヴェルを自分たちの手で剝がさないかぎり、彼らが押しつけてきた価値観から脱け出すことはできないのだ。ングギ・ワ・ジオンゴ（Ngugi wa Thiong'o, 1938-）のいう「精神の脱植民地化（decolonisation of the mind）」が必要不可欠とされているのである（Thiong'o［2］）。ナイポールはカリブ海域について考察する際に、当然のことながら、このような奴隷制度が残した負の遺産に注目する。

移民社会と伝統の不在

ナイポールの祖父母は、一八八〇年代に砂糖プランテーションの年季奉公人（正確には、奴隷経営システムの末端管理職）の口を求めてインドからトリニダードに移民してきたヒンドゥー教のバラモン（カースト最高位の聖職者階級）の出身であった。一八三三年の奴隷制度廃止法によって奴隷だったアフリカ系黒人の多くがサトウキビ農園を去ったために西インド諸島では労働力が不足し、彼らに代わる労働力が必要とされた。さらに一八七〇年代後半、インドでは大飢饉などのさまざまな災害が起こったため、トリニダード、英領ギニア、スリナムをはじめとする大英帝国の辺地の植民地に大勢のインド人が新たな労働力として移民することになったのである。ナイポールの祖父母もそのなかに含まれていた。

現在、トリニダードの人口は、ナイポール一家のようにインド亜大陸から移民してきたインド系の子孫の人口が四〇％、かつての奴隷の末裔であるアフリカ系が三七・五％、そして混血二〇・五％によって構成されている（二〇一四年四月二五日、外務省ホームページ基礎データ）。つまり、奴隷の身分から解放されて二世紀足らずしか経っていないアフリカ系住民や、この国に移り住んでからの歴史が浅いインド系移民の子孫から構成されているのだ。このような伝統や社会規範の未熟な国では過去は容易に埋もれてしまい、過去を掘り起こそうとする者はいない。この歴史の不在は、住民に奇妙な時間感覚（歴史的感覚の欠如）を与えることになる。たとえば、トリニダード人にとっては一九一四年のイングランドは昨日のイングランドであり、一九一四年のトリニダードは暗黒時代であったというように時間感覚が混乱してしまうのである（Naipaul [1] 36）。またトリニダードでは教育は金があるから受けるものではなく、厳密にいえばそれは貧しい者のためのものであった。そして貧しい者とは必ず黒人（＝奴隷の末裔）だったのである。一方、白人は学校を早く終えると銀行や大きな会社に勤めるのが通常であり、さらに高度な教育を受けようとする風変わりな白人は、ほぼすべてが島から出てゆきアメリカやイギリスなどの高等教育機関に向かうのだ（Naipaul [1] 52）。トリニダードの黒人は高度な教育を受けることによってのみ、白人中心社会に対抗できると考えられていたからである。

記すべき歴史もなければ伝統らしきものもない風土に独自の文化が生まれ育つはずがないとナイポールは述べる。トリニダードの黒人に特有のものといえば、カリプソ、カーニバルに欠かせないスティールバンドの音楽や踊り《ダンス》だが、食料品はトリニダードの地元産のものではなく、高価であってもアメリカの雑誌で宣伝されているのと同じものを購入する。みずからの判断基準をもたぬ奴隷の末裔や移民たちの社会は、長年にわたって新聞、ラジオ、映画などにおける二流のものに支配され、人々の精神は固く閉ざされ、あらゆる民族、あらゆる階層のトリニダード人はハリウッドの二流の人物のイメージにみずからを作り変えていく。独自の基準をもたず、外部から入ってくる二流の情報を模倣するのがトリニダードの現代性《モダニティ》となってしまっているのだ。これらのことは、トリニダードが未だに搾取される植民地状態に置かれていることを表している。また、絵画においてもトリニダードは自身を描き出そうとするのではなく、西洋絵画の伝統の枠組み内での模倣の段階から脱け出せていない。

何年も前のことだが、エドナ・マンリーはジャマイカで素描や絵画の審査をしなければならなかったとき、ジャマイカ人の顔を描いたものは一枚もなかったと報告している。「さらに悪いことには、ジャマイカの市場を描いたスケッチが一枚だけあった。信じようが信じまいが、深紅のバンダナをつけた絵に描かれた市場の女の髪は黄色く、顔の色はピンクで目の色はブルーだった」。一見したところでは、トリニダードでは広告でさえも今では黒い顔に描かれているのでそのような事態は変わったようにみえる。しかし、ジャマイカ人の画家の知っている、矯正しようのない黒い肌の人々の髪を黄色く、顔をピンクに描かせた衝動は今なお存在しているどころか、むしろ強くなっているのである（Naipaul［1］58-59）。

このような例は、伝統の欠如と形式的な西洋の模倣によって実効性を失ってしまっているカリブ海の文化の悲劇であり、「精神の脱植民地化」を未だなし得ず、独自の文化を確立できていない西インド諸島の状況を物語ってあまりある。そしてその要因はといえば、長年にわたってアフリカ系黒人たちの心身に癒し難い深い損傷を与えてきた奴隷制度にほかならないのである。

2　インドへの旅

インドへ

一九六二年にナイポールは初めて父祖の地インドの地を踏んで一年間滞在し、その体験と思索を二年後に『インド・闇の領域』（*An Area of Darkness*, 1964）として発表する。ナイポールのインドへの旅は、ひとつには祖父のトリニダードへの旅を逆にたどりながら検証することであった。この旅で、祖父の移住がいかに決定的なものであったか、つまり後戻りのきかない植民であったかを初めて知ることになる。祖父が旅立った時代には、住んでいた村からもよりの鉄道駅までは何時間も歩かねばならず、その駅から一日以上も汽車の旅を続けて港に着き、それから三カ月もの船旅を経てやっとトリニダードに到着したのだということをナイポールはインドで知って、祖父の旅の困難と勇気を思い起こすのである。年季奉公の労働者としてトリニダードに植民したインド人たち（一九一七年までに一三万四〇〇〇人にものぼる）がつくり上げた社会のなかでは、人もさることながら、それ以上にインドはもの、として人々のまわりにあった。人の手で作ら

図5-3　『インド・闇の領域』の表紙
（出典：V. S. Naipaul. *An Area of Darkness.*）

れたものだけでいうなら、インドにある品々はまるごとトリニダードに存在していたのである。この地のインド人共同体にはすべてがそろっているように思えたのだが、しかしそうではなかった。たとえば、彼らの社会にとっては絶対にいなくてはならない（とくに便所の）掃除人なしで生活することを学ばなければならなかったし、大工や石工、その他さまざまな職人の手を共同体の外部から借りなければならなかった。職業の数だけカーストがあるといわれるヒンドゥー教徒のインド人が移住した先のトリニダードのインド人共同体には足りない職種が数多くあって、外部の力を借りなければならなかったのは当然のことであろうが、こうした状況ゆえにナイポールの祖母の家にあったインド伝来の品々の大部分はかけがえのない貴重なものであり、祖父はインドの物品を持ち帰るために故国に帰ったこともあった（Naipaul［3］38-39）し、祖父がトリニダードで家を建てたとき、この国でいつも目にする植民地様式の家を無視して、インドの故郷の村で見かけるような平屋根の家を建てた。そのように、祖父はインドを捨てながらも移住先のトリニダードにも同化せず、それでいて大地に足をつけて歩いた人であった（Naipaul［3］27-28）。

しかし、ナイポールら後の世代はトリニダードを拒絶することも否定することもできなかった。生まれたときからこの島の風景しか目にしたことはなく、トリニダードという多民族社会のなかであらゆる種類の人々とともに暮していると考えるのが自然であり、ほかの誰もがそれぞれの民族の慣習を守り、祭祀を執り行い、決められたタブーを守って生きているのだと思っていたからである。もちろんほかの人々との差異は感じていたし、それは受け容れるしかないものと考えていた。だが、信仰の掟がほんの少しでも脅かされた瞬間、破壊を嗅ぎつけて身を縮めてしまう。こうした過程は避けられないことであったが、インド人が少数しか住んでいない首都のポート・オブ・スペインに一家が引っ越したことで加速され、外の世界は否応なく、家庭のなかにまで入り込んで来たのである。

こうなると、ナイポールは自分がいったい何者なのか考えざるをえなくなってくる。しかし、正統的なヒンドゥーの家庭に育ちながらヒンドゥー教についてはほとんど無知のままであり、人々の差異に関する感覚とカーストに関するおぼろげな感覚、不潔さに対する恐怖感くらいしかもちあわせていない自分を感じるだけだったのだ。こうした彼にとっては、トリニダードは決して拒絶すべき場所ではなかった。生まれながら人間に刻印されたインドのカーストは残酷なまでの労働区分を意味する不快なものだが、それは日常生活には何の意味ももたないトリニダードのインド人が抱くカースト感覚とは別物だった。インドとトリニダードという二つの世界が別物であることを受け容れるしかない立場にありながら、両者の関係に何の不調和も見ていなかったのである。つまり、インド人グループと他のグループによって形成されているさまざまな世界は並置されていて、互いに排他的なものに見えていたということである。だが、ヒンドゥー教への入信を拒否して信仰心ももたない、伝統を拒んだ者でありながら、ナイポールは古い慣習への尊崇の念の退廃を嘆く者でもある。彼は、どれほどばかばかしく弁護しきれないものであっても、確立された古いものならば尊ぶインド人なのだ。それは古い民族で、これからも古い世界に所属し続けるかもしれないインド民族なのである。しかし、彼の幼年期の背景であったインドは想像の領域に属するものであり、現実の国ではなかった。彼はヒンディー語がほとんど喋れないが、言語以上に知識として知っているインドと彼を隔てるものは大きかったのである。たとえば、観る者を退屈で落ち着かなくさせるインド映画、葬送の挽歌や盲人の哀歌がヒットする音楽。それに加え、宗教という問題があった。インドの人々は宗教に陶酔するが、ナイポールには信仰も信仰への興味もなかったし、神であれ聖者であれ礼拝することはできなかった。彼にとって、インドは半分閉ざされてしまった国だったのである。そして、インドからやって来た人々に接してみると、自分が本物のインドとはまったく関わりがないということに気づくことになったのである。ナイポールの文脈に沿ってこのように読んでいくなら、「闇の領域」とは彼が知識として知っているインドとトリニダードの二つのインド人社会、現実のインドと知識としてのインドのあいだに横たわっている知られざる未知の領域と考えてよかろう。

ナイポールは、イギリスのパブリックスクールをモデルにしたクイーンズ・ロイヤル・コレッジ卒業と同時にトリニダード政府の奨学金を得て、一九五〇年九月からオックスフォード大学に学んだ。卒業後ロンドンに出て、一九五四年からはＢＢＣの「カリブ人の声」(*Caribbean Voice*)という番組で非常勤の司会者として、ジョージ・ラミング、サミュエル・セルヴォーン、デレク・ウォルコットらカリブ出身の作家たちとともにデヴューし、三年間この仕事を続けた。ロンドンで暮らしたこの期間、この都市を彼の世界の中心とすべく懸命にがんばったものの、結局彼は根無し草のような存在になってしまうのだった。彼はロンドンという大都市の住人のひとりにすぎず、本来の彼自身からは遠くかけ離れてゆく一方のように感じられたのである。

インドの過剰／過剰のインド

幼年時代の神話の地であった一九六二年のインドの建物はロンドンの建築物に、社会の構造はイギリスの産業社会にそっくりだった。このことはあらかじめ知識として知っていたにもかかわらず、その光景が何とも凡庸でインドにふさわしくないもののように思えたのである。ところで、トリニダードやイングランドでは、インド人であることは人目をひくことだったのだが、インドではまるで正反対だった。

ボンベイ（現ムンバイ）の町で、彼は生まれて初めて群集のひとりのように感じたのである。

ところがいま、ボンベイで店やレストランに入り、相手が特殊な反応を示すことに身がまえる。だが、何も起こらない。ぼくの存在の一部を否定されたような気分だった。何度も何度もその気分にとらわれた。ぼくは顔をなくしたように思われた。インドのこの群集の中に何の痕跡もなく沈んでしまうかもしれない。トリニダードとイングランドに育てられたぼくには、自分の差異を意識するのは欠かせないことであった。人目を引く必要を感じながらも、どうしたらいいのか見当もつかなかった（Naipaul［3］44-45）。

インドに着くと間もなく、彼は二つの感覚に圧倒されるのであった。ひとつは、自分が無名の主体すらない存在だということであり、もうひとつは貧困や苦しみに対するインド人のあきらめてしまった、理解し難い反応を目にして混乱したことである。

インドは世界でもっとも貧しい国である。だから、インドの貧困を見たところでそれを見たということには何の価値もないことになってしまう。あなたより前にこの国を初めて訪れた何千人もの人々が、あなた同様に貧しさを見て、語ってきたからだ。それはこの国を初めて訪れた人々に限らない。インド自身の息子や娘までもが、ヨーロッパやアメリカから帰ってくると、あなたとまったく同じ言葉で貧しさを語ってきたからだ（Naipaul［3］46）。

インドでは、あらゆるものがあまりに過剰である。貧困でさえも、怒りや侮蔑を感じないではいられないほどまでに過剰なのだ。しかし、半年間ほど滞在した後で、この国を訪れる新しい旅行者がインドの貧困について語り、怒りや侮蔑をあらわにするのを聞いたり見たりするとき、それを否定はしないものの、ナイポールは心の奥底で苛立ちをおぼえざるをえない。彼らは、目につくものだけしか見ていないからだ。新参の旅行者は、物乞いの子どもたちの微笑みを浮かべる表情、路上生活者の一家が仲睦まじげにすがすがしい表情で朝を迎えるさま……などを見る目がまだ養われていないからだ。部外者から見れば、インドの貧困は目に余るものであるかもしれないが、貧困のまっただ中にいる者たちの日常を訪れるささやかな喜びや安息……これは部外者には決してわかるものではなかろう。

嫌悪も軽蔑も、同情も憐れみも役には立たない。ナイポールが感じたものは恐怖だったのである。心の奥底から突き上げてくる軽蔑と戦わずに身を任せてしまうならば、自分というものが信じられなくなってしまう。彼が最終的に気づいたのは、自分が見ているものから自分を切り離すすべを身につけることであった。見て快いものを不快なものから切り離す――遺跡からそのなかで排便する子どもを切り離し、壮麗な夕日に燃える天空から家路につく貧しい農民の姿を切り離す――すべを身につけたのである。事物を人間から切り離すということである。インドにおいて、もっとも安易でもっとも必要な態度は、いやでも目につくものを無視することである。あまりに多い人の群れと街中に漂う人と動物の排泄物の臭気。総数四〇〇〇といわれるカーストによって細分化され複雑化した階層分化。カーストにそぐわない新世界から入ってきたメカニズム――株屋、電報、広告や労使関係――をもカーストのルールに組み込んでしまう、あまりに過剰であまりに混沌としたインド……。

ほぼ一年かけてもインドを受け容れることができず、かえって自分がインドとは切り離された存在であり、過去もなく祖先ももたない英領植民地人で満足だと思っていたが、一年間の滞在が終わりに近づいた頃、ナイポールは義務感だけから母方の祖父が六〇年以上も前にあとにした故郷のバラモンの村をめざした。訪れた村の姻戚関係にある女性は魅力的で、男性は優雅な立ち姿をしている。この村では、海の彼方まで出かけて大金をつかんだ男（祖父）の遠い昔の冒険話は今でも語り種になっているらしい。

村は豊かに見え家もかなり立派に見えた。全員が姻戚関係にある村では男の孫が来たということで、祖父を知っている人や祖父についての話を知っている人たちから受ける歓迎にとまどいながらも、インド流のもてなし方や歓迎の仕方に辟易してしまうのだ。

インドは時間を停止させ、思考を停止させる。前後の感覚が存在せず、後戻りさせることすらある国である。この国と同じように村人たちの時間も思考も停止し、時間の前後の感覚がさだかではない。六〇年も前のナイポールの祖父にまつわることがらを、まるでつい最近のことであるかのように村の人たちは語るのだ。祖父の村でのこの経験からわかったことは、トリニダードで生まれ育ったインド人でありながら、宗主国イギリスで教育を受けたナイポールの思考様式を形成しているものは西洋の知だということであった。そして、その西洋の知は外部としてのインドを、そして彼の内なるインドをも切ってしまうことになった。インドへの旅でナイポールが発見したものは、西洋とインドに引き裂かれた自己だったのである。西欧的な教養を身につけているナイポールは、父祖の故国であるインドに対して媚びもしなければ迎合することもなく、インドとのあいだに一定の距離を保ちながら、冷静に現実の姿を見続けているのだ。次のような一節がある。

インドは古く、インドは持続する。しかしインドがいま行使しようとしている学問も技術もすべてが借りものである。インド人がみずからの文明の達成について抱く観念でさえ、基本的には一九世紀のヨーロッパの学者によって与えられた観念なのである。インドは独力でその過去を再発見し評価することができなかった。過去は現在のインドとあまりにも密着していて、儀式や律法や魔術の形で――反応を包み込み探求の観念さえをも埋没させる複雑な本能的生活の形でなおも生き延びていた（Naipaul［4］116）。

インドが古い文明と歴史をもつ国であるという点ではトリニダードと対蹠的だが、文化的・学問的には西欧からの借り物に依存している点において両者は似通っているのである。つまり、インドの文化の達成も宗主国であったイギリスの学者によって見出され、評価されたものだったからである。

インド再訪

インド人移民は、異国にあっても祖国との絆を断ち切れずに、いつもインドを思い、インドの伝統を守り続けて、移民先の国で本国以上にインド的なコミュニティをつくり上げた。そして、彼らは宗教、カースト、係累などインド人がこだわってきたものを超えて、インド人コミュニティへの強い帰属意識をもたせてきたのである。インド人としてのナイポールは、トリニダードのインド人社会とはるか彼方にある父祖の故郷であるインドとの狭間でいずれに帰属すべきか宙づりの状態にあった。

一九八八年の年末から九〇年の初めにかけてナイポールは再びインドを訪れ、その成果を『インド・新しい顔』（*India: A Million Mutinies Now*, 1990）として刊行した。この旅に際して、ボンベイ（現ムンバイ）から入国して南下してゴア、バンガロール、マドラス（現チェンナイ）、マイソールに赴き、北上してカルカッタなどを訪ね、そこから西に向かいラックナウ、デリーと北インドの町を経て、パンジャブ地方を通って北の街スリナガルまで旅をした。この長い旅路の過程で政治・宗教などの各界や各カーストの人々や富める者、貧しい者など各階層の人々と精力的に接することによって、異なる背景をもち異なる生活環境の中で生きるインド人との根気づよい対話をとおして実生活に密着したインドの現実を知るとともに、変貌しつつある多様性に富んだインドの姿を発見したのである。

一九四七年の独立以降、インドは社会主義的な政策に基づいて国づくりを進めてきたが、変容する世界にあって九一年からは経済の自由化路線に舵をきり、現在にいたるまで成果を上げて世界から注目をあびるようになってきている。ナイポールが本書で扱っているのは、経済の自由化政策をとる直前のインドであるが、それまでの「停滞したインド」、「不潔でエキゾティックな国」というありふれたイメージを拭い去り、インドを活気に満ちた再生しつつある国として紹介するのに成功しているといえよう。

それら（市役所の議事堂にある戦いと征服の象徴）に接すると、独立闘争は通過点にすぎなかったような気もする。独立は一種の革命のようにインドにやってきたが、その革命の内部で、今もなお多くの革命が継続している。ボンベイに当てはまることは、アンドラ、タミール・ナド、アッサム、パンジャブなどインドのほかの地域においてもあてはまる。外国による支配のために、あるいは貧困、機会の不足、惨めな暮らしのために眠っていたさまざまな問題がインド中いたるところで姿を現し始めていた。……（Naipaul [5] 6）。

図５－４　インド地図

インドへの最初の旅（一九六二―六三年）から二七年が経ち、インドへの神経過敏症から脱け出し、先祖の過去から自分を切り離していた闇を打ち破ったナイポールには、前に訪れた際にはわからなかったことや気にもかけていなかったことがあった。それは、イスラム教徒の侵入と北インドで繰り返された破壊、帝国の相次ぐ交代や戦争、ムガール帝国とフランス東インド会社連合軍がイギリス東インド会社に敗れて無政府状態に陥った挙げ句、イギリスの植民地となった後、インドの状況がどれだけ改善されて本来の姿に立ち返ることができるのかということであった。

セポイの反乱（一八五七―五九年）から約一三〇年を経て、インドのいたるところに自由の理念が行きわたるようになった。独立によってもたらされた自由は、社会のすべての階層の人々のあいだに広がり、だれもが自分が何者なのか、何をすべきかを考えるようになったとナイポールはいう。こうした自由の理念の浸透が、独立後の経済発展を加速させることになった。一九六二年の時点では始まったばかりでわかりにくかったものの本質が、現在では顕在化し明確になったのである。この精神の解放は人々の救済だけでなく、インドの状況に対する数多《あまた》の怒り、騒乱や反乱を生みだすことになったのだ。残酷さや悲惨さが重層化しているインドでは、それは必然的なことであったといえよう。これらの反乱は、宗教的過剰、地域的過剰、派閥的過剰など数々の過剰に支えられているのである。そして、数々の反乱は知的生活の強さ、すべてのインド人が訴えることができると思っている健全で人間的な価値観を明らかにするのに役立っているし、皮肉な言い方ではあるが、反乱は何百万もの人々の新たな門出となっており、インドの発展と復興を意味するものであるがゆえに、反乱がなくなればいいとは考えられないのである。インド人移民の三世としてインドの外部で生きてきたナイポールのインドを見る目は明らかに変化し深化しており、『インド・新しい顔』では長年にわたって抱き続けてきた父祖の故郷「インド」に対するわだかまりを解消し、発展し復興するインドを発見することによって「インド」と和解することができたのである。

3　イスラム圏への旅

イスラム探訪

ナイポールのイスラム圏への旅は、シャー（イラン国王）を打倒した革命からわずか六カ月後の混迷のさなかにあった一九七九年八月のイランに始まり、パキスタン、マレーシア、インドネシアを経て、半年余り後に訪れたイランの首都テヘランで終わっている。この旅の記録は、『イスラム紀行』（*Among the Believers: An Islamic Journey*, 1981）として刊行された。そして、一九九五年に五カ月かけて再び非アラブ系イスラム諸国――インドネシアからイラン、さらにパキスタンからマレーシア――へ旅行した際に採集した物語（ナイポール自身がそう述べている）を『イスラム再訪』（*Beyond Belief: Islamic Excursions Among the Converted Peoples*, 1998）として前作の一七年後に発表した。イスラムへの二度目の旅も最初の旅と同じ国を訪れている。

図５－５　『イスラム再訪』の表紙
（出典：V. S. Naipaul. *Beyond Belief: Islamic Excursions Among the Converted Peoples.*）

まずは、一九七九年に始まる最初の旅からみていこう。イスラム教徒は、ナイポールが生まれたトリニダードのインド人社会の一部を占めており、彼は幼いころからずっと知ってはいたが、彼らの宗教についてはほとんど知らなかったし、教えを受けたこともなかった。だが、小さなインド人社会でのヒンドゥー教とイスラム教の違いはむしろ仲間意識の問題であり、不可解なものであった。イスラム教は哲学的でも思弁的でもなく、預言者と完璧な律法体系を備えた啓示宗教であり、それを信じるためにはこの宗教のアラビア的淵源について多くのことを知らなければならなかった。だが、イスラム教はアラブに起源をもつ宗教であるがゆえに、アラブ人でないムスリムはみな改宗者である、としてナイポールは次のように述べる。

イスラムは、良心や個人の信心だけの問題ではない。それは尊大な態度であらゆる要求を突きつける。改宗者の世界観は変わる。聖地はアラブの地、聖なる言語はアラビア語となる。歴史観も変わる。自らの歴史を拒否し、好むと好まざるとにかかわらず、アラブの歴史の一部となる。改宗者は己のものすべてに背を向けねばならない。社会に与える混乱は計り知れず、一〇〇〇年経っても解消されない。己のものすべてに何度も背を向けなければならない。人々は自分たちが誰で、何者なのかについて空想をめぐらすのである。そのため、改宗国のイスラムには神経症とニヒリズムを感じさせるものがある。こうした国は何かと沸き立ちやすい（Naipaul［6］1）。

これは『イスラム再訪』の序文からの一節だが、イスラム教とはいかなる宗教なのか、ムスリムとはどのような人々なのか、イスラム社会は今後どうなっていくのかなどの疑問に対する、これ以上ないと思われる簡潔かつ的確な答えであるといってよかろう。たしかに、改宗国のイスラム教徒が関わる世界を震撼させる事件は、彼らの「神経症とニヒリズム」によって引き起こされているのかもしれない。改宗国のイスラムに関するナイポールが抱いた印象は、二度にわたる非アラブ系イスラム諸国への旅から得られた実体験に基づくものである。これより一七年前に発表された『イスラム紀行』では、ナイポールは次のように語っていた。

イスラム教は、外から眺めたところから判断すれば、ヒンドゥー教ほど形而上的ではなく、より簡明直截だった。戦争やこの世の悲しみと奇妙に複合したこの畏怖と報酬の宗教には、私にキリスト教を思い起こさせるものがたくさん含まれていた——トリニダードではキリスト教のほうがより目立ち、より「正式な」ものとされていたので、私はそれについて知っていると感じられたのである。イスラム教の教義、私が教義と考えたものは私を惹きつけなかった。探求するに値しないように思われ、長年にわたって旅したにもかかわらず、子どものころに集めた知識を私はほとんど増やしていなかったのである。この宗教の栄光は遠い過去のものであり、ルネッサンスのようなものは何ひとつ生み出してなかった。イスラム教徒の国々は、植民地化されていない所では独裁制をしいていて、ほとんどすべての国が石油の産出以前には貧しかった（Naipaul［7］16）。

帝国主義としてのイスラム教

彼が生まれ育ったトリニダードのインド人コミュニティのなかにもイスラム教徒はいたが、ヒンドゥー教徒でありながら信仰をもつことができなかった彼はどちらの宗教についても詳しくは知らなかったし、知ろうともしなかった。ヒンドゥー教は別として、「この畏怖と報酬の宗教（イスラム教）のなかにキリスト教を思い起こさせるものがたくさん含まれていた」というナイポールの発言にはきわめて重要な意味が含まれている。それは、キリスト教もイスラム教も帝国主義的な力をその内部に秘めているということである。どちらの宗教も何百年、何千年も続いてきた言語文化や土着の宗教を潰滅させてしまうほど強力で帝国主義的な力を振るうものである。こうした帝国主義に対して彼は敏感であった。その理由は、彼の生まれたトリニダードは当時イギリスの植民地だったし、この島に移民してきたインド人の祖父の故郷もイギリスに支配されていただけでなく、北インドではイスラム教徒の侵入によってイスラム王朝が成立したこともあったし、インドにはイスラム教徒も多く、全人口の約一三―一四％を占めている。

他の民族の支配を受けたり、昔の信仰を捨てて別の宗教に改宗した人々が生を営む国々を訪れて書いたトラヴェルライティング『イスラム紀行』では、多くのさまざまな人と会い、歴史書、宗教的な文書、新聞や小説や詩にも目を配りながらイスラム国家と人々を観察してゆく。しかし、彼が関心を向けるのはイスラム神学やイスラム法という抽象化されたイスラムではなく、人々の行動や心のありようを律しようとしているイスラム、進行中のイスラムである。また、最初に旅したのと同じ非アラブ系のイスラム国家を一九九五年に巡った際の旅行記『イスラム再訪』でも宗教としてのイスラムを論じるのではなく、昔の信仰を捨ててイスラムに改宗した国々とそこで生活をしている人々――王侯貴族から貧しい村人にいたるさまざまな階層と職業のありとあらゆる人間――のイスラムの教えを中心として展開される苦闘の物語が生き生きと描き出されている。しかし、帝国主義的なイスラムは決して肯定的に描かれてはいない。とくに、原理主義のイスラムに対しては、はっきりと批判的態度を示している。

イスラム原理主義の残酷さは、それが唯一の民族――預言者を生んだ民族であるアラブ人――にしか過去を、そして聖地と巡礼と大地崇拝の利権を与えないことにある。そのような聖なるアラブの地は、すべての改宗者の聖地となる。改宗した民は、自分たちの過去から脱却することを余儀なくされる。彼らに必要なものは、（もし可能ならば）純粋な信仰、イスラムの教えであり、服従なのである。これこそ、もっとも非寛容な帝国主義なのである（Naipaul［6］72）。

トリニダードのインド人社会とパキスタンとの共通点を認めていた（Naipaul［6］340-341; Naipaul［7］183）ナイポールが、『イスラム再訪』でとくにパキスタンを激しく、怒りにも近い調子で批判する背景には自分の民族的・文化的な源がほかの民族の宗教によって侵され染められていることへの苛立ちが混じった複雑な心境があったのだろう。また、インド人でありながらヒンディー語もほとんど喋れず、バラモン出身の家柄でありながらヒンドゥー教徒としての信仰を抱くことができない彼が現実のインドを発見し、それと和解することができたのは、現在のインドが停滞した、不潔でエキゾティックな国などではなく、活気に満ちた再生しつつある国だと認識し、祖父の村を訪れることによって先祖から脈々と流れているインド人の血を感じ取ったからであろうと考えられる。

トリニダードに異和感を抱き、イギリスでもアイデンティティを見出せないままに、トリニダードやインドのかつての宗主国イギリスの言語を用いて西洋的な知で世界を認識するというきわめて困難な立場は、「旅《トラヴェル》」という越境の記録である彼のトラヴェルライティングをきわめてユニークな性格のものにしているとはいえないだろうか。自分が生まれ一八歳まで育ったトリニダードの文化が欧米の物まねにすぎないと断定するのは、彼がオックスフォードに留学して以降身につけた西洋的知によるものであり、トリニダードは外部からの眼差しによって相対化されるのである。また、インドに対する眼差しにも同様のことがいえるだろうが、トリニダードの場合よりもやや複雑である。彼が自分の育ったトリニダードのインド人社会を外から眺めることができたのは、早くてもオックスフォード大学に入ってから、あるいは故郷再訪のトリニダードへの旅の時期からだろう。また、幼年期の背景にあったインドは想像の領域に属するものであったし、現実のインドは知識として知っているインドとは大きく隔たっていた。初めて訪れたインドは彼の西洋的な知の枠組みでとらえるにはあまりに過剰で混沌とした世界であったが、二七年後に再び訪れたインドでは、各界、各層の人々との根気づよい対話をとおして実生活に密着した現実を知ることによって、多様性に満ち変貌しつつあるインドの姿が見えてきたのである。この二七年でインドが大きく変化をとげてきたこともあろうが、何よりも祖父の故郷の村を訪ねることによって先祖（過去）と自分（現在）がつながり、インド人としてのアイデンティティをはっきりと確認できたことが土台となっているのは確かだろう。その一方でイスラム圏への二度にわたる旅では、さまざまな階層と職業の多くの人々と出会い、さまざまな文献に目を配りながらイスラム国家と人間を観察していったにもかかわらず、ナイポールは異和感を抱かざるをえない。それは、「畏怖と報酬の宗教」であるイスラム教のなかにキリスト教を思い起こさせるものが含まれているからだ。二つの宗教に共通するもの、それはそれらの内部に秘められた強力な帝国主義的な要素であり、何百年、何千年も続いてきた言語文化や土着の信仰を押しつぶし、根こそぎにしてしまうほどの力を振るってきたものである。それらの力を、彼の生まれた故郷も父祖の故郷も体験しているのだ。こうした認識は、ナイポールの二つの宗教と帝国主義への批判であるとともに、彼がポストコロニアルの作家であるゆえんでもある。

引証資料

［1］ Naipaul, V. S. *The Middle Passage: Impressions of Five Colonial Societies—British, French and Dutch in the West Indies and South America.* (London) Picador, 2001.

［2］ Thiong'o, Ngugi wa. *Decolonising the Mind: The Politics of Language in African Literature.* (Portsmouth) Heinemann, 2008.

［3］ Naipaul, V. S. *An Area of Darkness.* 1964. (London) Picador, 1995［V・S・ナイポール『インド・闇の領域』安引宏・大工原彌太郎訳、人文書院、一九八五年。『インド・光と風――続・闇の領域』安引宏・大工原

彌太郎訳、人文書院、一九八五年〕.
〔4〕Naipaul, V. S *India: A Wounded Civilization*. 1977. (London) Picador, 2002〔V・S・ナイポール『インド――傷ついた文明』工藤昭雄訳、岩波書店、二〇〇二年〕.
〔5〕Naipaul, V. S. *India: A Million Mutinies Now*. 1990. (New York) Penguin Books, 1990 and 1991〔V・S・ナイポール『インド・新しい顔（上・下）』武藤友治訳、サイマル出版会、一九九七年〕.
〔6〕Naipaul, V. S. *Beyond Belief: Islamic Excursions Among the Converted Peoples*. 1998. (London) Abacus, 2001〔V・S・ナイポール『イスラム再訪（上・下）』斎藤兆史訳、岩波書店、二〇〇一年〕.
〔7〕Naipaul, V. S. *Among the Believers: An Islamic Journey*. 1981. (New York) Penguin Books, 1981〔V・S・ナイポール『イスラム紀行（上・下）』工藤昭雄訳、岩波書店、二〇〇二年〕.

その他の参考文献

『英語青年（特集　V・S・ナイポール）』研究社、二〇〇一年九月号。
Feder, Lillian. *Naipaul's Truth: The Making of a Writer*. (Lanham) Rowman & Littlefield P, 2001.
Naipaul, V. S. *Finding the Centre*. 1984. Vintage Books, 1986〔V・S・ナイポール『中心の発見』栂正行・山本伸訳、草思社、二〇〇三年〕.

第Ⅱ部

自然の〈発見〉

J. M. W. ターナー作「悪魔の橋，サン・ゴッタルト峠」(1803/04)。1802年，スイスを初めて訪れた画家ターナーは，シュレネ渓谷の垂直に切り立つ崖の，荘厳ともいうべき険峻さに魅了される。(出典：Inge Herold. *Turner on Tour*. Prestel, 1997.)

第6章　絶壁に立つ
――アルプス越えと〈崇高《サブライム》〉の誕生――

久守和子

1　ジョン・デニスのエグベレット山登攀体験

大陸旅行《グランドツアー》

イギリスでは一七世紀後半に入ると、貴族が競って息子を「ヨーロッパ大陸修行の旅」、いわゆるグランドツアーに出すようになった。

ことに長男には、一〇代後半に二年、あるいはそれ以上をかけ、文化先進国フランスやイタリアなどを周遊させた。次期爵位継承者とあって、国際人として通用する人間に育てる必要があったのだ。もっとも一人旅をさせたわけではない。ガヴァナーあるいはテューターとよばれる家庭教師を同行させ、数名の従者や御者などを供に付けたのである。また息子が旅先で金を滞りなく受け取れるよう銀行などにあらかじめ手配し、各方面に紹介状を書き、本人に旅の心得を与えた。なかには豪華な家紋付き馬車を用意する親まであった。

このようにして送り出された「若様」は、ヨーロッパ各地の宮廷に出入りして社交術を磨き、語学力や教養を幅広く身につけることが期待された。また物見遊山のかたわら賭け事や女遊びなどの「修行」を積むことも奨励されたといっていい。彼らは最終目的地ローマに着くと、古代遺跡コロッセオなどを背景に自身の肖像画を有名画家に描かせ、ローマで購入した彫像類や絵画などと共に持ち帰りカントリーハウスに飾った。

修行と遊山を兼ねるこのようなグランドツアーは、一八世紀に入るとイギリス上流階級の、いわば通過儀礼として確立する。

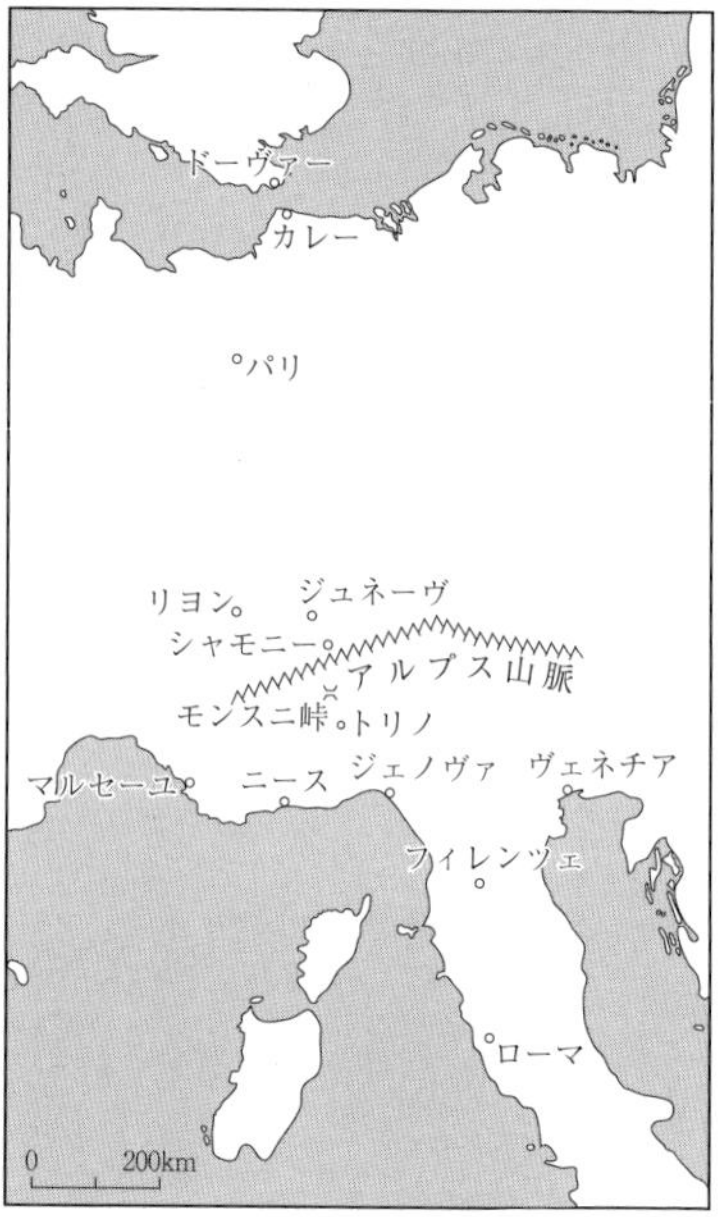

図6-1　グランドツアー関係地図

立ち塞がる山々

フランス・イタリアへ向かう旅は通常次のようなルートを辿った（図6-1参照）。イギリス南東部のドーヴァー港から出帆し、フランス北西部のカレー港上陸後はもっぱら馬車で移動（馬車はフランス上陸後に、買ったり借りたりすることもできた）。まず花の都パリを訪れここに数カ月滞在し、その後フランスの名所旧跡を愛《め》でつつゆっくり南下する。さらにイタリアへと向かう道は、フランス第二の都市リヨンで二つに分かれた。一方はリヨンから東方向に進み、アルプスのモンスニ峠を通りトリノへと抜ける陸路。他方はリヨンからさらに南下し、南岸で船に乗り、ジェノヴァ港などへ向かう海路である。海路の場合、悪天候や海賊襲撃に見舞われるおそれがあった。

陸路も安全とはいえなかった。山賊やオオカミに襲われる危険があり、何よりもアルプス越えが厄介だった。当時、山は地上に現れた「いぼ」「こぶ」「醜い異物」などと呼ばれ、旅人の行く手を阻む障害物として忌み嫌われた。チェスタフィールド卿（Philip Stanhope, 4th Earl of Chesterfield, 1694-1773。ジェントルマンの作法を伝授する息子宛の書簡集が有名）はアルプスの峨々たる山々を恐れ、馬車のブラインドを下ろし、目に入らないようにしたという（本城［1］一八九）。

図6-2　アルプス越えに用いる駕籠
（出典：Andrew Wilton and Ilabia Bignamini Eds. *Grand Tour: The Lure of Italy in the Eighteenth Century.*）

モンスニ峠は馬車では越えられない。山の麓で馬車を解体しこれを地元の人夫やラバに運ばせるか、馬車を売却／返却し、トリノであらたに入手するよりほかない。

では肝心の「若様」はどのようにして峠を越えたのか。藁を敷いた駕籠——といっても脚のない「椅子」に二本の棒を渡したもの——に乗り、人夫が交代でこれを担いだのである（図6-2）。登山道はとかく険しい。見上げるような断崖と深い谷に挟まれ、道幅がきわめて狭い場合もある。このような危険極まりない道を人夫が担ぐ「椅子」に乗せられ、運ばれる「若様」は生きた心地がしなかったに相違ない。

恐怖と歓喜と

一方でアルプスの屹立する山々に、関心を抱く者がいた。文人ジョン・デニス（John Dennis, 1657–1734）である。

彼は貴族の出ではない。富裕な商人の一人息子だった。父親を早く亡くし、ケンブリッジ大学卒業後、同大学の個別指導教授《テューター》となり、三二歳で初めてグランドツアーに出たのである。アルプス山岳地帯に入った彼は――チェスタフィールド卿と異なり――しかと周囲を見回し、旅日誌に次のように記す。

一六八八年一〇月二一日。朝サヴォイに入り、エグベレット山を越えた……山の中腹に着く頃、すでに異常な高さに達していた。見上げると今にも落ちてきそうな危険な岩、絶壁の下を覗くと息をのむ深さ、谷底で急流が唸り声をあげている――見たこともない驚異的光景だった……やがて文字通り「破滅の縁」を歩くこととなった。足を滑らせようものなら、身も心も一瞬のうちに粉々に砕け散るだろう。そう思った瞬間、奇妙な感覚に襲われた――わくわくする恐怖、おそれ戦《おのの》く喜び。無限の歓喜に包まれ、わたしは身を震わせた（Dennis［2］91-92）。

デニスは「破滅の縁」で、心高ぶる恐怖を味わう。恐怖・歓喜入り乱れる感覚は初めてだった。

イギリスには山と呼べる山がない。最高峰ベン・ネヴィス山ですら標高一三四四メートル、日本の伊豆半島の天城山（一四〇五メートル）に及ばない。風光明媚で知られるスノードン山も標高一〇八五メートルしかない。しかもベン・ネヴィス山は北方のスコットランド地方、スノードン山は西方のウェールズ地方にある。北方・西方に山――といっても、既述の通り低山だが――が集まり、国の中心部であるロンドン周辺や南東部には平野やなだらかな丘しかない。日本の本州のように、標高三〇〇〇メートル級の山脈が中央に走り、どこを旅しても山が目に入るのと違う。まして標高三〇〇〇メートル、四〇〇〇メートル級の高峰並ぶアルプス山岳地帯と大きく異なる。ロンドン生まれのデニスは、スコットランドのベン・ネヴィス山も、ウェールズのスノードン山も知らなかったに違いない。エグベレット山登攀中、高低差の激しさに驚き、身の危険すら覚え、不思議なことに山に魅せられるのである。

若者が持ち帰る絵画

デニスの感動は後のロマン派詩人の山岳礼賛、ウィリアム・ワーズワスの「シンプロン峠」（一七九九年）やP・B・シェリーの「モンブラン」（一八一六年）、ジョージ・ゴードン・バイロンの『チャイルド・ハロルドの巡礼』第三巻（一八一八年）などへと繋がる。

ロマン派詩人の登場は一八世紀末、デニスの旅の記録から約一世紀後のことである。アルプス越えなどを機に芽生えた新しい美意識が、歳月を経て浸透するのだ。では、その新しい美意識とはどのようなものなのか。そしてそれはどのようにして広まるのか。

グランドツアーから若者が持ち帰る絵画に、一七世紀にローマで活躍した画家クロード・ロラン（Claude Lorrain, c. 1600–82。本名 Claude Gellee。フランスのロレーヌ地方出身、生涯の大半をローマに過ごす）や、ニコラ・プッサン（Nicolas Poussin, 1594–1665。ロランと同じくフランス生まれ。画家として大半をローマで過ごす）、サルバトール・ローザ（Salvator Rosa, 1615–73）らの風景画があった。一八世紀イギリスではこの風景画が一世を風靡する。

本章ではデニスと、その半世紀後に二人旅をするホレス・ウォルポール（Horace Walpole, 1717–97）とトマス・グレイ（Thomas Gray, 1716–71）の、三人のアルプス体験記（彼らの旅の記録は、旅日誌や書簡集などの形で帰国後出版された）に的を絞り、風景画の流行と併せて検討し、イギリスにおける、旅のもたらす美意識の変遷の跡を辿りたい。

2　モンスニ峠を越え、谷底へ

「ぞっとする廃墟」

デニスはエグベレット山登攀の数日後、ラバに乗りモンスニ峠へ向かう。あと数歩でいよいよ峠に到着するというとき、目の前にさらに巨大な山が現れ彼は驚愕する。

文学者マージョリ・ニコルソンは、このときのデニスの記述に、当時高く評価された神学者トマス・バーネットの著書『地球の聖なる理論』（一六八一年）の影響を見る（Nicolson［3］278）。バーネットは山々の成立の謎を、ノアの洪水――旧約聖書の「創世記」に記されるノアの洪水――と関連付け解明しようとした。曰く、神が最初に創造した地球は表面が滑らかなタマゴ型だった。だがノアの洪水により地球内部から大量の水が放出され、その結果表面の地殻が陥没する。このとき山々が出現したと論じるのである。(1)

デニスはこの理論を受け、目前のアルプスの高峰が「世界的崩壊によってできた」、つまり「弓なりの地殻が巨大な亀裂を作って崩壊し、地下の深淵に落ち込んでできた」とすれば、「古い世界の廃墟は、新しい世界の最大の驚異だ」と記す。「恐ろしく、忌まわしく、ぞっとする廃墟」（Dennis［2］93）と峠周辺の山々を表現するのである。

絶望と恍惚

デニスはさらに続ける。

平野を一里ほど早駆けで行き、ついに下り道に入ったとき、四方を囲まれ、いわば山のはらわたを下って行くようだった。なんという驚くべき光景。瓦礫が巨大な山となり、天と地も見境がつかない。頭上にのしかかる不気味な岩は、破壊による以外に形というべきものを一切もたない。絶壁の恐ろしい眺め、その上を泡立ちつつ真っ逆さまに落ちる滝、これらすべてが、和音の中に奇妙な恐怖感が入り混じる、古楽器の合奏のような音楽をわたしの目に感じさせたのだ（Dennis［2］93）。

「和音の中に奇妙な恐怖感が入り混じる、古楽器の合奏のような音楽」という言い回しに注意したい。デニスはこれを耳で聞いたといわない。「目に感じさせた」と表現するのである。

「不気味な岩」や、「瓦礫」の「巨大な山」に囲まれ、デニスは恐怖を覚える。同時に、人々が通常好む穏やかな風景――彼はイギリスの緑豊かな、傾斜の緩い丘陵風景など思い浮かべたのかもしれない――の物足りなさにも気付く。「自然はわたしたちを喜ばせようとするとき、かえって感動させることがない。丘や谷間、花咲く野原、ささやく小川の風景は、たしかにわたしを喜ばせてくれるが、その喜びは理性と調和する喜び」にすぎない。それに対し「アルプスの風景が感じさせたのは、まさに恍惚とさせる喜び」「恐怖が混じり、ときにほとんど絶望をも含む恍惚感だ」（Dennis［2］93）と記す。

「不気味な岩」や「瓦礫」の「巨大な山」が、〈美しい〉はずはない。イギリスでは従来〈美しいもの〉は〈左右対称〉で〈均整〉がとれ、〈表面が滑らか〉で〈小規模〉なものとされる。これが美学上の、〈美〉の定義だった。だが、「不気味な岩」や「瓦礫」の「巨大な山」はデニスの心を揺さぶる。穏和な風景がもたらす「理性と調和する喜び」。これとは異質の、アルプスの急峻な山々が呼び醒ます「恐怖……絶望をも含む恍惚感」。デニスはこのとき〈美〉の概念と、今日でいう〈崇高《サブライム》〉の概念とを峻別した――それのみならずイギリス批評史上初めて、二者を対立概念として捉えたのだとニコルソンは指摘する（Nicolson［3］279-288）。

〈美〉の概念と、これに対比する〈崇高〉の概念。あるいは〈優美〉の概念と、これに対比する〈崇高美〉の概念、と言い換えていいかもしれない。デニスはアルプスの「恐ろしく、忌まわしく、ぞっとする廃墟」の〈崇高美〉に打たれ、「恐怖」「絶望」を覚え、「恍惚」の喜悦に浸ったのである。

宮殿に欠けるもの

デニスは「音」に鋭敏だ。

彼は山岳を見、「古楽器の合奏のような音楽」と記すのみでない。谷底を走る怒号のような川の音や、絶壁から真っ逆さまに落ちる滝の音に格別注意を払う。瓦礫に囲まれた深い谷底で「音」は身体を貫き、異様に響く。〈視覚〉〈聴覚〉双方への刺激が相俟って心身を脅かすのだ。

これより半世紀後の、一七三九年九月二八日、デニスから数え二世代後の文学青年ホレス・ウォルポールがアルプスに分け入る。彼の記述にも「音」の記録が残る。

絶壁、山岳、激流、狼、雷鳴、サルバトール・ローザ――われわれの庭園の華美虚飾、宮殿の脆弱さ！（Walpole［4］12）

山岳絶壁のさまざまな異形、恐怖を煽る音の数々――川の激流、オオカミの遠吠え、轟きわたる雷鳴。彼はこの猛々しい山岳風景をイギリスの庭園・宮殿と対比させる。心身に脅威を与える視覚的・聴覚的装置が山岳にある。イギリス庭園・宮殿にはこれが欠けると、そのひ弱さを批判するのだ。

中世ゴシック建築様式風の奇妙な館ストロベリー・ヒルを後に建てるウォルポールが、庭園・宮殿に言及するのは興味深い。視聴覚を刺激する館の建築構想をこのときすでに練っていたのかもしれない。ではなぜ彼はここで、画家サルバトール・ローザの名前を挙げるのか。

3　牧歌的風景と自然の脅威

お奨め商品はこれ

イギリスの画家ジョナサン・リチャードソン父子の著作に美術案内書『イタリア・フランスの彫像、浮彫、デッサン、絵画』（一七二二年）がある。本書は出版と同時に好評を博し、グランドツアーの格好の案内書となった。イタリアの風景画家は、ここに次のように紹介される。

数多い風景画家の中でも、われわれが知る田園をことに美しく、快いテーマで描くのはクロード・ロランである。ティツィアーノは高貴な絵画様式をもち、ニコラ・プッサンも同様といっていい。プッサンの風景画に描かれる建物や人物は、通常古代のものである。……サルバトール・ローザは野性に富む荒涼とした風景を好む。彼の様式は壮大で気高い（Richardson［5］67）。

美しく快い田園風景を描くロラン、古代の建物・人物を風景に添えるプッサン、そしてローザは「野性に富む荒涼とした風景を好む」。

宗教画や肖像画が重視されるヨーロッパ大陸で、風景画が生まれるのは一六、七世紀のことである。イギリスの富裕層はこの新しい絵画様式を歓迎、かく謳われるロランやプッサン、ローザの風景画を求め、邸宅に誇らしげに飾ったのである。

図6－3　クロード・ロランの油彩「モル橋のある田園風景」
（出典：Martin Sonnabend and Jon Whiteley. *Claude Lorrain: The Enchanted Landscape.*）

三画家の中でもロランの人気は格別高かった。

美しきアルカディア

ロランの作品「モル橋のある田園風景」（一六四五年、図6－3）を見てみよう。

　画面の前景右寄りに羊飼いらしき人物が二人いる。一人は大木の根元に横向きに坐り、もう一人は彼の後方やや左寄りに立ち、犬と戯れている。背後に幅広い河が見え、その奥に美しいモル橋がかかる。ゆったりと流れる河に小船が一艘浮かび、橋の後方遙か彼方に山々が見える。

　前景および中景左部に茶色系統の濃色が用いられるのに対し、中景右部と後景に水色系統の淡色が使われ、作品に奥行きが生まれ幻想性が加わる。

　前景左寄りの木製の橋の上に、羊飼いが一人やや小さく描かれる。後ろに緩い傾斜の丘が広がり、あちこちで牛や羊が草を食《は》んでいる。

　丘の上に建つ立派な館は誰のものだろう。丸い塔の右側に大木があり、大木の向こうの空に雲がたなびいている。画面左上から夕暮れを思わせる光が差し、澄んだ空気が漲る。

　前景の木橋の緩やかな曲線、モル橋の左右へと続く線、山々の稜線などと、繰り返される横の線が画面に安定感を与える。
穏やかな牧歌的風景である。

崩れ落ちる岩盤

ロランと対照的作風を見せるのが、ローザだ。彼の「修道院長聖アントニオと隠遁者聖パウロのいる風景」(c. 1660-65。図6-4)は観る者の意表を突く。

画面下部中央を占めるのは、幾層にも重なる巨大岩盤である。しかも、これが左へ傾いている。今にも崩れ落ちそうな危機的状況といってもいい。下方へ多少ずれながら、後方へと連なるこの岩盤は、画面上部の絶壁から滑り落ちてきたのだろうか。あるいは、絶壁

図6-4　サルバトール・ローザの油彩「修道院長聖アントニオと隠遁者聖パウロのいる風景」

（出典：Helen Langdon. *Salvator Rosa.*）

にいまだに何とかへばりついているのだろうか。

絶壁から、上下逆さになった大きな枯れ木が数本、巨大岩盤の上に落ちかかっている。岩盤も枯れ木もすべて宙づり状態。これが観る者の不安と恐怖を掻き立てる。

巨大岩盤の前に聖人が二人小さく描かれる。隠遁者聖パウロと、彼を訪問中の修道院長聖アントニオである。二人は空に舞う鳥を見上げ、驚いている。聖人伝の一コマがここに描かれているのだ。この鳥ワタリガラスは、パン半個を隠遁者聖パウロに運ぶのを日課としていたという。ところがこの日訪問客がいると察知し、パン丸々一個を空中から落とし二人を驚かせたのである。隠遁者たちの生命は、崩壊寸前の巨大岩盤に脅かされるようで、実は自然界（＝鳥）に守られているということか。

だが画家ローザが聖人伝の一コマを素材として取り上げながらも、エピソードよりも隠遁者を取り巻く異様な光景そのものに関心があるのは明らかだ。

ロランの「モル橋のある田園風景」が画面を横長に用いるのに対し、ローザは画面を縦長に使う。巨大岩盤や絶壁が画面の大部を占め、奥行きがなく、息苦しいほどだ。左上に、紺碧の空と白い雲が見えるものの、人物たちは狭い洞窟に閉じ込められたかのようである。自然がここでは人間を圧倒する。

ウォルポールがアルプスに発見したのは、このローザの緊迫感だった。彼は宮殿や庭園の雅《みやび》よりも、アルプスの気迫、クロード・ロランの〈優美〉よりも、サルバトール・ローザの〈崇高美〉をよしとしたのである。

4　ホレス・ウォルポールの旅みやげ

雄大、轟然たる風景

ウォルポールは、ときの首相ロバート・ウォルポールの三男にあたる。経済的余裕があるうえ、大陸に幅広い人脈をもち、友人トマス・グレイを誘いグランドツアーに出たのだ。二人はイートン校時代、リチャード・ウェストなどと共に文学好き「四人組」と呼ばれる仲だった。一七三九年三月二八日のドーヴァー港出帆時、ウォルポールは二一歳、グレイは二二歳、家庭教師など伴わない気楽な旅だった。

半年後のリヨン滞在中、二人はウォルポールのいとこをジュネーヴへ送るべくアルプスを横断する。先に引用したウォルポールの文章は、アルプス山岳地帯に入った直後、彼がイギリスのウェスト宛の手紙（九月二八日付）に記したものである。

二日後、一行は遠回りを覚悟の上でアルプス山奥の修道院グランド・シャルトルーズを訪問する。ウォルポールはその道の険しさを、ふたたびウェスト宛の手紙（九月三〇日付）に記す。

君、その道といったら！　途方もなく大きい山を螺旋状に巡り、周囲にまた山々があって、それがみな、迫り出した木々に覆い絡まれたり、松で鬱蒼としていたり、雲の中に消えていたり！　足元では岩間から急流が迸り、大きな石片を転がしていく！　一枚の布のような滝が銀色に輝いて絶壁の水路を滑り落ち、谷底の激流へ！　ところどころ手すりの壊れた古い橋、倒れかけた十字架や、世捨て人の小屋、いや、むしろ廃屋！　見たことのない者には、表現が大仰で夢想のように聞こえるかもしれないが、実際に見た者にはこんな表現では冷静すぎるのだ。怒号を互いに反響しあう二つのものすごい嵐を縫ってこの手紙の便を君のところまで走らせることでもできれば、この雄大で轟然たる光景がどんなものか、読んだときにわかってもらえるのだが（Walpole［4］13-14）。鬱蒼と絡まる木々、滑り落ちる銀色の滝、倒れかけた十字架、廃屋と化した小屋。ウォルポールはアルプス山奥で今見た驚くべき風景を挙げ、感動を伝えようとする。だが動詞の現在形を駆使しようが、感嘆符を多用しようが、体験そのものの鮮烈さに及ばない。「怒号を互いに反響しあう二つのものすごい嵐」の助けでも借りない限り、「雄大」「轟然たる光景」など到底伝えられないと感じるのだ。

〈戦慄〉を企む

ウォルポールは帰国後、一七六四年にゴシック小説『オトラント城』を出版する。エドマンド・バーク（Edmund Burke, 1729–97）の美学論『崇高美と優美の概念の起源』は、その七年前に発表されていた。〈崇高美〉の理論化が進んでいたのである。ウォルポールの小説もこのバークの美学論と親密な関係にある。

『オトラント城』の概略を記しておこう。

小説の主要舞台は中世イタリアの城オトラント。城主マンフレッドは、祖父が十字軍遠征の帰途領主を密かに殺害した簒奪者だった。謎めいた予言が一族に伝わり、マンフレッドは一族滅亡を何よりも怖れる。

マンフレッドの一人息子の婚礼の日、奇怪にも巨大な兜がどこからともなく飛来し、息子はその下敷きになり死亡する。その後、摩訶不思議な事件が次々起こる。巨大な手が城内に現れたり、壁に掛る祖先の肖像画が溜息をついたり、誰もいない広間の扉が爆音をたてて閉まったり。

マンフレッドは恐怖に陥るものの、跡継ぎほしさに暴挙に出る。亡き息子の若く美しい許嫁イザベラに言い寄り、自分との結婚を無理強いしようとするのだ。イザベラは暴君マンフレッドを厭い、城内を逃げ惑う。苦心惨憺の末ようやく城から抜け出すが、真っ暗な地下道でついに出口を見失い、万事休す、すぐ背後に暴君が迫り……等々と、女性主人公と一体化する読者は終始不安と恐怖に駆られる仕組みになっている。

小説はバークの美学論『崇高美と優美の概念の起源』とどのように関係するのだろう。

バークはいわゆる〈優美〉の対比概念として〈崇高美〉を掲げる。〈巨大〉で〈表面がでこぼこ〉とし〈形が歪み〉〈暗く陰鬱〉なものが〈崇高美〉の対象であると彼は説く。人間は本来「苦通」や「恐怖」「危険」を避ける。自己保存本能が働くからだ。だが「対象との間に一定の距離があり、緩和を伴う」とき、「苦痛」等々は悦びをもたらし得るとバークは主張する。そして次のように結論付ける――巨大で形の歪んだもの、暗く陰鬱なもの、あるいは混沌とした闇、無限などは人間に苦痛・恐怖・危険を感じさせるが、対象との間に一定の距離がある場合、これは愉悦の源泉となる（Burke［6］36-37）。

デニスがアルプスで観た「ぞっとする廃墟」、ローザの描く「崩壊寸前の巨大岩盤」、そしてウォルポールが驚嘆する「雄大」「轟然たる光景」――このような〈崇高美〉に対し人間が抱く喜悦・恍惚がここに美学的に理論化される。

ウォルポールは、この崇高美論を小説『オトラント城』に応用したといっていい。

彼は「巨大」な兜や手など荒唐無稽な大道具・小道具を小説に導入し、城の「暗く陰鬱」「混沌とした闇」――ひいては人間内部の「暗く陰鬱」「混沌とした闇」――を暴く。逃げ惑うヒロインと一体化した読者は恐怖におののきながらも、実は苦痛・恐怖・危険との間に「一定の距離」があり、ハラハラ・ドキドキ感、つまり〈戦慄の愉悦〉に浸ることができるというわけだ。

『オトラント城』は、一八世紀中盤に生まれた小説という文学形式に、〈崇高／戦慄〉の美学を織り込んだ、斬新な試みにほかならないのである。

5　トマス・グレイの旅と、その後

旅のほころび

ウォルポールとグランドツアーに出たトマス・グレイの旅の記録を見てみよう。

一七三九年一一月初旬、ウォルポールとグレイはかの有名なモンスニ峠を越え、フィレンツェなどを経由し、翌年三月末、ついにローマに入る。グレイはローマ周辺の古代遺跡の魅力に憑かれ、このままローマに留まり遺跡巡りを続けたいと考える。ところがウォルポールはフィレンツェへ帰る決断を下す。彼は華やかなフィレンツェの社交生活が格別気に入ったのである。ウォルポールのいわば食客であるグレイは、同行するよりほかない。二人はその後九カ月近くフィレンツェに滞在するが、関心のズレは広がるばかり。グレイは朝からウフィツィ美術館などで古物研究に専念、ウォルポールは午後遅く起床しカーニバルや仮面舞踏会に熱中するという具合である。

一七四一年五月、二人はついにレッギオで激しく言い争い、その後別々の旅程を組むこととなる。[2]やがてウォルポールはジェノヴァより船に乗る海路を取り、グレイはアルプスを越える陸路を取り、それぞれフランスを経て帰国。二年半に及ぶグランドツアーは仲違いに終わるのである。

深い沈黙の中で

グレイは帰途、アルプスを再度越える。山奥の修道院グランド・シャルトルーズを再訪したかったのだ。

最初の訪問時グレイは道中の風景に感激し、「かつて見た中でもっとも厳粛、もっともロマンティックで、もっとも驚異的な風景だ」（Gray［7］101）と母親に書き送る（一〇月一三日付手紙）。さらに一カ月後、興奮が鎮まるのを待っていたかのように、彼はウェスト宛の手紙（一一月一六日付）に記す。

断崖といい、激流といい、絶壁といい、ひとつとして宗教と詩を感じさせないものはなかった。無神論者に畏敬の念を与え、理屈抜きで信仰に導くような光景があるのだ。想像力の乏しい者もここでは昼のさなか霊に出遭うに違いない。「死」がつねに面前にちらつくとはいえ近づくわけではなく、脅威を感じるというよりむしろ心が鎮まるのだ（Gray［7］106）。

「宗教」「詩」「信仰」「霊」「死」。同じグランド・シャルトルーズへの道に言及しながら——そして同じウェスト宛に手紙を記しながらも——ウォルポールとグレイが用いる語彙は大きく異なる。ウォルポールが煌めくような言語で風景描写を試みるのに対し、グレイは自然が精神に及ぼす意味を問う。前者が思いのたけを外界に向け発信するとすれば、後者は自己の内面を深く見つめるといえようか。

グランド・シャルトルーズは、中世に創設された戒律の厳しいカルトジオ会修道院の本部に当たる。世俗を捨てた修道士は日々沈黙のうちに祈り、清貧に生きる。二〇一四年七月、日本で劇場公開された映画に、フィリップ・クレーニング監督映画『大いなる沈黙へ』がある。グランド・シャルトルーズの今日の修道士の日々を描く映画である。断崖絶壁の上に建つ修道院は、グレイ訪問時のものと変わらない（「大いなる沈黙へ——グランド・シャルトルーズ修道院」［8］一九）。監督は修道院に撮影許可を申込み、一六年後ようやく許され、修道士と共に生活し、自然光のもとでカメラを回したという。映画には音楽もナレーションもない。静寂に満ちた、祈りの日々を過ごす修道士たちの姿のみ淡々と描く。

グレイの旅に話を戻そう。彼はこのグランド・シャルトルーズ再訪の際、祈りにも似た次のようなことばをゲスト用サイン帳にラテン語で記したという。

神よ、心より願いたてまつる。若く、疲れたわたしの魂に安らぎを与えたまえ。聖なる空間で沈黙を守る幸せを今望めないのであれば……年老いたときせめて真の生を送り、人類を悩ます雑念から解放され、群衆の喧騒から離れた片隅に退くことができますように（Gray［9］151-152）。

グレイはアルプス山奥で、隠遁・瞑想のうちに祈る生のありように憧憬の念を抱いたといえるだろう。

憂いと呪いと

グレイは帰国後、一七五一年に「挽歌――田舎の教会墓地にて」を発表する。親友ウェストの夭折が強い衝撃を与え、創作のきっかけになったという。

詩人は田舎の教会墓地の墓碑を読み、埋葬された素朴な村人たちの生のありようを想う。

狂乱する群れの卑しき争いを遠く離れて／村人たちの真摯な願いは決してさまようことなく／冷ややかな引き籠った人生の谷間に沿い／自らの静かな行路を辿った（Gray［10］40）。

村人たちの静かな生のありようへの賛歌、ウェストへの鎮魂歌に、グレイのアルプス山奥での「祈り」が木霊《こだま》するといえようか。

グレイは瞑想詩を創作するかたわら、諧謔詩を楽しむ一面もあったようだ。ケンブリッジの大学人となった彼は、一七四七年に滑稽詩「頌歌――金魚鉢で溺れた愛猫の死を悼んで」をウォルポールに贈り、二人は和解を果たす。

グレイはその後ウォルポールが興した出版社ストロベリー・ヒルから、頌詩「詩仙」（一七五七年）を出版する。中世ウェールズのスノードン山を舞台とする「詩仙」は、次のような内容をもつ。

ウェールズの征服王エドワード一世の軍隊が、深い峡谷を通りスノードン山に近づいたとき、到底攀じ登れないような断崖絶壁の頂点に神々しい老人が突然姿を現す。彼が琴を取り吟誦を始めると、旗本の勇将グロスターやモーティマーは顔色を失う。呪詛が放たれるからだ。老詩仙は朗々と歌う。エドワード征服王がもたらす荒廃難渋の報いとして、ノーマン人は今後辛酸を嘗めるだろう。真の王家は、古代の王アーサーの血を引くチューダー朝の人々を除きほかにない。彼らが王位に返り咲くとき、イギリスは初めて隆盛を極め、詩歌文学が華開くだろう。

呪詛は次のことばで締め括られる。「絶望と王笏の苦悩こそ汝のもの／凱歌あげ、死にゆくことこそ、わが運命なり」（Gray［11］24）こう歌うと、老詩仙は断崖絶壁の上から身を投げる。崖下には、コンウェイ川が滔々と流れている。

この詩は、エドワード一世がウェールズ侵攻の際捕えた詩人を皆殺しにしたという伝説に基づく、とグレイは註を施している。

断崖絶壁を川下から見上げる

「詩仙」は高く評価され、その後さまざまな画家――ヘンリ・フューズリをはじめ、ウィリアム・ブレイクや、トマス・ジョウンズ、J・M・W・ターナーなど――が荒ぶる詩仙の図像化を試みる。ことに有名なのは、ジョン・マーティン（John Martin, 1789-1854）の「詩仙」（一八一七年。図6－5）

図6－5　ジョン・マーティンの油彩「詩仙」

（出典：Martin Myrone. *John Martin: Apocalypse.*）

だろう。〈崇高美〉がイギリス美術に根付いたことを証しする作品だ。

鑑賞者の目に何よりも先に飛び込むのは、画面右側の岩のマッスである。

画面右下端から反り出す岩は、画面中央へ曲線を描く。その先端の、断崖絶壁の上に白髪の詩仙が立つ。彼は身を乗り出し、対岸に向かい右拳を振り上げる。憤りの仕草は、天へ突き上げる後方の岩々の姿形に反復され、岩全体が呪うかのよう。

一番高い岩の頂点を出発点とし、その下の岩々の頂点を、いわば飛び石伝いに降りて行く線は、老詩人の視線の先、対岸を進む兵士へと行きつく。白馬に跨り勝利軍の先頭を切るのは、勇士グロスター、モーティマー、そして征服王エドワード一世だろうか。

詩仙の長い顎鬚は左へ跳ね、この先に突き上げる右手が続く。足は岩の上にしかと立ち、確固たる精神を示す。兵士たちの「多」「没個性」に対し、詩仙の「個」「孤高」が際立つ。その一方で、詩仙の髪の毛の白色が対岸の馬の白色に、詩仙が纏う衣の赤色が勝利軍の軍服の赤色に繰り返され、双方の親密な関係が示唆される。

画面左側の中景に城が描かれる。丸い塔に勝利軍の旗がはためき、大軍の兵士が蛇行する山道を下り、峡谷へいたることがわかる。峡谷を流れるコンウェイ川は白色の飛沫をあげ、激流に変わる。鑑賞者は、いわば川下の地点から、断崖絶壁の縁に立つ詩仙を見上げる形になる。老詩仙が身を翻し、断崖絶壁の上から川面へといたる高低差は激しい。詩仙の悲憤を、鑑賞者は目眩《めくるめ》く想いで受け止める仕掛けになっているのである。

アルプス越えの先に

アルプスに魅了されたデニスは時代の先駆者だった。均斉、諧謔、理知を重視する詩人アレグザンダー・ポープの疑似古典主義の時代に、熱情を説くデニスは狂人呼ばわりされる。だがその後、グレイなどの墓畔派の詩、ウォルポールが先鞭を付けるゴシック小説群など感性・情念を重んじる詩人・小説家の作品が次々と続き、ロマン派詩人への道を拓く。

「高い山々はわたしにとってひとつの情感である」とバイロンは謳う（Byron［12］103）。畏れと混在する強烈な喜び、聖なるものの感知・感性が人々の胸を打つ。岩の尖峰、雪山の頂き、稲妻は文学・美術の常套手段となる。

シェリーは、シャモニー盆地からアルプスの最高峰モンブランの頂きを望み、次のように謳う。

遙か、遙か、高みに、無窮の天を貫き／モンブランが現れる――静かに、白く、晴朗に――／付き従う山々は、地上のものとは思われぬ形象を／周囲に積み上げる。氷塊と岩、その間の／氷河の谷、底知れぬ深淵／頭上にかかる天のように蒼《あお》く、重畳たる／絶壁の間に広がり、うねりつつ続く。／嵐だけが住む荒涼の里／雌鷲《めすわし》が時たま猟師の骨を運び／狼がその後をつけて訪れるだけ――なんと凄《すさ》まじい／岩の重なりようか！（Shelley［13］185）

アルプスを越え、ローマから絵画を持ち帰る若者の行き来が、イギリス人の山々を見る目を変え、嫌悪から戦慄、恐怖から崇拝へとその反応を変えた。これがイギリス文学・絵画のありように大きな影響を及ぼす。

旅人は事物を新鮮な目で捉える。デニスのアルプスの山々を驚異の目をもって見守る観察眼。それから二世代後の、期待に胸を弾ませアルプスを訪れるウォルポールやグレイの記録。彼らの美的感覚を研ぎ澄ます大陸の風景画、崇高の概念を美学的に解明する美学論、さらには文学作品を絵画化する動き。これらが人々の鑑識眼に新しい視点を与える。

旅の記録には時代を先取りする一面がある。清新な旅の体験は文化の流れを変える力をもつ。デニス、ウォルポール、そしてグレイの旅の記録はこれを証明する。彼らのトラヴェルライティング、旅日誌や手紙類はイギリス文学史・美術史に画期的位置を占めるのである。

＊　引用に際し、邦訳のあるものは適宜借用させていただいた。

注

（1）バーネットは一六七一年、後のボルトン公爵ウィルトシャ伯とグランドツアーに出た。『地球の聖なる理論』のラテン語版には彼への献辞が記され、アルプスの山々などから受けた強烈な印象が本書執筆を促したことがわかる。「わたしはアルプスとアペニンの……あの野性的で巨大で無秩序な石や土塊の集積を見、空想が激しく揺り動かされ、自然界にあの混乱がどのようにして起こったか、満足いく説明をつけるまで心安らぐことがなかった」（Nicolson［3］207 参照）。

（2）二人の仲違いは些細なことが原因だったらしい。だが、ウォルポールの男性愛の対象であるリンカン伯爵の、旅の途上における登場が原因だったとする説も近年出ている。ヴェネツィア滞在中、ウォルポールと伯爵は同じ衣裳を纏う一対の肖像画——帰国後ウォルポールの館ストロベリー・ヒルの壁に、向かい合うように飾られた——を描かせており、これが論拠のひとつとして挙げられている。Tomothy Mowl, *Horace Walpole: The Great Outsider* 参照。

引証資料

［1］本城靖久『グランド・ツアー——英国貴族の放蕩修学旅行』中公文庫、一九九四年。

［2］Dennis, John. Letter (1688) from "Crossing the Alps in 1688" in *The Picturesque: Literary Sources & Documents*. Malcom Andrews ed. Helm Information, 1994.

［3］Nicolson, Marjorie Hope. *Mountain Gloom and Mountain Glory: The Development of the Aesthetics of the Infinite*. U of Washington P, 1959. Rpt. 1997［M・H・ニコルソン『暗い山と栄光の山——無限性の美学の展開』小黒和子訳、国書刊行会、一九八九年］.

［4］Walpole, Horace. Letters (1739). *Selected Letters*. Selected and arranged by William Hadley, M. Dent and Sons, 1967.

［5］Richardson, Jonathan. "An Account of the...Pictures in Italy, France, etc." (1722) in *The Picturesque: Literary Sources & Documents*.

［6］Burke, Edmund. *A Philosophical Enquiry into the Origin of our Ideas of the Sublime and the Beautiful*, 2nd ed. (1759) Oxford UP, 2008.［ホレス・ウォルポール『オトラント城』千葉康樹訳。エドマンド・バーク『崇高

と美の起源』大河内昌訳、研究社、二〇一二年].

[7] Gray, Thomas. Letters (1739-40) in *Gray's Poems, Letters and Essays*. Introduction by J. Drinkwater. M. Dent and Sons, 1966.

[8] 「大いなる沈黙へ――グランド・シャルトルーズ修道院」映画パンフレット、岩波ホール、二〇一四年。

[9] Gray, Thomas. *The Complete Poems of Thomas Gray: English, Latin and Greek*. Ed. H. W. Starr and J. R. Hendrickson. At the Clarendon P, 1966.

[10] Gray, Thomas. "Elegy Written in a Country Churchyard" (1751) in *The Complete Poems of Thomas Gray: English, Latin and Greek*.

[11] Gray, Thomas. *The Bard, A Pindaric Ode* (1757) in *The Complete Poems of Thomas Gray: English, Latin and Greek*.

[12] Byron, Lord George Gordon. *Childe Harold's Pilgrimage* in Jerome J. McGann ed. *The Complete Poetical Works*. Vol. II. Oxford UP, 1980 [ジョージ・ゴードン・バイロン『チャイルド・ハロルドの巡礼――物語詩』東中稜代訳、修学社、一九九四年].

[13] Shelley, Percy Bysshe. "Mont Blanc: Lines Written in the Vale of Shamouni" (1816) in *Shelley's Poems*. Vol. 1. Introduced by A. H. Koazal. M. Dent and Sons, 1966 [『対訳シェリー詩集』アルヴィ宮本なほ子編、岩波書店、二〇一三年].

その他の参考文献

海老澤豊「夕暮れの墓畔に巡らせる感懐」木下卓・野田研一・太田雅孝編著『英米詩』ミネルヴァ書房、一九九六年、五二―五三頁。

岡田温司『グランドツアー――18世紀イタリアへの旅』岩波新書、二〇一〇年。

福原麟太郎『福原麟太郎著作集3　トマス・グレイ研究』研究社、一九六九年。

Ingamells, John. *A Dictionary of British and Irish Travellers in Italy: 1701–1800*. Yale UP, 1997.
Ketton-Cremaer, R. W. *Thomas Gray: A Biography*. At the UP, 1955.
Ketton-Cremaer, R. W. *Horace Walpole: A Biography*. Longman, Green and Co., 1940.
Langdon, Helen. *Salvator Rosa*. Paul Holberton, 2010.
Mowl, Tomothy. *Horace Walpole: The Great Outsider*. Faber and Faber, 2010.
Murphy, Avon Jack. *John Dennis*. Twayne, 1984.
Myrone, Martin. *John Martin: Apocalypse*. Tate, 2011.
Roston, Murray. *Changing Perspectives in Literature and the Visual Arts: 1650–1820*. Princeton UP, 1990.
Scott, Jonathan. *Salvator Rosa: His Life and Time*. Yale UP, 1995.
Sonnabend, Martin and Jon Whiteley. *Claude Lorrain: The Enchanted Landscape*. Ashmolean, 2011.
Walpole, Horace. *The Castle of Otranto*. 1764. Oxford UP, 2014［ホレス・ウォルポール『オトラント城』千葉康樹訳。エドマンド・バーク『崇高と美の起源』大河内昌訳。研究社、二〇一二年］.
Wilton, Andrew and Ilabia Bignamini eds. *Grand Tour: The Lure of Italy in the Eighteenth Century*. Tate Gallery, 1996.

第7章　極地をめざす旅

――『フランケンシュタイン』から辿る探検家たちの栄光と挫折――

武井博美

1　北へ南へ

トラヴェルライティングとしての『フランケンシュタイン』

メアリ・ウルストンクラフト・シェリー（Mary Wollstonecraft Shelley, 1797-1851）の代表作『フランケンシュタイン』（一八一八年）は、発表当時おおかたの読者からは悪趣味と捉えられ、その後もハリウッド映画における鮮烈なヴィジュアルイメージが先行して、B級娯楽作品としての地位に甘んじる時期があった。しかしながら一九七〇年頃から本格的な読み直しが進み、現在では生命創造という倫理的問題、ロマン主義との関係性、SF小説の先駆けとしての意義など、多様な議論を喚起する作品として再評価されている。

さまざまな側面をもつ『フランケンシュタイン』は、トラヴェルライティングとしても秀逸な読み物となっている。北極探検船の船長ロバート・ウォルトンが、凍てつく北方の海を進みながら、姉に手紙をしたためるところから舞台は幕を開ける。イングランドを出発して北極をめざすウォルトンをはじめ

図7－1　名優ボリス・カーロフが演じる怪物。つぎはぎだらけで首にボルトが刺さっているのがハリウッド映画では定番のスタイル

（出典：Donald F. Glut. *The Frankenstein Legend.*）

とし、微に入り細に入り登場人物たちの旅の様子が全編をとおして豊富に描かれている。イタリアのナポリに生まれ、スイスのジュネーヴで育った若き科学者ヴィクター・フランケンシュタインが、ドイツのインゴルシュタットの大学に留学することが物語の重要な鍵となったり、そもそも彼の両親がイタリア・ドイツ・フランスを周遊していたことが説明されていたり、旅に関する記述の例は枚挙にいとまがない。登場人物たちが旅をすることで、おのずと読者の意識を一点からまた別の一点へと移動させることになり、結果として作品舞台が大きく広がっていく仕掛けになっている。人工的にこの世に生を受けた怪物が、アルプスの険しい頂を越えて創造主フランケンシュタインを追っていく場面、さらには極地の氷海へと自らを葬り去るクライマックスの場面に代表されるように、作品の中でとりわけ怪物はダイナミックな移動を行う。旅をする怪物の目をとおして、読者は圧倒的かつ壮大なスケールで描かれる大自然を体感し、その迫力に眩惑される。

作品の冒頭と最後で印象的に描かれる極地の氷海では、船長のウォルトンが物語の語り部として重要な役割を担う。彼が抱いていた極地探検への熱き野望と、困難を目前にした挫折感は、実在した探検家たちが味わったものと見事に符合したものとなっている。スコットランド出身の海軍中佐ジョン・ロスが率いる探検隊が北極海へと旅立ったのが一八一八年、そして南極大陸発見という偉業が成し遂げられたのが一八二〇年のことである。まさに同時期の一八一八年に発表された『フランケンシュタイン』を執筆した時、弱冠一九歳にすぎなかったメアリ・シェリーは、当時の極地探検ブームとも呼べる時代の空気を読み取り、冒険家たちの栄光と挫折に想いを馳せながら、作品へと投影したものと考えられる。その結果、『フランケンシュタイン』はトラヴェルライティングとしても特異な魅力をたたえた作品になったのである。

本章では架空の人物ロバート・ウォルトンを、あえて実在の冒険家たちと比較考察し、さらには極地探検を鍵とする他の文学作品にも言及する。それにより、現実世界と物語世界がともに共鳴し呼応するほどまでに、人々が極地探検熱に浮かされていたさまを確認したい。

大英帝国の北極探検

一九世紀、イギリスは次つぎと植民地を増やし、領土は実に四倍にもなっていった。世界に先駆けて産業革命を達成し、一九世紀半ばのイギリスは「世界の工場」とも呼ばれ、紛れもなく「日の没することなき帝国」となった。その繁栄の様子は古代の「ローマの平和（パクス・ローマーナ）」になぞらえて、「イギリスの平和（パクス・ブリタニカ）」と称されるほどであった。

帝国主義政策の拡大は、さらなる未知・未踏の地へと人々の興味関心を喚起した。一六世紀末あたりから一九世紀にいたるまで、ヨーロッパとアジアを結ぶ最短航路の開拓や捕鯨、毛皮猟などを目的に、イギリス、オランダ、ロシアなど各国の探検隊が極域に向かい、その多くが志半ばにして非業の遭難死を遂げた。それでもなお一九世紀の探検家たちはこぞって最果ての地である北極・南極をめざし、ロマンを胸に大いなる冒険へと旅立ったのである。とりわけヨーロッパから北西へ延びる航路、通称「北西航路」は、アジアまで勢力を拡大したい国の思惑のもと、豊富な資金や立派な船舶が用意され、海軍の士官や将校が参加することが常だった。

一八〇六年にイギリスの科学者ウィリアム・スコアズビーがグリーンランド東岸を北上して初めて北極海を航海し、さらに続けて一八一八年にはイギリス海軍本部が組織した北極探検隊が新たな航路の開拓のため、北極海へと向かった。先にも述べたとおり、ジョン・ロス艦長が率いる探検隊である。この時は具体的な成果を上げられなかったものの、ジョン・ロス艦長の下、甥のジェイムズ・クラーク・ロスや水兵だったウィリアム・パリーも隊に参加し、彼らものちに探検家としてその名を歴史に刻むことになる。パリーはその後三度にわたって北極探検を試み、北西航路を開拓して功績を称えられた。

パリーと時を同じくして北極をめざし、イギリスの極地探検史を語る上で欠かすことができない人物として挙げられるのが、やはりジョン・ロスの部下で、のちに英雄として称えられることになるジョン・フランクリン（John Franklin, 1786–1847）である。一八四五年、フランクリンはイギリスからカナダの北極海へと出港した。この時点ですでに北西航路は別の探検家によって発見されていたものの、不明確だった箇所の海図を制作することを目的とした探検だった。そして、一二九名の探検隊が全滅する。

図7－2　シャクルトンが隊長を務めた南極探検船エンデュアランス号。およそ10カ月のあいだ氷塊に囲まれ，船は崩壊

（出典：ウィキペディア「ハリー・マクニッシュ」。）

大英帝国の南極探検

一九世紀も半ばを過ぎると、北極に向かうエネルギーは他国の探検家たちのほうが勝っていたように思われる。一八七五年にジョージ・ネアズ大尉率いるイギリス探検隊が一七カ月を要して北氷洋を航海したが、「北極は手に負えない（"The North pole unpracticable!"）」とネアズが結論づけたことが、イギリスの人々の失望と批判を引き起こした（パセツキー［1］二七九）。結局、一九〇六年にノルウェーのロアール・アムンセンが北西航路の完全なる突破を果たしたのに続き、一九〇九年にはアメリカのロバート・エドウィン・ピアリーが悲願の北極点到達を成し遂げ、イギリスは後塵を拝することになる。

ではその一方で、南極探検はどうだったのであろうか。一八二〇年の南極大陸の発見者については諸説ある。ロシア海軍の軍人やアメリカ人のアザラシ猟師とならび、イギリス海軍所属のエドワード・ブランスフィールドが第一発見者と目されているが、いまだに定かではない。大陸が発見されたあとも断続的に南極への遠征が行われ、スコット隊にも参加したことがあるアイルランド生まれの探検家アーネスト・シャクルトン（Ernest Shackleton, 1874-1922）などの英雄を生んだ。

シャクルトンは、一九一四年に南極に向け出航するものの、流氷に囲まれ数カ月間漂流、船が沈没してからは、氷上で野営したり山岳地帯を踏破したりといった一層の苦難を経て、一九一七年にイギリスに帰還する。二七名の隊員たちを一人残らず生還させることができたのは、シャクルトンの冷静な判断と決断力の賜であり、そのことで今でも優れたリーダーの鑑として名が挙がることが多い。

また、彼の経歴に付随して、しばしば取り沙汰され話題となるのが、南極への探検をともにする人員を募集する、次の新聞広告である。

MEN WANTED for Hazardous Journey.
Small wages, bitter cold, long months of complete darkness, constant danger, safe return doubtful. Honor and recognition in case of success. Ernest Shackleton ［2］

男子求む。危険な旅路。
低賃金。極寒。長期間の漆黒の闇。絶え間ない危険。生還保証なし。
成功の暁には名誉と称賛あり。アーネスト・シャクルトン

この広告が実際に新聞に掲載されたかどうかの確認が取れないため、信憑性に欠ける情報ではあるものの、シャクルトンのこの求人広告を見て五〇〇〇人以上の人々が集まったという話が、まことしやかに伝えられている。いかに当時の人々が名誉やロマンを求めて未知なる極地へと想いを馳せていたか、その一端を垣間見ることのできる逸話である。

南極点をめざして熾烈な争いを繰り広げたことで知られるのが、イギリス海軍所属のロバート・スコット（Robert Scott, 1866–1912）とノルウェーのロアール・アムンセンである。もともとアムンセン隊は北極点への初到達をめざしていたのだが、途中でアメリカのピアリー隊に先を越されたことを聞かさ

れ、目標を南極へと変更したのである。一九一一年一二月、険しい道のりを経てアムンセン隊はついに南極点に到達した。それから遅れること約一カ月後、スコット隊も南極点に達してイギリス国旗を打ち立てる。だが、時すでに遅く、そこにはすでにノルウェーの国旗が立てられていた。人類初の南極点到達という名誉と称賛を目前で逃したこの時のスコットの失望の深さは計り知れない。

なお、ジョン・フランクリンとロバート・スコットについては、極地探検史における特異なドラマ性を鑑み、本章の第3節で改めて取り上げることとする。

2　フィクションの題材となる極地探検

物語舞台としての極地

北極や南極をめざす探検家たちが脚光を浴びたのは、航海がつねに死と隣り合わせの危険な旅路であることに尽きる。冒険する者は言わずもがな、それを見守る者たちもまた、生か死かという緊迫したドラマに、感情を大きく揺さぶられる。ロマンティシズムの時流に乗って、極地は格好の物語舞台として輝きを放つことになる。

『フランケンシュタイン』では、北極をめざすロバート・ウォルトン船長の稀有な体験談が身内への手紙という形で読者に呈示される。フィクションでありながら、まるで事実を記したトラヴェルライティングのような臨場感で、読者を一気に物語世界へと運んでいく。ウォルトンは「北極は霜と荒廃が支配する場所だといういうふうにいわれているが、ぼくの想像の中では北極は美と喜びの地として現れる」(Shelley［3］5）と、航路探検への期待と情熱を露わにしている。

ここでは、ウォルトンが具体的にどのようなことを語っているかを見たうえで、『フランケンシュタイン』以外にも極地探検に大いなる関心を寄せた一九世紀のイギリスの文豪たちの作品についてもいくつか挙げておく。

「トラヴェルライター」ロバート・ウォルトン

『フランケンシュタイン』の冒頭、極地探検隊長ロバート・ウォルトンが、イギリスにいる姉に手紙をしたためる。

ここで氷雪に囲まれていると、時の歩みのなんとのろいこと。それでも計画の第二歩が踏み出されました。船を借り受け、今は乗組員集めに大忙しです。すでに雇った連中は、いかにも頼りになる、じつに怖いもの知らずの男どもです（Shelley［3］8）。

まるで一〇〇年後のシャクルトンの広告を予感させるような内容になっていることが興味深い。航海に出たあとのウォルトンの様子は、以下のとおりである。

ぼくは元気です。部下たちは勇敢でしっかりしています。ひっきりなしに過ぎる流氷が行く手の危険を知らせても、ひるむ様子もありません。すでにかなりの高緯度に来ていますが、今は夏の盛りです。イギリスほど暖かくはないですが、強い南風が吹いていて、到達を望んでやまぬ岸辺へ向けてぼくらを疾走させながら、予想外の暖気を吹きかけて活力を与えてくれます（Shelley［3］11）。

屈強な船乗りたちとともに、天候にも恵まれて意気揚々と航海を続けている様子が窺える。ただし、この中で示唆されている流氷の危険が現実のものとなり、作品の最後では次のような記述になっている。

ぼくはいま、危険のまっただなかでこれを書いています。果たしてなつかしいイギリスと、そこに住むそれよりなつかしい人々を見ることがあるかどうか、わかりません。氷山に囲まれて逃げ道がなく、船はいつ潰されるかという ありさまです。ぼくが説きつけて仲間にした強者どもは、助けを請うようにぼくを見ますが、ぼくにはどうしてやることもできません。……船は依然として氷山の群れに囲まれていて、氷の衝突で潰される危険に瀕しています。極度の寒さで、すでに不運な仲間が何人も、この寂境で帰らぬ人となりました。……九月九日に、氷が動きはじめ、遠くで雷のような轟きがして、氷の島が四方八方でひび割れ、砕け始めました（Shelley［3］181-184）。

作品の冒頭、大きな希望を抱いて踏み出したウォルトンの冒険の旅は、作品の最終部で悲惨な結果を迎える。命の危険と引き換えにすることができず、イギリスへの帰還を余儀なくされるのである。もともとこうなることは十分に予測できたはずの危険な旅に、なぜウォルトンは駆り立てられたのか。その答えは、のちに彼の友人となるヴィクター・フランケンシュタインが代弁している。「ひとつのところに閉じ込められっぱなしの人生など耐えられない」（Shelley［3］28）という台詞である。また、ウォルトンは姉に次のように熱く語っている。

どうです、マーガレット。ぼくという人間には、なんだかものすごい目標を達成する資格があると思いませんか。安穏と贅沢な人生を送ることもできたのに、富がぼくの前途にどんな誘惑をしかけても、ぼくは栄光を選んだのですから（Shelley［3］7）。

このような『フランケンシュタイン』の登場人物たちの言葉は、南極探検の英雄として知られるロバート・スコットが実際に残した手紙の文面そのままであるかのような類似性を見せている。彼の日誌や書簡は死後にまとめられ出版されており、その中のひとつ『スコット隊長の最後の探検』を紐解くと、南極点到達という偉業を成し遂げた帰り道、暴風雪に巻き込まれて死を覚悟したスコットの生の声が記録されている。『フランケンシュタイン』のウォルトンが安穏とした生活よりも栄光を選んだと語ったように、スコットは自らの危険な挑戦を「家にいて安楽すぎる暮らしを送るより、はるかにましだった」（Scott［4］316）と、妻に最後の手紙にしたためている。『フランケンシュタイン』の中で描かれた冒険と栄光への渇望は、一世紀もの時空を軽々と飛び越え、さらにはフィクションから現実へとその場を移し、スコットの記録の中に再現されるのである。

英雄であることに人々が大きな価値を見出していたことは、ヴィクター・フランケンシュタインの台詞にも表れている。彼は船乗りたちに向かって次のように熱弁をふるう。「君たちの名は、名誉と人類の利益のために死に立ち向かった勇者の名として、崇められるだろう。……家族のもとへ帰るなら、英雄として帰りたまえ」（Shelley［3］183）と。南の海のように平坦で穏やかな航路を行くのではなく、あえて危険と恐怖に満ちた北への航路を行く勇気と忍耐を称える時代の空気感が、よく映し出された場面となっている。

「トラヴェルライター」ヴィクター・フランケンシュタイン

ロバート・ウォルトンが北の氷海の様子を手紙に記す一方で、フランケンシュタインはモンブランの渓谷について次のように語っている。

登りは険しく、山の急坂を克服するため、道は絶えず短く曲がりくねっている。荒涼とした風景は恐ろしいばかり。……私は氷河に降り立った。……私は岩間にしりぞいて、この驚異に満ちた素晴らしい景色をじっくりと眺めた。氷の海、というより氷の大河は、従う山々の間をうねり流れて、入り江の峰々が空たかだかとそびえ立ち、きらめく氷の頂は雲上で陽の光に輝いていた（Shelley [3] 75-76）。

この場面に代表されるように、壮大な景色が作品の随所で克明に語られている。さらにフランケンシュタインは、「つねに北へと旅を続けていくにつれ、雪は深まり、つのる寒気は耐え難いまでの厳しさとなった」（Shelley [3] 174）と語る。

登場人物たちは次つぎと場所を移動し、その詳細な情景描写は、時に旅の記録のようにも感じさせる。ただ美しいだけではなく、主要な人物であるロバート・ウォルトン、ヴィクター・フランケンシュタイン、そして怪物がいずれも「北」の方角をめざしていることは、この物語の展開を支える重要な点となっている。現実の極地探検を彷彿とさせるコンセプトが織り込まれているのである。

極地探検に魅せられた作家たち

一九世紀、偶像的ヒーローとして果敢に北極へと挑んでいく男たちの冒険談を人々は楽しんだ。かの文豪チャールズ・ディケンズも、フランクリン北極遠征隊の日誌の一部を引用しつつ、「勇敢で忠実な」彼らが「凍てついた海の謎に満ちた孤独の中で」最期を迎えた事実に言及している（Dickens [5] 361-365）。ディケンズはジョン・フランクリンに強い関心を寄せ、ウィルキー・コリンズとの共作の形で『凍てつく海』（一八五七年）を発表している。この共作劇は、一八四五年以降幾度も行われた捜索にもかかわらず、依然消息を絶ったままのフランクリン北極遠征隊に捧げたもので、上演後にはセンセーションを巻き起こし成功をおさめる。

同じくヴィクトリア時代を代表する作家のひとりとしてしばしばその名が挙げられるシャーロット・

ブロンテは、代表作『ジェイン・エア』（一八四七年）の中で、つらい現実から逃避するかのように、ヒロインが挿絵画家トマス・ビウィックの『英国鳥禽史』（一八四三年）を愛読するさまを描いている。この本では「北極地帯の広漠たる地域、荒涼とした人跡まれな地方――幾世紀にもわたる冬の堆積である固い氷原が、極地を取り込んでアルプスの山をいくつも積み重ねたほどの高さに氷結し、極寒の幾倍もの峻烈さをひとつに集めている霜と雪の貯蔵地」（Brontë［6］40）である北部地域について詳述されており、難破船への言及も見受けられる。

また、一九世紀に船旅による世界一周が実現したことに牽引される形で、極地に限らず地球の果てをめぐる航海を描いた作品が次つぎと発表される。誰しも真っ先に思い浮かぶのは、ロバート・ルイス・スティーヴンソンの『宝島』（一八八一―八二年）であろう。だが、航海の果てにたどり着く島がユートピアとして描かれている作品として、他にも忘れてはならないものがある。ヴィクトリア時代に首相を務めたベンジャミン・ディズレーリは、政治家としてだけでなく、小説家としても手腕を発揮した。彼の一八二八年刊行のユートピア小説『ポーパニラ船長の航海』では、インド洋に浮かぶある島の浜辺を、ひとりの人間がうろつく様子が第三章の冒頭で描かれる。この人物について作者ディズレーリは、「もちろん難破船の乗組員であろう」と称し、そして「どんな人であろうか。疲れを知らぬパリー船長か、はたまた勇敢なフランクリン船長か」（Disraeli［7］5）と読者にたたみかける。

他にも名探偵シャーロック・ホームズでおなじみのアーサー・コナン・ドイルは、犯人をおびきよせる手段として、北極洋を探検するための船乗りを港で募集するくだりを、短編作品「ブラック・ピーター」（一九〇四年）に差し込んでいる。このように、著名な作家たちがこぞって探検ブームを作品中に反映させているのを見るにつけ、いかに熱狂渦巻く時代であったかを再認識することができるのである。

絵画における極地の表象

『フランケンシュタイン』が発表されたまさしく同時期に、ドイツロマン派の画家カスパー・ダーヴィト・フリードリヒ（Caspar David Friedrich, 1774-1840）は、自然の厳しさに対する恐怖や畏敬の念を実直にキャンバスに描きこんだ。彼の代表作「氷海」（一八二三―二四年頃）は、廃墟のようにも見える巨大な氷山の傍らで、難破した一隻の極地探検船が凍結した海に飲み込まれようとしている絵画である。

図7-3　フリードリヒの油彩「氷海」。『フランケンシュタイン』の世界に通じる作品

（出典：久守和子・中川僚子編著『もっと知りたい名作の世界⑦フランケンシュタイン』。）

一八一九年から二〇年にかけて、イギリス海軍所属のウィリアム・パリーが北西航路を開拓すべく行った北極探検が、フリードリヒの発想の源となっている。「氷海」に描かれる難破船は、初期のスケッチ段階ではホープ号と名付けられていた。野心を胸に、文明社会から未踏の極地へと揚々と冒険の旅に繰り出したはずの「希望《ホープ》」という名の船は、氷海に阻まれ夢を打ち砕かれ、変わり果てた姿となる。ただ絶望のみが漂う、なんとも皮肉めいた悲劇的な作品である。この絵の中に、当時の極地探検の栄光と挫折を見ることも可能となる。

3　栄光の代償

北極探検の英雄ジョン・フランクリン

『フランケンシュタイン』には成功者が登場しない。主要人物三人、すなわちロバート・ウォルトン、ヴィクター・フランケンシュタイン、そして怪物は、いずれもトラヴェラーであり、夢破れた男たちである。彼らは情熱と希望を胸に新しい世界の扉を開こうとしたが、挫折し、奇しくも北方の氷海で失意のうちに集うことになる。

作家メアリ・シェリーは、北極遠征中に行方不明となり、人々の話題をさらったジョン・フランクリンとまさに同時代を生きていた。ウォルトンの熱くたぎる探検への情熱は、フランクリンの姿と重なり合う。だがフランクリンだけにとどまらず、シェリーがまったく知りえなかった後世の英雄、たとえば南極探検の帰路で非業の死を遂げたロバート・スコットもまた、ウォルトンを彷彿とさせる。ウォルトンが物語の中で語る台詞は、まるで予言であるかのごとくスコットが残した言葉と酷似しているのは既述のとおりである。

北極探検の英雄ジョン・フランクリン、ならびに南極探検の英雄ロバート・スコットは、それぞれが小説にも負けず劣らずドラマティックな人生を歩んだ。ともに「英雄」と称えられているが、フランクリンは英雄としてのイメージ維持を人々から強く望まれ続け、かたやスコットは、自らが英雄であることに固執し続けた人物だった。

ジョン・フランクリンの名声は、尋常ならざるものであり、ヴィクトリア時代の人々にとって、彼はまさに英雄の中の英雄であった。北極に向けて出発した翌年には行く手を氷で阻まれ、船が動けないままフランクリンは絶命するのだが、この経緯については長いあいだ謎のままであった。それ以前にも多くの探検家たちが極地をめざし、中には命を落とした者も珍しくなかったにもかかわらず、フランクリンはことさら人々の注目を浴び、格別な存在となった。ヒーローに祭り上げられたといっても過言ではない。消息を絶つ前のさまざまな功績ももちろん輝かしいものではあったが、行方不明になったことで大きな騒動が巻き起こり、人々の関心と熱狂はとどまるところを知らず上がり続け、彼を英雄視する風潮がことさら強まった感は否めない。

時は一九世紀、強大な帝国として君臨するまでになったヴィクトリア時代のイギリスは、近隣諸国に攻め込まれ戦闘状態に陥るような気配はなく、人々は安定した生活を謳歌しているかに見えた。それゆえ、フランクリンが一八一八年にジョン・ロス率いる北極圏遠征隊に加わり、その後も生死の危険を伴うような探検に参加したことは、平凡な日常に刺激的な話題を提供する特別な出来事となり得たのである。フランクリンは功績が認められてナイト爵を叙せられるなどしたのち、北西航路の完成を目的に一八四五年には、一三四名の隊員とともに最後の北極遠征へと旅立つことに

図７−４　ジョン・フランクリン。北極圏の北西航路を開拓中に乗組員全員が死亡。しかし，その消息は死後14年間にわたり謎のままだった

（出典：ウィキペディア「ジョン・フランクリン」。）

なる。危険は承知の上であったはずだ。しかし、潤沢な装備が整えられていたこともあり、われらが英雄の探検の成功を疑う者など見当たりはしなかった。当時のロンドン地理学協会の会長は次のように述べている。

思慮深く、かつ意欲的なわが友人サー・ジョン・フランクリンと、情熱たぎる士官や船乗りたちに任せておけば、科学の進歩、ならびに英国の名と海軍の名誉のために、すべての事柄がうまく運び、人類の努力が結実することに、私は絶対的な自信をもっている。フランクリンの名前だけで、まさしく国の保証つきといったところだ（Murchison［8］xlvi）。

フランクリンの名声だけが独り歩きしていくさまが垣間見える。

極地探検にはエリバス号とテラー号という二艦が用意され、三年分もの食糧が積み込まれた。両艦あわせて肉の缶詰一万五〇九九キロ、野菜の缶詰四〇七三キロをはじめ、大量のビスケット、小麦粉、牛肉、豚肉、スープ、香辛料、調味料、紅茶、チョコレートなどが搭載された。長期の航海でとかく罹患しがちな壊血病の予防策として、ビタミンC補給を目的とした四二三〇キロのレモンジュースも積み込まれた。聖書や讃美歌、手回しオルガンまで装備され、物心両面において準備万端の上での出航である（谷田［9］五五―五六）。しかしながら、彼らは誰ひとりとして帰還を果たすことは叶わなかった。

疑惑をもたれた英雄

忽然と消息を絶ったフランクリン隊の安否は長きにわたって不明となった。人々の好奇心と期待を一身に背負い、多くの捜索隊がフランクリンの消息を求めて続々とイギリスを出発していく。だが、確証を得られぬまま月日だけがいたずらに過ぎていった。彼の死が明確に確認されたのは、フランクリン夫人の依頼を受けた捜索隊がメモ類などの遺品を発見した一八五九年、フランクリンの死後一二年が経過した夏のことであった。

実はフランクリン隊が全滅する直前、移動途中に食糧が尽きた隊の中で、生き延びるためとはいえ、すでに絶命した仲間の人肉を喰らう者がいたことが、のちに現地住民らの目撃証言などから明らかになる。当時、この衝撃的かつ最も忌むべきカニバリズムの事実は、フランクリンの名声を一気に地に落としかねないものであった。

結局、調査を重ねるうちにフランクリンは他の隊員たちより前に、航海の途中で早々に命を落としていたことが判明し、彼自身のカニバリズムの汚名は回避されるのだが、きちんと証拠が出そろうまでは皆の胸中は穏やかではなかったに違いない。ただ、疑惑の核心に触れるような部分について人々はあえて口を閉ざし、長く伏せられたままとなった。真相を究明することよりも、彼の「英雄」としての像《イメージ》を傷つけるような事態はなんとしても避けたいと、誰もが望んだからであろう。「英雄」はいついかなる時であっても、「英雄」であり続けなければならないのである。

南極探検の英雄ロバート・スコット

一方、スコットは南極点到達という栄誉をノルウェーのロアール・アムンセンに目前で奪われ、失意のうちに命を落としたことで知られる。苦難の末、ようやくあと少しで目標の極点に到達する場所まで来た時、スコットの胸はいやがうえにも高鳴った。だが、非情にも、スコットの目に「黒い旗、ソリやスキーの跡、無数の犬の足跡」が飛び込んでくる。ライバルに先を越された事実を知った時、スコットは「ノルウェー隊はわれわれの機先を制して極点への最初の到達者となった。われわれにとってはすさ

図7－5　南極点到達後に遭難死したロバート・スコット
（出典：ウィキペディア「ロバート・スコット」。）

まじいほどの落胆であり、祖国の人たちに対して本当に申し訳ない気持ちでいっぱいだ」（Scott［4］283）と、祖国イギリスに栄光をもたらすことができなかった悔恨と無念さを日誌に書き残している。国を背負う誇りと、栄誉を重んじる気持ちが伝わる記述である。

　極地からの帰還途中、スコットは「神よ！ここは恐ろしい場所だ」（Scott［4］284）という言葉を日誌に綴る。極点到達の栄誉ある第一号となり得なかった精神的な打撃もさることながら、彼にとっては吹き荒れる暴風と、時には氷点下四〇度以下にまで達する極寒の中、肉体的に追い詰められることになる。事実、隊員たちが凍傷にかかったり、壊血病に苦しんだりし、ひとりまたひとりと命を落としていく。

　とりわけ隊員のひとりローレンス・オーツ大尉の死は衝撃的である。重度の凍傷で足が動かなくなり、隊のペースについていけなくなった彼は、「ちょっと外に出てくる」と言い残し、ブーツも履かずに氷点下四〇度の吹雪の中へと消えていく。仲間に迷惑をかけるよりはと、自ら凍死する道を選んだのである。オーツの行動を見て、隊長のスコットは「勇敢なひとりの男、そして英国紳士の行為だ」と書き記す（Scott［4］306）。

さらにスコットの日誌には、死の瀬戸際にある自分自身についても触れられている。

われわれは弱っている。書くことすら困難だ。自分自身に関していえば、私はこの旅をいささかも後悔していない。それはイギリス人が困難に耐え、たがいに協力し、過去に例をみないような強い意志で死に直面できることを示したものだからだ（Scott［4］317-318）。

絶筆となったスコットの日誌を見る限り、最後まで誇りを失わず、筆跡に乱れたところが少しもないことが印象的である。彼の壮絶な道程は、長きにわたり語り継がれる冒険譚となった。まるでシェリーが紡いだ架空のストーリーのごとく、栄光を追い求めた誇り高きイギリス人の波乱に満ちたドラマがそこにあったのだ。

「喜び」と「恐怖」と

極地への冒険は、閉塞的な日常からの脱出を表し、自由で広大な人跡未踏の地へと人々を駆り立てる。ただし、そこには生命を脅かす危険がついてまわる。繰り返される平凡な日常の中で、極地は二律背反的な「喜び」と「恐怖」という心揺さぶる強い感情を同時に味わわせてくれる貴重な存在だ。人々が辺境の地へと想いを馳せ、心惹かれたとしても不思議ではあるまい。

実際の航海記録や手紙には、具体的かつ克明に船員たちの「なま」の声が記されている。中には独特の「喜び」を綴っている者もいる。

一八三五年一一月一一日。好天。今日は船のまわりにはたくさんの魚が泳ぎまわっている。そのなかには、イッカクやシロイルカも見て取れる。現在、われわれは崇高なるサール岬の南方にいる。月は終日その姿を見せている。けっして月が沈むことはない。このような景色は、かつて目にしたことがない（Lopez［10］217）。

これは、ヴューフォース号という探検船の士官が記した記録であり、航海に出たからこそ目にすることができた珍しい景色に、彼がいかに心奪われたかが顕著に表れている。

だが、やはり「喜び」をはるかに凌駕する「恐怖」や「絶望」が記録の大部分を占めるのは、当然のことであろう。たとえば、『フランケンシュタイン』が出版された頃と同じ一九世紀の初め、南方の海上の様子について、次のような記録がある。

今にも壊れてしまいそうな小船で、氷の漂う嵐の海に果敢に突入し、何度も何度も襲いかかってくる危機をかろうじて逃れるうちに、船は沈没寸前となり、水漏れも激しさを増していく。不休の作業に船員たちはみな疲れ果て、多くの者が壊血病にかかった（Scott［11］14）。

氷の世界に閉じ込められた大部分の船員たちは、飢えと寒さと絶望のなか命を落としていく。たとえ生き残ったとしても、ごく少数の「英雄」の影で、栄誉や誇りを打ち捨て、自暴自棄になる者が多数いたこともまた事実である。

一八三〇年にはメルヴィル湾であまりに多くの船が難破したため、ある地点では氷上で一〇〇〇名近い人間が野営することになった。法律的にはもはや船長の指揮下にはないということで、船員たちは壊れた船に火をつけ、そのまわりにひしめきあって数週間にわたり酒を飲み続けた（Lopez［10］217）。

ここには一般の人々がイメージする「英雄」の姿はない。凍傷や四肢切断、激しい頭痛、意識の混濁といった極限状況下で、壊血病と餓死への不安と戦い、飢えた者は犬を食べ、次に革の服を食べ、最後にはたがいに睨みあったという現実を、一般の人々はどこまで正確に認識し得たのであろうか。あまりにも生々しい人間の営為は、フリードリヒの「氷海」のごとく、真っ白なキャンバスの中に封じ込められてしまったのかもしれない。

皮肉なことに、フリードリヒと同時代に生き、共通の友人も多かったドイツロマン派の作家ルートヴィヒ・ティークが、常套句《トポス》を残している。「とかくわれわれ人間は、身の周りにあるごく日常的なものは退屈であるとみなし、楽しみを遠くに求めようとする。しかし驚くべきユートピアは往々にしてわれわれのすぐ足元にあるものだ」（ヴォルト［12］八八）というティークの考え方には、誰しも思い当たる節があるだろう。それでもなお、島国であるイギリスは遠い海の向こうへと目を向け続けた。彼らにとって、はるか海をわたる道程は、ユートピアを描く重要な要素だったのだ。どれほど多くの個人が翻弄され数多の犠牲を強いられようとも、国益の名のもとに帝国主義を拡充しようとする狂騒的な流れに、「英雄たち」は抗うことができなかったのである。

＊　本章における引用文は、既訳を参考にさせていただいた。

引証資料

［1］　パセツキー、ワシーリー『極地に消えた人々――北極探検記』加藤九祚訳、白水社、一九六九年。
［2］　http://www.antarctic-circle.org/advert.htm（二〇一三年九月現在）
［3］　Shelley, Mary. *Frankenstein or The Modern Prometheus. The 1818 Text.* Ed. Marilyn Butler. (Oxford) Oxford UP, 1993［メアリ・シェリー『フランケンシュタイン』森下弓子訳、東京創元社、一九九八年］.
［4］　Scott, Robert Falcon. *Scott's Last Expedition Volume I.* 1913. (London) FQ Books, 2010.
［5］　Dickens, Charles. "The Lost Arctic Voyagers," *Household Words* 2 December 1854, 361-365.

［6］ Brontë, Charlotte. *Jane Eyre*. Ed. Q. D. Leavis. (Harmondsworth) Penguin Books, 1966［シャーロット・ブロンテ『ジェーン・エア（上・下）』大久保康雄訳、新潮文庫、一九五三年］.
［7］ Disraeli, Benjamin. *The Voyage of Captain Popanilla*. (Hamburg) Tredition, 2011.
［8］ Murchison, Roderick I. "Address to the R. G. S.," *Journal of the Royal Geographical Society of London* 15, 1845, xlvi.
［9］ 谷田博幸『極北の迷宮――北極探検とヴィクトリア文化』名古屋大学出版会、二〇〇〇年。
［10］ Lopez, Barry. *Arctic Dreams*. (Southern Pines) Scribner, 1986［バリー・ロペス『極北の夢』石田善彦訳、草思社、一九九三年］.
［11］ Scott, Robert Falcon. *The Voyage of the Discovery*. Cooper Square Publishing, 2001.
［12］ ノルベルト・ヴォルト『カスパー・ダーヴィト・フリードリヒ』タッシェン・ジャパン、二〇〇六年、八八頁参照。

その他の参考文献

荒俣宏編『怪奇文学山脈Ⅰ・Ⅱ』東京創元社、二〇一四年。
奥田真由子「『凍れる海』から『二都物語』へ」『コルヌコピア』第一五号、京都府立大学英文学会、二〇〇五年。
久守和子・中川僚子編著『もっと知りたい名作の世界⑦　フランケンシュタイン』ミネルヴァ書房、二〇〇六年。
本田勝一『アムンセンとスコット』教育社、一九八六年。
Adams, Percy G. *Travel Literature and the Evolution of the Novel*. (Lexington) UP of Kentucky, 1983.
Bohls, Elizabeth A. and Ian Duncan, eds. *Travel Writing 1700–1830*. (Oxford) Oxford UP, 2005.
Cherry-Garrard, Apsley. *The Worst Journey in the World*. (London) Vintage Classics, 2010［チェリー・ガラード『世界最悪の旅』加納一郎訳、中央公論新社、二〇〇二年］.
Glut, Donald F. *The Frankenstein Legend*. (New Jersey) The Scarecrow P, 1973.

Lansing, Alfred. *Endurance: Shackleton's Incredible Voyage.* (New York) Basic Books, 2014［アルフレッド・ランシング『エンデュアランス』山本光伸訳、パンローリング、二〇一四年］.

Leane, Elizabeth. *Antarctica in Fiction.* (Cambridge) Cambridge UP, 2012.

Parry, William Edward. *Journal of a Voyage for the Discovery of a North-West Passage from the Atlantic to the Pacific.* (London) John Murray, 1831.

Shackleton, Ernest Henry. *South.* (Kila) Kessinger Publishing, 2010［アーネスト・シャクルトン『南へ』奥田祐士・森平慶司訳、ソニー・マガジンズ、一九九九年］.

Thompson, Carl. *Travel Writing.* (London) Routledge, 2011.

第8章　ナイルの水源を求めて
――リヴィングストン博士の奥地探検を中心に――

岡倉登志

1　アフリカ探検とは

宣教師型の探検家

二〇一三年三月、デイヴィッド・リヴィングストン（David Livingstone, 1813-73）の生誕二〇〇周年に当たって、彼の伝記や探検記の復刻などが盛んに行われた。リヴィングストンは、アフリカ大陸で宣教師かつ探検家としての活動で有名になったが、それは本人が最初から目指していた道であったのであろうか。よく引き合いに出されるシュヴァイツァーとは医師・宣教師であった点は共通しているが、リヴィングストンは、音楽家ではないし、とりわけ後半生は、ガボンのランバレネに定住した静のシュヴァイツァーとは異

図8-1　リヴィングストンの肖像
（出典：アンヌ・ユゴン／堀信行監修『アフリカ探検史』。）

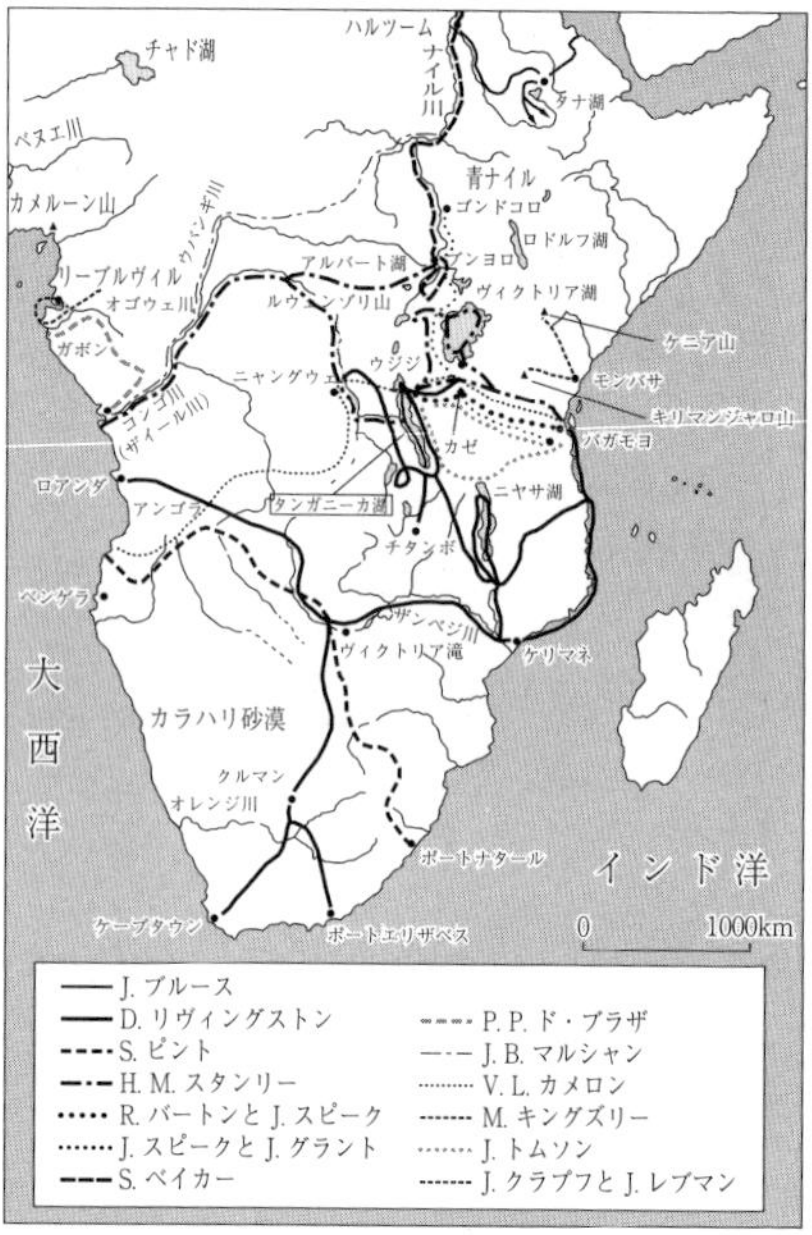

図8－2　19世紀後半のアフリカ探検ルート

なった動の探検家＝旅人であった。

さらに、二人の生い立ちは父が牧師という点は同じであるが、リヴィングストンは貧しい家に生まれたために紡績工場で働き、二三歳でグラスゴー大学神学部に入学した後に医学と神学を学んだ。一方、シュヴァイツァーは幼児からオルガンを習い、ストラスブール大学において哲学と神学を学んだ後、直接的に人類に奉仕できるのが医療活動であると思い、三〇歳から医学を修めた、というように二人の家庭環境は大いに異なっていた。リヴィングストンが尊敬したドイツの宣教師カール・ギュツラフは、郭実猟の名で上海、香港など中国で布教活動をし、一八三七年には、プロテスタント側で初めての聖書の中国語訳本を刊行していた。したがって、リヴィングストンも中国大陸に行きたかったのであるが、一八三九年に林則徐がアヘン商人から没収した大量のアヘンを焼却したことが引き金となって、翌年アヘン戦争が勃発し、夢を諦めざるを得なくなった。ちなみにケルト民族の血を引くリヴィングストンの先祖は、イエズス会系のカトリック教徒であったので、デイヴィッド少年は祖父母からケルトの民話や風習を伝えられた。それは後にアフリカ人と暮らしたときに、「原風景」として脳裏に焼きついていた。

探検家の機能・役割——タイプ分け

本章では、リヴィングストンによるナイルの水源探究を主とするアフリカ探検を扱う。アフリカを旅したヴィクトリア朝のイギリス人が残したアフリカ旅行記(1)の主流は、冒険記、探検記の類である。レディ・トラヴェラーの一人メアリ・キングズリーもそうだが、リチャード・バートン、J・H・スピークやV・L・カメロンも、作家、科学者、翻訳家、軍人と職業を異にしたが、探検家トラヴェローグという共通点があった。探検家のタイプは活動の方法や役割に、第一には、植民地統治への関与の有無や程度によって分けられる。人道主義的立場からアフリカ人の「開化」を重んじたリヴィングストンは、宣教師として布教活動をしながら単なる探検だけでなく、現地居住者の生活をつぶさに観察したいわば文化人類学者の先駆者的な人物でもあった。けれども定住しない彼の布教形態は、「ロンドン伝道協会（LMS）」と相容れず、除名されることになった。一八六〇年代に入ってからの活動には、植民地主義者への協力の要素があった。アフリカ人を奴隷から解放する一方で、彼らが自由人の名のもとに開発の労働力として使用されたことは、植民地政策推進につながったからである。これに関連して文化人類学者川田順造は、「（リヴィングストンと同時代のヨーロッパ人によるアフリカ探検は）これに続くスタンリー後期の探検をはじめとする植民地支配の直接の前提としての探検とは主体的動機は異なるが、その先駆としての役割を果たしたとみることができる」と指摘している（川田［1］三八六）。

第二の分類方法は、活動方法・機能によるものである。新聞・雑誌に記事を書くことを任務としていたヘンリー・モートン・スタンリー（Henry Morton Stanley, 1841-1904。イギリスで生まれたが、アメリカで市民権を得た）に代表される「ジャーナリスト型の探検家(2)」、リヴィングストンのように伝道・福音活動を任務とした探検家を「宣教師型探検家」と呼ぶ。もっとも、「リヴィングストンは長年にわたり遠征を重ねているうちに、しだいに医学の伝道者から探検家へと変貌していった」（ムアヘッド［2］一〇二）という見解の方が実態を捉えているかもしれない。なお、ライデン大学教授の概説書『ヨーロッパ植民地帝国一八一五〜一九一九』には、「リヴィングストン、医療宣教師、探検家」（Wesseling［3］56）とある。

スタンリーは、後述の『リヴィングストン博士発見記』で有名になり、ベルギー国王に雇われて「国際地理学協会」の事業である中部アフリカ征服に道をつけた。いいかえれば、レオポルド二世の私領地「コンゴ自由国」での現地人酷使による天然ゴム開発に手を貸した。コナン・ドイル（Conan Doyle, 1859-1930）も参加したコンゴ改革協会の有力メンバーE・D・モレル（1873-1924）は自著『赤いゴム』（*Red Rubber*, 1906）で天然ゴム採取の実態を告発した。

彼の主著『暗黒大陸を横断して』は、赤道アフリカの大湖がナイルの水源であるかを探ることが主題であったが、アフリカ大陸を暗黒大陸とイメージさせ、アフリカ黒人を蔑視させる影響力をもち続けた。ジャーナリストとしてのスタンリーの評判は、一八七二年に公にした『リヴィングストン博士発見記』（*How I Found Livingstone*）で確定し、前著『マグダラ戦記』（一八六七年）で彼を三文文士と酷評したナイチンゲールも、『発見記』は「たいへん見事とはいえないまでも一応手際よく、本当らしい主題について書かれたもっとも嘘くさい書物」と評した（ムアヘッド［2］一一五）。

リヴィングストン博士ではありませんか？

スタンリーは一八六九年一〇月、ニューヨーク・ヘラルド社よりリヴィングストンを探し出して記事にするように依頼されたが、スエズ運河開通式とベイカーのナイル踏査の情報を集めながらナイルの源

図8-3 「リヴィングストン博士ではありませんか？」(中央左スタンリー，中央右リヴィングストン)

(出典：H. M. Stanley. *How I Found Livingstone.*)

の謎を記事にする仕事を終えたところで、リヴィングストンのルートを辿ってタンガニーカ東部の港バガモヨに到着するのはそれから約一年後であった。ウジジ（タンガニーカ湖東北部）まで直線にして三二〇キロ余先のカレ（タボロともいう）を基地にしたのは一八七一年六月であった。スタンリーはひたすら西進し、ウジジで劇的な出会いをする。スタンリーはこの出来事を次のように述べる。

私は人垣の間を抜け、アラブ人たちが半円形に並んでいる場所まで進み出た。そこには、白い髭をはやした老人が立っていた。……私には彼がどのような態度を取るかわからなかった。だからはやる気持ちを抑えて彼の方へゆっくりと歩み寄り、帽子をとって言った。「リヴィングストン博士ではありませんか？」。博士は「そうです」

と言って、優しく微笑み帽子をちょっとあげた（Stanley［4］; Livingstone［5］331 は、リヴィングストン側からこの出会いに言及したもの）。

余談だが、『発見記』発売後の英米では、スタンリーが用いた「リヴィングストン博士ではありませんか？」という意味の "I presume." という表現は、偶然対面した折の慣用的表現として流行した。

リヴィングストンの晩年（一八六九年）のこの出会いに至るまでの、彼の足跡を次にたどっていきたい。それによって当時のアフリカの状況およびアフリカに進出するイギリスの帝国主義の具体的な形を追うことができるであろう。

2　南アフリカ(3)における伝道と踏査の旅

南部アフリカでの伝道活動

リヴィングストンは、コンゴ盆地でスタンリーのライバルであったフランスの探検家ド・ブラザとともに「宣教師型の探検家」の代表格であった。彼らの共通点は、アフリカ人に対して人道主義的立場から開化、進化を施すために伝道を行うことであった。すなわち、彼らは、3C（Commerce, Christianity, Civilization）をモットーにアフリカの内奥に入っていった。ちなみに鈴木平の近年の研究は、福音主義と開発論からリヴィングストンの活動を辿っている。

すでに述べたように、一八四〇年にアヘン戦争が勃発したためにリヴィングストンは、計画を大幅に変更して、アフリカ大陸の南部へ向かった。彼自身、「一八四一年、三カ月の船旅のあとに、私はケープ・タウンに到着し、そこから内陸への旅に出発した。私もこの地方の習慣に従って二頭立ての牛車で旅を続けた」と記している（Hugon［9］69、ユゴン［6］七三）。

リヴィングストンが本格的に伝道活動を開始したのは、ベチュアナランド（現在のボツワナ共和国周辺）であった。一八四四年にはメアリと結婚し、四人の子どもを授かっているが、家庭を顧みる時間はほとんどないままに歳月が経過した。一八六二年には夫婦で旅行中にメアリがマラリアにかかり、急逝した。メアリの父親ロバート・モッファットは、一八一七年のナミビアを皮切りに半世紀以上も南部アフリカにおける伝道活動に後半生を捧げた人物であったが、彼と息子のスミスは、現地の権力者に接近して伝道活動や商業を拡張し、南部アフリカにイギリス勢力を根づかせた。

リヴィングストン自身の体験をまとめたのが『南アフリカにおける伝道の旅と踏査』（*Missionary Travels and Researches in South Africa*, 1857）である。ロンドンにおける『タイムズ』紙の購読者が一〇万人足らずの時代に、同書の廉価版は、六年間に三万部売れた。一八七二年八月にフランスの『イリュストラション』誌に掲載された同書の評を抜粋で紹介しておこう。

博士の言葉には気取りがない――文体は重く、苦心の跡が見えるが、純朴である。凝った言い回しや花を散りばめたような修辞は使わない。南アフリカやニヤサ湖について二冊の著書（二冊目は『ザンベジ川などの遠征物語』一八六五年）を開いてみるがよい。淡々と事実を綴った文には、優美さのかけらもない。博士は、真実を追求し、その証人になることだけに神経を集中する。

リヴィングストンは、ポルトガル人が主導した奴隷貿易の結果、中部ザンベジ河畔の経済活動が衰退したことを指摘した。手っ取り早い金儲けの手段である奴隷売買を開始する以前には、この地域が砂金、象牙などの高価な特産物のみならず、コーヒー、砂糖、（ヤシ）油、インディゴ（藍）などの穀物の輸出も盛んであったが、砂金の水洗いや農業の耕作者であった労働の担い手（奴隷）がこの地からいなくなった結果、奴隷が売られていった大西洋の対岸のブラジルにアンゴラなどのポルトガル人の移動も開始されたことなど具体的になっている。

リヴィングストンの限界性

リヴィングストンは、イギリス社会の進歩に対して楽観的で、博愛的な人道主義や人種主義の限界性を見抜けず、ヴィクトリア時代の申し子として頑なに理想を追い続けたという評価があるが、筆者はそれを支持する立場に立つ。リヴィングストンは、人道主義や人種主義の限界を見抜けなかったばかりでなく、今日からみれば社会進化論に立脚した差別主義者であった。それは「アフリカ黒人のもとへ優等人種の一員として派遣され、人類のうちで最も堕落した部分を向上させようと欲している政府への奉仕者である」との使命感――後のノーベル賞作家R・キプリングの「白人の責務」論と類似――を抱いていたことからも明白である。

また、『南アフリカにおける伝道の旅と踏査』には、南部アフリカ住民に対する差別を具体的に述べた部分もみられる。

神が最初に行ったことは、御手でブッシュマン――白人入植者が用いたもので蔑称とみなされ、現在はサン人を使用――を創り上げたことだ。それがひどく醜いうえに、カエルのようにガアガアという言葉（舌打音クリック）を使うので、次にはホッテントット――これも蔑称とされ、一般にはコイ人――を創った。神はこれも気に入らなかったので、力と技のすべてを発揮してツワナ人を創り、非常に良い出来であったが、次に白人を創った。彼らはわれわれよりも賢くなり、牛に車を引かせて移動し、われわれのように妻を耕作に使用することはせず、牛に耕させる方法を教えた

（リヴィングストン［5］菅原訳は抄訳で引用部分は見当たらないので、デヴィッドソン『アフリカの過去』などを参照した。岡倉［12］一三〇―一三一）。

ここにある白人とはオランダ人を中核としたボーア（ブール）人と呼ばれた白人のことである。また、一九八一年に刊行された『南アフリカにおける伝道の旅と踏査』仏語版の序にあるアフリカ人歴史家エビキア・ムバカロのリヴィングストン評価は傾聴に値する。

一九世紀のアフリカ人にとってリヴィングストンは通りすがりのヨーロッパ人にすぎなかった。リヴィングストンはアフリカの歴史の中には登場しない。彼が登場するのは、長い植民地化の歴史の中である。リヴィングストンは、アフリカを眺めていただけにすぎなかった。確かにその観察は長期にわたり、その洞察力も優れていた。しかし、その血に受け継がれてきたヨーロッパ的思想――偏見に満ちた思想からは、生涯逃れられなかった（ユゴン［6］資料編、一六九）。

3　ナイル水源探求の旅

旅の始まり

リヴィングストンは、ヨーロッパ人として初めてアフリカ大陸横断に成功し、全踏破距離は八〇〇〇キロメートルに達している。最初にアフリカ大陸に足を踏み入れたのは一八四一年であったが、一八四九年までは主にカラハリ砂漠を中心に南アフリカにおいて伝道活動を行った。彼の探検家としての活動は、一八五〇―五六年のザンベジ川から大西洋岸に至る探検、一八五八―六四年のザンベジ川流域の探検、一八六六―七三年のナイル水源を求めての探検の三期に分けられる。第一期の探検旅行から帰国したリヴィングストンは、一八五七年一二月五日にケンブリッジ大学における講演で次のアフリカ行きの目的に言及している。

ご承知のように、この数年間というもの私はアフリカの地でルートを遮断されていました。けれども、今では開かれていますし、二度と閉鎖させてはなりません。私は商業とキリスト教伝道の道を開くためにアフリカに戻ります。諸君も私が開始した事業を一緒に遂行しようではありませんか（Harlow［7］272-277）。

この演説にみられるアフリカへの想い、ないしは使命感こそが、リヴィングストンが一八七三年五月にチタンボ村で息をひきとるまでアフリカの地で社会生活をおくり続けたバックボーンになっていた。また、リヴィングストンは、最低限の生存の保障も与えられていない人々に伝道を施しても効果がないと考え、まずは住民に生活の向上をもたらすために奴隷の解放と商業を重視した。

ところで、ナイル川に関するヨーロッパ人の言及では、「歴史の父」ヘロドトスが『歴史』に記した「ナイル川は西アフリカに源を発する一本筋の川」であり、「ナイル川の水源の秘密を解き明かすことは、誰にもできない」という文が知られていた。古代エジプト王ファラオも、ナイルの水源の謎に関心を抱いていたけれども、千数百年以上、謎解きに本格的に挑む者は現れなかった。

ヨーロッパ人、とりわけイギリス人によるナイルの水源を求める旅で最初に大きな反響を呼んだのは、一七七〇年にプレスター・ジョン(4)探しの旅に出たジェイムズ・ブルースであろう。アルジェリア領事であったブルースは、一七六八年よりエジプトに渡り、プレスター・ジョンと青ナイルの水源を求めてエチオピア奥地を探検した。そしてついに、タナ湖が青ナイルの水源であると「確証」した。また、ブルース本人は、「ナイルの水源の謎が解けた」と宣言したが、彼が「発見した」のは、あくまでもナイルの支流である青ナイルの源にすぎなかった。しかも、ヨーロッパ人の「発見」に限定しても彼が第一発見者ではなく、ポルトガルのイエズス会の修道士はブルースよりも一五〇年以上前にこの地に到達していたのである。

一九世紀のアフリカの秘境に魅せられたイギリスの探検家は、とりわけ、ナイルの水源探しに熱心であった。一八三〇年にはイギリスに「王立地理学協会」が創設されるが、同協会の母体ともいえる「アフリカ協会」（一七八八年創立）は、スコットランド生まれの外科医マンゴ・パークにガンビアからニジェール川流域までの内陸探検を委嘱したけれども、パークは探検家としての経験や資質が不十分であり、結局、一八〇六年の二度目の遠征時にアフリカ現地人に殺害された。

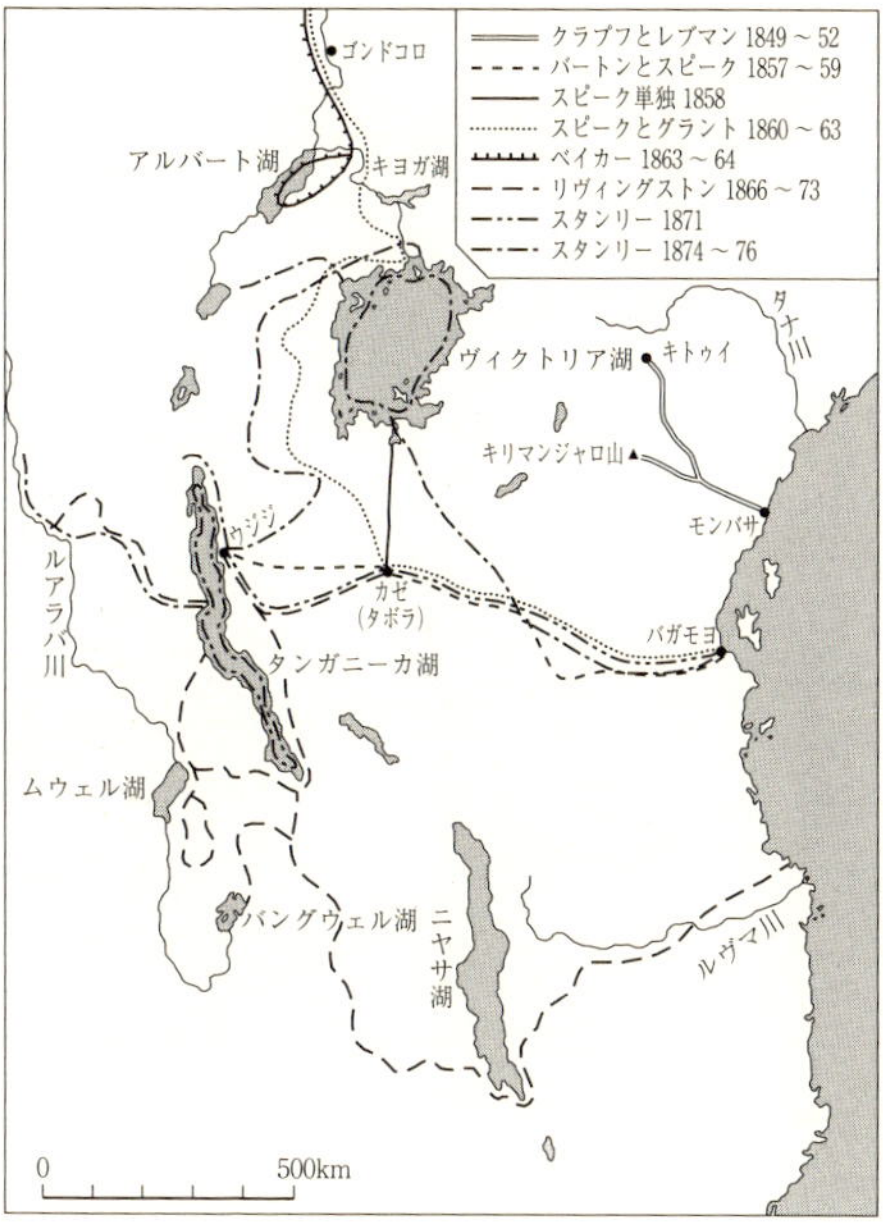

図８－４　東アフリカの探検ルート

エジプト総督ムハンマド・アリーのナイル水系調査隊は、一八二〇年に白ナイルと青ナイルの合流点であるハルトゥームまで到達した。さらに一八四〇年代前半の調査ではヴィクトリア湖の下流五〇〇キロ付近に位置するゴンドコロにまで進んだ。R・バートンとJ・H・スピークは、インド駐留軍に在籍した軍人経験をもち、探検家としての実績もすでにあげていた。彼らの隊はナイル川をさかの

図8－5　ナイルの源流にあるマーチソン滝（バートンのスケッチに基づく）

（出典：Anne Hugon. *L'Afrique des explorateurs vers les sources du Nil.*）

ぼるのではなく、東アフリカの海岸部からのルートを選んだ。一八五七年六月に奴隷貿易で悪名高かったインド洋に浮かぶザンジバル島（リヴィングストンはスティンバル［臭い島］と命名）の対岸バガモヨを出発し、翌年二月にはヨーロッパ人として初めてタンガニーカ湖に到着した。ここで二人とも病気になって湖岸のウジジ村（一九世紀半ばまでアラブ人による象牙・奴隷交易で栄えた港町。現在のキゴマ州西部に位置）に滞在していたが、先に快復したスピークは、単独でタンガニーカ湖の探検を実施し、湖の標高を七七二メートルと測定してナイルの水源地にしては低すぎると判断した。そこで首長から聞いていた別の湖を目指して進み、一八五八年八月三日にムワンザに到着し、満々と水を湛えた広大な湖を発見する。ニアンザ湖あるいはウケレウェ湖と呼ばれていたこの湖は、六万八〇〇〇平方キロメートルの面積を有するアフリカ最大の湖である。スピークは女王に敬意を表してこれをヴィクトリア湖と命名し、北に流れる川の存在を確認しないまま本国に帰国するや、「ナイルの水源を発見した」と王立地理学協会に報告した。

　バートンは、スピークの「ナイルの水源発見」に疑問を抱き、「水源地はキリマンジャロにあるはず」との自説を証明するために一八五九年四月よりタンガニーカ南部への旅に出て、この地域の民族と地理について豊富な情報を集め、『中央アフリカの湖沼地帯』（*The Lake Regions of Central Africa*, 1860）という二巻本を刊行した。けれども、ナイル水源問題は、これでも決着はつけられなかった。

ヴィクトリアの滝「発見」

一八五五年一一月一七日の早朝、リヴィングストンが現在のジンバブウェ共和国とザンビア共和国を流れるザンビア川をカヌーで下っているときに、目を疑う光景を目の当たりにした。それは、現在では世界遺産に指定され、アメリカ大陸のナイアガラ、イグアスの瀑布とともに世界三大瀑布のひとつとして知られているヴィクトリアの滝である。リヴィングストンが「発見する」以前には、現地ではマコロロ人（ツワナ人）は、「モーシ・オア・トゥーニャ（トゥンヤ）」Mosi-oa-Tunya（轟音を響かせる水煙）と呼んでいた。現在では、瀑布周辺の国立公園の名称になっているこの呼称が、幅一七〇〇メートル以上、最大落差一一〇―一五〇メートルの瀑布をもっともよく表していると思うが、一八五五年一二月以降は、リヴィングストンが女王陛下に敬意を示すために命名した「ヴィクトリア瀑布」の方が知られている。ザンベジ川流域でイギリス人の名前を付けた唯一の例外がこの瀑布であった（リヴィングストン［5］二六一）。

リヴィングストンも、落下するときの無数の水滴が織りなす虹の架け橋を見て感激したあまり、近くにあった木に自分の名前を彫ったと伝えられている。この「発見」の様子をリヴィングストン本人は、次のように記している。

カライから二〇分ほどカヌーを漕いで行くと私たちは水蒸気が幾本もの柱となって立ちのぼっているのが見える場所に着いた。この五本あった水蒸気の柱は「煙」と呼ばれていたが、まさにその通りであった。柱の先は雲の中に消えているように見えた。下の方は白く、上に行くほど灰色になっていくので、本当に地面から煙が立ち上っているようだった。あたりの光景の美しさは筆舌に尽くせない。色とりどりの様々な形の大木が、島や川岸を取り巻いていた（Livingstone［5］262、ユゴン［6］七九）。

リヴィングストンは一八五六年にイギリスに帰国後、講演活動を行い、この「世紀の大発見」を含め前述した代表作を刊行した。

ナイル探検記

同書は半年で二万二〇〇〇部を売り、当時のイギリスでは大ベストセラーであった。それは一ギニーという廉価版で刊行されたこともあろうが、それが同時期に刊行されたドイツの探検家にして言語学者ハインリヒ・バルトがロンドンで刊行した売上一〇〇〇部の本とは異なる魅力をもち、また新聞報道とその口コミの影響も少なくないであろう。もちろん、一八五一年の万国博覧会以降、トマス・クック社の宣伝もあり、書物という空間で目にした未知な世界へのイギリス国民の好奇心の強さも関係していたと思う。探検家としての名声を得たリヴィングストンは、一八五八年から六四年までザンベジ川をヴィクトリア瀑布まで上る旅に出るが、この時期は伝道師の姿よりも探検家の意識の方が強まっていたかもしれない。少なくとも周囲の眼にはそうであったろう。

一八六〇年代にはバートン、スピーク、ベイカーらの数多くのナイル探検記が世間に出回り、『白ナイル』（『青ナイル』とセットで発刊）の著者ムアヘッドによれば、道徳的に高潔すぎるリヴィングストンの著書が一般読者にはとっつき難かったのに対し、ベイカーの『アルバート湖』は正鵠を射ていたので、瞬く間に版を重ねた。これに気をよくしたベイカーは、ヴィクトリア湖を目指し、ヨーロッパ人としては初めて湖間地域（現在のウガンダ南部）を訪れたスピークとJ・A・グラントの二人からこの地域の西に大きな湖があることを聞いて、発見したのがアルバート湖と命名されたものである。ベイカーは、狩猟旅行の記録をメインに『ナイルの支流』に続けて冒険物語『海洋に投げ出されて』（一八六八年）を発表して、〝ナイルのベイカー〟として大衆の人気を一身に集めるようになった。

けれども、アルバート湖がナイルの水源ということは確証されていなかった。ベイカー本人は、「アルバート湖がナイルの西側の水源で、随一でないにしても相当に大きな貯水池である。真のナイルはアルバート湖を流れ出てから始まる」と断言した。ロンドンの地理学者たちは、彼の論点を一応認めたが、王立地理学協会が結論を下すまでには至らなかった。

4　第三期アフリカ遠征（一八六六―七三年）

遠征隊の結成

王立地理学協会は、一八六四年九月にスピークとバートンとの公開討論を企画した。けれども、この公開討論が思いもよらないスピークの銃暴発事故死により中止となったことで、新たな進展があった。バートンの「ナイルの水源はタンガニーカ湖の南で発見される」を実証することは、リヴィングストン博士のかねてからの自説である「本当の水源はタンガニーカ湖の南で発見される」の実証と重なるものであった。かくて、外務省と王立地理学協会が五〇〇ポンドずつ出資して（外務省は「中央アフリカ領事」に任命した手前からか、後から一〇〇〇ポンドを追加）、リヴィングストンに遠征隊の組織を命じた。

一八六五年八月、リヴィングストンは、フォークソンからドーヴァー海峡を越え、カイロ、ボンベイ（ムンバイ）を経由し、翌年一月にザンジバルに到着した。この奴隷の島のスルタン（イスラム支配層）は、以前とはうって変わり、物資や人材を集めることに協力的であった。その結果、総勢六〇名のスタッフに荷物運搬用のラクダ、ロバ、水牛などで構成された探検隊は、当面の目的地であるタンガニーカ湖南の人跡未踏の奥地を目指した。二カ月後には、タンガニーカとモザンビークの自然の国境線ルヴマ川に到着したけれども、この後の踏査は、むしろ放浪であり、文明社会との音信は六年近く途絶えた。

この空白期間は『中央アフリカにおけるデイヴィッド・リヴィングストンの最後の日誌』（初版一八七四年）によって辿れる。第二巻の前半（Waller［8］1–156）は六九年一月一日からスタンリーに出会う直前の七一年一〇月までを扱っている。当時のリヴィングストンは、病魔と奴隷狩り集団との闘いの日々であったにもかかわらず、先の踏査で確認できなかったルアラバ川がナイルの源であることを証明したいという願望をもって気力を振り絞って前進した（Waller［8］6–31）。けれども、真実が明かされる前に病死している。

当初、リヴィングストン捜索隊として王立地理学協会より派遣されたカメロンがザンジバル島に到着し、七三年一月に探検隊を組織した。それから三一カ月に及ぶ旅では、リヴィングストンの訃報に接した後、七四年八月にルアラバ川がナイル川の源ではなく大西洋に注いでいるコンゴ川の上流である可能性を確信し、ルアラバ川を交易地ニャングウェまで下った。だが、現地の有力者の警告に従って、それ以上の下航を諦めた。そのために、コンゴ川の探検の栄光はスタンリーに譲ることになったが、カメロンは、「ニャングウェにおけるルアラバ川の標高の方がもっと北のゴンドコロのナイルの標高よりも低く、水量も五倍は豊かであったから、少なくともナイル川とルアラバ川はつながっていないとの確信を得ることができた」（Hugon［9］93、ユゴン［6］九六—九七）。この業績に関してカメロンの伝記作家は「ナイル川、ザンベジ川、コンゴ川の分水嶺を辿ることによって（カメロンは）中央アフリカの主要な水界地理学的盤層 hydrographic basins の境目、範囲の概要をはっきりさせることができた」と記している（Foran［10］13）。

ルアラバ川の水脈は、スタンリーが一八七六年一〇月にニャングウェで組織した六〇〇名の隊によって一〇カ月後に立証された（Latimer［11］134-136）。それはベルギー国王というスポンサーの存在のみならず、リヴィングストン、カメロンという先駆者によるところも大きかった。その苦難の足跡は『暗黒大陸を横断して』に記されているが、その自伝的性格——自己顕示やアフリカ人への差別感なども——を考慮して読む必要があろう（余談であるが、四〇年以上前に『暗黒大陸』をテキストにした日本の高校英語教科書が存在していた）。

リヴィングストンの最期

話をリヴィングストンに戻そう。彼は一八六九年三月にウジジに到着し、情報や隊の組織を行ったが、待望のカヌーを購入できたのは一一月であった。ルアラバ川を西南に辿る踏査の旅への出発の準備が整った（Waller［8］6-32）。七一年七月には、ニャングウェにおり、このコンゴ東部には多いときには三〇〇〇人が押し掛けてくる交易地の状況ならびに七月一五日に起こった恐ろしい奴隷虐殺事件を記録している。さらにタンガニーカ湖西北のウジジ村に戻り、ここでスタンリーに「発見」されている。その当時のリヴィングストンの日記（一〇月二八日から一一月上旬）を紹介しておこう。

キャラバンの先頭にあるアメリカ国旗（スタンリーはアメリカ国籍）が新来者の国籍を物語っていた。大量の物資、錫製のバスタブ、大きなヤカン、料理用鍋、テントなどから判断して「この旅行者は贅沢な人で、私のように途方に暮れてはいないな」と思った（Waller［8］156）。

「贅沢な旅行者」から食料や医薬品、運搬手段などの恩恵を受け、リヴィングストンは、七一年一一月以降の数週間をタンガニーカ湖とその南の川への最後の踏査に着手したが、七二年八月中旬からはスタンリー派遣の人夫五七名とともにタンガニーカ湖方面へ出発した。それはナイルの源流が四年前に発見したバングウェル湖に流れ込む川であることを証明するためのもので、最後の旅になってしまった。日誌の記述もほとんどが数行の短いものであり、死ぬ前月の七三年四月二〇日には、「疲れ果てた」、翌二一日には「（ロバ）に乗ろうとしたが、倒れて村に運ばれた」と記している（Waller［8］298-299 cf. Pakenham, 3）。ユゴンは、「翌週からは日付のみとなり、五月二七日が絶筆である」（Hugon［9］85、ユゴン［6］八九）としているが、四月二七日の誤りである。また、日記が短くなった理由としては筆記具の欠乏があったことは四月一九日の日誌から推測される。

一八七三年五月、チタムポ（チタンボの英語表記）村で発見されたリヴィングストンの遺体は、解放されてキリスト教徒に改宗した元奴隷の少年スーシとチューマらの手で運搬された。おそらく、スーシとの対話はスワヒリ語での次のやり取りが最後のものであろう。

"Siku ngapi kuenda Luapura"「ルアプラまでは何日掛かるかい」

"Na zani ziku tatu, Bwana"「三日ほどだと思います。旦那様」（Waller［8］300、ムアヘッド［2］一一七）

リヴィングストンの遺体は、七四年二月にバガモヨでイギリスの官用艦に積まれてザンジバルに到着した。イギリス行きの船を待つ間に死者の身元確認のために遺体はザンジバルの英国領事館に運ばれて、ライオンに嚙まれた古傷により彼の遺体ということが確認された。

一八七四年四月一八日にはウェストミンスター寺院に埋葬された。それはパリのパンテオンと同じく、国にとって偉大な戦士、政治家、詩人らの碑や墓のある場所である。リヴィングストンの真鍮の文字盤に刻まれた墓碑銘の後半部分には、「一八一三年三月一九日（生まれ）、ラナークシャのブランタイアに生まれ、一八七三年五月一日ウララのチタンボの里に没す。三〇年の長きにわたり、中央アフリカの現地人に福音を説き、知られざる秘密を探求し、現地を荒らす奴隷売買を抑止するためにたゆまぬ努力を重ねた」とあり、その最後の言葉は――「私が孤独に付け加えることができるのは、ただ祈りあるのみ。この世界の痛々しい傷口を癒す努力を」であったという。

これは、二〇一三年にリヴィングストン生誕二〇〇年で彼の功績を顕彰した英国民にも継承されている、〝普遍的〟リヴィングストン像であろう。

注

（1）ヤングの著書は一八五〇年から一九〇〇年までにアフリカを旅行したイギリス人の記録集で、スピーク、カメロン、バートン、スタンリー、コンラッドらの著作を取り上げている。ヤングは序論において、リヴィングストンが中央アフリカ・東アフリカにおける探検、いいかえれば「自然の発見」に関して極めて重要な役割を果たし、最も影響力をもっていたとしながらも、先行研究や旅行記・伝記の出版の多さから取り上げなかったと記している。また、キリスト教布教活動と市場としてのアフリカ開発をテーマとした第三章では、リヴィングストンに直接言及していないが、その活動・思想を常に念頭においていたと述べている。

（2）これに関する優れた研究としては、Beau Riffenburgh. *The Myth of the Explorer: The Press Sensationalism and Geographical Discovery.* (London) Belhaven P, 1993. アフリカ分割の著名な歴史小説の著者トマス・パケンハムも、スタンリーをジャーナリスト型探検家の代表にあげている。

（3）リヴィングストンは、南アフリカの用語を南アフリカ共和国とそれに隣接するボツワナ、ナミビア、ジンバブウェのみならず、アンゴラ、モザンビークなどを含む南部に適用している。

（4）一二世紀以来、「東方世界にキリスト教徒を保護し、キリスト教の布教に熱心な王（プレスター・ジョン＝ヨハネ）が存在する」との伝承が広まり、一六世紀には、イエズス会を中心にモザンビークやエチオピアでプレスター・ジョン探しが行われた。ブルースは一七七〇年にエチオピアのゴンダールに到達し、この後にタナ湖と繋がっている青ナイルを「発見」した。

引証資料

［1］川田順造ほか監修『〔新版〕アフリカを知る事典』平凡社、二〇一〇年。
［2］アラン・ムアヘッド『白ナイル』篠田一士訳、筑摩書房、一九六三年。
［3］Wesseling, H. L. *The European Colonial Empires 1815-1919.* (London) Longman, 2004.
［4］Stanley, H. M. *How I Found Livingstone.* (London) 1872; Sampson Low, 1887 (new edition).
［5］Livingstone, David. *Missionary Travels and Research in South Africa.* (London) John Murray, 1857［Dr.リヴィングストン『アフリカ探検史』（世界探検全集8）菅原清治訳、河出書房、一九七七年］.
［6］アンヌ・ユゴン／堀信行監修『アフリカ探検史』創元社、一九九三年。
［7］Harlow, Barbara & Mia Carter, eds. *Imperialism & Orientalism: A Documentary Source Book.* (London) Wiley-Blackwell, 1999.
［8］Waller, Horace. *The Last Jounals of David Livingstone.* Vol II. (London) Harper & Brothers, 1874.
［9］Hugon, Anne. *L'Afrique des explorateurs vers les sources du Nil.* (Paris) Gallimard, 1991.

〔10〕 Foran, Robert W. *African Odyssey: The Life of Verney Lovett Cameron.* (London) Hatchinson Co., 1937.
〔11〕 Latimer, Elizabeth Wormeley. *Europe in Africa in the 19th Century.* Negro UP, 1895.
〔12〕 岡倉登志『野蛮の発見』講談社現代新書、一九九〇年（改訂版『西欧の眼に映ったアフリカ』明石書店、一九九九年）。

その他の参考文献

スタンレー、H『リヴィングストン発見記』〈世界ノンフィクション全集〉三輪秀彦・村上光彦訳、筑摩書房、一九七二年。
デビィッドソン、B『アフリカの過去』貫名美隆訳、理論社、一九六七年。
トンプソン、レナード『新版 南アフリカの歴史』宮本正興・吉國恒雄・峯陽一訳、明石書店、一九九八年。
Chanblus, Rev. J. E. *The Life and Labors of Livingstone.* Hubbard Bros, 1875.
Pakenham, Thomas. *The Scramble for Africa.* (New York) Random House, 1991.
Youngs, Tim. *Travellers in Africa: British Travelogues, 1850-1900.* Manchester UP, 1994.

第Ⅲ部　異文化との遭遇

M. ノース作「富士山遠景と藤」(1876)。1875年世界一周旅行に旅立ったノースは，同年11月に日本に到着し，しばらく滞在した。手前に藤の花を描き，遠くに富士山を望む構図からは明らかに浮世絵の影響がみてとれる。(出典：Marianne North. *A Vision of Eden: The Life and Works of Marianne North*. HMSO, 1980.)

第9章　泣きわめく中世の女巡礼者
――マージェリー・ケンプ、聖地への旅――

伊達恵理

1　ケンプ、波乱の半生とその伝記

一四世紀後半、イギリス人の中年女性マージェリー・ケンプ（Margery Kempe, 1373?-没年不詳）は、遙かな聖地エルサレムに巡礼し、キリストが十字架に掛けられたとされるカルヴァリの丘を訪れた。すでにエルサレム市内でキリスト受難にまつわる各所を巡り、その苦しみへの共感を募らせ号泣していたケンプは、受難のクライマックスともいえる磔刑の丘に辿り着いた際、激烈な絶叫の発作に見舞われた。「カルヴァリの丘の頂きに着くと、（私は）[1]立つことも跪《ひざまず》くこともできずに倒れ、身もだえし、身をよじって、両腕を大きく広げ、心臓が張り裂けるばかりの大声で叫んだ」（Kempe［1］104）。

現代日本に生きる人間には、これはいささか理解を超えた異様な状況に感じられるだろう。さらに、滂沱《ぼうだ》の涙と激しい叫喚も、この中世の一女性にとっては神から下された恩寵であったと聞けば、ますます奇異の感が強まるかもしれない。

この女性マージェリー・ケンプは、英語で書かれた最古の自伝『マージェリー・ケンプの書』の作者

図9－1　14世紀の旅行用馬車

（出典：ロバート・バートレット／樺山紘一監訳『図解　ヨーロッパ中世文化誌百科』（下）。）

であり、女性神秘家としても知られる。その自伝の写本の発見が一九三四年と比較的最近で、一般にその名が耳にされる機会は少ないかもしれないが、中世女性の歴史・文化史研究、キリスト教の歴史に占める女性の地位や神秘思想研究といった観点からも注目を集めてきた。何より、その自伝を読めば、ケンプの型破りな人生と強烈な人柄とに圧倒されずにはいられない。

ケンプは、一三七三年頃、イングランド東部ノーフォーク州で中世の要港として栄えたビショップス・リン（現在のキングス・リン）に、五回にわたって市長を務めたジョン・ブルナムの娘として生まれた。二〇歳で市議会議員ジョン・ケンプと結婚し、四〇歳になるまでに一四人の子どもをもうけたが、第一子の出産後に、現代では産後うつ症とみられる極度の精神的危機に見舞われる。その際初めてキリストの幻を見て救われ、回復したものの、本格的に信仰の道を歩もうと決心したのは、利欲と功名心から醸造業と製粉業に手を出し、ことごとく失敗した後だった。ケンプはそれまでの派手な衣服や社交を好む虚栄に満ちた生活を悔い改め、聖ビルギッタをはじめ崇敬する聖女たちに倣って、黙想と巡礼の生活に入る。

しかしその信仰生活も、決して穏やかなものではなかった。教会での礼拝や説教の最中、神やキリスト、聖母マリアとの対話や幻視を体験するに留まらず、とめどない号泣の発作にのたうち回るケンプは、そのあまりの極端さに、周囲から悪魔憑きではないかと非難される。さらに、当時は聖職者以外に所有したり学んだりすることを禁じられていた聖書の言葉を頻繁《ひんぱん》に引用して説教を行い、肉食と飲酒を断ち、既婚女性の平信徒であるにもかかわらず、純潔な処女あるいは聖職者も特別な場合にしか身につけることを許されない白い衣を、「神に命じられて」纏おうとしたため、当時問題となっていたロラード異端(2)の疑いを行く先々でかけられる。また、信仰の証しとして禁欲を決意、夫にもその実践を迫り、後に合意のもとに別居生活を送るようになったことも、曲解され非難の種にされた。

さまざまな批判に曝される一方、ケンプは、彼女の信仰の真正さを認めた聖職者たちから、受けた啓示や心情を書き記すよう勧められる。だが、市の名士の家に生まれてはいても、正規の教育を受けなかったケンプ自身は満足に読み書きができず、まだ機が熟していないとの霊感も働いて、二〇年ほど後になってようやく、これらの経験を口述筆記の形で記すことになった。これが、現在ケンプの「自伝」として知られるものであり、その序文には、彼女の信仰の書が息子の一人と司祭の手を借りて書き上げられるまでの紆余曲折が綴られている。

注目すべきは、この「自伝」のおよそ二分の一は、旅先のできごとが占めている点である。ケンプはその信仰に突き動かされ、長期・短期にわたって頻繁に国内外の旅に出た。国外へは、エルサレムおよびローマへの二年間に及ぶ聖地巡礼、スペイン南部のサンティアゴ・デ・コンポステラへの三カ月近い巡礼を行い、時を隔てて六〇歳頃には、未亡人となった「息子の妻」を生まれ故郷のドイツに送り届けて旅をしている。国内においては、異端の疑いでたて続けに召喚、拘束され、一カ月以上にわたって審問を受ける憂き目に遭った、レスターからヨーク、ビヴァリーでの滞在に紙数が割かれているのが目につく。

そのため、自伝のこれらの部分は、当時としてはきわめて珍しい、女性の手になる貴重な旅行記としても読むことができる。しかし、ケンプの強烈な信仰スタイルや、禁欲をめぐる赤裸な告白といった内容が素朴でやや独善的な語り口と相まって、残念なことに、マージョリー・ケンプという人物には、夫と縁を切り、子育てを放棄して聖地巡礼に出奔したエキセントリックなヒステリー女、というイメージがついてまわるようになってしまった。

だが翻ればそこには、中世という、現代よりもさまざまな制約が大きく思われる時代に、一人の市井の主婦をそのような旅に駆り立てたものは何かという疑問も湧く。この風変わりで強烈な個性をもつ中世の一女性の、聖俗相半ばする記述から、中世末期の旅が、神の道を求める一市民女性にとって果たした意義を探っていきたい。

2　エルサレム・ローマ巡礼

ケンプ、旅の記録

ケンプの旅については、その聖地巡礼がクローズアップされることが多い。しかし、聖地巡礼以前から、みずからの幻視や号泣の発作が神と悪魔いずれに属するものかとの疑念に悩んでいたケンプは、霊感が神からのものである確証を得るため、州都ノリッジ、イングランド北東部のブリドリントンをはじめとする国内各地を訪ね歩いて優れた穏修士や穏修女、神学博士の助言を請い、カンタベリー大聖堂にも赴いて、ロラード派の異端に厳しく対処した当時の大司教トマス・アランデルから、正統な信徒として特別な権利を認める書状と印を受けている(3)。また、これら国内の旅には、たいてい夫が同伴、あるいは途中から合流していた。夫ジョンは、ケンプへの迫害が激化し身に危険が迫ると一人で逃げ去ることもあったが、多くの場合彼女を民衆の非難から庇い、サポートしていたと述べられている。

ケンプの自伝は後年の回想に基づくため、旅の記録も含めて、多くの場合日付が曖昧で、記述も時に相前後する。同時に、その詳しい行程説明や、訪れた土地の気候・風景・風物といったものについての客観的・具体的描写はきわめて少ない。この点はまた、自伝であるにもかかわらず、ケンプの幼少時代や彼女の子どもについての記述がほぼ皆無であるのと同様で、この自伝の眼目、すなわち彼女自身の救いと信仰の証しに関係のない事柄は不要との判断に基づいて、思い切りよく省略されたものとも考えられる。

だがその一方、行く先々で彼女が引き起こす、他の人々との信仰上の葛藤・衝突に関する記述は、旅につきものの金銭問題や交通・宿泊事情、ことに道連れの重要性と絡み合い、「旅の苦労話」とでもいうべき生き生きとした面白さを備えている。

エルサレムへの旅立ち

ケンプが聖地エルサレムに向けて出発したのは、聖地巡礼を行うようにとの神の命を受けたおよそ二年後の、一四一三年頃と考えられる。

中世ヨーロッパにあって旅は強盗、獣、戦闘、自然災害・事故の危険に溢れ、男性でも一人旅は避けるべきものではあったが、弓矢などで自衛した集団での聖地巡礼の旅は広く行われていた。連れさえあれば、女性が聖地巡礼に赴くこともそれほど珍しいことではなく、ケンプとほぼ同時代に書かれた『カンタベリー物語』の中で、未亡人「バースの女房」は過去三回聖地巡礼を行ったと語っているし、ケンプの自伝中にも巡礼中の身分ある女性たちが数名登場している。しかし、妻が旅に出る際は正式に夫の許可を得なければならず、ことに夫と一四人の子どもをもつ一般市民の家庭の主婦が長期にわたって家を留守にするとなれば、了解を得るにはそれなりの時間と条件が必要だっただろう。実際、ケンプの夫

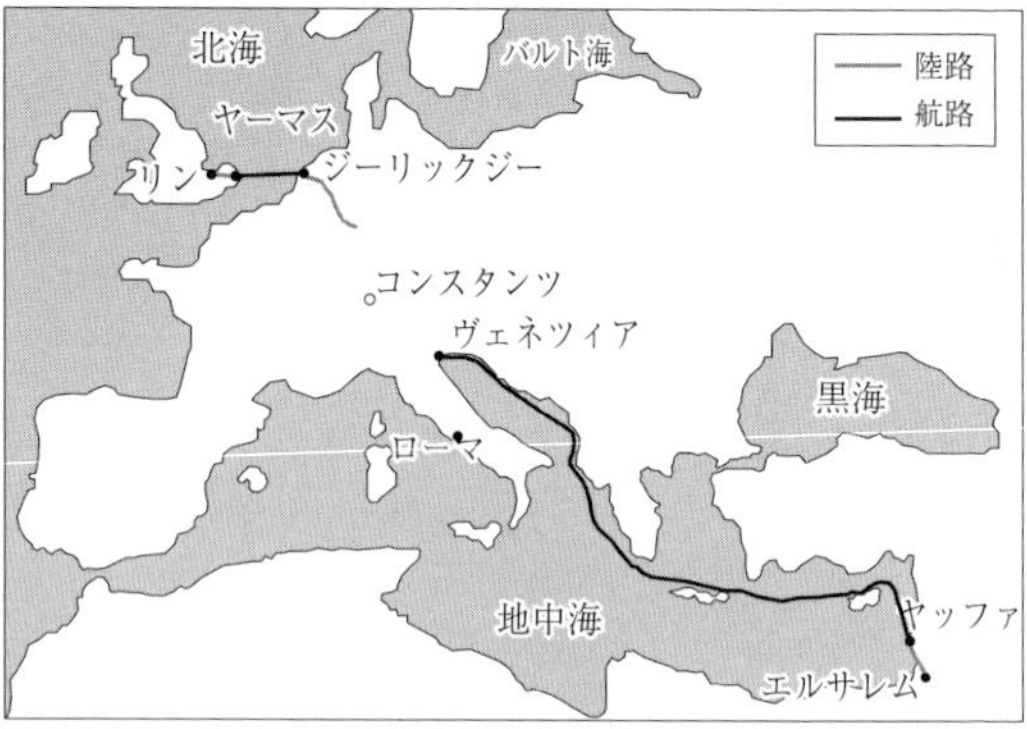

図9－2　マージェリー・ケンプ，エルサレムへの聖地巡礼（1413年）

図9－3　山賊に捕らえられる旅の貴婦人たち

（出典：Norbert Ohler. *The Medieval Traveller.*）

ジョンは、聖地巡礼と引き替えに自分の借金の返済を彼女に課している。しかし、翻ってこのことはケンプが独自に資金の工面が可能であったことも示唆しており、先に述べたようにみずから醸造業、製粉業を営んでいたことに加えて、彼女が夫とは独立して資産、事業の権利を有する feme sole であったことを窺わせて興味深い(4)。

イギリスのヤーマスから、巡礼団に加わって船出したケンプは、オランダ南西部のジーリックジーに到着後、ドイツ南部のコンスタンツ、ボローニャ、ヴェネツィアを経て、エルサレム近郊のヤッファ港に辿り着く。しかし旅先でも独自の信仰スタイルを貫くケンプは、最初の滞在地ジーリックジーで、さっそく巡礼仲間の嫌われ者となる。

……聴罪司祭は数人の仲間に唆《そその》かされ、多くの仲間はそうしているのに、私が肉を食べないと怒った。彼らは、私がひどく泣き、四六時中、他の場所同様食卓でも主の愛と徳について話すといって苛立った。そして私を叱りつけて恥をかかせ、情け容赦ない小言を浴びせて、故郷の家ではお前の夫が我慢しても、自分たちにそのつもりはないと言った（Kempe［1］97）。

滞在先の日曜礼拝に出席してはむせび泣き、食卓でも菜食主義と禁酒を貫いて他の巡礼者たちと食事を楽しまず、しかつめらしく聖書を引き合いに出して説教をするケンプは、疎ましい以上に、迷惑な存在でもあった。突飛で人目を引く彼女の言動は、先に述べたロラード派の信仰を思わせる点が多かったため、彼女と行を共にする他の巡礼者たちにも、異端の疑いや迫害が及ぶ危険性があったのである。

置き去りの危機

信仰上必要とされる目上の聖職者への「従順の徳（virtue of obedience）」から、司祭の叱責や仲間の非

図9－4　旅人の一団を待ち伏せる盗賊一味
（出典：図9－3と同じ。）

難に対して控えめな態度は取るものの、根本的には自分の主張と態度を曲げないケンプは、しばしば一人置き去りの憂き目に遭う。その後再会した仲間に諌められていくぶん妥協し、いったんは巡礼団に戻るもののまた決裂するというパターンが、何度も繰り返される。道連れの確保は、常にケンプの旅の最大の問題であり、護衛を兼ねた供回りや聖職者を随行させられる身分でないケンプにとって、自身の信仰を貫くか、巡礼仲間に追従して旅の安全と便宜を確保するかの選択は、死活問題であり、信仰が試される場でもあった。

むろん、ケンプははじめから一人旅だったわけではなく、出発時には侍女を伴っていた。しかしケンプと一緒にいて「堕落するといけない」からと、巡礼仲間がこの侍女を引き離してしまい、何があっても彼女を見捨てないと約束していた侍女もまた、早々に元の主人を顧みなくなったことを、ケンプは恨めしげに再三言及している。

この侍女は、ケンプが最後に再会した時、ローマのイギリス人巡礼者用宿舎で葡萄酒番になり、たいへん景気の良い暮らしをしていた。気前よく食べ物や金貨を恵んでくれる元侍女に、「彼女と別れたせいで人々がどんなに自分を中傷し悪口を言ったか」を吐露したというケンプの語り口には、信仰ゆえの苦境にある主人を見捨て、世俗の安逸を選んだ侍女の嘆かわしさとともに、旅行中の女性があらぬ不義の噂から身を守り、「貞操」を守る上でも必要な同性の道連れを失ったことの痛手が見て取れる。「貞潔」はケンプにとって最重要事のひとつであったが、その後の旅の道連れを見ても、常に彼女に危害を加える怖れの少ない老人や体の弱い者、聖職者または聖職者を伴った人々などを選んでいる点に、ケンプの用心深さが窺われる。にもかかわらずケンプはしばしば「嘘つき売春婦」「穢れた女」などと罵られており、帰国した際も、ケンプが巡礼中妊娠し子どもを産んだという噂に旧知の隠者が惑わされ、ついにその信頼を回復できなかったことを嘆いている（Kempe［1］140）。

禍福糾《あざな》える縄のごとく

一方ケンプは、滞在先の教会で必ず地位も人望もある優れた聖職者を訪れて懺悔、対話を行い、自分では制御できない号泣の発作について打ち明けて、良き理解に恵まれる。たとえばコンスタンツでは、ケンプが知遇を得たイギリス人の托鉢修道士で神学修士でもある教皇特使が、彼女の号泣を神の賜物と認めて巡礼仲間の不平不満からケンプを庇っているし、ローマでも、人望厚く「ローマ・カトリック教会の司祭の中でも最も大いなる役職のひとつにある」ドイツ人司祭が、ケンプの号泣が注目を浴びるための芝居ではないことを確認し、庇護するようになる。

しかし一見巡礼仲間の迫害を埋め合わせるかに思われる有力な聖職者の擁護は、敵対する人々の嫉妬やさらなる反発を買い、時には聖職者本人にも累を及ぼす。

彼（ローマのドイツ人司祭）は私がローマにいる間中、その通りにして（約束通り敵に対して私を擁護して）くれ、悪口や迫害による多くの苦難に耐えた。私がすすり泣いたり絶叫したりして、同国人がみな私を見捨てた時も私を擁護したがったために、彼はその役職を放棄することになった。……彼ら（同国人たち）は常に私に敵対し、私を擁護する人物に敵対した（Kempe［1］119-120）。

ケンプもまた、庇護がかえって仇となり置き去りの憂き目をみる場合も多いが、窮地はまた一転神の奇跡的な助けの機会となって、禍福糾《あざな》える縄のごとく物語が展開する。

ジーリックジーを出て到着したコンスタンツでも、巡礼仲間は修道士がケンプに味方したことに憤慨し、彼女の身柄を修道士に押しつけて追い出してしまうのだが、途方に暮れたケンプが教会で祈ると、「たいへん良き助けとなる案内人を得るだろう」との神の言葉が下り、その御告げ通り、イギリス人のウィリアム・ウィーヴァーと名乗る老人が案内を申し出る。ひとまず安心するものの、言葉の通じぬ異国で未知の人物を頼りとする道のりはやはり心許なく、老人自身強盗に遭うことを恐れ、ケンプも強盗によって「貞潔」の誓いが穢される恐怖にひたすら怯える。ボローニャまでの道筋は、当時の巡礼路の中では最も険しい難所であったと推定されるにもかかわらず(5)、ケンプが天候や地理上の困難にまったく触れていないことから、強盗、強姦といった人的災害、また飲食物の不足が、ケンプにとってはより大きな脅威であったことが察せられる。だが、ケンプの必死の祈りに応えるかのように、親切に飲食物を与えてくれる「多くの素晴らしい人々」が現れ、主婦たちが「神への愛のため」「自分たちのベッドに彼女を寝かせてくれ」る一般家庭の宿にも恵まれてボローニャに無事辿り着き、再会した元の巡礼仲間が、ケンプが「彼らより先に」到着していたことに驚くのだ。

同様のパターンはこの後にも見られ、ことに、ケンプが無事次の目的地に辿り着き、彼女を見捨てた仲間を驚かせるというモチーフは繰り返し強調される。旅仲間から受ける不当な扱いは、福音書に「預言者は自分の故郷では歓迎されないものだ」（ルカ4章24節、マタイ13章57節、マルコ6章4節）とある通り、キリストや使徒が受けた迫害を思わせ、単独行は神から与えられた試練の場となる。しかしその窮地は同時に奇跡的な援助の到来を導いて、権威ある聖職者の擁護や善意の人々の歓迎とともに、ケンプに与えられた神の加護を証しし、彼女の行いの正当性を裏付けるのだ。これら一連の展開は、ケンプにとってこの旅が、彼女の幻視や号泣が神によるものと自ら確信すると同時に、周囲の人々にそれを証明するプロセスであり闘いであったことを、強く訴えかけてくる。

熾烈な船上

ケンプは、さまざまな悪口雑言や冷遇にもかかわらず、「敵を愛し、自分を迫害する者のために祈りなさい」（マタイ5章44節、ルカ6章27節、35節）との聖書の教えに従うように、彼女の信仰のあり方を受け入れようとしない巡礼仲間たちにも寛容と慈悲の心をもって接し、彼らばかりでなく、自分が彼らに犯した罪の赦しを神に願ったことを折に触れ述べている。だがヴェネツィアからエルサレム近郊の港町ヤッファに向けての船旅での両者の応酬はひと味違い、非常に人間臭い。

ボローニャで「彼らの前では聖書の話をせず、皆と同様いつも楽しく食事をする」ことを条件に巡礼仲間に合流していたケンプは、ヴェネツィアでその約束を破棄して、再びのけ者にされる。ヤッファへの船旅の支度が始まると、巡礼仲間は、

自分たち用に葡萄酒の容器や寝具を手配したが、私のためには何もしなかった。彼らの不親切を知ると、私は彼らが訪ねた人物のもとに行って彼らと同じく寝具を買い整えた。そして彼らが雇った

船に一緒に乗るつもりで巡礼仲間の居場所に行き、自分のした買い物を見せた(6)(Kempe［1］102)。しかしこの後ケンプは、彼らとは別の、「主が彼女のために定めた」ガレー船に乗るようにとの御告げを受ける。そのことを数人の巡礼仲間に話したところ、彼女の霊感を怖れてか、他の仲間まで葡萄酒容器を売り払って彼女の船に乗り込んできてしまう。気の進まないまま彼らと同船したケンプは、ヤッファに着くまで手ひどい扱いを受けることになる。

寝床の支度をする時間になると、彼らは私の寝具が出せないよう鍵を掛けた。巡礼仲間の司祭は私からシーツを取りあげ、自分のものだと言った。私は、それが私のシーツであることは神さまが証して下さると言った。すると、司祭は手にした聖書にかけて、私をこの上ない嘘つきだとひどく罵り、蔑《さげす》んで、容赦なく詰《なじ》った(Kempe［1］103)。

ケンプの旅の記述は、しばしば信仰にまつわる寓意や説話のように読めてしまう箇所も少なくない。しかし旅の難題だった巡礼仲間との不和と、その結果生じる一人旅への懸念をめぐる語りには、現世の旅のリアリティが滲《にじ》んでいる。

旅の金銭感覚

このガレー船の旅をめぐるエピソードには当時の生活感が溢れているが、具体的情報が少ないケンプの自伝の中で、こと所有物や金銭のやり取り、またその金額に関する記述は、全篇を通じて非常に具体的で詳細である。たとえば、コンスタンツで置き去りにされた際の、親切な特使の配慮と、対照的な巡礼仲間の仕打ちを、ケンプは次のように説明している。

教皇特使はまるで私の母であるかのように親切に慈悲深く私の身柄を預かり、私の所持金約二〇ポンドを管理してくれた。しかし、巡礼仲間の一人が、不当にも一六ポンドあまりを差し押さえていた（Kempe［1］100）。

ケンプは、巡礼団が個人の所持金を預かる仕組みに触れているが、ここでは特に、ケンプの信仰心と、世俗的・実際的生活感覚のシームレスな融合に注目したい。「（特使は）イギリス貨幣を外国の貨幣に両替する手配をしてくれた」ともあるように、教皇特使に対する畏敬の念は、信仰上の問題の解決と、世俗的な不便の対処への感謝とがないまぜになったものである。ケンプはまた、彼女の案内人や親切を示してくれた人物への報酬の支払い等の記述については几帳面で、ローマへの案内人リチャードの場合などは、彼に借りた金の返済のため、わざわざ二年後のサンティアゴ・デ・コンポステラへの巡礼途上、ブリストルで落ち合ったことが述べられている。神の奇跡として遣わされた人物との間に、当然のように実務的な金銭関係が介在するのだが、ケンプの語りにおいては、このような世俗的な体験のひとつひとつが、神に救いを求める祈り、また救いが与えられた際の感謝の祈りとに絡め取られて、聖俗分かちがたい感覚を醸し出しているのである。

エルサレムにて

ケンプのエルサレム滞在は三週間で、聖書にちなんだ数多くの名所旧跡を訪ね歩く。

エルサレムは四世紀頃から一般人の巡礼地となり、ケンプの時代には十字軍もほぼ終息していた。ヨーロッパ各地からの巡礼ルートも定まり、キリストゆかりの聖所訪問・宿泊先についても、先に述べた旅の安全策や教会制度との関係から、当時すでにパッケージ・ツアーに類する仕組みが整っていた。世俗の人々にとっての巡礼行は、純粋に宗教的・信仰上の動機だけでなく、非日常的な数少ない気晴ら

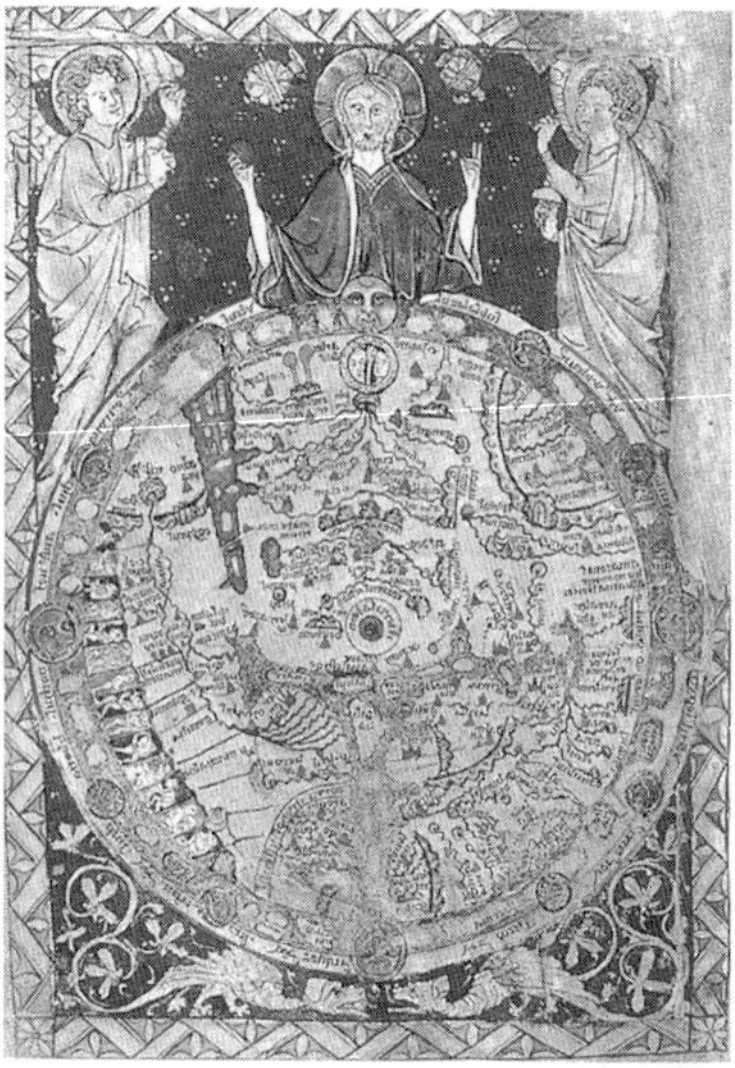

図9－5　13世紀イングランドの世界地図。エルサレムが中心に描かれている
（出典：図9－1と同じ。）

し、今でいう観光的意味合いも兼ね、聖地への旅行記が、実用的な旅情報を提供するガイドブック的役割を果たしていたのである。

　ケンプの自伝には、彼女が訪れた名所が列挙されているものの、その風物に関する描写はほとんど見られない。信仰の証しである聖地巡礼が物見遊山的色彩を帯びることは、ケンプにとって厳に戒めるべきところであり、旅行案内書まがいの記述は、より筆の立つ旅行記作者たちに譲ったものかとも思われる。他方で、当時は聖地から記念として聖遺物（キリストや聖人の持ち物や体とされるものの一部）を持ち帰ることが流行していたが、これについてはケンプも例外ではなく、フランシスコ会修道士たちから複数の聖遺物を与えられており、その中には「モーゼの杖」の一部が含まれていたことも後に述べられている。

　むろんケンプの主眼は、各巡礼場所での、自身の黙想と神秘体験にある。特にキリストの亡骸が収められたという聖墳墓教会、キリストが十字架に掛けられたゴルゴタの丘で、ケンプはキリストの受難を目の当たりに幻視し、それまでの号泣に加え、この章の冒頭で述べたように新たな激しい絶叫の発作も加わって、人々の驚き、好奇と非難を呼ぶ。

　中でもケンプにとって特筆すべきは、聖母が埋葬されたとされる教会で祈っている時、キリストにより罪が許されたこと、また新たにローマとサンティアゴ・デ・コンポステラ巡礼を命じられたことだろう（Kempe［1］108）。一般的にも聖地巡礼には贖罪の意味合いが大きく、旅の途中随所に見られるケンプの祈りや、キリストや聖母との対話、人間の原罪を贖《あがな》うために十字架に掛かったキリストの苦しみを思っての号泣などにも、罪の赦しを願い求めるケンプの心情が強く窺われる。信仰に生きることを決意して以来、結婚し多くの子をもうけたことによる純潔の喪失を激しく悔い、世俗生活で犯したさまざまな罪を思って号泣の発作に見舞われてきたケンプには、赦しの啓示は信仰上のひとつの節目となる出来事だったといえる。

外国人は親切？

聖地での滞在中、非協力的な巡礼仲間に代わってケンプを助けたのは、外国人たちだった。ヤッファからエルサレムまでの移動中、神との対話に感極まり、乗っているロバから落ちかけたケンプを支えた二人のドイツ人巡礼者をはじめ、各地でフランシスコ会修道士やイスラム教徒に丁重に案内され、手助けを受けている(7)。キリストが悪魔に試みを受けたといわれるクオランティン山では、自分たちも登山に精一杯の巡礼仲間の助けが得られず、ケンプが惨めな思いをしていると、ちょうどその時、一人の顔立ちの良いイスラム教徒がたまたまそばを通りかかったので、彼の手にグロート銀貨を握らせ、山の上に連れて行ってくれるよう手真似をした。するとそのイスラム教徒はすばやく私を小脇に抱え、我らの主が四〇日間断食をした高い山の上に連れて行ってくれた。そこで私はひどく喉が渇いたが、巡礼仲間たちは思いやりを見せなかった。しかし慈しみ深い神が哀れみをもってフランシスコ修道会士たちの心を動かし、私の同国人たちが求めに応じようとしなかった時、彼らが私を助けてくれた（Kempe［1］110）。

聖地以外でも、宿泊先の家の主人をはじめとする土地の人々の歓迎や、外国人旅行者たちの親切はいたるところで強調されるのだが、イギリス人の巡礼仲間の冷遇・迫害が念頭にあったケンプは、聖書の「善きサマリヤ人」の譬え（ルカ10章25節）になぞらえて、窮地にある者を見捨てる同国人・同宗派の者よりも、救いの手を差し伸べる異邦人や異宗派・異教徒の方が真の隣人であり、キリストの説く愛の教えを実践していると暗に示したものだろう。

他方、異国からの巡礼者はその旅の目的の点からも習慣的に厚遇されており、ことにケンプのように気前の良い「旅行客」であれば、歓待されても不思議はない。また、イギリス以外のヨーロッパでは、大量の涙を流すといった形の奇跡は必ずしも稀ではなく、ケンプの言動は奇異ではあってもさほど問題視されなかった可能性もある。

ローマへ――神との結婚

エルサレムを離れたケンプは、ヴェネツィアからアッシジを経てカトリックの総本山・ローマへと向かう。ヴェネツィアで再び巡礼仲間に見捨てられるが、出発前にキングス・リンの聴罪司祭に与えられた予言通り、アイルランド出身の「背に瘤のある男」リチャードに出会い、ローマへの案内を頼む。コンスタンツからボローニャまでと同様のパターンが、ここでまた繰り返されるのだが、今回はリチャードの仲介で、旅の道連れには恵まれる。アッシジまでは、エルサレムからの帰途にある、二人のフランシスコ会修道士を伴った婦人に同道し、ローマまでは、アッシジで贖宥状を得て帰郷途上の、「たくさんのロドス島ヨハネ騎士団員とたくさんの侍女に伴われ、供回り付きの立派な馬車に乗った」マルガリータ・フロレンタインなる貴婦人の一行に加わって旅を続けた。

ローマに着いたケンプは、ついに念願かなって白い衣を身に纏う。だがそのため彼女を敵視する巡礼者たちとその仲間の司祭の誹謗中傷が激化し、いたる所で妨害を受けることになった。先に述べたサン・ジョバンニ・イン・ラテラノ大聖堂のドイツ人司祭が、英語が理解できないにもかかわらず神の助けでケンプとの意思疎通を図り(8)、彼女を強力に擁護するものの、敵対者たちの非難はこの司祭にも向けられて彼を窮地に陥れる。ケンプは異端の疑いを晴らす「従順の意」を示すため、いったんは白衣を脱がざるをえなくなり、さらにはドイツ人司祭の勧めで、貧しいローマ人女性と六週間生活を共にし、奉仕に努めた。

これらの「従順」や苦行が実ってか、サン・ジョバンニ・イン・ラテラノ大聖堂奉献の祝日（一一月九日）に、ついにはじめて神自身と言葉を交わし、キリストに促され、聖母と諸聖人たちの見守る中、神との結婚を果たす（Kempe [1] 123）。これがケンプのローマ滞在におけるひとつのクライマックスといえよう。その後、一四一四年クリスマスに、ケンプはドイツ人司祭の許しを得て再び白衣を纏っており、同時期にローマを発つよう神から告げられている。

外国語への関心

しかし、ケンプが実際帰郷の途に就いたのは、五カ月以上後のことだった。これはケンプが、神の命で所持金一切を施し、無一文になっていたためである。その日の糧にも事欠く生活の中、決まった曜日に彼女を食事に招いたり、食べ物を恵んでくれたりする知人やローマの善意の人々の助けを得ながら、その他の日には物乞いをするという暮らしぶりが、誰にいつどのような施しを受けたかについての具体的記述も交え、こと細かに語られている。次は、ローマで再会したマルガリータ・フロレンタインの例である。

その貴婦人は毎日曜日自分と一緒に食事をするように命じ、私を自分の食卓の上座に着かせて、自らの手で私に食べ物を取り分けた。……食事が終わると、この良き貴婦人は私が自分でシチューを作れるような食材を詰めたバスケットをくれたものだったが、それはたっぷり二日分の食事になる量だった。そして瓶には上等のワインを詰めてくれた。時には八ボーレンダイン銀貨(9)をくれることもあった（Kempe［1］130）。

長期に及ぶローマ滞在は、旅の通過点というよりは生活の場の色合いを強めて、それまでとはやや異なる「旅」の側面、ことに、さまざまな必要に駆られての、他国語に対するケンプの関心の高まりが見て取れる。ヴェネツィアからローマ滞在の期間にかけて、言葉の不便を意識した記述が増え、特に、ケンプを援助したマルガリータ・フロレンタインとは「身振りや合図や簡単な単語」（口語イタリア語）で意思疎通を図ったことが詳述されている。その一方、ローマ人女性との会話で、あたかも言葉が通じているかのような印象を受ける場面もある。

……そして私は、以前書いた通り、聴罪司祭に命じられた際に奉仕した貧しい女性のところに行き、お別れしなければならない旨を告げた。その貧しい女性はたいへん悲しみ、私の出発を大いに嘆いた。私が彼女にそれが神の御心であって従わなければならないことを説明すると、彼女はいくぶん気持ちが和らいだようだった（Kempe［1］128）。

これらの記述からは、ほぼ八カ月ローマに滞在し、日々の糧を求める生活の中でケンプが経験した言葉の苦労が推察されて興味深いが、実際どのように、どの程度の日常会話を身につけたかについて、特に意識的には語られない。これに対し、ドイツ人司祭との宗教的意思疎通は、神の力が働いた聖なる現象として捉えられていると同時に、司祭のドイツ語の説教をより深く理解したいという積極的な激しい知的渇仰も吐露されており、聖俗の別によるケンプの外国語への関心の温度差が窺われる。

　時折、ドイツ人やその他の人々が教えを説き、神の律法を説く説教の席で、突然の悲しみと重苦しさが私の心を満たし、私は憂いに満ちて自分の理解力の欠如を嘆いた。私が最も依り頼み、もっともひたすらに愛する王なるキリストに関する霊的理解の断片によって新たにされたいと望んだのだ……（Kempe［1］135）

一四一五年五月、ケンプは、彼女を敬愛する若いイギリス人司祭の援助を得てローマを発ち、ジーラント州都ミデルビュルフの港から船でイギリスに渡り、ノリッジに到着した。途上、祈りによって雷や嵐が静まるといった記述が散見されるようになり、自然現象にも及びうる、神と信仰の力（マタイ8章23節）への確信を窺わせている。

3　サンティアゴ・デ・コンポステラへの巡礼と異端審問

サンティアゴ巡礼とその後

一四一七年のサンティアゴ巡礼について語られるのは、主に借金を清算し旅費を工面して出発するまでの経緯と、途上のブリストルでの経験である。サンティアゴ・デ・コンポステラに関しては、「一四日間滞在した」とあるのみで、現地の記述は無きに等しい。

むしろケンプにとっては、同年に経験した国内各地での異端審問の方が大事件であったという印象を受ける。サンティアゴ巡礼の経由地ブリストルには百年戦争再開に向けて「王（ヘンリ五世）が二回目のフランス遠征用に船を接収して」いたため六週間滞在したと、珍しく時事的状況が説明され、国内外の政治・宗教的事情でロラード派の異端に対する追及が厳しくなっていた世情が暗示されていること、[10]また、ブリストルでケンプの説教に心酔したトマス・マーシャルという男性と、その時の巡礼仲間数人が彼女の信頼できる信奉者となり、次に述べるレスターへの旅に同行していることなどから、サンティアゴ巡礼に関する記述は、むしろ、その後の異端審問事件への布石となっているとも考えられる。

審問の旅

ケンプは、マーシャルと訪れたレスターの教会での号泣が原因で、異端の疑いのためレスター市長から召喚され、その後同年九月にも、知り合いの修道女を訪ねてヨークへ旅した際に大聖堂で司祭と論争、ヨーク大司教の前で審問を受けることになる。さらにその帰途、ヨークシャーを離れる間際に行き会ったベドフォード公爵（ヘンリ五世の弟）の家臣たちに、その場にいたドミニコ会士がケンプについて讒言したことにより、ビヴァリーで審問を受けるため連行された。これらの審問の場面には、「聖書について語る」「女性が説教をする」「聖職者の悪口を言う」「聖地巡礼をしたことがない」など、先に挙げたケンプに対するロラード疑惑の根拠が総括された形となっているが、いずれの疑惑もケンプは「信仰箇条」にのっとって正統なカトリック信仰を証明する。特にヨークでの審問の際には、ケンプが答弁の一部として聖職者批判のたとえ話を披露し、かえってヨーク司教に気に入られたというくだりもあり、「無学である」にもかかわらず正しく弁明できたことについて、ケンプは神に感謝を捧げている。

一連の審問をはじめ、リンカンまでの帰途に繰り返される異端疑惑と潔白の証明、また法律家の質問や高位の貴族の家臣の罵言に、ケンプが正々堂々応酬する場面などは、キリストのパリサイ人や律法学者との論戦を思わせ、ローマで神との結婚を果たしたケンプが、受け身の一信徒から、より聖職者に近い立場でキリストの言葉を説き語る姿勢が窺われる（Kempe［1］174）。

布教活動にも自信を深めていたようで、ローマからの帰途およびサンティアゴ巡礼への出立に当たっても、ケンプが「聖なる物語を語」ったり、知人から「自分のために神に祈りを捧げて欲しい」との依頼を受け、その信施によって旅費を工面するといった記述が目につく。実際ビヴァリーでは、ケンプが同様の施しでその旅の費用を賄《まかな》ったと聞いたヨーク大司教の驚きが語られており、彼女のそういった活動の正当性が、司教によって裏付けられたことを暗に示すものとも解釈できよう。

大司教書状の威光

審問事件の旅はまた、ケンプが旅を続けるにあたって、教会の通行許可がいかに重要かつ不可欠なものであったかを明らかにしている。レスターで、彼女が在住するリンカンの司教の通行許可がないと無罪放免できないと市長に告げられたケンプは、まずレスターの大修道院長と聖堂参次会長からリンカン司教に会いに行くための許可状をもらい、紆余曲折の末司教の滞在先を訪ね当てて、往来の自由を保証する旨のレスター市長宛勧告状を手に入れる。しかし各地で迫害される中、最終的にケンプは、唯一教区を越えて通用するカンタベリー大司教の印の入った書状が新たに必要となり(11)、迎えに来た夫とともにカンタベリーに赴いて目的を果たす。ロンドンでの長期滞在を経てビショップス・リンへの帰路、ケンプたちに逮捕を迫った騎馬の男が、カンタベリー大司教の手紙を見て態度を豹変させるくだりは、大司教の書状の威光を物語るものだろう。

4　ドイツへの旅

不安な旅路

自伝第二部では、一四三一年頃、ケンプが亡くなった息子の妻を故国ドイツに送り届けた旅の顚末が語られる。高齢と周囲の反対を押し切り、当初イプスウィッチ港までの見送りの予定で出発したにもかかわらず、ケンプはその途上神の命を受けてドイツへの渡航を決意する。亡き息子がかつて放蕩者であったにもかかわらず彼女の子どもの中でただ一人改悛し、彼女の伝記の最初の筆記者になったという背景を考慮するにせよ、ケンプらしく少々無謀で強硬な経緯といえよう。しかも、もともと彼女の同行を望まなかったと思われる息子の妻本人は、ダンツィヒ到着後、「嫁は誰よりも私に対して敵対的だった」と述べられて以後、記録には現れていない。

その後ケンプは、ポンメルンのシュトラールズント経由でブランデンブルクのヴィルスナクを訪れ、アーヘン、カレーを経てイギリスに戻るが、大陸の旅についての語り口は全体的に不安に満ち、トーンも暗く、聖地巡礼の旅のネガといった印象を受ける。道連れ探しはここでも焦眉の急だが、祈りに応える形で現れた同行者についても描写は手厳しく、彼らと決裂することもある。

特に、ヴィルスナクのザンクト・ニコラウス教会詣《もうで》を条件にイギリスまで同行を申し出た最初の案内人ジョンは、邪険な応対に加え、アーヘンに向かう途中、「怠惰で誤った教えを受けた」修道士や商人たちと親しいことが明らかになり、ケンプの不信感を募らせた。結局、ジョンの仲間との口論の末、同行を拒まれ置き去りにされたケンプは、幸いにも貧者の巡礼集団に加えられて危機を免れ、アーヘンに辿り着く。しかしこの場合も、彼らの物乞いのため逗留が長引いて予定外の出費を強いられたり、服を脱ぐことを恐れて蚤をうつされ、痒みに苦しめられたりと、感謝の念よりも不平不満が先に立つ記述が多い。

むろん良い出会いもいくつかあり、アーヘンでは、ローマに向かうイギリス人の修道士と一〇日ほど一緒に過ごして聖マルガレタの祝日を祝うなど、唯一くつろいで滞在を楽しんだ様子が窺われるのだが、アーヘンを出てフランスの港町カレーに向かう行程では、再び辛苦をなめることになる。道連れを求めての紆余曲折は、追いはぎに遭った善良な托鉢修道士に十分な報酬を約束して一段落するものの、農家に入れてもらえず納屋に積まれたシダの葉の山の上で眠り、町もほとんどなく、ひどい宿ばかりという状況下で、男性とみると暴行されるのではないかと脅え、正気が疑われるほどの恐怖で夜ごと眠れずに過ごしている。「神から贈られた恵みによって」進んで一緒に眠ってくれる若い女性がほぼどこでも見つかり、強姦の恐怖が和らげられたとも述べてはいるが、第一部の巡礼行ほどそのありがたみが伝わらない。

戦乱と老齢の影

全般的に心細さと怯えの色が濃い語りの背後には、大陸の政情不安があったと考えられる。当時ダンツィヒを支配していたチュートン騎士団はポーランドとの間で紛争が続き、イギリスともハンザ同盟の交易特権や税の支払いをめぐって対立を深めていた（Kempe［I］328）。ケンプ自身もダンツィヒを離れる際に許可が得られず、偶然来合わせた同郷の商人の助けでようやく出発している。ダンツィヒで神に旅立ちを促されたほか、巡礼地にも長居せず、旅路には紛争地域の危険と殺伐とした慌ただしさが付きまとう。黙想しては号泣するケンプを厄介者扱いしたという最初の案内人ジョンは、常に「敵や強盗」に怯えてケンプを急き立てているし、アーヘンを出た後一時道連れとなった二人のロンドン市民や、追いはぎに遭ったイギリス人巡礼団（カレーまでケンプを案内した托鉢修道士も、元その一員）は、いずれも「できる限り先を急ぐので、ついてこられるなら」同行するという条件を出しており、ドイツ一帯を旅するイギリス人たちに当時共有されていた緊張感も示唆される。

今回の道連れ探しの難しさは、これら旅路を急ぐ同行者たちに高齢のケンプの足がついてゆけないことも一因で、紛争地域の旅の厳しさに体力の衰えを痛感したケンプの語り口を、悲観的で余裕のないものにしたと考えられる。

実は、ケンプはアーヘンで、大勢の供を連れたロンドンの「立派な（worthy）」未亡人と知り合い、イギリスまでの道連れがないことを訴えて一度は親切にもてなされている。しかし、聖地旅行でのマルガリータ・フロレンタインとの関係を期待させるこの出会いは、未亡人がケンプに黙ってアーヘンを発ち、別の町でケンプがその滞在先を訪ねた際、けんもほろろに門前払いをくわせたことで手ひどく裏切られることになる。ケンプはアーヘンを出た直後はこの未亡人の後を必死で追い、彼女との再会の機会があるとみるや、それまで同行していた好意的な巡礼団と別れてさえいるのだが、それは今回の旅の苛酷さと、恐怖や不安を逃れる拠り所としての、未亡人への期待の大きさを暗に示すものともいえよう。

船上の喜劇と帰郷

カレーからドーヴァーへの帰国の船路の記述は、聖地巡礼行と同様最も人間臭いドラマが展開し、こっけい味さえ帯びている。

ケンプはカレーで出会った人々に歓迎される一方、ドーヴァー行きの船を待つ間に旅での知人たちを見つける。彼らが誰も自分の乗る船を彼女に教えようとしないため、ケンプは朝な夕なにその動静を探り、見張りを続けて彼らの船をつきとめるが、彼女が荷物を運び込むと、知人たちは出港準備の整った別の船に乗り換えてしまう。ケンプは、すべての荷物を置き去りに、彼らを追って同じ船に乗り込む。そこにはまた、彼女に門前払いをくわせたロンドンの未亡人が乗り合わせていた。

彼ら（知人たち）の顔つきや表情から、私は彼らにほとんど好意をもたれていないことがわかったので、私が胸を張っていられるよう、彼らの前で嘔吐して嫌悪の念を起こさせないよう、お恵みをお与えくださいと主に祈った。私の望みは叶えられ、船上の他の人々が激しくまた汚らしく嘔吐している一方で、私は――彼らもみな仰天したことに――彼らを助け、思い通りに振る舞うことができた。特に例のロンドンの婦人は船酔いが一番ひどく、私はもっぱら彼女を助け慰めることにかかりきったが、それは主への愛と隣人への愛（charity）のためであり、他に理由はなかった（Kempe [1] 286-287）。

旅立ちの動機が明確に宗教的なものではなかったためか、大陸での旅の記述には神との対話や瞑想がほとんど見かけられない。しかし下船後、カンタベリーに到着した時点で、ケンプはドイツへの旅を締め括るように、帰国までの神の加護と恵みに対する感謝を表明している。一つ一つの経験に信仰上の見地からの慨嘆や感謝が交えられた第一部の聖地巡礼とは異なり、旅路での出来事が簡潔直截に書き連ねられたこの大陸の旅は、より純粋に旅行記的であるともいえよう。

帰国後の語り口はむしろ第一部に近く、ロンドンでの自身の悪評や不正への断固とした対応に、自信を取り戻した様子が窺われる。その後「最も重要な免償（罪の赦し）の日」であるラマスの祝日（八月一日）の礼拝に出席するために訪れたサイオン修道院[12]で、往路イプスウィッチまで付き添った隠修士に出会い、聴罪司祭の許可なくドイツに渡ったことを非難されるが、最終的にはこの隠修士に迷惑が掛からぬよう「神の愛を祈願し」、旅費を支払うことで同行を承知させ、ビショップス・リンに帰り着く。聴罪司祭の怒りも後に解け、ケンプは司祭や友人たちに無事受け入れられて、ドイツの旅の物語も大団円となる。これに続く第二部最後の部分はすべて神への祈りに捧げられており、このドイツとその後の国内の旅の記録もまた、ケンプの信仰表明の一環であることを明らかにしている。

5　聖俗の間《あわい》を旅する

ケンプの自伝を読むと、彼女の経験した困難には、旺盛な自己顕示欲や自己劇化など、本人の性格的問題に負う点も否めない。その語りは生硬で、視点には市民生活の「俗っぽさ」も漂う。彼女の真摯な信仰を正当に評価しようとする動きが見られる一方で、「女性神秘家」としてのケンプに対する評価が、今にいたるまで毀誉褒貶が激しいことも、こういった点に起因すると考えられる。自伝の文体や内容から筆記者の司祭はケンプの列聖審査も念頭に置いていた可能性もあり[13]、黙想中大量の涙を流す例は他の聖人にも恩寵の一例として認められるものの、ケンプはついに今日にいたるまで聖女の列に加えられていない。

しかし、当時のイギリス中産階級の子女として、ケンプが置かれた環境も見落とせない。聖ビルギッタをはじめ、ケンプが信仰モデルとしたと思われる著名な女性神秘思想家たちの多くは、貴族あるいはそれに類する家柄の出身者で、修道女としての道を歩む以前から信仰生活が身近にあり、当時指折りの知識人であった修道士や修道女の教えを受ける機会に恵まれていた。それに比して、おそらく家庭、交友関係ともに静穏な修道生活とは縁遠い世俗的環境にあり、ラテン語をはじめ、自由七科[14]および神学等の系統的な習得も叶わなかったケンプには、深い精神性の涵養や知的洗練においておのずと限界があったと思われる。

ケンプの自伝は、人生の半ばで神秘的体験によって信仰に目覚め、知的精神的な高みをめざして自己実現を果たそうとした中世の一在俗女性の、孤軍奮闘の記録と読める。教会の説く平信徒のあり方と異端とが曖昧に混在する俗世界にあって、聖書に記されたキリストの教えに倣い、人々の非難や困難を神の試練と捉えて喜びつつ、俗世の不正を質すことこそが、ケンプの信仰の道であった。後年、病に倒れた夫の介護などで瞑想の時間を奪われることを嘆きはしても、それをも神への奉仕と観ずるケンプの自伝に、修道院に入ることを望む言葉が見あたらないのも不思議ではない。

旅先での体験は、当時市井の一女性に許された知識や思想の限界に縛られながらも、ケンプがその限界を超えて行動し、非日常的状況で神の試練と奇跡を見出すまたとない場であった。みずから旅し、その旅を語ることが、ケンプにとっては神学上の知識や言語による表現力に代わる、独自の信仰の体現であり表明でもあったと考えられる。

世界三大宗教のひとつとしてすでに制度的に安定・確立したものという印象の強いキリスト教が、特に中世にあってはその信仰の正統性と異端、堕落と刷新のはざまで絶えず流動的な状態にあったことを考えれば、ケンプの自伝と旅の記述は、一在俗信徒としての信仰のあり方を知る上で、大変興味深い資料といえるだろう。

注

（1）ケンプは自伝中、自身を「この者（this creature）」と三人称で呼んでいるが、引用箇所では訳の明快さを心がけ、便宜的に「私」という呼称を用いた。

（2）ロラード派（The Lollards）は、名利に走り腐敗したカトリック教会の高位聖職者を批判し、聖書主義を唱えたオックスフォード神学者ジョン・ウィクリフ（1330?-1384）の教えに追随した一派。後のルター、フスらの宗教改革に影響を及ぼす。専横な教会権力に対して世俗の監督権を主張し、カトリックの正統教義である聖体拝領の秘蹟の絶対性を否定する。民衆の宗教運動からジョン・オブ・ゴーントに支持され、社会上層部の政治運動に発展したが、リチャード二世の専制政治につながったため、リチャードを廃したヘンリ四世により弾圧が始まっていた。

（3）ケンプを支持したこれらの聖職者としては、ノリッジのセント・スティーヴン教会の主任司祭リチャード・ケイスター、幻視体験で知られていたカルメル会修道士ウィリアム・サズフィールドや穏修女ジュリアンらがいる。また、カンタベリー大司教から与えられた特別な権利とは、大司教のすべての管区を通じて、ケンプが自由に聴罪司祭を選び、当時は非常に稀だった、毎日曜日に聖体拝領を受けるための許可をいう。

（4）feme sole は、夫の保護下にある妻の身分を示す coverture に関連した法律用語で、通常未婚女性、未亡人あるいは離婚した女性についていうが、法律上財産に関して夫から独立している妻にも用いる。特に、feme sole trader（merchant）は、夫とは独立して事業を経営する権利を有する既婚婦人を指す。

（5）ボローニャまでの道筋は、ケンプの旅程から、晩秋から冬のアルプス越えを含んでいたと推測される（石井・久木田［1］一一五）。

（6）ヴェネツィアで巡礼者たちは船旅に備え、羽毛の敷き布団、マットレス、枕二個、シーツ二枚と上掛け、食糧や調理用具、内服薬と下剤、錠前付きの衣装箱などを購入した。

（7）聖地では、ヤッファ港での入国に始まり、聖墳墓教会など名所の入場管理もイスラム教徒の役人によって行われていた。フランシスコ会修道士もまた聖墳墓教会に接して修道院を有し、聖地の名所ではいくつもの重要な権利が与えられていた（Kempe［1］312-313）。

（8）使徒行伝二章で、天から下った聖霊の力によって、使徒たちが各国語でキリストの教えを語ったという一節を彷彿とさせる。

（9）一五世紀のローマで流通していた硬貨。

（10）ヘンリ五世は、父ヘンリ四世に続いてロラード派弾圧を強化した。一四一七年には、一四一四年に鎮圧したロラード派反乱の指導者オールドカースルを処刑している。

（11）ケンプに最初に書状を授けたトマス・アランデルは一四一四年に死去し、ヘンリ・チチェリが新たなカンタベリー大司教に就任していたため、新たな承認の書状が必要になったものと思われる。

（12）ケンプの記述では、「シーンの教会（church of Sheen）、カルトゥジオ会修道院）」となっているが、これはケンプがテムズ川対岸のサイオン修道院（ビルギッタ修道会）と間違えたもの。この二つの修道院は、一五世紀イングランドの黙想による信仰生活の中心を成していた。サイオン修道院への巡礼者には、八月一日のラマスの日に、巡礼者への免償である「サイオンの赦し」が与えられる。

（13）自伝の三人称による呼称も、その根拠のひとつと考えられる（石井・久木田［1］四四八）。

（14）ヨーロッパ中世の教育における主要基礎学科で、文法、修辞学、論理学、算術、幾何、音楽、天文学の七科目。英語ではセブン・リベラル・アーツ（seven liberal arts）と呼ばれる。

引証資料

［1］Kempe, Margery. *The Book of Margery Kempe.* (Translated by B. A. Windeatt) (London) Penguin Books, 2004［マージェリー・ケンプ『マージェリー・ケンプの書――イギリス最古の自伝』石井美樹子・久木田直江訳、慶應義塾大学出版会、二〇〇九年］.

その他の参考文献

ウルセル、レーモン『中世の巡礼者たち――人と道と聖堂と』田辺保訳、みすず書房、一九八七年。

オーラー、ノルベルト『中世の旅』（叢書・ウニベルシタス二七四）藤代幸一訳、法政大学出版局、一九八九年。

久木田直江『マージェリー・ケンプ――黙想の旅』慶應義塾大学出版会、二〇〇三年。

関哲行『ヨーロッパの中世4　旅する人々』岩波書店、二〇〇九年。

パイヤー、H・C『異人歓待の歴史――中世ヨーロッパにおける客人厚遇、居酒屋そして宿屋』岩井隆夫訳、ハーベスト社、一九九七年。

バートレット、ロバート『図解　ヨーロッパ中世文化誌百科』（下）、樺山紘一監訳、原書房、二〇〇八年。

渡辺昌美『巡礼の道――西南ヨーロッパの歴史景観』中公新書、一九八〇年。

Arnold, John H. and Katherine J. Lewis eds. *A Companion to the Book of Margery Kempe*. (Cambridge) D. S. Brewer, 2004.

Atkinson, Clarissa W. *Mystic and Pilgrim: The Book and the World of Margery Kempe*. (Ithaca and London) Cornell UP, 1983.

Coleman, Simon and John Elsner. *Pilgrimage: Past and Present in the World Religions*. (London) British Museum P, 1995.

Dickens, Andrea Janelle. *The Female Mystic: Great Women Thinkers of the Middle Ages*. (London) I. B. Tauris, 2009.

Evans, Ruth and Lesley Johnson eds. *Feminist Readings in Middle English Literature: The Wife of Bath and All Her Sect*. (Oxford) Routledge, 1994.

Lamert, Malcolm. *Medieval Heresy: Popular Movements from the Gregorian Reform to the Reformation*. (2nd Edition) (Oxford) Blackwell, 1992.

McVoy, Liz Herbert. *The Book of Margery Kempe, an Abridged Translation: Translated from the Middle Eng-*

lish with Introduction, Notes and Interpretive Essay. (Cambridge) D. S. Brewer, 2003.

Miller, Gordon L. *The Way of English Mystics: An Anthology and Guide for Pilgrims*. (Tunbridge Wells) Burns and Oates, 1996.

Ohler, Norbert. *The Medieval Traveller*. (Woodbridge, Suffolk) The Boydell P, 1989.

Ure, John. *Pilgrimage: The Great Adventure of the Middle Ages*. (London) Constable & Robinson, 2006.

Windeatt, Barry A. ed. *The Book of Margery Kempe: Annotated Edition*. (Martlesham) Boydell & Brewer, 2006.

第10章　「マホメットの楽園」を旅して
――メアリ・モンタギュとトルコの女性たち――

志渡岡理恵

1　メアリ・モンタギュという女性

この章でとりあげるのは、旅行が庶民の娯楽として定着する一〇〇年以上前の一八世紀前半にイスラム圏のトルコへ旅した女性の旅行記『トルコ書簡』（一七六三年）である。著者は、貴族の家に生まれ、文才に秀で、社交界や文壇の中心人物たちと幅広く交際したメアリ・モンタギュ（Mary Wortley Montagu, 1689-1762）。彼女は、一八世紀イギリスの「公共圏」形成に貢献したとされる日刊紙『スペクテーター』に作品が掲載された唯一の女性でもあるが、トルコの衣装を身にまとった肖像画からもうかがえるように、何よりもトルコとの繋がり――『トルコ書簡』と天然痘種痘の導入――でその名を知られている（図10-1、2）。

イギリスの代表的な人名事典である『オックスフォード英国人名事典』によれば、メアリ・モンタギュは、ロンドンでメアリ・ピアポントとして洗礼を受けた。父親は後にキングストン公爵となるイーヴリン・ピアポント、母親は彼の最初の妻であるメアリ・フィールディング。一六九二年に母親が亡く

図 10－1　チャールズ・フィリップによる肖像画「トルコ風の服を着たメアリ・モンタギュ」

（出典：Christopher Pick ed. *Embassy to Constantinople: The Travels of Lady Mary Wortley Montagu.*）

図 10－2　チャールズ・ジャーヴァスによる肖像画「トルコ風の服を着たメアリ・モンタギュ」

（出典：Elizabeth Bohls. *Women Travel Writers and the Language of Aesthetics, 1716–1818.*）

なると、彼女は九歳まで父方の祖母に育てられ、祖母が亡くなると父親の元に戻った。文学好きで、父親の書斎でこっそりラテン語を勉強していたという彼女は、政略結婚を目論む父親に逆らって駆落ち、後にトルコ大使となる男性と結婚し、大使夫人として訪れたトルコで天然痘種痘を知る。その二年前、すでに天然痘にかかり、生死の境をさまよう経験をしていたメアリは、天然痘種痘の効力を自らの目で確かめると、幼い息子に種痘を受けさせる決断をする。そして、それがうまくいくと、帰国後、娘にも種痘を受けさせ、友人たちに接種を勧め、さらにイギリスに天然痘種痘を導入すべく、キャロライン皇太子妃の後援を得て、精力的に活動を行った。

波乱に満ちた彼女の人生を彩る数々のエピソードのごく一部を抜き出すだけでも、メアリ・モンタギュという女性が当時のジェンダー規範からかなり逸脱した人物であったことを伝えるには十分だろう。これらのエピソードは、彼女が並はずれた知性と勇気、行動力をもっていた証左であると同時に、彼女の代表作である『トルコ書簡』とも深い関わりがある。

2　古典、駆落ち、種痘

古典の教養

『トルコ書簡』は、メアリ・モンタギュが大使夫人としてトルコに滞在した一年三カ月の間に親類や友人に宛てた手紙を集めたものである。まずは、彼女の経歴を『トルコ書簡』と関わりの深い部分を中心に振り返っておこう。最初に触れておくべきは、彼女の文学趣味だろう。メアリは少女の頃から古典を愛読していた。これは、当時のイギリスの女性としては一般的ではない。イギリスでは、一九世紀後半に女子教育改革が行われるまで、上流・中産階級の少女たちは、主に家庭でガヴァネスと呼ばれる女性家庭教師から教育を受けていた。当時、女性にはギリシア語・ラテン語は必要ないとされ、独学で古典語を学んだ少数の例外を除けば、古典は男性の占有物だった。メアリがラテン語を学び、古典に精通することができたのは、貴族の家に生まれたということももちろんあるものの、何よりも彼女が飽くなき知的好奇心をもっていたからである。『トルコ書簡』には、彼女の他の著作と同様、西洋文化のルーツとされる古代ギリシア・ローマへの関心が明白で、古典の教養がトルコを捉えるパラダイムとなっている。

たとえば、メアリは、一七一七年四月一日付の、エディルネから詩人アレグザンダー・ポープへ宛てた手紙の中で、彼が訳したホメロスの『イーリアス』を読んでいることに触れ、トルコの人々は古代の名残を他のどの国よりもとどめていると称賛し、次のように述べている。

……王女や高貴な女性たちは、常にとても多くの侍女たちに囲まれ、まさにアンドロマケやヘレネのような様子で、織機を使ってヴェールやローブに刺繡しながら時を過ごしています。メネラオスの帯の描写は、高貴な男性たちがいま身につけているものによく似ています……ヘレネが被っていた純白のヴェールは今なお流行っています……女性たちが踊っている姿は、ディアナがエウロータス川の岸辺で踊ったとされる様子そのものです（Montagu［I］75）。

メアリは古代ギリシアのメダルや大理石のコレクションを所有する古物蒐集家でもあった。このように、現前するトルコに古代ギリシア・ローマの残滓——遺跡や建造物——を追い求めてトルコを理想化する視線には、ある種のオリエンタリズムが潜んでいるけれども、少女時代の知的好奇心が、当時のトルコのステレオタイプに風穴をあけ、彼女の名を後世に伝える作品の基盤を形成することに繋がったのである。

ロマンスと駆落ち

早くから自発的に書物に親しんでいたメアリ・モンタギュは、一四歳の頃にはすでに詩や書簡体小説を創作し始めていて、アフラ・ベイン（Aphra Behn, 1640-89）の作品を模したロマンスなどを書いていた。イギリス初の女性職業作家のひとりと目されているベインは、ドラリヴィエ・マンリーやイライザ・ヘイウッドらに先駆け、ロス・バラスターが「愛欲小説」と総称する、「誘惑」をテーマにした作品を書いており、中には「強いられた結婚」をとりあげた作品もある。メアリの文学趣味を後の駆落ちと直結させるのは単純すぎるにしても、このような読書体験が、女性と恋愛・結婚という問題に関して彼女の意識に、現在のフェミニズムに通ずるような視点を提供した可能性は少なくない。また、後に述べるように、一七世紀フランスのロマンスの伝統を受け継いだといわれるこれらの女性作家たちの作品に親しんだことが、『トルコ書簡』でトルコ女性の美しさを描くメアリの文体やメタファーに影響を与えたとも考えられる。

一七一〇年、友人のアンが亡くなると、メアリはアンの兄であるエドワード・ウォートリー・モンタギュと手紙のやりとりを始めた。間もなくエドワードはメアリの父親に結婚の申し込みをするが断られ、メアリは父親から別の男性との結婚を執拗に勧められることになる。意を決し、メアリはエドワードと駆落ちして一七一二年八月に結婚する。実は、彼女には他に恋する男性がいて、エドワードと駆落ちしたのは父親が強制する男性との結婚から逃れるためだったともいわれているが、持参金のない自分を妻にすることを選んだエドワードに、メアリは生涯ずっと感謝の念を抱き続けた。翌年には息子が生まれた。

エドワードがトルコへ行くことになったのは、オーストリアとトルコの和平交渉を成立させるという任務を負った特命大使に任ぜられたからである。この時、トルコは、ヴェネツィア・オーストリア連合軍と戦いを繰り広げている最中だった。イギリスとオランダは、トルコ皇帝＝スルタンから確保していた商業上の利権を守りたいという思いから終戦を望んでおり、中立の立場でその橋渡しをすべく、手を尽くしていた。エドワードのトルコ派遣は、その計画の重要な一部だった。一七一六年八月にロンドン

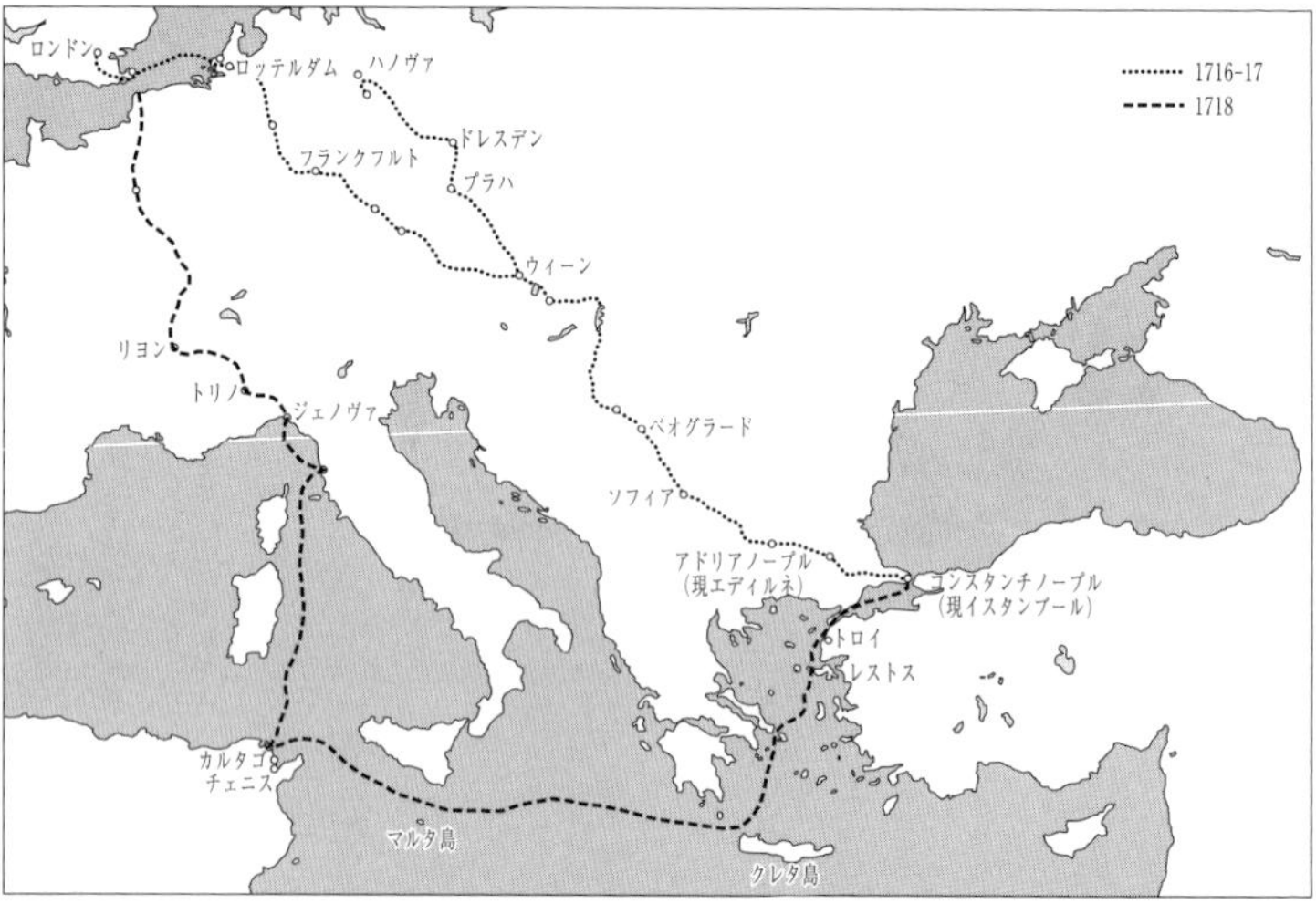

図10－3　モンタギュ一行の往路と復路

を出発した一行は、陸路でロッテルダム、フランクフルト、ウィーンを経由し、一七一七年二月にベオグラードに到着した。半年にも及ぶ旅路だった。指令書が届くまでの間、トルコの有力者の屋敷で過ごした後、同年五月に一行はついにイスタンブールに入ることになる（図10－3）。

種痘

最後に、メアリ・モンタギュの功績として『トルコ書簡』以上に評価されることもあるトルコからの天然痘種痘導入に関する部分を見ておこう。ジョージ一世が即位すると、メアリは宮廷での社交や、ポープやジョン・ゲイをはじめとする文壇の人々との交流に忙しい日々を送る。美しく、機知に富んだ彼女は、社交界の花形だった。そんな華やかな暮らしの中、一七一五年一二月、二六歳で天然痘を患う。かろうじて一命はとりとめたものの、容貌は大きく変化したといわれている。弟は二一歳で天然痘によって命を奪われた。これらの経験がのちにトルコにおける天然痘種痘への切実な関心に繋がっていく。

当時イギリスでは、ローマ帝国を滅ぼした強力なオスマン帝国の脅威に対する不安もあって、トルコは「野蛮な国」と貶められていた。トルコでは女性の手により種痘が施されていたこともあり、イギリスへの導入に反対する人々も少なくはなかった。最も強力な反対者は聖職者たちであったといわれている（Dixon［2］238）。エドマンド・メッセイ牧師は、病は神が与える罰であるから種痘などすべきではないと主張した。ウィリアム・ワグスタフは、種痘を行っているのはトルコという「劣った」国の「少数の無知な女たちである」と差別意識をあらわにして、種痘の導入を阻もうとした（Grundy［3］216）。

このような風潮の中、メアリは、生まれ育った国とは著しく異なる宗教、習慣、文化を有する国への根拠のない恐れや嫌悪感に縛られることなく、自ら種痘の仕方を学び、接種した人々の経過を観察して、一七一七年四月一日付の友人サラ・チズウェルへの手紙の中で次のように話している。

私たちにとって身近で致命的な天然痘が、ここでは移植（engrafting）――彼らはこう呼んでいます――の考案によって完全に害のないものになっています。年老いた女性たちのグループがその施術を仕事にしています。毎年秋、暑さが和らぐ九月に入ると、人々は家族の中で誰か天然痘に罹りたい者はいないか互いに訊いてまわります。この目的のために（ふつうは一五―一六人くらい）集まると、年老いた女性が最良の天然痘の種苗が入った堅果を持ってやって来て、どの静脈を切開してほしいか尋ねます。彼女はすぐに差し出された箇所を大きな針で切開し（引っ掻いた程度の痛みしか感じません）、針先いっぱいにのせた痘苗を静脈の中へ入れ、空の殻の破片で小さな傷口を塞ぎ、同じやり方でさらに四―五箇所を切開します……種痘を受けた子どもたちや年少の者たちは、その後ずっと一緒に遊び、八日目までは完全に健康に過ごします。八日目になると熱が出て、二日間――三日に伸びることはめったにありません――病床に伏します。二〇―三〇を超える発疹が出ることはまずなく、痕も残りません。八日間で元通りです……毎年、何千人もの人々が種痘を受け……亡くなった人はひとりもいません。私は、愛する小さな息子にも受けさせるつもりなので、その安全性に関して十分に満足していることをあなたも信じてくださるでしょう。私は故国をとても愛しているので、この有用な発明をイングランドにも広めるよう力を尽くすつもりです……

(Montagu［1］81)。

この詳細な記述には、天然痘種痘の普及をめざすメアリの真剣な熱意が表れている。彼女は、帰国後の一七二二年九月一三日には、『フライング・ポスト』紙に匿名で「天然痘種痘に関する簡明な説明」という小論を寄稿し、過剰な痘苗を注入するなどの、イギリスの医師たちが犯している誤りを具体的に指摘しながら、トルコで行われている「正しい」種痘の仕方と種痘後の経過を説明した。メアリの死に際し、『クリティカル・レヴュー』は、「よく知られているように、モンタギュ夫人は……この国に種痘を導入した。もし彼女が『トルコ書簡』を書いていなかったとしても、種痘の導入という功績だけで、彼女の名は永久に語り継がれるにふさわしい」(*Critical Review*［4］430) と悼んだが、天然痘種痘の導入は、多くのイギリス人を病から救うと同時に、イギリス人のトルコ観にも何らかの変化をもたらしたに違いない。

女性から多くの権利や機会を剝奪し、人生のさまざまな局面において女性を抑圧する男性中心主義社会において、強靱な精神力とヴァイタリティで人生をしなやかに生き抜いたこの女性の遺した言葉は、今なお私たちに驚きをもたらしてくれる。当時入手可能な僅かな情報だけを頼りに、大いなる期待と不安を胸に旅立ったに違いない彼女の目に、トルコという国、そこで暮らす女性たちの姿はどのように映ったのだろうか。

3　後宮とモスリン

トルコと西洋の交渉

『トルコ書簡』は、一八世紀初頭のイギリス女性がイスラム圏のトルコという国をどのように捉えたかを知る貴重な資料として、刊行から現在までの長きにわたって読み継がれてきた作品である。ロマン派を代表する詩人バイロン卿（Lord Byron, 1788–1824）も愛読者のひとりであった。

トルコと西洋諸国の交渉の歴史を簡単に振り返ると、歴史家サザーンが西洋のイスラム圏に対する「無知の時代」と呼んだ八―一一世紀から、十字軍の時代を経て、トルコと西洋諸国の敵対が一応の終結を見るカルロビッツ条約（一六八九年）まで、トルコと西洋諸国の往来は限られていた。しかし、一五八一年のレヴァント会社の設立を機に、商人や外交官が頻繁に行き交うようになり、それに伴い、旅行記も書かれるようになった（Kidwai［5］1-3）。エドワード・モンタギュのトルコ派遣費用も一部はこのレヴァント会社が負担していた（Grundy［3］113）。トルコ側にとっても、帝国を維持するのに西洋諸国との外交が重要になってきたせいで、コンスタンチノープル征服以来、臣民として従えてきたギリシア人を通訳として厚遇したり、ファナリオットと呼ばれるギリシア人に領土の一部の統治を任せたりして、トルコ・ギリシア共同支配体制を敷くようになった（Kurat and Bromley［6］207–208）。こうした流れの中で、モンタギュ一行がトルコを訪れた一七一〇年代のトルコは、トルコ史上まれにみる実験的な時代といわれる「チューリップ」時代を迎えていた。西洋の文化がもてはやされた当時のトルコでは、西洋

図 10－4　Jean-Baptiste Vanmour による絵画「スルタンの妻」

（出典：図 10－1 と同じ。）

の衣装や娯楽がとりいれられ、贅沢なあずまやでガーデン・パーティが開かれたりしていた。

二つの後宮

メアリ・モンタギュは、「目新しさ」が最大の魅力ともいえる旅行記の著者としてきわめて有利な立場にあった。イギリスで近代ツーリズムが確立するのはトマス・クックが旅行会社を立ち上げ、マレー社が旅行ガイドブックを次々に刊行し始める一九世紀中葉で、一八世紀当時まだ旅行は一握りの特権階級のみが享受できるものでしかなかった。さらに貴族の子弟が教育の仕上げとして行うグランドツアーはフランス、イタリアを主要な目的地としており、トルコは当時の多くの人々にとって、未知の国であった。また、トルコを訪れた男性旅行家も少数ながら存在したが、後宮に入ることを許されることはなく、トルコで暮らす女性たちの日常を直に見る機会はないに等しかった（図10－4）。イギリス大使夫人という特権的な立場のおかげで、彼女はトルコの有力者の後宮を訪問することさえ許された。女性であることが、これまで男性の旅行作家には閉ざされていた場所へのアクセスを可能にしたのである。

メアリによれば、トルコの家は、大小を問わず、すべて二つに分かれていて、細い通路だけで繋がっており、一方に主人が住み、もう一方はハーレム＝夫人たちの住家となっていた。ハーレムは必ず後方に建てられ、外からは見えないようになっており、窓には鉄格子がはめられていた。このように外界から遮断された場所へ出入りできる特権について、彼女は友人のアン・シスルウェイトに、愉快そうに次のように語っている。

あなたがこれまで楽しんできたありきたりな旅行作家たちの記述とはあまりに異なる話に驚いたことでしょう。彼らは、本当は知らないことを話すのがとてもお好きなのです。キリスト教徒が有力者の屋敷に入るのを認められるのは、しかるべき人物に連れられているか、よほど特別な場合だけですし、後宮は常に出入り禁止の場所なのです（Montagu［1］85）。

一七一七年四月一日付のこの手紙には、これまでどの男性旅行作家も見たことがないはずの後宮という東洋の象徴的な場所を実際に訪れ、ありのままを記録できるのは自分だけだという優越感と自負があらわれている。

後宮を訪れたメアリは、この特権的な機会を堪能する。彼女は対照的な二つの後宮を訪問した様子を詳細に語っている。最初に訪れたのは、大宰夫人の住む後宮だった。大宰夫人の好奇心を満足させようと、メアリは、イギリスよりもはるかに豪華なウィーンの宮廷衣装に身を包み、女中ひとりと通訳のギリシア人女性ひとりを伴って出掛ける。好奇心に輝く彼女の瞳は、後宮の実像を捉えようと、そこに暮らす女性たちの仕草や調度品、建物のつくりなど、ありとあらゆるものを熱心に見つめる。一七一七年四月一八日付の妹宛の手紙の中で、メアリは夕食に招かれた時の様子を次のように書き記している。

私は入り口で黒人の宦官に出迎えられました。彼は慇懃に私が馬車から降りる手助けをし、私を案内していくつかの部屋を通り過ぎました。そこでは、美しい衣装を身にまとった夫人の女奴隷たちが両側に並んでいました。一番奥の部屋で、毛皮の胴衣を着た夫人がソファに座っていました。彼女は進み出て私を出迎え、きわめて丁重に五、六人ほどの女性を紹介しました。彼女は五〇歳くらいで、とてもよい女性に見えました。私は彼女の屋敷に豪華なものがほとんどないのを見て驚きました。家具はすべてそこそこのもので、奴隷の衣装と数を除いては、高価なものは何もないようでした。彼女は私の考えていることがわかったようで、自分はもう余分なものに時間やお金を費やす年齢は過ぎたのです、と私に言いました。お金はすべて慈善に使い、神に祈って時を過ごしているのです、と（Montagu［1］87）。

一八世紀の女性の旅行記と美学の言説の関係を論じたエリザベス・ボールズによれば、一八世紀初頭のトルコへの男性旅行家たちは一致して、トルコ女性を好色で性欲過多な存在として描いていた（Bohls［7］29）。それは、後宮に隔離され、家の主と去勢された宦官以外の男性との接触を禁じられた女性たちに対して西洋の男性が抱くありふれた妄想だった。メアリは、そのような期待を抱く読み手をかわすかのように、目にしたものを淡々と描写している。この一節では、豪奢と好色という東洋のステレオタイプがあっさりと否定され、慎ましく敬虔に過ごす夫人の礼儀正しさと賢明さが前景化されている。

慎ましやかな大宰夫人の後宮とは対照的に、メアリが次に訪れた、影の実力者と目される高官の後宮は、読み手の妄想を掻き立てるのに十分な華やかさに満ち溢れた場所として描かれている。二人の黒人の宦官に迎えられたメアリは、ずらりと並ぶ美しい少女たちに目を奪われながら、美しい植物や花々に彩られた屋敷の中を進み、ファティマという名前の女主人のもとへ案内される。ファティマを一目見た瞬間、メアリは彼女のあまりの美しさに息をのむ。彼女の美しさを表現しようとして、メアリは感嘆符を書き連ねる。

告白しますが、ギリシア人の通訳の女性があらかじめ彼女の美しさについて教えてくれていたにもかかわらず、私は称賛の念にうたれたあまり、しばらくの間、完全に目を奪われて、彼女に話しかけることができませんでした。あの驚くほど調和した目鼻立ち！　あの全身から溢れ出る可愛らしさ！　あの完璧なスタイル！　化粧によって損なわれていない、あの愛くるしい薔薇のような頬の色！　あの言葉にできない魅力的な微笑！　彼女の瞳！　大きくて黒く、物憂げな柔らかい青みが射していて！　振り向くたびに、新たな魅力がまた現れて！（Montagu［1］89）

これだけ多くの感嘆符が重ねられていると、何かを茶化そうとする意図があるのではないかと思われてくる。一八世紀初頭の女性作家のユートピア小説のパロディを分析した富山太佳夫は、ドラリヴィエ・マンリーの『地位高き男女数名の秘密の回想と行状。地中海の島ニュー・アトランティスより。原作イタリア語』（一七〇二年）から官能的な一場面を引用しているが、そこでは感嘆符が笑いを誘うほどに多用されている（富山［8］一三四）。前に述べたように、メアリは少女時代、アフラ・ベインの作品を模したロマンスを書いていた。「誘惑」のプロットで読者を作品世界へと誘う一七世紀末から一八世紀前半の女性作家の「愛欲小説」の文体とメタファーに馴染んでいた彼女が、習作時代に隠れて読んだこれらの作品の一節を思い出して、昔の自分をからかうように、あるいはポルノグラフィックな記述を期待する読み手を皮肉るように、故意に大げさな表現を用いたとも考えられる。

「マホメットの楽園」

後宮訪問を終えたメアリ・モンタギュは、ファティマが住む後宮を「マホメットの楽園」（Montagu［1］91）のようだったと回想しているが、トルコでの日々を重ね、トルコ社会のさまざまな側面に目を

図10－5　トマス・アロムによる絵画「サルタンの姉妹」。女性はベールなしで外出することを禁じられていた
（出典：図10－1と同じ。）

向けるにつれて、彼女は、「マホメットの楽園」とは男性が幸福を享受する場であり、後宮という私的領域に閉じ込められ、産む性としてのみ生きることを強要される女性はそこから締め出されていると強く感じるようになる。

トルコ女性の置かれている状況に対する彼女の認識が徐々に変化してくることは、メアリが『トルコ書簡』の前半と後半で言及している女性の匿名性（無名性）に関する二つのエピソードが含意するものの違いからも明らかである。一七一七年四月一日付のマー卿夫人宛の手紙の中で、メアリはアフラ・ベインの『月の皇帝』（一六八七年）の一節を引用し、トルコ女性の性道徳はイギリス女性と変わらないと述べた後で、顔と身体を覆い隠すモスリンのおかげで、トルコ女性はイギリス女性よりもはるかに容易に逢引を楽しんでいると言い、夫以外の男性には誰だかわからないトルコ女性の匿名性に起因する自由を羨む素振りを見せている（図10－5）。一方、それから約一年後の一七一八年五月のブリストル伯爵夫人への手紙では、二カ月前にモンタギュ一家の住む屋敷からあまり遠くない場所で、ナイフで刺され血を流している裸の若い美しい女性の死体が発見されたが、誰も彼女の顔を見ても身元がわからなかったという事件を伝えている。これは、逢引についての冗談とは対照的に、社会的アイデンティティを奪われたトルコ女性がいかなる暴力を受けても告発すらできない状況に置かれうることを示し、彼女たちがいかに社会的に脆弱な存在であるかを暴露するエピソードといえるだろう。

また、メアリは、イスラム教が女性を男性とは異なる、劣った存在とみなし、女性の役割・価値は子どもを産むことにのみあると教え込んでいると、友人たちに話している。彼女は、イタリア人の友人コンティ神父に対して宗教に関する話題を時折もちだしているが、一七一七年五月二九日付のコンティ神父への手紙では、イスラム教の「とてもとっぴな」教義――未婚のまま死んだ女性は神から救済を拒否されるが、それは、女性は子を産み、増やすために創られたのであり、子を産み育てることだけが天命だからである――に触れ、「これは、独身を貫く誓いほど神の御心に従うものはないと教えている神学とは、ずいぶん異なるものですね。どちらの神が理にかなっているか決めるのは、あなたにお任せします」(Montagu［I］100) と、カトリックとイスラムの教えを対置して皮肉を言っている。

続けてメアリは、トルコ人は女性にも魂があるとは認めていないという話は間違いで、正しくは、トルコ人は、女性はそれほど高尚な存在ではないから男性と同じ楽園に行くことを望むべきではないけれども、劣った者のための幸福の場所が別に用意されていて、そこでよき女性たちは永遠に幸福でいられると考えているのだ、と述べている。そして、「［トルコの］女性の多くはとても迷信的で、神から見捨てられた、役立たずとして死ぬのを恐れて、未亡人になると一〇日も経たないうちに結婚しようとします。でも、自由を好み、宗教にとらわれていない女性たちは、死ぬ恐れを感じた時に結婚するようにしています」(Montagu［I］100) と、トルコの女性たちの反応を伝えている。彼女は、翌一七一八年二月のコンティ神父宛の手紙においても同じような話を繰り返し、処女のまま死んだ女性や再婚せずに死んだ女性を楽園から締め出すイスラム教は、カトリックとは正反対のシステムですね、聖女たちはどうなるのでしょうと、悪戯っぽく言っている。

さらに、同一七一八年の一月四日付のアン・シスルウェイト宛の手紙では、間もなく生まれてくる子どもの話をした後で、再生産の視点からしか女性を見ようとしないトルコ社会が女性たちを愚かな行為へと追い込んでいる状況について説明している。

……この国では、結婚して子どもを産まないと、私たちが［イギリスで］未婚の母親になった時よりも、ひどい蔑みを受けます。彼らは、女性が子どもを産まなくなったらどんな場合でも、その女性が、どれほど若く見えても、年をとり過ぎて子どもを産めなくなったのだと考えます。そのせいで、この国のご婦人たちは、自分の若さを証明しようとやっきになって……自然に任せることに甘んじず、子どもを産む年齢を過ぎたといわれる恥辱を避けるために、ありとあらゆるインチキ医者のもとに走り、命を落としています。誇張でも何でもなく、結婚して一〇年経つ私の知人の女性たちにはみな一二―一三人の子どもがいて……年老いた女性たちは産んだ子どもの数が多い順に敬われています（Montagu［1］107）。

女性が結婚せずに子どもを産むことを非難するイギリスであれ、結婚して産まないことを非難するトルコであれ、女性の存在意義を生殖の観点からしか捉えようとしない態度はどちらも同じであるという認識が、この指摘の根底にはある。重要な任務を帯びたイギリス大使の夫人という立場をおそらく常に意識していたであろうメアリは、故国への手紙の中であからさまにトルコを批判するような発言はしていないものの、軽やかに冗談を交えながら、トルコ女性が直面している最も重大な問題を浮き彫りにしている。

二つの「装置」――後宮とコルセット

トルコ滞在中に、女性だけの閉ざされた空間――後宮とトルコ風呂――をつぶさに観察したメアリ・モンタギュだが、常に「見る」側に立っていたわけではない。彼女は、一七一七年四月一日付の友人への手紙の中で、ソフィアのトルコ風呂を見学に出掛けた時に、思いがけず「見られる」側になって困惑した時の様子を語っている。朝一〇時頃に到着すると、五つの石造りのドームが繋がったトルコ風呂は、すでに二〇〇人ほどの裸のトルコ女性たちでいっぱいだった。彼女たちは大抵週に一回、少なくとも四―五時間をここで過ごしており、メアリは「つまり、ここは女性たちのコーヒーハウスのようなもので、ここでありとあらゆる町のニュースが話され、スキャンダルが捏造されているのです」（Montagu［1］59）と述べている。大勢の裸の女性たちの中に、ひとり乗馬服を着用したまま入っていったメアリは、身分が高いと思われるひとりの女性から服を脱ぐよう勧められる（図10－6）。なんとか断ったものの、好奇心いっぱいのトルコ女性たちにせがまれたメアリは、スカートを開き、コルセットを見せることにする。トルコの女性たちは、コルセットを夫がメアリにとりつ

図10－6 ダニエル・ホドヴィエツキーによる絵画「トルコ風呂を訪れるメアリ・モンタギュ」

（出典：図10－2と同じ。）

けた「装置」だと考え、そのせいで服を脱ぐことができないのだと納得する。

私は断ろうとひと苦労しましたが、彼女たちがあまりに熱心に説き伏せようとするので、とうとうスカートを開き、コルセットを見せることにしました。彼女たちは納得した様子でしたが、それは、私がこの装置に閉じ込められていて、自分では鍵を開けることができないと思ったからで、これを考案したのは夫だと考えていました（Montagu［1］59–60）。

このトルコ女性たちの解釈を支えているのは、男は女性を閉じ込めるための装置をつくるものだという認識であるのも重要な点だが、突然「見られる」対象となったメアリが、（女性を後宮に閉じ込める）トルコとは異なるかたちで女性の動きを制限する「装置」＝コルセットを、イギリス人の自分が当然のように着用していることにはっとするのも興味深い。異文化との出遭いは、異なる社会・文化を知る機会を提供するだけではなく、自分が育った社会・文化を見つめ直す契機ともなりうる。

メアリ・モンタギュの『トルコ書簡』は、一八世紀初頭に未知の国トルコを旅したひとりのイギリス女性の興奮と驚きが生き生きと表現された大変面白い作品であるばかりでなく、さらなる興味を読者の胸に掻き立てる。トルコの女性たちは、イギリスからやってきたメアリと出逢って、何に興味を抱き、どのような発見をし、何を考えたのだろうか。トルコ風呂でのコルセットにまつわるエピソードを読んで、大宰夫人やファティマなどトルコの女性たちの日記や手紙も読むことができたらという願いを抱く読者も多いに違いない。

引証資料

［1］Montagu, Mary Wortley. *The Turkish Embassy Letters*. 1763. Virago, 1994.

［2］ Dixon, C. W. *Smallpox*. Churchill, 1962.
［3］ Grundy, Isobel. *Lady Mary Wortley Montagu*. Oxford UP, 1999.
［4］ *Critical Review* 15 (1763), 426-435.
［5］ Kidwai, Abdur Raheem. *Orientalism in Lord Byron's 'Oriental Tales': The Giaour (1813), The Bride of Abydos (1813), The Corsair (1814), and The Siege of Corinth (1816)*. Mellen UP, 1995.
［6］ Kurat, A. N. and J. S Bromley, "The Retreat of the Turks, 1683-1730," *A History of the Ottoman Empire to 1730: Chapters from the Cambridge History of Islam and the New Cambridge Modern History*. Ed. M. A. Cook. Cambridge UP, 1976.
［7］ Bohls, Elizabeth. *Women Travel Writers and the Language of Aesthetics, 1716-1818*. Cambridge UP, 1995［エリザベス・A・ボールズ『美学とジェンダー――女性の旅行記と美の言説』長野順子訳、ありな書房、二〇〇四年］.
［8］ 富山太佳夫『文化と精読――新しい文学入門』名古屋大学出版会、二〇〇三年。

その他の参考文献

Al-Rawi, Ahmed K. "The Portrayal of the East vs. the West in Lady Mary Montagu's *Letters* and Emily Ruethe's *Memoirs*." *Arab Studies Quarterly* 30. 1 (2008), 15-30.
Aravamudan, Surinivas. "Lady Mary Wortley Montagu in the Hammam: Masquerade, Womanliness, and Levantinization." *ELH* 62 (1995), 69-104.
Ballaster, Ros. *Seductive Forms: Women's Amatory Fiction from 1684-1740*. Oxford UP, 1992.
Ballaster, Ros. "The Economics of Ethical Conversation: The Commerce of the Letter in Eliza Haywood and Lady Mary Wortley Montagu." *Eighteenth-Century Life* 35. 1 (2011), 119-132.
Groot, Joanna de. "Oriental Feminotopias? Montagu's and Montesquieu's 'Seraglios' Revisited." *Gender & History*

18. 1 (2006), 66–86.

Jervas, Charles. "Lady at the Clavietytherium." in Elizabeth Bohls. *Women Travel Writers and the Language of Aesthetics, 1716–1818*. Cambridge UP, 1995.

Kietzman, Mary Jo. "Montagu's *Turkish Embassy Letters* and Cultural Dislocation." *SEL* 38 (1998), 537–551.

Koundoura, Maria. "Between Orientalism and Philhellenism: Lady Mary Wortley Montagu's 'Real' Greeks." *The Eighteenth Century* 35. 3 (2004), 249–264.

Lowenthal, Cynthia. "The Veil of Romance: Lady Mary's Embassy Letters." *Eighteenth-Century Life* 14. 1 (1990), 66–82.

Melman, Billie. *Women's Orients: English Women and the Middle East, 1718–1918: Sexuality, Religion and Work*. U of Michigan P, 1992.

Philips, Charles. "Lady Mary Wortley Montagu in Turkish Dress." in Christopher Pick ed. *Embassy to Constantinople: The Travels of Lady Mary Wortley Montagu*. New Amsterdam, 1988.

Said, Edward W. *Orientalism*. (London) Routledge & Kegan Paul, 1978［エドワード・サイード『オリエンタリズム』今沢紀子訳、平凡社、一九八六年］.

Still, Judith. "Hospitable Harems? A European Woman and Oriental Spaces in the Enlightenment." *Paragraph* 32. 1 (2009), 87–104.

Tuson, Penelope. *Western Women Travelling East, 1716–1916*. Oxford UP, 2014.

Vanmour, Jean-Baptiste. "The Royal Sultana," in Pick's, *Embassy to Constantinople*. New Amsterdam, 1988.

第11章　アルフレッド・イーストと明治日本の出会い
――ある風景画家の旅日記から――

中川僚子

1　風景画家、日記作者として

春を招き入れる喜び――花渡り式を見る

とある四月の中旬、ひとりのイギリス人が祭の人混みのなかにあって、青空の下、武者装束の稚児が先導して、参道の桜並木の間を神社の鳥居に向かってゆっくりと進む行列を見守っていた。

目に焼きつくような光景だった。なにしろ最高の飾りつけ師である太陽がさんさんと降り注いで、行列のために陽光あふれる舞台を用意したのだから。造花をつけたいくつもの花飾り、きらめく甲冑、色とりどりのあざやかな着物をきた人の群れ、日傘を立てたさまざまな出店、ねずみ色の石灯篭の並びのその向こう、参道の先の薄ピンク色の桜のすき間から、鳥居の先に青い湖が現れた。その向こうでは、ちらちらと反射する陽光の中に雪山の稜線が浮かぶ。稜線はかろうじてわかるくらいかすかなもので、かなたの淡いグレーと青にまぎれて、あちこちで消えてしまう。これは春祭りだ。これからの一年が実り多きものとなる約束が結ばれたことへの歓喜の表現だ（East［1］52）。

図 11－1　アルフレッド・イースト「自画像」油彩

（出典："Your Paintings." BBC. 2016. 2.）

明治二二（一八八九）年、イギリスの画家アルフレッド・イースト（Aldfred East, 1844-1913）は、琵琶湖近江八景のひとつ堅田を訪れるが、残念ながら広重の浮世絵に描かれた目当ての雁を見ることはできない[1]。だが、運よくちょうどその日、このあたり一番の大きな春祭りが近くであると宿の主人が教えてくれる。「昔の装束や鎧を着た人」が見られるなら、行かない手はない。

イーストは人力車に乗って、「カラサキと呼ばれる小さな村の一本松近くの茶屋」（East［1］50）に到着する。造花で飾られた大指物を抱えたお付きの者と、交替要員二名、計三人の大人の男性を付き従えて、武者姿の稚児が、満開を控えた桜に彩られた参道を練り歩く。お付きは紋をつけた上衣（法被《はっぴ》のことか）を着て、稚児の歩みにあわせて錫杖を鳴らす。冒頭の引用は、風景画家のイーストらしく、前景に稚児が先導する行列を置き、色とりどりの衣服を身につけた見物客の群れ、さまざまな出店、参道に規則正しく並ぶ石灯籠、桜並木へと視線を移し、さらに琵琶湖の湖面、かすかに見える雪山の稜線が空に溶ける後景まで描き出す。晴天に恵まれた祭のにぎわいが、見物客の華やいだ気分と共に喚起される描写である。

この祭は、桓武天皇が二基の神輿を寄進したのが起源といわれ、一二〇〇年以上の歴史をもつ日吉大社山王祭の花渡り式と思われる[2]。現在は湖国三大祭のひとつとしてにぎわう日吉大社の例大祭だが、イーストが訪れた時代には、まだ人出も限られていたようで、「この辺鄙な土地では、ヨーロッパ人ひとりと云えど、いやおうなく驚き（"wonder"）を引き起こす」（East［I］50）と記されている。イーストは、集まった五、六人の子どもたちに菓子をやって喜ばせ、このハレの日に「驚き」という彩りを添えるよそ者の役割をみずから引き受けて演じる。

日本に到着してひと月あまり、旅行案内書の名所を訪れては足早に次へと向かう〈観光客〉としてではなく、訪れた土地に参入していく〈旅行者〉としての姿が垣間見られるエピソードである[3]。宿に帰る道すがら、お供を従えて練り歩く稚児の姿を思い出して、イーストはこう想像する。「この日のわが子の晴れ姿を、愛情豊かな母はどれほど誇らしく思ったことか。あの祭全体では、どれほどの手間と気苦労がかかったことか。春を招き入れるために、人々はどれほどの時間を捧げたことか」と。宿への帰着は遅れ、予定していたその日の奈良行きは無理になる。しかし祭を見に行ったことを後悔はしない。「今日の出発は論外だ。夕食をとり、煙草を一服し、一冊の本を読むと、この好ましい一日は暮れた」と満足そうな筆致で日記をしめくくる（East［I］52）。イーストの旅日記『イギリス人画家の見た明治日本』（*A British Artist in Meiji Japan*）は体験を生き生きと伝え、百年の隔たりを感じさせない。

風景画家アルフレッド・イースト

イーストは、やがて明治三〇年代に訪れる水彩画ブームの契機を日本にもたらした三人のイギリス人風景画家の一人として、日本美術史上に名を残すことになる[4]。日本の風景画の歴史においてイギリス人風景画家が果たした役割については青木茂が指摘しており、そのうちイーストについては、沼田英子が詳しく論じている（青木［2］、沼田［3］）。他の二人の画家は、一八九〇年から九一年にかけて日本に滞在したジョン・ヴァーレイ・ジュニア、一八九二年三月から一二月に滞在したアルフレッド・パーソンズ（パーソンズについては谷田［4］が詳しい）で、明治二二年すなわち一八八九年に日本を訪れたイーストがもっとも早かった。イースト自身にとっても、帰国後にロンドンで開かれた日本の風景画展覧会は、画家としての飛躍の契機となった。(5)

明治二二（一八八九）年といえば、アーネスト・フェノロサ、岡倉天心を理論的指導者として東京美術学校が開設された年である。本格的な西洋美術教育を指導する目的で明治九（一八七六）年に設立された官立の工部美術学校が明治一六（一八八三）年に廃校になった後、東京美術学校（東京藝術大学美術学部の前身）は、「国粋主義の高まりを受けて、伝統美術の保護と育成を目的とし」て設立されたため、当初設置されたのは日本画と木彫の二科だけで、洋画科は置かれなかった（荒木［5］）。一方、洋画家による日本最初の団体、明治美術会が設立されたのも同じく明治二二年であった。日本滞在中、イーストは、鹿鳴館を設計し「日本近代建築の父」とも呼ばれる建築家ジョサイア・コンドルの紹介で、七月六日に明治美術会で講演を行ったことが記録されており（「明治美術会報告、第一回」［6］）、同年一〇月二〇日から上野不忍池で開催された同会の第一回展覧会には、コンドルが所持していたイーストの水彩画三点が展示されたという（「明治美術会報告、第三回」［7］）。

アーネスト・フェノロサ（Ernest Fenollosa, 1853-1908）は、伝統的な日本美術の再評価と保存に尽力したことが知られるが、一八八六年に帝国大学の教職を辞し、三〇代前半にして文部省と皇室のアドヴァイザーという重職に就いた。イーストは、日本の伝統芸術は「装飾的（decorative）」すぎるため芸術とは言い難いと考え、フェノロサと見解を異にしていた。(6)フェノロサと対立する芸術観をおそらくは言明していたイーストは、明治二〇年代には劣勢に立たされていた日本人洋画家にとって、頼もしい理論的支柱であり、師とすらみなすべき存在であったのではないか。

『明治美術会第一回報告』からは、設立当初より、イーストの同会への出席と作品の展示が切望され、その講演が熱烈に支持された様子が伝わってくる。第二回報告に一二頁にわたって掲載された講演原稿（邦訳）には、随所に「（喝采）」「（拍手）」「（謹聴）」「（大喝采）」など聴衆の反応が挿入されている（『明治美術会報告、第二回』［8］九―二二）。ただ、日記を読む限り、イースト自身は「若い芸術家に向けたこの講演について、特別の感慨は抱いていなかった様子である。日記には、いったん断ったものの重ねての依頼に「気は進まないが、引き受けざるを得ない」とあり、講演後に公使館でもたれた晩餐会について「楽しい夜だった」と述べてはいるが、講演そのものについての記述はない（East［1］99, 131）。しかし、イーストが、後に自分の所属する王立芸術家協会で「改革者」として一定の役割を果たしたこと、また沼田が記すように帰国後、イギリスに渡った日本の洋画家の支援をしたことを考えると、離日直前にイーストを名誉会員とした明治美術会には、確かに先見の明があったと考えられる(7)。

それにしても、イーストはなぜ日本に来たのか。いささか遠回りになるが、イーストという人物を理解するために、その生い立ちを紹介しておきたい。日本に来たとき、イーストはすでに四〇代半ばであった。そもそも画家としての出発自体が遅かったのだ。

父親は敬虔な非国教徒の靴職人で、家は貧しく、幼い頃から暇さえあれば絵を描いていた末子が画業を志すなど問題外だった。イーストは一六歳で革打ち抜き工（clicker）の見習いとなったが、やがて、二〇歳上の長兄が靴製造業を興すと経営に参加するようになり、三〇歳を迎える一八七四年に結婚すると、スコットランドのグラスゴーに居を構えて地域の経営責任者に就任した。ところが翌一八七五年長兄が急死、その遺児二人を共同経営者として支えることになった。経営手腕もあったようで、順調に業績は伸びたが、次第に画業への思いが強くなり、画家への転身を決意して家業の経営権を売り渡す。すでにグラスゴーでは美術学校の夜間生徒として学び、絵画の個人指導も受けていた。イーストはスコットランドに妻と幼い三人の子どもを残したまま、まずはサマセット州の姉の家に身を寄せて、後にはパリのカルチェ・ラタンで、ひと回り以上若い画学生たちと並んで絵の修業に励んだ（Johnson and McConkey［9］9–12）。

当初絵は思うようには売れなかったが、家族をロンドンに呼び寄せた一八八四年頃から次第に批評家の評価が得られるようになる。四〇歳を目前にした一八八五年、『タイムズ』紙で「有望な若手画家」と評され、一八八六年には水彩画家協会（Royal Institute of Painters in Water Colour）に出品した風景画が、在位五〇周年を翌年に控えたヴィクトリア女王への祝賀品に選ばれた。一八八八年には、美術協会（The Fine Art Society）の招待でウィリアム・イングラム、クーパー・ゴッチとともに描いたコーンウォルの風景画展が、大きな成功を収めた。バルビゾン派の影響を受けた、光と空気にあふれた三人の風景画は好評を得て、展覧会カタログに収録された批評家には、「ここには、ほんとうのコーンウォルがある。ほんとうのコーンウォルだ。……彼らの願いは、みんなの眼に映る世界を見、描き出すことだ」と絶賛された（Johnson and McConkey［9］13–14］）。

イーストは、この成功を受けて、美術協会のマネジング・ディレクター、マーカス・ヒューイッシュから、半年間日本に滞在し、日本の「風景と人々」を描いてくるよう委嘱を受けた。日本美術の愛好家であったヒューイッシュは、一八八九年に『日本とその美術』を出版しているが、その序文の中で、新しく出版された入門書ですら日本についての情報に多くの誤りが含まれていると指摘している（Huisch

[10] 10)。ヒューイッシュは、イーストを派遣することで、自分の考える「ほんとうの日本」をイギリスの人々に見せようと考えたのではないだろうか。

イーストはコーンウォルの風景画展に三八点を出品し、うち一四点が売れて経済的にも一息つくことができた（Johnson and McConkey [9] 13-14)。ようやく画家として生計を立てる道筋が見えてきたときに受けたヒューイッシュからの申し出は、評価を定着させ新たな画境を開拓するための格好の機会だったに違いない。

日記作者としてのイースト

半年間の日本滞在中、イーストが不定期につけていた日記は、公開を意図して書かれたものではない。実際、ヒュー・コータッツィによって一九九一年に編集・出版されるまでの約一世紀の間、この日記は一般に読まれることはなかった（East [1] 表紙)。ただし、そのことはイーストが読者を想定しなかったということと必ずしも同義ではない。実際、日記には「考えてもごらんなさい（...think of it!)」、「前に語っておくべきことだったが（I ought to have told you)」、あるいは「告白すると（I confess)」など、読者の存在を想定していたと思える表現がしばしば見受けられる。日本滞在も終わりに近づいた奥日光の日記には、ついに「寛大な読者よ（gentle reader)」という呼びかけまで登場する（East [1] 117)。

イギリスには書簡作者の伝統とともに、有名無名の日記作者の伝統があるが（中川 [11])、イーストは日本滞在中、母国への便りと日記をほとんど義務のように自らに課していた様子がうかがえる。雨天続きで屋外での写生ができないとき、イーストはたまっていた日記をつけ、故郷への手紙を書く。ホームシックになったときも、「みじめだった。だが、幸せでないということ自体が救済策、つまり日記に自分の経験を書きとめるという行為を思い起こさせた」と記している（East［1］112）。

風景を夢中になって描いているときの自らの心の状態を表すとき、イーストは「共感（sympathy）」ということばを使う。たとえば、「［画家は］もっとも深い共感をもって応える自然に身を投ずる」、あるいは「大地全体が、穏やかな共感のうちに生きているように感じられる」（East［1］82．傍点は引用者による）のように。対象に対する共感がうかがえるのは、その風景画ばかりではない。日本で訪れたのは、外国人旅行客が行くことを認められていた名所として知られる土地がほぼすべてではあったが、写生を基本とするイーストには、単に「名所」であるということを超えた場所との遭遇があった。日記に記された花渡り式の描写にしても、イーストは、稚児の母親の心境に思いを馳せ、祭りの準備にいそしんだ村人たちの春を待ち望む気持ちを慮る。感傷的と感じる読者もいるかもしれないが、そこには、むしろ文化の違いを超えた日本人への深い共感が現れているように思える。

イーストの旅日記のもうひとつの特徴は、随所に表れるユーモアのセンスであろう。イーストが単なるセンチメンタリストでないことは、異文化との遭遇が引き起こす小さな悲劇に喜劇の味つけがされていることに明らかである。東京芝の紅葉館で純和風の接待を受け、空腹の中、高級料理を慣れぬ箸で食べねばならない羽目に陥ったときには、同じ苦境に陥ったイギリスの代理公使ナピエが、外交官らしく振る舞おうとするあまりに「賞味するふりをすればするほど表情に苦悩が深く刻みつけられる」様子に注目している（East［1］85）。

同席した「著名な」日本人画家たちの食事の様子は、「目ざましい貪欲さで、塗りの汁椀を空にし、すばやく飯をかきこみ、強い快感から何度も抑えがたくうなり声をあげていた」と、まるで仕留めた獲物を貪り食らう獣のように、誇張をまじえてユーモラスに描写される。イーストの好物クラレットが食後に供されると、今度は「自分たちの番」だと言い、「正餐の客としてのイギリス国民の評判を堅持することにはあからさまに失敗した」と、自分たちも赤ワインを心ゆくまで楽しんだことを婉曲的に認めるのだ（East［1］85）。

2　旅の道連れ――リバティ、ホーム、側仕え兼料理人ヨシ

リバティ、ホームとともに

明治二二年三月半ば、長崎港に降り立ったアルフレッド・イーストは、一人ではなかった。(8) 後にイースト、ヒューイッシュらとともにイギリスのジャパン・ソサエティ設立メンバーとなるチャールズ・ホーム（Charles Holme, 1848-1923）とリバティ百貨店の創業者アーサー・レイゼンビー・リバティ（Arthur Lasenby Liberty, 1843-1917）も一緒で、リバティの妻エマも同行していた。四人は前年の一二月に、ロンドン東部の港町ティルベリを出港した船に乗りこみ、途中、エジプト、セイロン、シンガポール、中国を経て日本にたどり着いた（Johnson and McConkey［9］15)。美術協会の委嘱を受けるまで、関心はあったかもしれないが、とりたてて日本との縁のなかったイーストと比べ、ホームとリバティは、以前から日本と深いつながりがあった。一八七二年にロンドンのリージェント・ストリートにインド、中国、そして日本を中心とする東洋からの輸入品を販売する店舗を構えたリバティは、イギリスにおける日本ブームの立役者のひとりであった。絹織物商の家に生まれ、同じく一八七〇年代にインド、中国、トルキスタンからの輸入業を始めていたホームは、一八七二年に来日した産業デザイナーの草分けクリストファー・ドレッサーとドレッサー・アンド・ホーム商会を創設し、倉庫を神戸とロンドン（一八七

八年、一八七九年）に建てていた。この「世界旅行」に参加したときには、商売から手を引いて休暇の最中であったとはいうが、ホームの日記にも、イーストの日記にも、リバティとホームが日本滞在中にかなりの美術品を購入したという記述がみられる。残念ながらアシュモアによると、リバティの日記には日本滞在中の記述は残っていないという（Ashmore［12］145-146）。

ホームの日記編者は、「ホームとリバティにとって、この旅行は買い物をしながら長々とどんちゃん騒ぎをしているようなもの」だったと述べている（ヒューバマンほか［13］一〇）、イーストの日記には、二人が長崎に到着するなり、骨董商で大量の品を注文して船に積ませたことや、大阪で再び合流した二人が、イーストがスケッチする間、骨董選びに夢中になるあまり、あやうく予定の汽車に遅れるところだったことが閉口気味に語られている（East［1］18, 27）。イーストも述べている通り、海外における日本ブームのため、すでに国内の良質な骨董品は多くが流出して品薄となっており、残っている品も高値になっていた。

イギリスを出発してエジプトに着くまでの船旅の慰めに、ホームが編集主幹、イーストが画家兼詩人、リバティが広告マネージャーとなって、「チューセン・ウィークリー」という雑誌を発行した（Johnson and McConkey［9］14, 15）。この役割分担は、三人の個性をよく表している。日本から帰国したホームは、夏目漱石も愛読したといわれる美術雑誌『ステューディオ』を編集発行して、美術界に大きな影響力をもった。リバティがリージェンツ・ストリートに開いた店舗はロンドン有数の百貨店に発展した。一方、イーストにとっては、芸術に身を投じることこそが、将来の生活を安定させる唯一の道であった。

日本に到着するまで、あらゆる機会をとらえて、さまざまな場所で写生をするイーストの様子は、リバティの日記に次のように記録されている。

私は悦に入って、イーストの様子を眺めながら、絵の描き方についていくつかヒントをつかもうとしていた。二人の周りには人々が群れてきて、讃嘆のまなざしを向けていた。現地の人々や絵を描くイーストを眺めながら、腰をおろして一服喫うのは、活動的とはいえないが、朝の過ごし方として心地よいものだった（Johnson and McConkey［9］15）。

リバティの伝える光景からは、イーストの職人的な、かつピューリタン的な勤勉さ、周囲の視線を感じながらも絵の対象に没頭する集中力、そして何よりも、今や絵を描くことに堂々と専念できる喜びがストレートに伝わってくる。

第二回大英博覧会を契機とした一八六〇年代半ばからの「日本熱」はいったん落ち着きをみせたものの、一八八〇年代には、ロンドンに出現した日本人村やオペラ「ミカド」の流行など、再び日本ブームが訪れていた（谷田［4］一〇三）。リバティの訪問は、輸出振興を図る日本政府にとってもよい機会だったようで、イースト、ホームの日記からは、子爵佐野常民の計らいで、彼らが厚遇を受けたことがうかがえる。先述した東京芝の紅葉館で開かれた晩餐会は、佐野の主催で三人を主賓とするものであった（もっともイーストの招待はいわば「ついで」らしく、ホームの日記には「イーストも特別に出席することになっていた」という記述がみられる）（ヒューバマンほか［13］一二二）。リバティとホームの離日を前に行われたリバティの講演会には、大隈重信ほかの日本政府要人が出席しており、別の日には、リバティが皇居に参内する許可を得て一人で出かけたという記述もある（East［1］87; ヒューバマンほか［13］一三三）。

イーストの旅は、ホームやリバティとは時々合流はするものの、単独行動をとる機会が多かった。彼の画題は、近代化の進む新しい日本ではなく昔ながらの日本であり、それはまだ探せばいたるところに

図 11－2　アルフレッド・イースト「私の宿」水彩

（出典：Paul Johnson and Kenneth McConkey. *Alfred East: Lyrical Landscape Painter.*）

残っており、旅行案内書を片手に名所だけを早足で通り過ぎる観光客には経験できないような場所との出会い、人との出会いがあった(9)。もちろんイースト自身も、行く先々で日本人から観察される存在であったわけだが、観察されているという自意識が、自己像に影響していく様子も興味深い。ときには、母国では本人すら気づかず隠されていた、イースト自身の生身の人間性が浮かび上がってくる瞬間すらある。旅がもたらす啓示というには、あまりにも散文的な記憶の断片であるにしても。

料理人兼側仕えの男

滞在中のイーストともっとも身近に接した日本人は、「ヨシさん」と呼ばれる男で、友人である横浜在住の画家リード（Reed については詳細不明）が料理人兼側仕え兼ガイドとして便宜を図ってくれた召使《ボーイ》として最初に登場する（East［1］67）。「ヨシさん」は、やがて「ヨシ」と呼ばれるようになり、その存在はイーストにとって欠かせないものとなっていく。

どのような経緯でヨーロッパ人観光客相手の商売を始めたかはイーストの日記には明らかではないが、日記の端々に登場するこの男は、なかなかの傑物である(10)。なにしろ主人が他のイギリス人たちと箱根ハイキングに行くとなれば、昼食の入ったバスケットはいうまでもなく、ヨーロッパ流にクラレットとミネラルウォーター「アポリナリス」を調達し、椅子の下の安全な場所に入れておくという芸当ができるのだ(11)。

箱根の湖を臨む場所にある一軒家を指さして、ヨシは自分のものだと誇らしげにイーストに教える（East［1］70）。後の記述と照合すると、どうやらこの家は、ヨシの妻が貸別荘として外国人に提供するために建てた家のようで、イーストもここを借り、その間、五日間ほどはホームも泊まっている。

図11－3　東禅寺事件を報じた『イラストレイティッド・ロンドン・ニューズ』（1861年10月12日付）のチャールズ・ワーグマンによる挿絵

（出典：『ワーグマンが見た海――洋の東西を結んだ画家』図録。神奈川県立博物館，2011年。）

国府津で初めて泊まった旅籠宿で、イーストはスライド式の仕切り（襖《ふすま》）がいかにも不審者の侵入に対して無防備に思え、外国人を狙う刺客がいつ現れるかと不安な一夜を過ごす。大げさにも思える反応だが、まだ幕末から三〇年は経っていない。一八六一年五月に起きた東禅寺事件は本国イギリスでも大きく報道された。同年一〇月一二日付『イラストレイティッド・ロンドン・ニューズ』には、英国総領事ラザフォード・オールコックを暗殺しようとした水戸浪士数名がまさに襖を開けて書記官ローレンス・オリファントに斬りかかる瞬間を描いた挿絵が掲載されている。チャールズ・ワーグマンによるこの挿絵をイースト本人あるいは周囲が目にしていた可能性もあるだろう。日本に関する情報がまだ少ない時代、イギリス人にとって幕末はそれほど遠い過去ではなかったのではないか。

とはいえ文明開化期を経た日本の旅は、幕末よりもはるかにのどかであったことは間違いない。刺客の出現を恐れて眠れぬ一夜が明けると、ヨシが用意する紅茶とトーストと「第一級のオムレツ」の朝食は、たちまち主人を元気づける（East［Ⅰ］72）。ヨシは、鉄道で移動する日ともなれば、多くの下働きに命令を下し、代金を払った上で皆にチップを振る舞って大活躍。おかげで主人はなんの憂いもなく一等車に乗り、朝の一服をくゆらせながら、車窓の富士をめでることができる（East［Ⅰ］73）。この男の存在は実に頼もしいのだ。

それにしても、いったいどうやって洋食の材料を調達するのか、ヨシは旅先にあっても朝食には二皿、お昼は三皿、夕食は四皿分のおかずの食材（「皿」の原語は“courses”）を入手し、上手に調理する。下働きにあれこれ指図し、訪れた先の村人たちに御主人さまは「大名」であるぞ、とヨシが申し伝えるのをイーストは立ち聞きしてしまう。「村人たちはたちまち畏れかしこまって、前にも増してわたしを丁重にもてなし、メイドといえば、わたしの前では額を畳にこすりつけ、奴隷のような服従を示すのだ」（East［Ⅰ］77）。

主人が日本語も日本の流儀も解さないのをいいことに、ヨシは与えられた指示を聞かぬふりをすることもあって、イーストの日記ではときに「悪魔（Demon）」と呼ばれているが、どうやらイーストは怒るというより、その場その場の成り行きを楽しんでいるように見受けられる。箱根で峠をようやく上りきると、先に行かせたヨシは、指示とは違う見知らぬ茶屋の前で荷物を馬からおろしているではないか。問われて、しどろもどろに筋の通らない言い訳をするヨシに対して、イーストは、ここの生まれなのだから守らねばならぬ土地のしきたりもあろうと鷹揚に記している（East［1］80）。

箱根にしばらく滞在し、大きな絵を何点か仕上げることにしたイーストは、ヨシの所有する――正確にはヨシの妻の所有する――貸家を借りることにする。ヨシとその妻、小柄なために「チイサイ」と呼び名をつけられた召使の少女ともう一人の下女、人夫、ヨシの下男、飯炊き女の六人にかしづかれて、絵画の制作に精力的に取り組む（East［1］90）。朝は五時半にヨシに声をかけられて目覚め、六時に起床。八時まで戸外で写生をしてから、茶とトースト、ハム、卵か魚、ジャムの朝食をとる。朝食後、ヨシには描きかけの絵と絵具箱を、人夫にはイーゼル用の竹の棒を持たせて、イーストは再び戸外で絵を描く。ヨシはその後、昼食の準備に家に戻るまで、蝶の採集を命じられている。昼食はだいたい魚かビーフステーキか鶏肉料理、それにカレー、甘味と果物少々。一服し、一時間ほど昼寝をした後は午後七時まで絵を描く。家に帰って湯で顔を洗い、さっぱりしたあとは、スープ、魚料理に肉料理、甘いオムレツ、餅、果物という夕食。最後は日本茶を飲む。休憩の後は一時間の読書をし、眠くならなければ日記と手紙を書き、最後に入浴。こうした規則正しい生活を送りながら、イーストは着々と制作を進めたようだ。イーストの日記には日付がないため、貸家で過ごしたのが何日間か明らかではないが、梅雨に入る少し前からほぼ明ける頃まで、というから長くてひと月といったところだろうか。

しかし、ヨシにも弱みはある。決して手放さないのは、金槌と小刀と煙管そして頭陀袋。特に肌身離さず持ち歩くのは革製の頭陀袋で、いくら置いていけといっても、ヨシは下手な英語で抵抗する。暇なときには煙管をくゆらせ、この革袋を大事そうに撫でている。中身はいったい何かと思えば、これが今まで仕えた主人たちからもらった推薦状の数々。おそらくは実入りも良く、周囲にも自慢できる外国人相手のこの商売を続けるには、推薦状の束が欠かせなかったのだろう。

どのくらいの実入りかは不明だが、「ヨシは自分の安楽を大事にし、たいていはそれを確保する」（East［I］119）と、イーストは鋭く観察している。移動のときは主人用と自分用に二台の人力車を仕立て、旅先では、「大名」のおつきのふりをして大威張り。村人たちに心付けを振る舞って平身低頭される。旅先で、イーストが夕食時にふとヨシの部屋をのぞくと、茶屋の看板娘に給仕されながら、一二皿はある料理を食べているところだった。おそらくふだんも主人のために食事を作るついでに、自分にも御馳走を用意したに違いない。主人が絵を描いているあいだには、傘で日陰をつくったり、蝶の採集をすればよい。鎌倉を訪れて鶴岡八幡宮の蓮の花の美しさに打たれた主人が、油絵具が必要と言い出して、日光に置いてきた油彩の道具一式を取りに三日かけて往復するエピソード（East［I］123）もありはするが、これとて長逗留をした日光で、ヨシがちゃっかり近所の娘とねんごろな仲になっていたのをイーストはちゃんと察していた。急に日光を発つことになったときに、ヨシが娘に別れを言いそびれたことをも見通しての粋な計らいであったのかもしれない。

3　半裸の人々と奥日光の天使

「最後で、最高の思い出」

日本に来て、イーストが驚いたもののひとつは半裸姿の人々、そして混浴であったようだ[12]。箱根に到着したイーストは、早速、知人に誘われて箱根登山に向かう。「登山」といっても、自分の脚で上るのではなく、ヨーロッパでアルプス越えに使われたような、長い二本の担ぎ棒に載せたチェア駕籠（第6章の図6-2、一四五頁参照）に乗って「行進」していくのだ。イーストは、箱根の急峻な山道を二台の駕籠を担いで登る八人の人夫が皆「半裸」であるとわざわざ記している。登山の帰路、芦ノ湖を渡る舟から湖岸の温泉で混浴する男女を見たときには、驚きを隠さない。

> ここで、ある地元の温泉宿に型破りの見世物（an exhibition of unconventionality）を見つけて興味をもった。二人の男と一人の女が、小さな小屋の中にある大きな乳白色の湯船にいっしょに浸かっていたのだ。……日本では、多くの人々が天候から身体を保護するために衣服を着る。夏が来て着るものが無用になれば、できるだけ着ないということだ。もちろん上層階級の見地は違う。彼らにとって衣服は装飾でもあり、しかも非常に美しい装飾になりうるのだ（East [1] 70）。

図 11-4　アルフレッド・イースト「日本の子どもたち」水彩

（出典：*Water Colour-Japanese Children.* Birmingham Museums and Art Gallery.）

水彩画「日本の子どもたち」（*Japanese Children*）にも、浜辺に並んで正面方向を向いた一団の子どものうち、右から三人目は海からあがったばかりらしく、素っ裸の姿で描かれている。もっとも素っ裸といっても、顔も身体も薄茶や茶の濃淡で表されているので、薄茶色の塊のように見え、写実的な裸体表現というわけではない[13]。家具の「脚」をそのまま見せることすらはばかられたヴィクトリア朝中期に生まれ育ったイーストにとっては、日本人の裸体に対する抵抗感のなさは強烈な異文化体験であったに違いない。

今年の梅雨は過去二〇年でもっとも雨が多いらしい、とイーストは、日記に伝聞を書きつける。すでに六月の初め――ホームの日記によれば、六月七日――にリバティとホームは横浜から出航し、日本を離れてしまった。残されたイーストは箱根にひとり帰り、しかも季節は梅雨に入る。雨の間、イーストは油絵や人物の習作、描きかけの作品の仕上げをしたり、放置していた日記を書いて沈みがちな気分を紛らわす。だが、家じゅうを水浸しにした大雨にはほとほと懲りたらしい。使用人たちが雨戸を補強したり、雨漏りのために壺や鍋を持って走り回る階下の音を聞きながら、夜明け近くまで眠れない。朝になって階段を降りてくると、障子は破れ、何もかも水浸しになっている。大事な水彩絵の具だけは防水をほどこした大型トランクに入れておいたのでかろうじて難を逃れた。その後晴れ間が続き、絵の仕上げが順調に進むと、イーストは帰国について思いをめぐらし始める。そして逆説的ではあるが、旅の終わりが意識されるとほぼ時を同じくして、日記は、より深く日本という異文化に入り込もうとする書き手の姿を記録し始める。

イースト自身は、「箱根の最後で、最高の思い出」として、バジル・チェンバレンと夕食を共にした後の満月の光に照らされた中での散歩を挙げているが、読者にはむしろ、続いて記されたもうひとつのエピソードこそが興味深い。

箱根を発つ直前、ジョサイア・コンドルから、イーストに会いたがっている友人が訪ねて行くのでよろしく、という連絡が入る。出発は一日延期するしかない。思いがけず、ぽっかりと予定が空いた午前中は、まだ行っていない十国峠を訪れる最後のチャンスだ。イーストは、写生道具と弁当を携えて峠に向かう。頂上近くで伊豆半島と入江と海岸沿いの山々を見渡す素晴らしい景色を写生できたのだが、間もなく富士山を隠していた大きな雲が白い霧となって周りに立ち込め、視界を遮ってしまう。一緒に来たヨシと人足の姿も一時は見失うくらいの濃い霧だ。

早めの昼食後、客人の来訪前に帰宅すべく徒歩で家路を急ぐ。霧は薄くなったが、気温は上がって耐えがたい蒸し暑さだ。イーストは、ついに衣服を脱ぎ、ズボン下と長靴だけになって歩き始める。人足たちはその肌の白さに感嘆する――「日本人は白い肌に瞠目する」（East [1] 99)。「こうやって歩くのは実に愉快だ」とイーストは記す。「朝から写生を二・三枚完成し、そのうえ一一時四五分までに往復一七マイルを走破したといえば、われわれの勤勉ぶりがわかるだろう」と誇らしげに続けているが、一七マイルといえば、二七キロ余りである。夜明け前に家を出発し、持ち前の集中力で短時間のうちに写生を完成させたに違いない。鎌倉滞在中に鶴岡八幡宮の蓮の花を描いたときには、三時半に起床して境内に赴き、九時まで通しで仕事をしたことが記録されているなど、写生に打ち込むときの禁欲的な勤勉さは、たしかにイーストの特質であった(14)。

イギリス中産階級の禁忌を破り、半裸で街道を闊歩し、しかもそのことによって周囲の賛嘆を集めた。だが、ここにあるのは、異国の冒険がもたらした開放感だけではない。風景画家にとって、風景は、外から見ると同時に内から体験するものでもある。白い肌を見せながら街道を闊歩するイーストは、風景を自ら構成するとともに、その風景に溶け込む。写生を重視し、自然に囲まれ、かつ自然と対峙しながら、全身で自然を受けとめる。外から見て、自らもその一部となりながら、溶け込む前の、ぎりぎりのところで踏みとどまって描く。写生という自然への近づき方は、いわば受容する力を最大化する。写生は「感受性（receptivity）」を増し、「自然を受けとめる知覚を活性化」すると説くイーストにとって、この経験は、まさに風景を一身に感受するまれな経験となったのではないか（East [14] 98)。

帰宅後、軽食をとったところで予定通り客人が訪れ、イーストは再び日常に着地する。

奥日光の「天使」

イーストは、六カ月の日本滞在中、決して積極的に日本語を学ぼうとはしていない。京都で写生をしている最中に寄ってきた皮膚病でかさぶただらけの頭をした子どもたちを追い払おうにも日本語を知らない。「ピギー（piggy）」という、いわばクレオールの日本語を使ってようやく撃退している（East［1］31）。各地の地名以外に日記に登場するのは、「サヨナラ」「カケモノ（掛物）」「キモノ（着物）」「トリイ（鳥居）」など決して多くはない。

そのイーストが、わずかな語彙を駆使してなんとか日本語を通じさせようと苦心するエピソードを最後に紹介したい。奥日光滞在中、土砂降りとなった昼下がり、イーストは骨董屋で雨宿りをする。ふと目を上げて、向かいの茶屋の二階を見ると障子の陰に天使と見まがう美少女がいるではないか。少女を見続けるために、イーストは勘定が済んだあとも、店の女主人に不審がられるほど軒先で長居する。そうして小一時間粘った挙句に突然気づいたのは、少女のいる茶屋はなんと自分の泊まっている宿ということだった。どうにかして少女と近づきになる方法はないか。

イーストは茶屋に戻って写生を始める。ヨシに口説かせて即席のモデルに仕立てたのは、折よく通りかかった、雨除けの油紙をかけられた荷馬二頭と、それを連れた雨合羽の男だ。雨の中、足止めされた馬と男はずぶ濡れだが、かまうものか。いつものように周囲には人だかりができる。少女とその母親も、いつの間にか下りてきて、陰からイーストが絵を描く様子を眺めているが、それに気づいたのはスケッチが完成してからだ。出来上がった絵をイーストが見せると、少女はお上手ねとほめてくれる。御礼に煙草を渡すと、少女は火を点けようとイーストのすぐ脇にある火鉢の上にかがみこむ。衆人環視の中、イーストは少女とふたり煙草を喫いながら、笑顔を交わす。やがて、隣室で茶屋の主人と囲碁をしている父親が少女を呼ぶ声がする。イーストはおかみにスケッチを託すと、おかみに続いて父親のいる隣室に入っていく。女たちは畳に額をこすりつけんばかりのお辞儀で迎えるが、父親はこちらを見もせずに囲碁を続けている。勝負がつくと、ようやく絵を見て「イチバン」と褒めてくれる。煙草を渡し、二人で喫い始める。が、会話は至難の業である。「私はしゃべりたかった。だが私の知っている日本語は『急げ』『止まれ』『もうよい』『行け』だけで、あまりこの機会にふさわしくはなかった」（East［1］114）。母親にこちらの部屋から通りの様子を写生してはどうかと勧められて、暗くなるまでの二時間ほど、一家に見守られながら制作に没頭する。

自室で夕食をとった後、イーストは一家を自分の部屋に招く。勧められるままにパンをひと切れ味見した少女の母親の勇気に励まされたのか、イーストは「自分の語彙リストを当てはめてセンテンスをでっち上げるという奇跡を成し遂げ」る。「サミセン」という語を思い出し、娘を指して、三味線を弾くジェスチャーをすると、娘が頷く。宿から借りた三味線を娘が弾き始めるが、「いまいましくも（confound him）」父親がそれに合わせて歌を始める。

三味線を押さえるふくよかな手首、ひとつの音が鳴る度に静止する手は、ラファエロの絵画のように美しい。三味線の長い柄を上下するもう一方の手の動き、揺れる袖、ランプの灯りに照らされて晴れやかな瞳と白い歯がきらめくのは、とても魅力的だ。畳敷きの床に座って煙草を楽しんだ。火鉢ではやかんが陽気に歌い、可憐な小唄を聞きながら、華奢で小さい湯呑で茶が飲まれた（East［1］114）。

少女が演奏に疲れると、一家はイーストの腕時計や鉛筆ケース、指輪を眺め、名前、年齢、家族について質問する。父親が見せてくれた本にアルフレッド・テニソンの「イン・メモリアム」の原詩を見つけたイーストはそれを朗読してみせる。夜になり、一家は襖一枚で隔てられた隣室に戻ってゆく。翌朝、朝食をすませたイーストが日記を書いていると、隣室から父親が声に出して何かを読み上げるのが聞こえてくる。一家との交流の記述は、「彼らはいつも声に出してものを読む。意味を頭に伝えるためだ」と結ばれる。

それだけといえば、ただそれだけの話である。少女との間に何かが起きるわけではない。だが、このエピソードがイーストの日記に差し挟まれたことに、不思議な安堵を覚えるのはなぜだろうか。ここにあるのは異文化を観察するよそ者の視線ではなく、異文化に魅了され、ひと時とはいえ、深くそれに浸《ひた》された経験であったに違いない。

代表的著作『油彩による風景画表現』の中で、イーストは「偉大な空を描いた画家に、座ったまま描いた者はない（No man ever painted a great sky sitting.）」と述べている（East [15] 102）。これはどういうことか。

つねに生成し変化を続ける対象をとらえるためには、描く側も座ったままではなく、立ち上がり、視点を移動させ続けねばならない。空の偉大さをとらえるためには、視点を固定せずに、空の動きとともに空とかかわっていかねばならない、そういうことだったのではないか。文化的、言語的、民族的、宗教的に大きく異なる明治期の日本の風景と人々を絵に描くというコミッションを請けての来日は、動機としては内発的というわけではなかったが、その使命をはたす中で、イーストは風景そして人々の中に自ら入り込み、動きながら、多くの出会いを心から享受したのだった。

横浜港からの出航の夜、海は大荒れだった。

イーストは見送りに来た友人リードとともに、悪天候に翻弄される大型ボートに乗ってポート・フェアリー号にたどり着き、梯子を使って乗船する。命を賭けてまで甲板に上がりたくはないヨシは、ボートに残り、そこからイーストの出発を見送ることにする。荒れる暗い海では、ボートとても安全ではない。イーストが最後に見たヨシの姿は、振り落とされないように、必死に手すりにしがみつく姿だった。

注

(1)　歌川広重の近江八景『堅田落雁』のことを指すと思われる。

(2)　日吉大社は、全国の日吉・日枝・山王神社の総本宮。山王祭は、比叡山の麓にある日吉大社の例祭で、八世紀に桓武天皇が神社に二基の神輿を寄進したことを起源とすると伝えられる。

(3)　帰還を前提とし、訪問地には深入りしない観光客に対して、退路を断たれてもなお訪問地に奥深く分け入る存在として旅人を捉えたポール・ボウルズ『シェルタリング・スカイ』冒頭の一節はよく知られている。

(4)　日本の水彩画に大きな影響を与えたとはいえ、イースト自身が水彩を油彩よりも重視していたということではなさそうである。イーストの代表的著作は『油彩による風景画表現』であるし、日本滞在中の作品も油彩・水彩の両方がある。また後述するように、日記には、鶴岡八幡宮の蓮の花を描くには油絵の具が必要と、側仕えのヨシに油彩の道具一式を日光まで往復三日かけて取りに行かせたことが記されている。描く対象、画材の携帯の便、絵のサイズなどによって水彩・油彩を使い分けていたのではあるまいか。明治美術会の第一回展覧会で展示されたコンドル所蔵のイースト作品三点がいずれも水彩画であったことが、日本で水彩画を志す画家たちにイーストを水彩による風景画家として強く印象づけた可能性はあるだろう。

(5)　『オックスフォード英国人名事典』は、イギリスの風景を描いたイーストの水彩画 *The New Neighbourhood*（1887）が、一八八九年のパリ万国博覧会で金メダルを受賞したことに触れた上で、この成功の前にすでに「イーストの人生は劇的な変化を遂げていた」と述べて、日本訪問と日本を描いた作品群が画家としての大きな転機であったと示唆している。Tancred Borenius, rev. Kenneth McConkey, "East, Sir Alfred Edward," *Oxford Dictionary of National Biography*, 2004-16. ただし、パリ万国博覧会が開催された一八八九年五月に、イーストはまだ日本に滞在中であった。社会的成功としては、一八九〇年に美術協会が主催したイースト帰国後の日本の風景画展よりも、万国博覧会での金メダル受賞が先行したことになる。日記にある「私の展覧会のチケット」のために「大名のよう」にポーズをとった肖像写真をパリに送ったとの記述は、金メダル受賞に何らかのかかわりがあるのかもしれない（East〔1〕131-132）。

（6）明治天皇の園遊会で旭日勲章を胸につけ、周囲から「教授」と呼ばれるフェノロサは、九歳年長のイーストの眼には、どのように映ったのだろうか。日光に到着してフェノロサも同地に滞在中であることを知ると、「世界で唯一重要な芸術は日本の芸術である、という言明を私は是としないと折を見て彼に伝えたいと思う」（East〔1〕105）に記しており、ほどなく、フェノロサたちがイーストを滞在先に訪ね、往き来が始まったらしい。日光を再訪した際には、三日続けてフェノロサがやってきて、イーストの仕事ぶりを見守ったことが記されている。「油絵の具を使って、自然を見て直接絵を描くところをそれまで見たことがなかったので、私の仕事の進め方にたいへん関心をもっている様子だった」（East〔1〕128）というイーストの記述には、風景画家としてのプライドが感じられる。

（7）ジョンソンによると、一九〇六年に王立芸術家協会（Royal Society of British Artists, RBA）の会長となった後、芸術家協会の活動は活発化し、かつて『ニューヨーク・タイムズ』紙に「ひどくとるに足らず、つまらない」と評された同協会展覧会の質を向上させた。「他の考えを聴くことに賢明で、困難において忍耐強く、協会員たちが同胞の芸術家であることをけっして忘れ」ない会長として、途中雇用人のスキャンダルに見舞われながらも、協会の改革を強力に推進した。ただし、イギリスで最も権威ある王立美術協会（Royal Academy, RA）の準会員に一八九九年に選ばれながらも、亡くなる直前の一九一三年まで正会員に選出されなかった背景には、一九〇二年に『モーニング・ポスト』紙に掲載された、イーストが王立美術協会の改革を企んでいるという悪意ある投稿に代表される「改革者」としてのイメージが関わっていた可能性があるという(Johnson and McConkey [9] 29-31)。

沼田英子によると、明治美術会名誉会員としてのイーストはイギリス留学をする日本人洋画家にとって「数少ない寄りどころのひとつ」であったらしい。具体的には、三宅克己(一八七四—一九五四年)、武内鶴之助(一八八一—一九四八年)が、直接イーストに指導を受けたことが知られているほか、石川欽一郎(一八七一—一九四五年)もイーストに書簡で指導を仰いだという。沼田はイーストの『油彩による風景画表現』(*The Art of Landscape Painting in Oil Colour*, 1907)が中田皓晴の翻訳によって、来日から二〇年近く経った明治四〇(一九〇七)年から四二(一九〇九)年にかけて、『美術新報』誌に一三回にわたって連載されたことにも、イーストの日本美術界への影響力を見ている(沼田[3]三五—三六)。

(8)　イーストらの長崎到着は、ヒューバマンによれば、一八八九年三月半ばであった(ヒューバマンほか[13]九)。イースト離日の前日に、明治美術会委員柳源治がイーストに手渡した同会会頭、渡邊洪基の礼状の日付は「明治二十二年八月」となっている(「明治美術会報告、第二回」[8]二)。イーストが横浜港から帰国の途についたのが八月末とすれば、日本滞在は当初の予定よりひと月短い五カ月間であったことになる。

(9)　故郷ケタリングの近代化について、イーストは否定的であったらしい。ジョンソンによると、一八九九年の講演で、ケタリングについて「多くのものを懐かしく思い出します。何マイルも続く新しい通りは迷子になりそうです。子ども時代にはそこは草の生い茂った小道で、わたしたちは鳥の巣を探したり、蝶を採ったりしていたのです」と語っている。イースト一家の経営する靴工場も絵に描くことはなかった(Johnson and McConkey [9] 11)。

(10)　ホームの日記の方がヨシの背景について詳しい。「イーストの案内人は、横浜でイギリス人の召使をしているが、主人が中国へ行っている間はイーストの案内役を務めている。彼は少し英語を話し、料理が上手だ。彼の妻はヨーロッパ人家族の使用人だったので、彼女も少し英語を話す。彼らは箱根にある小さな家(和風)に投資をしており、わたしたちが箱根に戻ったときには使えることになっていた。それで行ってみると、ふたつの快適な寝室にベッドと椅子があることがわかった！　さらに食堂もあった。これはまさしくわたしたちが箱根に来る前から希望していたことだった」。ホームは五月二一日から二五日朝までの五日間この家に滞在したらしい（ヒューバマンほか［13］一一九―一二二）。

(11)「アポリナリス」は一八五二年ドイツのワイン用ぶどう畑を掘って発見されたミネラルウォーターのブランド名。一八九七年にはヴィクトリア女王と皇太子により英国王室御用達となる。"The History of the Brand." Appollinaris. 二〇一五年九月二七日アクセス。〈http://www.apollinaris.de/en_zz/#/origin/history_of_the_brand〉.

(12) イースト、ホーム、リバティの三者三様の混浴についての説明は、それぞれの立場を反映していて興味深い。リバティは妻の撮った写真に寄せた解説文の中で、日本人の入浴の習慣について述べた後、「公衆浴場も無数にあり、最近まで男女混浴だったが、常に最低限のマナーは守られていた」と、日本政府の公式見解のような説明を付している（ヒューバマンほか［13］三〇〇）。ホームは有馬温泉で浴室の扉を開けて、老人と若い女性が湯あがりの身体を手ぬぐいで拭いているところに出くわすが、まったく悪びれない二人の様子に逆に驚いている。「ここでは人々は公の共同風呂には慣れており、悪いことだとか、好ましくない振る舞いだとは、すこしも思われていない。このアダムとイヴが堕落する前のような無邪気さについては、わたしたちが批判すべきことではない」と述べている（ヒューバマンほか［13］四八）。

(13) 場所は江の島と思われる。イーストの日記には、江の島を浜から写生し始めたときに「九歳から一二歳くらいの女の子たちが波打際にやってきて、木片をつなげた楽器を振って鳴らし、それに合わせて歌を唱和し始めた」と記されている（East［1］123）。中には自分と同じくらい大きい赤ん坊を背負った少女もいた。このほかに、日傘を差した子どもたちの一団や、海水浴をしていた男の子たちもいたとあるので、「日本の子どもたち」に描かれたのは、それらを組み合わせたものであろうか。

(14) 故郷の村ケタリングに自分の名前を冠した美術館の落成式にイーストの代理として出席した甥の挨拶は新聞に次のように報じられたという。「叔父は労働者そのものでした。労働というものの名誉と高潔さを叔父ほど理解していた者はありません」（Johnson and McConkey［9］33）。

引証資料

［1］East, Alfred. *A British Artist in Meiji Japan*. Hugh Cortazzi ed. (Brighton) In Print Publishing, 1991.

［2］青木茂『自然をうつす――東の山水画・西の風景画・水彩画』岩波書店、一九九六年。

［3］沼田英子「アルフレッド・イーストと日本」『横浜美術館研究紀要』3号、横浜美術館、一九九八年、二五―三九頁、七一―八六頁。

［4］谷田博幸「アルフレッド・パーソンズ」川本皓嗣・松村昌家編『ヴィクトリア朝英国と東アジア』思文閣出版、二〇〇六年。

［5］荒木慎也「Artwords 東京美術学校」artscape. 二〇一五年九月二七日アクセス。〈http://artscape.jp/artword/index.php/%E6%9D%B1%E4%BA%AC%E7%BE%8E%E8%A1%93%E5%AD%A6%E6%A0%A1〉

［6］「明治美術会報告、第一回」近代デジタルライブラリー　二〇一五年九月二七日アクセス。〈http://kindai.ndl.go.jp/info:ndljp/pid/849778〉

［7］「明治美術会報告、第三回」近代デジタルライブラリー　二〇一六年二月四日アクセス。〈http://kindai.ndl.go.jp/info:ndljp/pid/849778〉

［8］「明治美術会報告、第二回」近代デジタルライブラリー　二〇一六年二月四日アクセス。〈http://kindai.ndl.go.jp/info:ndljp/pid/849778〉

［9］Johnson, Paul and Kenneth McConkey. *Alfred East: Lyrical Landscape Painter*. (Bristol) Sansom & Company. 2009.

［10］Huisch, Marcus Bourne. *Japan and its Art*. (London) The Fine Arts Society, 1889. Internet Archive. Sep. 27, 2015.〈https://archive.org/details/cu31924072968286〉

［11］中川僚子「日記／書簡――私の声のありか」木下卓・窪田憲子・久守和子編著『イギリス文化　55のキー

ワード』ミネルヴァ書房、二〇〇九年、一〇〇―一〇三頁。

［12］ Ashmore, Sonia. "Lasenby Liberty (1843-1917) and Japan," Hugh Cortazzi ed. *Britain & Japan: Biographical Portraits*. Vol. IV. (London) Japan Library, 2002, 142-153.

［13］ トニ・ヒューバマン、ソニア・アシュモア、菅靖子編『チャールズ・ホームの日本旅行記　日本美術愛好家の見た明治』菅靖子・門田園子訳、彩流社、二〇一一年。

［14］ East, Alfred. "On Sketching from Nature." *The Studio*, Vol. 37, No. 156, 1906, 97-103.

［15］ East, Alfred. *The Art of Landscape Painting in Oil Colour*. Internet Archive. Jan. 31, 2016. 〈https://archive.org/stream/artoflandscapepa00eastrich/artoflandscapepa00eastrich〉

その他の参考文献

Cortazzi, Hugh. "The British in Japan in the Nineteenth Century." Tomoko Sato and Toshio Watanabe eds. *Japan and Britain: An Aesthetic Dialogue 1850-1930*. (London) Lund Humphries, 1991, 55-65.

Huberman, Toni, Sonia Ashmore, Yasuko Suga, Charles Holme, Tomoko Sato and Toshio Watanabe eds. *Japan and Britain: An Aesthetic Dialogue 1850-1930*. (London) Lund Humphries, 1991.

"Self Portrait." Your Paintings, BBC. Feb. 5, 2016. 〈http://www.bbc. co.uk/arts/yourpaintings/paintings/self-portrait-45993〉

"Sir Alfred Edward East." National Portrait Gallery, London. Jan. 28, 2016. 〈http://www.npg.org.uk/collections/search/personextended.php?linkid=mp01411&tab=biography〉

"Water Colour—Japanese Children." Birmingham Museums and Art Gallery. Feb. 5, 2016. 〈http://www.bmagic.org.uk/objects/1935P336〉

『ワーグマンが見た海――洋の東西を結んだ画家』展図録。神奈川県立博物館、二〇一一年。

第12章　ヴィクトリアンの日本見たまま
――イザベラ・バード『日本奥地紀行』を読む――

窪田憲子

1　ヴィクトリア時代の数奇な旅人生

天使が旅をした？

一九世紀後半のイギリスに、とてつもないスケールの女性旅行家・旅行記作家が出現した。日本でもつとに名が知られているイザベラ・バード（Isabella Bird, 1831-1904）、その人である[1]。バードは、二二歳のときにアメリカを訪れ、七カ月かけて南北戦争前のアメリカとカナダを見て回ったことをきっかけに、四〇歳過ぎてから本格的に旅をし始めた。七三歳で生涯を閉じるが、その間にオーストラリア、ニュージーランド、ハワイ諸島、日本、中国、韓国、チベット、イラン、イラク、アルメニア、クルディスタン、そして、エジプトなどを何回かに分け、長期間にわたり旅している。クルディスタンでは零下二〇度近い中を旅したので、衣服は凍りつき、乗っていた馬の鞍に貼りついてしまうほどであり、寝るのは家畜小屋ということもあった。七〇歳になる年にも、アフリカのモロッコに渡り、厳しい自然環境とイスラム教という異なる文化圏の中で、壮絶な旅を半年間続けている。一九世紀後半において地球規模の

図 12－1　イザベラ・バードの肖像画
（出典：Wikimedia Commons [Public Domain].）

旅をした人であった。

しかも、バードはすぐれたトラヴェルライターでもあり、二〇歳代のアメリカの旅行記から始まり、訪れた場所をほぼすべて旅行記としてまとめ上げ、出版している。バードが本として出版しなかった旅行記は、生涯最後の旅、モロッコの旅行記くらい——雑誌には寄稿しているが——である。日本に関しては、一八七八年に七カ月にわたって各地を旅し、さらにその後も朝鮮、中国を訪れる合間に再三立ち寄っている。バードは明治が始まって間もない日本を複数回訪れて、近代化の過程を独自の視点で観察した。一例であるが、東北への旅の初日に泊まった粕壁の町と本陣の宿はバードの目に、こんなふうに映る。

> かなり大きな町であるが、みすぼらしい感じのする町だった。目抜き通りでも東京のもっとも貧相な通りのようだった。私たちはここの大きな〈宿屋〉で一夜を過ごすことにした。宿には一階にも二階にも部屋があり、旅人でごった返していて、実にさまざまないやな臭いが立ちこめていた。……私は貴女[2]に手紙を書こうとしたのだけれども、蚤や蚊に妨げられてしまった。その上、〈襖〉はしょっちゅう音もなく開けられたり、その割れ目からいくつもの黒い、長細い目が私を観察したりしているのだった。というのも右手の部屋には二家族がおり、左手の部屋には五人の男性たちが

泊まっていたからだ。私は障子という半透明の紙を貼った引き戸を閉め、床についた。だがプライヴァシーの欠如は恐ろしいほどだった。鍵も、仕切る壁もドアもない（！）部屋に泊まって居心地よく感じ、他の客たちにも心を許すということは、いまだに私はできないでいる。部屋の両側にはいつも目があり、一人の少女は、廊下と部屋を仕切る障子を二度も開けてしまった。また、後になって盲目だとわかったが、一人の男が入ってきて、按摩はどうですか、とわけのわからない言葉（当然だが）を喋った。さらに次々に新しい騒音が起こり、まごつくばかりだった（Bird［1］I-89-90）。

旅の初日の経験であって、さぞ当惑したであろうことは容易に想像できるが、バードは、感情をかなり抑えた筆致で記していく。ここでされている詳細な観察は、その後も途絶えることなく続き、バードが著した『日本奥地紀行』(3)（*Unbeaten Tracks in Japan: An Account of Travels in the Interior, Including Visits to the Aborigines of Yezo and the Shrines of Nikko and Ise*, 1880）は明治初期の日本の記録としても重要な旅行記である。

この時代のイギリスでは、女性は家の中にあって家族に尽くすのがあるべき理想の姿という「家庭の天使」幻想が蔓延していたが、その一方で、その延長上に幾多の女性旅行家（レディ・トラヴェラー）が出現している。(4) バードもそのようなレディ・トラヴェラーの一人とされているが、彼女のスケールの大きさと、「家庭の天使」像とはどうも結びつかないように思われる。バードのヴァイタリティは何に由来しているのだろう。バードは社会が生み出す女性の概念などまったく超越した人だったのだろうか。本章では、旅行家イザベラ・バードの生涯も含めて、そのヴィクトリアン的側面や、『日本奥地紀行』における日本とイギリスの社会の遭遇を追ってみたい。

洋上の変身

バードは驚嘆すべき旅人であったが、さらに驚くことに、旅をしていないときには、きわめて病弱な人だった。伝記作者たちによれば、一八歳のときには脊椎の手術を受け、四〇歳代では首を支えるために金属製の網のコルセットをつけるように医者から指示されて、四六時中ベッドで寝て過ごすことが多くなっていたという。その上に不眠症に悩み、大量の薬を処方され、「いつも憂鬱で、肉体的苦痛のうえに精神的苦痛が重なって」いた（Checkland［2］31）。そんな心身がボロボロになっていたとき、医者から療法の一環として転地療養を勧められたのが、第二の旅人生の始まりになったのだった。

体調がすぐれないまま南半球に赴くが、乗り込んだ老朽船がハリケーンに遭遇し、命の危険を感じるほどの嵐に巻き込まれたとき、突然バードは、急速に体調が改善し、体に力が漲ってきたのだった。「まるで新しい世界に生きているよう」で「何もかもが新鮮で、自由で、生命にあふれている」（Stoddard［3］79）と感じる。バードは、船内を我が物顔に走り回るゴキブリ、ネズミをものともしなくなる（Bird［4］31）。その後はハワイ諸島に立ち寄り、それまで登山の経験もなかったバードなのに、キラウエア火山、マウナ・ロア山（標高四〇〇〇メートルを超える火山）に登頂したり、さらに、アメリカのロッキー山脈まで足を延ばす。アメリカのマッターホルンと呼ばれ、垂直にそそり立つロングズ山（四三四五メートル）にオフシーズンに登り、「この山の頂を征服した二人目の女性」（Checkland［2］50）となった。ヴィクトリア時代のイギリスには、詩人のエリザベス・ブラウニングのように、ずっと病弱であった女性が何かのきっかけで劇的に元気を回復することがまま見られたが、イザベラ・バードもその典型的な例といえる。

バードは二年近く留守した故国に一八七三年の暮れに戻ったが、ハワイやロッキー山地であれほど頑健に旅を続けていたのに、イギリスではまた体調を崩してしまう。バードの書簡集を編纂したチャバックによれば、ハワイ時代の友人がイギリスでバードを訪問した際に、ハワイでは四〇〇〇メートルを超す山に登っていた彼女がベッドから起き上がれないほどに弱っていて驚いたという（Bird［5］203）。後にバードについていわれた「故郷《くに》では病人、海外ではサムソン（旧約聖書中の人物。無類の力持ち）」（Bird［5］5）という形容がまさにそのまま当てはまるような状態であった。そこでバードはまた新たな旅に出る。

2　プロのトラヴェルライターとして

次なるターゲットは日本

次の旅の目的地をどこにするのか、ということに関して、バードはビーグル号で南米を探検し、『種の起源』を著したあのチャールズ・ダーウィンに相談している（Bird［5］321-322）。バードは彼に、アンデス山脈に行くのと北日本の山に行くのとどちらがよいのか問い合わせたのだった。ダーウィンは政情不安定な南アメリカを旅した自身の経験から、アンデスを勧めなかったので、バードは日本に行くことを決めたという。ここにダーウィンが登場することが少々意外に思われるが、チャバックの推測によると、ダーウィンもバードと同じマレー社から旅行記を出しているので、社主のジョン・マレーがバードをダーウィンに紹介したのではないかという（Bird［5］321）。またアンデス山地か日本の山かという目的地の選択肢から、バードが関心をもったのは、日本の伝統文化よりもむしろ日本の自然だったことが窺われることも興味深い。

図12－2　バードの東北・蝦夷（北海道）への旅のルート（1878年）

このようにして、バード四六歳の一八七八年、明治に入って一一年目の日本への旅を決行する。東北・蝦夷（北海道）への旅をメインに据えながら、七カ月間日本の各地を見て歩き、この日本での旅の記録を帰国から二年足らずで『日本奥地紀行』と題して出版する。本の構成は前作同様に妹ヘンリエッタに宛てた書簡という章立てをとり、全体で五九通の手紙からなっている。さらに「食べ物と料理に関する覚書」「蝦夷に関する覚書」「伊勢神宮に関する覚書」「日本の国勢」などと題された日本についてのバードの観察・考察が、手紙とは別に独立した章となって随所に挟まれている。日本を移動中は、ほぼ毎日の旅程がこの記録から辿れるほど詳細な旅日記となっている。

新しい局面へ

この日本の旅を契機にバードの旅が新しい局面に入る。すなわちそれまでの旅は英語圏、そしてキリスト教文化圏の中での移動といってよいものであったのだが[5]、ここからは英語が通じない場所、かつ異なる宗教圏を積極的に旅して歩くのだ。日本の旅に続けて、バードは、マレー半島を旅し、さらに前述のように中国、韓国、チベット、イラン、イラク、アルメニア、トルコ、そして、エジプト、モロッコなどの旅を重ねていくのである。異なる文化圏へ旅を拡大したことに加えて、バードは、有名な観光地ではなく、一般の欧米人がまだあまり訪れていない場所への旅を優先させていく。その意味でも、開国してからそう日が経っていない明治初期の日本を訪れ、しかも、欧米人がほとんど訪れていないルートで北海道へ旅して歩いた経験は、旅行家としての大きな転機をもたらすものであったといえる。

さらに、旅しては旅行記を書き、といった具合に、トラヴェルライターとしての地位を揺るぎないものにしていく。バードの日本紀行は、六月の出版当初から多くの反響を呼び、『クオータリー・レヴュー』『アセニアム』『スコッツマン』など主要な雑誌で好意的に書評され、半年足らずで第三版が出た。さらにイギリスだけでなくアメリカでも出版され、出版の翌年にはドイツ語訳が出版されるほどであった。(6) アメリカでの旅の記録を二五歳で出版したバードは、いまや押しも押されもせぬプロのトラヴェルライターになったといえる。(7) ヴィクトリア時代イギリスの代表的詩人ロバート・ブラウニングがかつてバードに紹介されたとき、バードに「ロンドン中の人があなたの旅行記を読んでいますよ」と言ったほどである（Bird［5］21）。

3　明治初期の日本に分け入ったバード

日本を北へ西に

イザベラ・バードは、オーストラリアに向かったときとは逆回りのアメリカ経由の航路で、東洋に向かって旅立つ。バードを乗せた船が横浜に着いたのは、一八七八年五月二〇日のことであった。東京ではイギリス公使館に滞在し、旅の準備を整え、通訳兼従者の伊藤鶴吉を従え、いよいよバードは所期の目的である東北と蝦夷に向かう。バードの日本における旅に関して留意すべきことのひとつは、当時外

図 12－3　バードが日本で最初に見た富士山のスケッチ。頂きが尖っているのは，気象の関係でこう見えたのだ，と自分で注釈をつけている

（出典：Isabella Bird. *Unbeaten Tracks in Japan: An Account of Travels in the Interior, Including Visits to the Aborigines of Yezo and the Shrines of Nikko and Ise.*）

国人は移動制限があったにもかかわらず(8)、彼女はイギリス公使パークスの尽力で、自由に旅できる特別なパスポートを所有していた、ということである。おそらくはパークスから日本を調査するように依頼があったのだと考えられる(9)。

公使館を出発したのが六月一〇日、途中日光に一〇日ほど滞在し、「わたしはもう'Kek'ko'《結構》という言葉を使う資格があるだろう」(Bird [1] I-108)と——おそらく日本人にしか通じないジョークなのだが——、ローマ字を交えて述べている。日光の美しさについては、以下のように描く。

> 一年のほとんどが雪に覆われ、ないしは雪を抱いた山々。何層にも囲んでそびえたつ山々を睥睨《へいげい》し、神として崇められている男体山。見事な樹木の森。ほとんど人が立ち入ることのない峡谷や山道。無限の静穏の中に眠る暗緑色の湖水。中禅寺湖の水が二五〇フィートの高さから流れ落ちる華厳の深い滝壺。霧降の滝の美しい輝き。大日堂の庭のすばらしさ。大谷川が上流域から険しい流れを作っている川筋の陰鬱な荘厳さ。……このようなものは最も偉大な二人の将軍の寺社を囲む魅惑のごく一部である(Bird [1] I-108)。

そして日光の自然を、「世界でも最も美しい情景と評価されても然るべき」（Bird［1］I-108）と讃えるのである。バードは日本に滞在中、このような自然への関心を抱き続け、日本の風景、日本人と自然への関わりを描写し続ける[10]。

日光から会津街道を北上し、会津付近で越後街道に入る。体調がよくない中、疲労を押して、ぬかるみや急勾配が続く街道を旅し続けた。津川から船に乗り換え、「廃墟のないライン川、でもそれより美しい」（Bird［1］I-192）と讃えた阿賀野川の風景を楽しみ、八時間の船旅で新潟に到着する。七月三日のことだった。一週間ほどして新潟を後にし、越後米沢街道を通り、一三峠を越えて山形県に入る。米沢については「完璧なるエデンの園であり、……米、綿、玉蜀黍、煙草、麻、藍、大豆、茄子、胡桃、西瓜、胡瓜、柿、杏、石榴がおびただしいほど豊かに育っている。気持ちのよい豊穣な大地であり、アジアのアルカディアである」（Bird［1］I-259）と絶賛している。

その後、山形、新庄、金山を旅し、再び日本海に出て久保田（秋田）を訪れ、青森県に入り、函館に向かう。青森県碇ケ関付近では山中の峠を越えているとき、突如小ぶりの雨から急に滝のような豪雨になった。バードは「木々に覆われていた山腹に巨大な亀裂が走り、そこから水流が非常に激しくほとばしり出て地面をえぐり、わずか半時間のうちに深い谷を刻み、石や砂を下方の谷へ雪崩のように押し流していた」（Bird［1］I-358）と、川の様相が一変する様子を経験する。この場面は翌朝の橋が一瞬にして流されていく様子と併せて、バードの「ハワイでは火山での火の威力について何がしか学んだが、ここでは水の威力について教えられた」（Bird［1］I-356）という述懐がそのまま読者の胸に響いてくるほど、迫力ある描写になっている。

北海道に渡っても美しい自然の描写は続き、「ハワイを別としても、日本の海岸の風景ほど美しい風景を見たことがない」とも記し、おそらくは双眼鏡を使ったのであろうが、詳細な観察による描写をしている。[11] 函館では、新潟での滞在と同じく日本におけるキリスト教の布教の様子を観察する。八月一七日には函館を出発し、白老、勇払を通り、平取のアイヌ村落を訪れる。ヨーロッパの女性がアイヌの村落を訪れるのは初めてのことであり、バードにとっては、今回の旅のハイライトになる経験であった。アイヌの長の家に三日泊めてもらいアイヌの人々と起居を共にする。帰路、白老にも泊まり、室蘭から陸路で礼文華を越える至難のルートを辿り、九月一二日に函館に帰ってくる。帰路は船で横浜に戻る。三カ月強の東北・蝦夷の旅であった。

東京のイギリス公使館にしばらく滞在した後、一〇月一一日に再び船上の人となり、神戸に向かう。神戸に一週間滞在した後、キョウト・コレッジ（一八七五年創立の同志社英学校、現同志社大学）にしばらく滞在し、奈良、伊勢へ一〇日ほど旅する。その後も有馬温泉に出かけ「豪華けんらんに紅葉したえも言われぬ景色」（Bird [1] II-297）を楽しみ、一二月初旬に帰京する。そして約二週間後、ヴォルガ号で日本を後にして中国に向かうのであった。

衝撃の異文化体験その一――〈ヤドヤ〉という不思議な空間

バードにとっての日本はいったい何であったのだろうかと考えると、バードの後半生の旅の基調をなすことにもなる強烈な異文化体験であったといえる。日本における異文化体験の最たるものは、宿屋であろう。英語でも'yadoya'と綴っているように、バードにとっては、きわめて独特の宿泊施設に思われた。第一節で記したように、東北への旅の初日、粕壁の宿の経験は想像を絶する衝撃であったことだろう。粕壁の宿については、さらに、畳は、「最高級のアクスミンスター・カーペットのように、清潔で、手が込んでいて、柔らかい」（Bird［I］I-89）と褒めるものの、そこに潜む蚤には閉口する。さらにバードを悩ませたのは、あちこちから聞こえてくる経を唱える声、三味線の音色、太鼓を打つ音などの深夜までつづく騒音だった。結局初日の宿ではバードは明け方まで寝られずにいた。二日目以降もさらに事態が悪化する。穴だらけの〈障子〉で囲まれた部屋に入れられた栃木の宿では夜更けには部屋の障子が不意に倒れてしまい、目の前には大勢の人間が風呂に入っている光景が出現する有様であった。

図 12－4　バードがスケッチした日光の金谷ハウス
（出典：図 12－3 と同じ。）

日光では快適な金谷ハウスに逗留するが、それ以降は、「快適さは日光に置きざりにされてしまった」とバードが嘆くように、再びあちこちでひどい宿に遭遇する。栃木県藤原の宿では、かび臭い御飯とお茶、古い卵しかなく、そのうえ雨漏りに悩まされ、「藤原の宿」はのちのちまでバードにとってひどい宿の代名詞となるほどだった。さらに「部屋は暗く不潔で汚く騒々しく、そのうえ、汚水の悪臭がひどく、……人々は一晩中ドンチャン騒ぎをし、……一睡もできなかった」福島県川島の宿。空がまっ黒になるほどの夥しい蚊にも悩まされたり（福島県の坂下）、窒息しそうな「天井高五フィートの低い部屋」をあてがわれ、食べるものもないので、「私は胡瓜をおなか一杯食べた。おいしいご馳走だった」と半ばやけっぱちのように記録した宿（新潟県黒川）や、食事もろくになく、鼠に編み上げ靴をかじられた宿（山形県新庄）などもバードの紀行ではそう珍しくもない。

さらに秋田県の湯沢の宿では、バードを見に群集が隣家の屋根に上っていたところ、その屋根が崩れ落ち、大勢の人が落下する騒ぎになったり、部屋を仕切っている障子がみるみる穴だらけになり、黒い眼に覗かれている中で床につき、ふと目を覚ますと、いつの間にかそっと障子が取り外されていて、四〇人もの人がバードを見ていた（秋田県神宮寺）ということも発生する。このような人々の旺盛すぎる好奇心、汚く、うるさく、プライヴァシーの欠如した劣悪な宿、まずい食事、という経験は、日本を旅するバードにつきまとうものであった

あまりに凄まじいので、日光以外はひどい宿ばかりだったように思われるが、もちろん、すべてがそうだった訳ではない。福島県五十里の宿、福島県大内宿、新潟県津川など快適な宿にも宿泊しているが、これらのよい宿屋の影が薄くなるほど、ひどい宿――本陣が含まれていることもある――の記述はインパクトがある。バードにとって日本の〈宿屋〉は強烈な異文化体験となったのであろう。

沢庵と胡麻油、伝統芸能――異文化体験その二

『日本奥地紀行』には、バードが日本の〈食〉を楽しんだという記述はほとんど出てこない。日本茶がおいしいとか、ある宿で出された鮭は非常においしかったという記載はたまに見られる程度であるが、反対に、ひどい食事、まずかったものについては、夥しい描写がなされている。多くの宿屋ではご飯と卵、あるいは黒豆だけが供されたようであるが、それもない日もあり、胡瓜のみという記述もまま見られる。しかも、古くてかび臭いという場合が多かった。車峠の茶屋で食べたものは、「黒い汁に入って

いる塩辛い貝、串に刺した干し鱒、しょうゆ漬けの海鼠、根を粉状にして作った練り製品［蒟蒻］、ぬるぬるした川の藻を伸ばし乾燥させた緑色の四角片［干し海苔］などであり、どれもこれもいなや味と匂いがする食べ物」（Bird［1］I-185. 以下［ ］は引用者による）であった。海苔や蒟蒻ははなから口に合わなかったのであろう。

「食べ物と料理」と題した章は、日本の食べ物についてレポートしている。食用の魚の種類が九〇種類もあると、まずその種類の多さを挙げているが、ここでもまずさの方が強調されている。野菜も種類が多いが、筍以外はどれもまずい、と切り捨てる。沢庵については、その詳しい作り方を記し、猛烈な悪臭を放ち、スカンク並みに臭いと断罪する。匂いでバードが嫌うものに、胡麻油もある。揚げ物をしているときの胡麻油は「遠くに逃げたくなるほどの匂い」（Bird［1］I-232）であるという。胡麻油については他の箇所でも、沢庵よりもっと臭く、日本のぞっとする悪臭のひとつ（Bird［1］I-172）と言及しているので、よほど嫌いだったのだろう。他に嫌いなものとして、茶屋で必ず出す干し椎茸の煮物を挙げ、「茶色の液体の中にある茶色の嫌な煮物のひとつ」（Bird［1］I-266）だと述べている。

バードは東京、日光、神戸、新潟、函館にかなりの期間滞在していたので、少なくともその地では、相当な水準の和食を食べたはずであるが、バードはそれについて一言も触れていない。日光で料理が九谷焼の皿に盛られて出てくる、と述べているのに、肝心の料理についてはひとことも発していない。バードにとってよほど和食が特殊な味の食べ物であったのだろう（バードの一〇年ほど後で来日したチャールズ・ホームら一行も和食に辟易している様子を記している）。現代の欧米では、町のスーパーに寿司が並んでいるほど和食が受け入れられ、さらには和食目当てで日本を訪れる外国の観光客が増えていることを思うと、隔世の感がある。

食と同じく、日本の伝統芸術はバードの心を打つことにはならなかった。バードは能が皇居でも鑑賞されている「舞台芸術の最高峰」（Bird［1］I-54）であり、「『四七名の浪人』（『赤穂浪士』）は最も人気のある作品」と理解しているが、実際に上演された歌舞伎については、「テンポが遅くたいくつだ」（Bird［1］I-56）と感想をもらす。「歌舞伎の身のこなしと顔の表情は、西洋人の考え方からすれば、不自然で大げさである。また哀調を帯びた音楽と憂いに満ちた哀しげな謡の声は、あまりに悲しみや絶望が強調されている」（Bird［1］I-55-56）とも述べている。バードはチェンバレンをはじめ「多くの外国人が古典劇に大いに魅せられている」（Bird［1］I-56）ことを知りつつも、「門外漢にはなんとも辟易させられるものだった」（Bird［1］I-61）と芝居見物を締めくくっている。

芝居のみならず、音楽も同様である。琴や笛などの日本の楽器の音楽会に参加したときも「再び楽器は物悲しい音を立て、ひどい不協和音をキーッと鳴らした」（Bird［1］II-206）と理解できないという感想を抱く。同伴のアーネスト・サトウは楽しんでいる様子なのだが、バードには苦痛に感じられるほどであった。「音楽はこの上なく単調で、失望の連続だった。音が震えて調和するかと思うと不協和音に陥ってしまう」（Bird［1］II-208）からである。地方の宿屋に泊ったとき耳にした三味線の音にも、バードは耐え難い不快さを感じていた。音楽についてバードは「東洋の音楽は私にとって苦痛であり神秘である。……西洋の和音と東洋の和音の間には埋められない溝があって、両者をつなぐことはできない」（Bird［1］II-207）と結論づけている。

民衆の生活

バードが日本の旅で最も力を入れて観察したと思われる側面は、日本人とその暮らしであろう。ここには日本という社会を客観的に観察したいという積極性と、賛美できないことへの正直で辛辣な反応が最も強く発揮されている。日本に着いてすぐ目にした日本人は、港で舟に乗って働く人々、そして人力車の車夫たちであったが、彼らがほとんど裸同然で動き廻っているのに驚愕する。明治政府が明治五（一八七二）年に裸禁止令を出しているが、『日本奥地紀行』にも警官の姿を見てあわてて着物を着ている車夫の描写などもあり、バード来日当時も裸姿がいかに多かったのかが見えてくる。とくに日本人の身体については、バードはきわめて冷静な観察をしている。日本人の洋装には辛辣である。新富座のリニューアルで檀上に居並ぶ歌舞伎俳優の燕尾服姿は「胸はうすく猫背で、脚は貧相で形が悪い」（第七報）と述べ、その「醜さ」に対して口をきわめた辛口の描写がされている。秋田で師範学校を訪問したときにも、「校長の青木保氏と教頭の根岸秀兼氏が私を丁重にもてなしてくれたが、洋服を着ていたため人間というよりはまるで猿のようだった」（Bird［1］I-305）と実名を挙げて洋服姿をけなしている。その直前には、病院を訪問して、「院長と六人の医師が立派な着物姿で迎えてくれた」（Bird［1］I-301）と述べているだけに、洋服姿の日本人に対しての辛辣な評が目につく。

女性についても、率直な感想は男性同様である。女性は和服を着ていると欠点が隠されるので大きく見えるが、しかし、とても痩せていて、黄色く不格好である、とバードは観察する（第三報）。女性の歩き方もバードの観察眼を逃れてはいない。下駄姿は、日本人のぎこちない足の動きがさらにぎこちなくなっていると批判的である（第四報）し、女性の着物姿は、肩が落ちていて優雅さには程遠いし、小さな歩幅でしか歩けず、その歩く姿は哀れである（第四報）と述べている。浅草寺で見かけた女性たちについては、「女性、とくに少女はしとやかで、もの静かで、感じがよかったものの、これという美人はまったく見かけなかった。鼻は平べったく、唇は厚く、目はモンゴル人種特有に釣り上がっている。

……見るからに感情がないことと相まって、ほとんどどの顔もからっぽで虚ろに見えた」（Bird［1］I-76）と描写する。日本の男女、とくに身体的外観に対しては、概してひじょうに辛口の観察であるといえる。また女性の生き方については、嫁と姑問題、女性の権利などを随所で観察している。

さらに地方の農村でバードが目にしたものは、近代化とまったく無縁のまま過ごしてきた人々の貧しく、「底なし沼のような汚らわしさ」に満ちた生活であった。

> 人々は鶏や犬や馬と一緒に、燃やす煙で黒く煤けた小屋に住んでおり、堆肥の山から汚水が井戸に流れ込んでいた。男の子どもたちは衣服を着ていない。ほとんどの男は〈マロ〉［褌］しか身につけていなかった。女たちも腰まで裸で、腰から下に身につけているものは非常に汚く、単に習慣によって身につけているだけだった。大人たちには虫に刺されたあとが身体のあちこちで炎症を起こしており、子どもたちには皮膚病が全身に広がっていた。家は汚く、人々は胡坐をかいたり、うつぶせに寝転んでいるので野蛮人も同然に見えた。彼らの外見や生活習慣の粗野さ加減は、ただただ目を覆うばかりだった（Bird［1］I-187）。

バードは他の箇所では、日本人が親切であり、正直で、チップをとろうとしない点、日本が安全で女の一人旅にまったく心配がなかったことなどを書き留めることを忘れていないが、その一方でこの引用箇所をはじめ随所から、近代化が及ばないことが貧困と不潔と精神的堕落を蔓延させていることを認めざるをえないバードの戸惑いが、嫌悪感とともに伝わってくる。

日本人の生活に寄せるバードの関心は、結婚式の観察記録も生み出している。秋田に泊まっているとき、宿の主人の好意で、彼の姪の結婚式に招待されたのだった。バードは和服を着せてもらい宿の主人と一緒に式に出掛けるが、いつもそばにいる通訳の伊藤を伴わない形での出席だったので、帰宅するまで何も説明を聞けない。まるで「五感のひとつを失ったように」（Bird [1] I-318）思いながらも、必死で観察する。バード自ら、私は何とか観察眼を鋭く保つことができた、と述べているが、そのような形で記述された結婚式の様子は、嫁入り道具、白無垢だった婚礼衣装、式の三々九度、お色直しなど、明治一〇年頃の地方の行事の貴重な記録である。また、通りすがりの山形の町に、最高ブランドのシャンペン、マーテルのコニャック、メドックのサンジュリアンのワイン、スコッチ・ウィスキーの偽ブランドの品々が正規品の五分の一の価格で売られていた（第二四報）という記載は、明治の初めにすでに各種の高級酒の偽ブランドの需要があったという得難い社会史となっている。

4　ヴィクトリアンが日本を見ると

社会史としての意義

今述べた結婚式参列もそのひとつであるが、バードは『日本奥地紀行』で実に多くの場所を見学し、調査している。もちろん、北海道のアイヌ村落に滞在して調査したのはそのハイライトであるが、それだけでなく、日本滞在の最初から最後までといってよいほど、さまざまなことに関心を抱いて、それをできるだけ究めていくという姿勢が見られるのである。

日光では一〇日あまり滞在しているが、それも、単なる観光や保養といった目的ではなかった。この滞在中、バードは、宿の金谷家や近隣の人々の生活、とくに女性たちの生活をつぶさに観察し、調査している。さらには〈村の学校〉に行き、子どもたちの教育の様子を観察する。〈いろは歌〉や、男女で字体や文体に差があるのか、といったことも調査している。子どもの教育に関しては、その後も機会をとらえては、調査や観察をしていく。青森で豪雨の中を歩き、ようやく宿に辿り着いたとき、宿の台所の片隅で三〇人ほどの子どもたちが勉強していることに気づく。親が月謝を払い、村の有力者が私的に教師を雇い、子どもたちのために学ぶ機会を確保していることを知る。バードは精神的にも肉体的にもさぞ疲労しているはずなのに、このような機会を逃さず日本の現状をとらえるのである。

この後、青森県の碇ケ関では豪雨で村が孤立し、宿で数日足止めをくらうが、べんべんと無為に過ごすのではなく、子どもたちを集め、凧揚げなど野外での遊びについて聞いたり、ことわざカルタをしたりする。伊藤がことわざを英語に訳してくれ、「二〇人が笑い疲れるほどに笑い転げた！　このおかげで私の気分はずっとよくなった。実に楽しい夕べを過ごした」（Bird［1］I-367）と述べるような充実した時を過ごすのである。

どんな時間も無駄にしないというバードの姿勢は、いたるところで見られる。そのひとつに新潟県のとある村での出来事があげられよう。朝、隣村からやってくる馬を待って出発することになったとき、その待ち時間を利用して、バードは村中の家の表札を見て歩く。門札から家人の名前と人数を確認し、人口を計算する。二四軒の家で三〇七人住んでいること、四家族が同居する家もあることなどを推察するのである（Bird［1］I-246）。

さらに驚嘆するのは、山形県で、バードがスズメバチと虻に刺され、皮膚が腫れて高熱を発し、医者の往診を頼んだときのことである。漢方の医者だったので、バードはあまり信用しなかったのだが、よい機会とばかりにその医者を夕食に招待する。高熱が出ているのに、人を夕食に招待し、しかも、日英のマナーの違いで、医師が音をたてて食べるのには耐えられないとバードは思いつつも（第二四報）、それでも一緒に時間を過ごすのは、この機会をとらえて、民間の医療について話を聞こうとしたからであろう。バードは新潟で伝道医療会のイギリス人医師の診療ぶりを見学し、さらに秋田では、大きな病院を見学して日本の医療について観察するので、それらと対比する形で、日本の医療の裾野を知ろうとしたのではないかと思われる。体調が悪くても、よい機会を逃さないというバードの姿勢はまるで求道者の趣すら感じられるほどであり、そこから貴重な民衆の社会史が紡ぎ出されている。

実地踏査という旅

バードは日本での七カ月という時間をフルに活用し、各地で実地踏査を行っている。学校関係では工部大学校（東京大学工学部の前身）をはじめ、神戸の女学校、キョウト・コレッジを見学し、秋田の師範学校も訪れている。秋田では広々としたヨーロッパ風の三階建の建物の師範学校を見学し、化学教室、実験室、図解機械類が整ったすばらしい教室などに驚嘆する。教師は二五名、六歳から二〇歳までの生徒数は七〇〇名を超すこと、ジョン・スチュアート・ミル派の経済学もカリキュラムにあること、月謝の額などを通訳の伊藤を介して教えてもらうのである。教頭や校長は簡単な英語を話すことも記されている（第二六報）。

宗教関連では、寺社見学に行くこともあり、アイヌの村落では宗教をもたないアイヌの人々が唯一大切にしている義経神社の参拝を許されたりする。京都では英語を話す僧侶赤松氏を西本願寺に訪ね、宗教論争をする。さらに伊勢神宮の内宮と外宮の参拝もしている。旅の途中でたまたま目に入った、庶民の信仰である川の中の流灌頂《ながれかんじょう》についても、イラスト付きで説明している（第一三報）。

産業については、高田の伝統的な手漉き和紙の工房、養蚕・生糸の生成現場、山形の製糸工場、秋田の絹織物工場などを見学し、日本の伝統工芸のみならず、当時の最先端の近代的な工場のしくみや女工

図 12－5　流灌頂のイラスト
（出典：図 12－3 と同じ。）

の生活を観察する。さらに東京では、最新の設備を備えた電信局を訪れ、お雇い外国人の手から日本人の運営になる社会への変貌の一端を目にする。

函館と大津では刑務所も見学し、とくに函館の刑務所の近代的で人道的な設備と運営に感心する。また温泉にも大変関心があったようで、奥日光の湯元の共同温泉、川治温泉、上山《かみのやま》温泉など各地の温泉を調べて歩く。実際に測ってみてお湯の温度は大体何度か、成分はどのようなものか、湯治客は日に何回位湯に入るのか――バードの調査によると一日四～六回が多い――、一回の入浴時間はどの位かなど、こと細かに観察している。日本人の風呂好きは、明治日本の伝説めいた特徴としてイギリス人が捉えていたようであるが[12]、このバードの観察がその伝説形成の一翼を担ったのではないかと思われるほど詳細な報告をしている。混浴については、不道徳だといった見方ではなく、温泉が世論の醸成の場になっているので、女性がいると過激な意見にならずに済むのは混浴の利点である（第三六報）、というかなり柔軟な意見を述べているのは興味深い。

火葬については、日本を去る二日前の忙しい中、桐ケ谷の火葬場を見学している。これはパークスが森有礼を通じて都知事に依頼して実現したもので、都知事はバードと歓談した上に火葬場行きの馬車を手配してくれた。さらにこのことは翌日の読売新聞の記事にもなっている。バードはこの出来事について、出立の前日に記し、『日本奥地紀行』の最後の章（第五九報）としている。このように、日本という国の細部にもぐりこみ、現状を伝えようというバードの意図は旅の最初から最後まで揺らぐことなく貫かれているのである。

ヴィクトリアン精神の体現者

このように貪欲になんでも見てやろうというバードの姿は、まるでウォルター・ホートンの『ヴィクトリア時代の精神構造』の動く見本のように思われる。ホートンが指摘するヴィクトリア時代人の特徴である、きまじめさ、勤勉、仕事、量の多さに対するあくなき崇拝などの精神がそっくりバードに見られるからである。バードの日本の旅は、もちろん単なる物見遊山では決してなく、また未踏の地（unbeaten tracks）を旅する挑戦や、好奇心の強さだけが生んだ旅でもなく、まずは自分に与えられた「仕事」としてきまじめに、勤勉に実行した旅ととらえたとき、多くのことに合点がいく。そこには単に公使パークスに依頼された旅だったのか否かという問題を超えて、旅を自分に与えられた試練・天職（vocation）として受け止め、好き嫌いを超越して旅して回るバードの姿があるからである。

このきまじめなバードの姿が周囲にはどう映ったのかという点で、興味深いコメントを、後年勝海舟の息子と結婚するクララ・ホイットニーの日記に見ることができる。当時日本で暮らしていた一〇代の彼女は、日記の中でバードのことを「実に感じの悪い老嬢」「うんざり」と評し、バードが本を書く意図で、「皆にあれこれ聞き廻るので、とうとう誰も彼女に近づきたがらない」（Whitney［9］205）と辟易したような感想を付している。バードは、クララのように日本に住んでいる人間からは想像もつかないほど、時間を惜しんで、あらゆる機会をとらえて日本を見て回っていたのであろう。在留外国人の困惑している態度から、いかにもバードらしい熱心さ、「仕事」への忠心が見えてきて、逆にバードを擁護したくなるほどである。

だが、それらとは別の形でバードがまさにヴィクトリア時代の申し子であることを知らされる場面も数多い。バードには、ヴィクトリア時代に特徴的な帝国主義的な偏見と、楽観的ともいえる科学万能主義が深く影を落としているのである。バードには、アメリカ紀行では黒人に対する差別的偏見、ハワイ紀行では現地の先住民に対する差別意識などが見られたが、日本紀行においても同様の人種的偏見が顔をのぞかせる。ディアドリー・デイヴィッドは一九世紀のイギリス作家たちが、知らず知らずに帝国主義的な思想に浸されていることを『ブリタニアよ、支配せよ』の中で論じているが、このことはトラヴェルライターとしてのバードについてもあてはまる。顕著な例として、バードが新潟で知り合ったファイソン夫人の三歳になる娘が、大勢の日本人と親しく交わっている場面が挙げられよう。バードは群集が幼児に対して礼儀正しく、優しく接している、と述べた直後に、「日本人は実に子ども好きではあるが、ヨーロッパ人の子どもたちが日本人と交わりすぎるのはよいことではない。日本人は子どもたちの道徳を汚すし、嘘をつくことを教えたりするためである」(Bird［1］I-219) と調子を変えることなく、コメントする。この唖然とするほどの平然とした言い方からは、バードの根底に、他の民族と平等に交流するという精神はなく、他の民族をあくまで「他者」として一段高い所から見るコロニアルな視点があるということが露呈されてくる。

バードの描写に見られるストイシズムは、対象に耽溺することを自ら強く戒めている姿でもあるが、さらに「他者」として日本を見ている点も多いのではないかと思われる。まえがきの出だし部分で、

「日本は人を熱狂させる国というよりは、調査研究の対象となる国だということがわかったが、私の予想をはるかに超える興味深い国であった」（Bird〔1〕vii）と述べているのは、バードの本音なのであろう。興味深いけれども、あくまで研究の対象としての国である、という見方は、バードの日本紀行に通底している。バードが日本の音楽に対して抱いた西洋の和音と東洋の和音の間には埋められない溝があるという印象は、そのまま日本全体にあてはまるように思われる。

この人種的偏見は北海道のアイヌの村落ではさらに強く出されている。バードは北海道で平取や幌別、白老などアイヌの村落に行き、何日か起居を共にした。幌別では親切にしてもらったアイヌの人のことを「私は、顔つきや表情がこれほど完璧に美しい人に会ったことがない。気高く、哀しげで、遠くを見るような、優しく知的な顔つきをしていたので、未開人の表情というよりサー・ノエル・ペイトンが描く『キリスト』の表情のようだった。彼の物腰も大変優雅であった」（Bird〔1〕II-37. 傍点引用者）と評しているものの、その数頁後には、「人に害を与えることがなく、進歩する素質もない人々は、征服され名もなき民族を無数に受け入れてきた広漠とした墓場に向かって歩んでいる」（Bird〔1〕II-46）と優生学的な思想に裏打ちされた人種差別意識をむき出しにしている。アイヌの人々の「優しさ、知的風貌、優雅さ、礼儀正しさ」はその一方でバードにとって「愚かさ、無気力、堕落、滅ぶべき民族」という評価とまったく矛盾することなく共存しているのである。ここには、互いの民族理解という概念などまったく存在していない。

さらに驚くべきこととして、バードはアイヌの人々の調査の一環として、成人男性三〇人の頭の寸法を計っている。頭の周長、耳から耳までの円弧の長さを計測し、その平均値を記しているのである（第四二報）。このことの背景として、まず一九世紀に爆発的に〈進歩〉した人類学が人間の頭蓋骨を計測し、そこに人種や進化の状況を読み解く鍵を見出していたことを知る必要がある。当時はその計測結果から、女性やアフリカの人々は白人男性に比べて進化が未発達であるという見解が、客観的で科学的な学問的真理であると考えられていた。脳の重さにより他民族の劣性を結論づけたり、「脳の重さ五オンスの違い」という言葉が女性の劣位を示す合言葉のように用いられたりしたのである。[13]その思想が昂じたのか、一八六五年には函館のイギリス領事館員が勝手にアイヌの墓を暴き、一七体の人骨をもち出し、国際問題になった植民地主義的事件も生じている。[14]当時その問題の解決に当たったのが、イギリス公使のパークスである（あるいは彼自身の主導による事件という説もある）ので、バードは当然パークスからその一件について聞いていたはずである。しかし、バードは、アイヌの人々の頭骨の計測に際して、盗掘事件については一言もふれず、その事件の五年後に発表されたJ・B・デイヴィスのアイヌの脳の重さの研究に言及し、アイヌの脳は他の人種に比較して重いという彼の研究を紹介している（第四二報）。アイヌの墓の盗掘による頭蓋骨研究はその後も日本人によっても行われていたので、イギリス人だけを責める訳にはいかないが、アイヌの頭骨計測というバードの行動が、国際的犯罪問題には蓋をした、〈人類学の研究〉という〈科学〉への批判なき追従と、それを生んだ一九世紀の西洋の帝国主義的思想を根底にもっていることは確かである。

旅は「女性の権利」

このように、バードはヴィクトリア時代特有のさまざまな思想に浸されていることが見えてきたが、さらにバードは独特なジェンダー認識をもっていた。日本紀行が高く評価されたとき、バードは「それは正直で熱心な仕事の記録というだけではなく、きちんとできることがあれば、それを実行するのは女性の権利なのだ、ということをも擁護しているのです。」（Stoddard〔3〕139. 傍点筆者）と喜びの感想をもらしている。旅行をすることに、メアリ・ウルストンクラフトばりの「女性の権利」「擁護」といった言葉を使っていることに、バードの強すぎる気負いを感じるかもしれないが、それは「女性が一人で旅することは普通ではない」と思われていた当時の状況を示すものでもあったのである。さらに初代イギリス公使のオールコックがバードの著書を好意的に書評したことを知り、「私はレディ・トラヴェラーとしての勝利を喜んでいます。……今までのところ、私の見解に対してそれが女の見解だからということで軽視したりする批評家は一人もおりません」（Stoddard〔3〕139）と述べていることにも、バードが置かれた位置が如実に示されている。このことは、一八九二年にバードがすぐれた功績により王立地理学協会の初めての女性の特別会員に推挙されたこととともつながっている。バードは会員に推挙されたものの、その後で女性を入会させることに激しい反対運動が起こり、それからは女性を入会させない規則ができ、二〇世紀に入ってもまだ続いていたのだった（Stoddard〔3〕265）[15]。このように、バードが旅した時代のイギリスでは、女性が旅することに「権利」だと断り書きが必要と感じられたり、女性の意見は低く見られたり、女性が学会に入会することが大問題になったり、〈家庭の天使〉という女性像がまだまだ実体あるものとして受け止められていたのである。バードはそのような女性観に何重にも縛られつつ、やはり〈家庭の天使〉のイメージの延長線上で、レディ・トラヴェラーであり続けた。愚直なまでにレディの旗を掲げつつ、人の行かない地に分け入り、調査・記録し、結果としてレディの概念を変える道を開いていったのである。

バードの『日本奥地紀行』からは、まるで飛び出す絵本のように、そのようなバードの意識や往時のヴィクトリア時代の価値観と、近代化の渦の中にある明治初期の日本の社会の姿が立ち上がってくる。

この書物は、明治の日本の記録であると同時に、ヴィクトリア時代の社会に生きた女性の鮮烈な足跡も示すトラヴェルライティングなのである。

注

(1) 明治の初期に外国人女性が単独で東北地方、北海道を旅したことで、バードの名前はよく知られている。バードが旅した山形県には、彼女を記念した「記念碑」(金山町)、「記念塔」(川西町) などが建立され、温泉施設の一角に「イザベラ・バード記念コーナー」(南陽市) が設置されているほどである。また、「イザベラ・バード御膳」を供するお休み処もあるという。

(2) 妹のこと。バードはこのように、妹に宛てた書簡という体裁でしばしば旅行記を構成している。

(3) 翻訳のタイトルは種々あるが、ここではその中の『日本奥地紀行』を採用した。テクストの翻訳は拙訳であるが、金坂清則氏の翻訳を参考にさせていただいた。とくに、貴重な資料である詳細な注にはお世話になった。

(4) レディ・トラヴェラーについては、ドロシー・ミドルトン、井野瀬久美恵などの研究を参考にした。

(5) ハワイに関しては、「英語をわずかに理解する程度の案内人」「つたない英語をでたらめにしゃべるガイド」「美人の先住民妻は英語をまったく話さない」など、英語を話さない人がいることをバードは再三述べている。ただ、一八世紀後半にジェイムズ・クックが立ち寄って以来、ハワイには多くのイギリス人やアメリカ人、ヨーロッパの人々が来島し、キリスト教の布教にも努めている。カメハメハ三世 (在位一八一三―五四年) はキリスト教徒であった。

(6) 初版出版から五年経って、バードは東北・蝦夷の以降の神戸、京都滞在や奈良・伊勢旅行の部分を削除し、それ以外にも部分的に割愛した簡略本を出版する。本章では初版の完全版をテクストとして用いた。

(7) バードは、幸運にも最初のアメリカの旅紀行をガイドブックで有名なマレー社より出版してもらうことができ、その後もすべての旅の記録をマレー社から出している。

(8) 安政五カ国条約 (一八五八年) により、バード来日当時、一般の外国人には、外国人遊歩規定と名付けられた移動の制限があった。許可地域の外（これを「奥地（interior）」と呼ぶ）に出る場合は、学問研究目的や療養目的に限られ、あらかじめ行先や日程を申請し、内地旅行免状を取得する必要があったのである。しかし、バードの場合、イギリス公使のパークスが「事実上何の制限もついていないパスポートを入手」（Bird［1］I-81）してくれ、それによって好きな行程をとって東北と蝦夷を旅することができるようになっていたのである。これがいかに特別の事例であったのかは、日本に定住し、日本人のために献身的な医療を施しているパーム医師の例からも察せられる。パーム医師は医療伝道会によってスコットランドから日本に派遣され、新潟でキリスト教の布教とともに、医療活動に携わってきた医師である。しかし、規定では拠点となっている新潟の四〇キロ以遠には行くことができないので、日本人医師たちが嘆願して、ようやく旅行免状が取得でき、長岡の病院に診療に行くことが可能になったという（Bird［1］I-202）。それゆえバードの日本旅行記の副題「奥地紀行」は、通常足を踏み入れることが難しい地域を旅したことを意味するきわめて重要な意味をもつものである。

(9) 金坂清則は、バードの日本の旅が決して単なる個人旅行ではなく、イギリス公使パークスに依頼されて、日本の現状を地方の村々まで観察し、それを旅行記として出版する使命を帯びていた可能性を指摘する（金坂［6］七〇―七五）。実際、バードの旅支度の重要なもの――折り畳み式ベッドや椅子、ゴム製の浴槽など――を公使夫人が揃えてくれた（Bird［1］I-51-52）ことや、「最も信頼できる筋から旅の安全を保障してもらっていた」（Bird［1］I-79）というバードの発言はそのことを裏付けるものと考えられる。

(10) バードの自然への関心は、日本で最初に目に入った光景として船上から見た富士山の描写から本文を始めている点にも見られる。もっともバード以前に世界一周旅行で日本を訪れたエドワード・プライムやマリアンヌ・ノースも富士山の描写から日本紀行を始めているので、富士山自体がエキゾチシズムの象徴とみられていたのかもしれない。

(11) バードの北海道の自然描写に不正確さがあるという指摘がされることがあり、その例として北海道には野生の銀杏はないのに、バードが見たと記しているのはあり得ない過ちであるとT・ブラキストンなどが批判している。しかし、バードは「扇形の小さな葉をもつ美しい銀杏」（Bird［1］II-140）の木や、「まさに銀杏の立派な標本のような」（Bird［1］II-144）巨木を見たと描写し、続けてイギリスのキュー植物園にあって、なじみの木だと補足しているので、バードが見間違えたと決めつける根拠は薄い。キュー植物園によれば、イギリスで最初に銀杏が植えられたのは一七六二年だという。ちなみに、ノースも来日した当時、銀杏が黄葉していたことを記しているので（North［7］214,［8］89）、当時の外国人にとって銀杏は、ある程度なじみがある樹木であったといえよう。

(12) 日本人の風呂好きについては、サトウ『日本中部北部旅行案内』（一八八一年）やチェンバレン『日本事物誌』（一八九〇年）でも説明されている。またヴァージニア・ウルフも一九〇七年の書簡で日本人の風呂好きについて述べている。

(13) 一九世紀の科学と女性論については、拙稿「〈科学〉に侵略されたヴィクトリア時代の女たち」（竹田宏編『ヒューマニズムの変遷と展望』未來社、一九九七年）を参照されたい。

(14) 植木哲也、浜靖史の著作を参照されたい。

(15) 王立地理学協会の女性の入会問題については、ミドルトンも詳しく説明している。

引証資料

［1］ Bird, Isabella. *Unbeaten Tracks in Japan: An Account of Travels in the Interior, Including Visits to the Aborigines of Yezo and the Shrines of Nikko and Ise.* (London) John Murray, 1880［イザベラ・バード『日本奥地紀行』金坂清則訳、平凡社、二〇一三年］.

［2］ Checkland, Olive. *Isabella Bird and 'a Woman's Right to Do What She Can Do Well.'* (Aberdeen) Scottish Cultural P, 1996［オリーヴ・チェックランド『イザベラ・バード　旅の生涯』川勝貴美訳、日本経済評論社、一九九五年］.

［3］ Stoddard, Anna. *The Life of Isabella Bird.* (London) John Murray, 1906.

［4］ Bird, Isabella. *The Hawaiian Archipelago: Six Months among the Palm Groves, Coral Reefs and Volcanoes of the Sandwich Islands.* 1875. (Bristol) Ganesha, 1997［イザベラ・バード『イザベラ・バードのハワイ紀行』近藤純夫訳、平凡社、二〇〇五年］.
［5］ Bird, Isabella. *Letters to Henrietta.* Ed. Kay Chubbuck. (Princeton) Northeastern UP, 2003.
［6］ 金坂清則『イザベラ・バードと日本の旅』平凡社新書、二〇一四年。
［7］ North, Marianne. *Recollections of a Happy Life.* Ed. Mrs. John Addington Symonds. (London) Macmillan, 1894.
［8］ North, Marianne. *A Vision of Eden: The Life and Works of Marianne North.* (London) HMSO, 1980.
［9］ Whitney, Clara. *Clara's Diary: An American Girl in Meiji Japan.* Ed with an Introd. by M. William Steele and Tamiko Ichimata. (Tokyo) Kodansha International, 1979［C・ホイットニー『クララの明治日記』（上・下）一又民子他訳、中公文庫、一九七六年］.

その他の参考文献

赤坂憲雄『イザベラ・バードの東北紀行［会津・置賜篇］――「日本奥地紀行」を歩く』平凡社、二〇一四年。

井野瀬久美恵『女たちの大英帝国』講談社現代新書、一九九八年。

植木哲也『学問の暴力――アイヌ墓地はなぜあばかれたか』春風社、二〇〇八年。

植木哲也「児玉作左衛門のアイヌ頭骨発掘（1）」『苫小牧駒澤大学紀要』第一四号（二〇〇五年一一月）。

浜靖史『英外交官の墓荒らし――一八六五年箱館』文芸社、二〇一二年。

ブレンドン、ピアーズ『トマス・クック物語――近代ツーリズムの創始者』石井昭夫訳、中央公論社、一九九五年。

Barr, Pat. *A Curious Life for a Lady: The Story of Isabella Bird.* (London) Penguin Books, 1979.

Chamberlain, Basil Hall. *Things Japanese.* 1890. (Tokyo) Tuttle, 1971.

David, Deirdre. *Rule Britannia: Women, Empire, and Victorian Writing.* (New York) Cornell UP, 1996.

Houghton, Walter. *The Victorian Frame of Mind, 1830–1870.* (New Haven) Yale UP, 1963.
Middleton, Dorothy. *Victorian Lady Travellers.* (London) Routledge and Kegan Paul, 1965［D・ミドルトン『世界を旅した女性たち――ヴィクトリア朝レディ・トラベラー物語』佐藤知津子訳、八坂書房、二〇〇二年］.
Prime, Edward. *Around the World: Sketches of Travel through Many Lands and Over Many Seas.* (New York) Harper & Brothers, 1872.
Satow, Ernest Mason and A. G. S. Hawes. *A Handbook for Travellers in Central & Northern Japan.* (London) John Murray, 1881.

ワ　行

マ　行

ラ　行

ナ　行

ハ　行

サ　行

タ　行

索　引

原則として，人名に続けて作品名，作品の登場人物・関係項目を列記している

『岡倉天心：思想と行動』（編著）吉川出版社，2013年
『曾祖父覚三　岡倉天心の実像』宮帯出版社，2013年

伊達恵理（だて・えり）第Ⅲ部第9章

明治大学兼任講師
著　書　『論集イングリッシュ・エレジー――ルネサンス，ロマン派，20世紀』（共著）音羽書房鶴見書店，2000年
『〈インテリア〉で読むイギリス小説――室内空間の変容』（共著）ミネルヴァ書房，2003年
『英語文学事典』（共著）ミネルヴァ書房，2007年
『イギリス文化　55のキーワード』〈世界文化シリーズ①〉（共著）ミネルヴァ書房，2009年
『〈平和〉を探る言葉たち――20世紀イギリス小説にみる戦争の表象』（共著）鷹書房弓プレス，2014年
『アイルランド文学――その伝統と遺産』（共著）開文出版，2014年

志渡岡理恵（しどおか・りえ）第Ⅲ部第10章

実践女子大学准教授
著　書　『博物誌の文化学――動物篇』（共著）鷹書房弓プレス，2003年
『十八世紀イギリス文学研究　第五号』（共著）開拓社，2014年
論　文　「女性の旅行記とグローバル・ヒストリー」『日本ジョンソン協会年報』第38号，2014年
「マレー社のガイドブックを携えて――“French Life” におけるツーリズム」『ギャスケル論集』第23号，2013年
訳　書　ギャリー・ウィルズ『アウグスティヌス』岩波書店，2002年
ピーター・トリフォナス『バルトと記号の帝国』岩波書店，2008年
メアリアン・ホロヴィッツ編『スクリブナー思想史大事典』（共訳）丸善出版，2016年

中川僚子（なかがわ・ともこ）第Ⅲ部第11章

聖心女子大学教授
著　書　『旅するイギリス小説――移動の想像力』（共編著）ミネルヴァ書房，2000年
『〈インテリア〉で読むイギリス小説――室内空間の変容』（共編著）ミネルヴァ書房，2003年
『〈食〉で読むイギリス小説』（共編著）ミネルヴァ書房，2004年
『ラヴレターを読む――愛の領分』（共著）大修館書店，2008年
『イギリス文化　55のキーワード』（共著）ミネルヴァ書房，2009年
『日常の相貌――イギリス小説を読む』水声社，2011年
『〈日本幻想〉表象と反表象の比較文化論』（共著）ミネルヴァ書房，2015年

論　文　"Beyond the Cracked Wall of a Cave :The Triadic Mother-(Daughter)-and-Son in *A Passage to India*" *Women's Studies & Development Centre Occasional Paper*. University of Delhi, 2005.
"Redeeming Bleeding :The Representation of Women in Githa Hariharan's *The Thousand Faces of Night*". *Indian Journal of Gender Studies* 19 (2012 Feb.).

松井優子（まつい・ゆうこ）第Ⅰ部第4章

青山学院大学教授
著　書　『ケルト――口承文化の水脈』（共著）中央大学出版部，2006年
『スコット――人と文学』勉誠出版，2007年
『ロバート・バーンズ――スコットランドの国民詩人』（共著）晶文社，2008年
『イギリス小説の愉しみ』（共著）音羽書房鶴見書店，2009年
『文学都市エディンバラ――ゆかりの文学者たち』（共著）あるば書房，2009年
『戦争・文学・表象――試される英語圏作家たち』（共著）音羽書房鶴見書店，2015年
『スコットランドを知るための65章』（共著）明石書店，2015年

＊木下　卓（きのした・たかし）第Ⅰ部第5章

編著者紹介参照

＊久守和子（ひさもり・かずこ）第Ⅱ部第6章

編著者紹介参照

武井博美（たけい・ひろみ）第Ⅱ部第7章

横浜創英大学准教授
著　書　『十八世紀イギリス文学研究』（共著）雄松堂，1996年
『旅するイギリス小説――移動の想像力』（共著）ミネルヴァ書房，2000年
『概説　イギリス文化史』（共著）ミネルヴァ書房，2002年
『英語文学事典』（共著）ミネルヴァ書房，2007年
『イギリス文化　55のキーワード』〈世界文化シリーズ①〉（共著）ミネルヴァ書房，2009年
『〈平和〉を探る言葉たち――20世紀イギリス小説にみる戦争の表象』（共著）鷹書房弓プレス，2014年

岡倉登志（おかくら・たかし）第Ⅱ部第8章

大東文化大学名誉教授
著　書　『アフリカ史を学ぶ人のために』（編著）世界思想社，1996年
『西欧の眼に映ったアフリカ』明石書店，1999年
『アフリカの歴史』明石書店，2001年
『ボーア戦争』山川出版社，2002年

《執筆者紹介》（執筆順，＊は編著者）

＊窪田憲子（くぼた・のりこ）序章，第Ⅲ部第12章

編著者紹介参照

大田信良（おおた・のぶよし）第Ⅰ部第１章

東京学芸大学教授

著　書　『ガリヴァー旅行記』〈もっと知りたい名作の世界⑤〉（共著）ミネルヴァ書房，2006年

Locating Woolf: The Politics of Space and Place（共著）Anna Snaith, Michael H. Whitworth eds. London: Palgrave Macmillan, 2007.

『愛と戦いのイギリス文化史　1900-1950年』（共編著）慶應義塾大学出版会，2007年

『帝国の文化とリベラル・イングランド――戦間期イギリスのモダニティ』慶應義塾大学出版会，2010年

『ポスト・ヘリテージ映画――サッチャリズムの英国と帝国アメリカ』（共編著）上智大学出版，2010年

『文学研究のマニフェスト――ポスト理論・歴史主義の英米文学批評入門』（共著）研究社，2012年

『冷戦とアメリカ――覇権国家の文化装置』（共著）臨川書店，2014年

青木　剛（あおき・たけし）第Ⅰ部第２章

明治学院大学教授

著　書　『旅するイギリス小説――移動の想像力』（共著）ミネルヴァ書房，2000年

『〈インテリア〉で読むイギリス小説――室内空間の変容』（共著）ミネルヴァ書房，2003年

『ガリヴァー旅行記』〈もっと知りたい名作の世界⑤〉（共著）ミネルヴァ書房，2006年

『イギリス文化　55のキーワード』〈世界文化シリーズ①〉（共著）ミネルヴァ書房，2009年

大平栄子（おおひら・えいこ）第Ⅰ部第３章

都留文科大学教授

著　書　『嵐が丘研究』リーベル出版，1990年

Forster's A Passage to India*: An Anthology of Recent Criticism*（共著）Delhi: Pencraft International, 2005.

Kiran Desai and her Fictional World（共著）New Delhi: Atlantic, 2011.

De-coding the Silence: Reading John Stuart Mill's The Subjection of Women（共著）Delhi: AADI Publications, 2015.

『インド英語文学研究――「印パ分離独立文学」と女性』彩流社，2015年

Subjected Subcontinent: Sectarian and Sexual Lines in Indian Writing in English. Oxford: Peter Lang, 2016.

《編著者紹介》

窪田憲子（くぼた・のりこ）

大妻女子大学短期大学部教授

著　書　『たのしく読める英米女性作家』（共編著）ミネルヴァ書房，1998年
『イギリス女性作家の半世紀——60年代　女が壊す』（編著）勁草書房，1999年
『〈衣裳〉で読むイギリス小説』（共編著）ミネルヴァ書房，2004年
『ダロウェイ夫人』〈もっと知りたい名作の世界⑥〉（編著）ミネルヴァ書房，2006年
『英語文学事典』（共編著）ミネルヴァ書房，2007年
『マーガレット・アトウッド』（共著）彩流社，2008年
Hugh Cortazzi ed. *Britain and Japan: Biographical Portraits*（共著）Leiden and Boston: Global Oriental, 2013.
『〈日本幻想〉表象と反表象の比較文化論』（共著）ミネルヴァ書房，2015年

訳　書　マイケル・ウィットワース『ヴァージニア・ウルフ』彩流社，2011年

木下　卓（きのした・たかし）

愛媛大学名誉教授

著　書　『旅するイギリス小説——移動の想像力』（共著）ミネルヴァ書房，2000年
『英語文化フォーラム——異文化を読む』（共著）音羽書房鶴見書店，2002年
『ガリヴァー旅行記』〈もっと知りたい名作の世界⑤〉（共編著）ミネルヴァ書房，2006年
『〈私〉の境界——20世紀イギリス小説にみる主体の所在』（共著）鷹書房弓プレス，2007年
『英語文学事典』（共編著）ミネルヴァ書房，2007年
『イギリス文化　55のキーワード』〈世界文化シリーズ①〉（共編著）ミネルヴァ書房，2009年
『旅と大英帝国の文化——越境する文学』ミネルヴァ書房，2011年
『〈平和〉を探る言葉たち——20世紀イギリス小説にみる戦争の表象』（共著）鷹書房弓プレス，2014年
『〈日本幻想〉表象と反表象の比較文化論』（共著）ミネルヴァ書房，2015年

訳　書　テリー・テンペスト・ウィリアムズ『デザート・クァルテット——風景のエロティシズム』（共訳）松柏社，1996年

久守和子（ひさもり・かずこ）

フェリス女学院大学名誉教授

著　書　『イギリス小説のヒロインたち——〈関係〉のダイナミックス』ミネルヴァ書房，1998年
『〈インテリア〉で読むイギリス小説——室内空間の変容』（共編著）ミネルヴァ書房，2003年
『フランケンシュタイン』〈もっと知りたい名作の世界⑦〉（編編著）ミネルヴァ書房，2006年
『英語文学事典』（共編著）ミネルヴァ書房，2007年
『ラヴレターを読む——愛の領分』（共著）大修館書店，2008年
『イギリス文化　55のキーワード』〈世界文化シリーズ①〉（共編著）ミネルヴァ書房，2009年
『子どもの世紀——表現された子どもと家族像』（共著）ミネルヴァ書房，2013年
『〈日本幻想〉表象と反表象の比較文化論』（共著）ミネルヴァ書房，2015年
『エリザベス・ボウエンを読む』（共著）音羽書房鶴見書店，2016年

MINERVA 歴史・文化ライブラリー㉚
旅にとり憑かれたイギリス人
――トラヴェルライティングを読む――

2016年 8 月30日　初版第 1 刷発行　〈検印省略〉

定価はカバーに
表示しています

編著者　窪田憲子
　　　　木下　卓
　　　　久守和子
発行者　杉田啓三
印刷者　坂本喜杏

発行所　株式会社　ミネルヴァ書房
607-8494　京都市山科区日ノ岡堤谷町 1
電話代表　(075)581-5191
振替口座　01020-0-8076

　冨山房インターナショナル・新生製本

ISBN 978-4-623-07765-6
Printed in Japan